傲慢與偏見

遊目族

傲慢與偏見

珍・奧斯汀 著
倩玲 譯

遊目族

人物表

貝納太太——神經質、虛榮心十足的女人。將每個女兒嫁出去是她生活唯一的大事，卻從來不費心管教女兒的舉止。

貝納先生——顧家的老紳士，卻放任妻子和女兒不得體的行為，寧願躲進圖書室尋求平靜。

珍・貝納——貝納家的大女兒。容貌美麗、性情溫柔、沉靜，對賓利一往情深。

伊麗莎白・貝納——貝納家的二女兒。個性活潑大方、聰慧與美貌並俱，與達西先生老是針鋒相對。

瑪麗・貝納——貝納家的三女兒。容貌不若其他姊妹出色，因此便在品德及知識上用功，但也造成她自大的態度。

凱蒂・貝納——貝納家的三女兒。個性浮華，與么妹麗迪雅最熱中跳舞，舉止常失禮而不自知。

麗迪雅・貝納——貝納家的四女兒。愛慕虛榮、注重享樂，跳舞和與軍官鬥鬧取樂是她生活的唯一目的。

查爾斯・賓利——個性溫和、做人真誠不拘泥小節的富家青年。與貝納家大小姐珍相互愛慕。

卡洛琳・賓利——為人勢利、矯揉造作，暗地愛慕達西先生。

費茨威廉・達西——個性拘謹嚴肅，不善言詞，常給人自大傲慢的印象。

夏綠蒂・盧卡斯——伊麗莎白的摯友，後嫁與柯林斯先生。

威廉・柯林斯——貝納先生的表姪，為繼承貝納家遺產的人選。巧言令色，習慣依附嘉德琳・德・包爾夫人。

喬治・韋翰——外貌英俊、生活卻浪蕩不羈，希望藉婚姻攀上富貴人家。

嘉德琳・德・包爾夫人——富有的上流社會貴婦，達西先生的姨母，一心希望達西會娶自己的女兒為妻。

德・包爾小姐——嘉德琳德・包爾夫人的女兒，體弱多病。

愛德華・嘉丁納——貝納太太的弟弟，為人練達、有見識。

喬治安娜・達西——達西先生的妹妹，個性羞怯，受哥哥的保護與疼愛。

第1章

有錢的單身漢，必定想娶位妻子，這是舉世皆知的眞理。這樣的單身漢，只要搬到一個新的地方，即使左鄰右舍完全不瞭解他的性情、爲人，但是，因爲這條眞理早已在人們心目中根深柢固，因此家家戶戶都會把他看作是自己某一個女兒的理想丈夫。

這一天，貝納太太神秘兮兮地對丈夫說：「親愛的，你有沒有聽說尼日斐莊園已經租出去了？」

「我沒聽說。」貝納先生面無表情地回答。

「眞的租出去了，」她不識趣地繼續說，「剛才朗格太太來這兒，她把這件事一五一十地告訴了我。」

貝納先生沒有理睬她。

「你想知道是誰租的嗎？」太太更加欲罷不能地嚷道，「哦！親愛的，告訴你吧，朗格太太說，有一個年輕人租了尼日斐莊園，這位闊少爺原本在英格蘭北部居住。星期一那天，他乘著一輛四匹馬拉的大馬車來看房子，非常滿意，當場就和莫理斯先生談妥了。他打算在『米迦勒節』前搬進來，下個週末先叫幾個僕人來住。」

「他叫什麼名字?」

「叫賓利。」

「結了婚呢,還是單身漢?」

「噢!是個單身漢,親愛的,是個有錢的單身漢!據說每年有四五千鎊的收入。和他做鄰居眞是孩子們的福氣!」

「這怎麼說?這與女兒們有什麼關係?」

「哎呀呀,我的好老爺,」貝納太太回答道,「你這個老頑固怎麼這樣叫人討厭!告訴你吧,我正在盤算,把哪一個女兒嫁給他,那該多好!」

「他住到這兒來,就是爲了這個嗎?」

「胡扯,這是哪兒的話!不過,他也許會看中我們的某一個女兒呢。他一搬來,你必須去拜訪拜訪他。」

「我不去。你帶著女兒們去就可以了,或者乾脆讓她們自己去,那或許倒更好些,因爲你跟女兒們比起來,她們哪一個都不能勝過你的美貌,你去了,賓利先生倒可能挑中你呢!」貝納先生揶揄道。

「得了吧,你太捧我啦。從前也的確有人讚賞過我的美貌,可現在我不敢說這話了。五個女兒都已成人,我還有什麼美貌可言?」貝納太太不知趣地說。

「如此看來,你對自己的美貌也轉了不少念頭嘍!」

「不過,我的好老爺,你的確該去拜訪賓利先生,等到他搬來以後你就得去。」

「老實跟你說吧，這我可不答應！」貝納先生拒絕道。

「看女兒的份上吧，你仔細想一想，她們當中不論哪一個攀上這樣一個人家，都是一件好事。威廉爵士夫婦已經決定去拜訪他，無非也是這個用意。你知道，他們通常是不會拜訪新搬來的鄰居的。你非去不可；你不去，叫我們母女怎麼去。」

「你實在過分費心啦。賓利先生一定高興看到你的。若一定要我表態，你可以帶封我的信過去，就說隨便他挑中我哪一個女兒，我都心甘情願地答應他把女兒娶過去。不過，我在信上得特別替小麗茲美言幾句。」

「你最好別這麼做。麗茲絕不比我們其他的女孩更好。論漂亮，她抵不上珍一半；論活潑，她抵不上麗迪雅一半。但你卻唯獨偏愛她。」

「她們沒有一個值得誇獎，」貝納先生回答道，「她們跟別人家的姑娘一樣，又傻又無知；麗茲則比她的幾個姊妹聰明得多。」

「我的好老爺，你怎麼能把親生女兒貶得這麼低？你這不是在故意氣我嗎？你半點兒也不體諒我的神經衰弱。」

「你可別誤會，我的好太太。我非常尊重你的神經，它是我的朋友。最起碼在最近二十年來，我一直在聽你非常鄭重其事地提到它。」

「啊！我的苦處你哪裡會知道！」

「不過我眞心希望你這毛病能好起來，那樣你就可以眼看著，像這種每年有四千鎊收入的闊少爺，一個個搬來做你的鄰居了。」

「假若你不去拜訪他們，即使搬來二十個，對我們又有什麼好處！」

「放心吧，我的好太太，若眞搬來二十個，我一定會逐一拜訪的。」

貝納先生就是這麼一個古怪的人，他喜歡插科打諢，說話尖酸刻薄，同時又不苟言笑，變幻莫測，與他共同生活了二十三年的太太一直摸不透他的脾氣。他太太的腦子很不管用，因爲她是個智力貧乏、見識淺薄、喜怒無常的女人。只要碰到不稱心的事，她就會鬧頭疼。嫁女兒是她生平唯一的大事；訪友拜客、打聽新聞則是她生平最大的安慰。

第2章

雖然貝納先生宣稱不願意去拜訪賓利先生，事實上他是最早的拜訪者之一，只是他一直瞞著太太，始終沒有透露。直到那天晚上，太太才知道實情。秘密是這樣揭開的：

他看著二女兒伊麗莎白在給帽子鑲花邊，不由自主地說：

「我希望賓利先生會喜歡你這頂帽子，親愛的。」

貝納太太氣憤地說：「我們不去拜訪賓利先生，怎麼會知道他喜歡什麼！」

「可是你忘啦，媽媽，」伊麗莎白提示說，「將來在舞會上我們可以碰到的，朗格太太不是答應過把他介紹給我們了嗎？」

「我不相信朗格太太肯這麼大方。她自己有兩個親姪女。她是個自私自利、假仁假義的女人，我瞧不起她。」貝納太太說。

「我也瞧不起她，」貝納先生說，「聽到你不指望她替你效勞，我很高興。」

貝納太太沒有理睬他，可是忍不住氣，便大罵起女兒來。

「看在上帝的份上，別那麼咳個不停，凱蒂，稍微體諒一下我的神經吧。我的頭快要脹裂啦。」

「凱蒂你眞不知趣，」她的父親說，「咳嗽也不知道挑個時間。」

「我又不是故意咳著玩的。」凱蒂也氣惱地回答道。

「他們打算哪天舉行舞會，麗茲？」

「從明天算起，還得再過兩個星期。」

「唔，原來如此，」她的母親又大聲嚷道，「朗格太太可能到舞會前一天才能趕回來，那麼，她自己還不認識他，又怎麼可能把他介紹給你們呢？」

「那麼，好太太，你正好可以佔你朋友的上風，反過來替她介紹這位貴人啦。」

「這辦不到，我的好老爺。你怎麼能這樣嘲笑我？我自己都還不認識他呢！」

「我眞佩服你想得這般周到。兩個星期的認識當然算不上什麼。跟一個人只相處兩個星期，當然不可能徹底瞭解他。不過，要是我們不去嘗試，別人可少不了要嘗試的。至少朗格太太和她的姪女一定不肯錯過這個良機。因此，如果你不願意辦這件事，我自己來辦好了，反正朗格太太會覺得這是我們對她的一片好意。」

女兒們都瞪著父親。貝納太太只隨口說了聲：「你又在鬼扯蛋！」

「你怎麼這樣不講道理！」他嚷道，「你以爲替人效勞是毫無意義的事嗎？我不同意你這種說法。你說呢，瑪麗？爸爸知道你是個有獨到見解的好女孩，讀的書也都是鴻篇巨著，而且還要做筆記。」

瑪麗想說幾句有獨到見解的話，可又不知道該怎麼說才好。

貝納先生接下去說：「趁瑪麗在思考的時刻，我們還是來談談賓利先生。」

「我討厭談賓利先生。」班特納太太嚷道。

「眞遺憾，沒想到你會跟我說這種話。你怎麼不早說呢？要是今天早上我聽到你這樣說，那我自然不會去拜訪他啦。眞不湊巧。現在既然已經拜訪過了，我們今後就少不了要結交這個朋友了。」貝納先生得意地說。

果然不出他所料，女孩們一聽到這句話，一個個都吃了一驚，尤其是貝納太太，顯得比誰都驚訝。不過，在歡天喜地地喧嚷了一陣以後，貝納太太便當衆宣佈，說她早料到這件事了。

「你眞是個好心腸的人，我的好老爺！我早就知道我終究會說服你的。我知道你疼愛自己的女兒，一定會把這樣一位朋友放在心上。聽你這樣說我眞是太高興了！你這個玩笑開得眞是太絕了，沒想到你竟會今天上午去拜訪他，而且到現在一字不提。」

「凱蒂，現在你就放心大膽地咳嗽吧！」貝納先生一面說，一面走出房間，他最討厭看到太太得意忘形的樣子。門一關上，貝納太太便對她的幾個女兒激動地說：「孩子們，你們的爸爸眞是太好了，我不知道你們該怎樣才能報答他的恩典。再說，你們也應該好好報答我一番呢。老實跟你們說吧，我們老夫妻倆活到這麼一把年紀了，早已沒有天天去交朋友的興致了。還不都是爲了你們，我們任何事都樂意去做。麗迪雅，乖寶貝，雖然你年紀最小，但開起舞會來，賓利先生或許就偏偏要跟你跳呢。」

「噢！」麗迪雅心不在焉地應了一聲，「我一點也不害怕。我的年紀雖然最小，但我個兒最高。」

這天晚上，她們一家母女幾人全在猜測賓利什麼時候會回訪，盤算著請他來吃飯的最佳時間。

第3章

然而，儘管有五個女兒幫腔，貝納太太向丈夫問起有關賓利先生是怎樣一個人時，總是得不到滿意的回答。母女們絞盡腦汁地對付他——赤裸裸的問話，巧妙的設想，以及離題很遠的猜測，能想出來的招術都用上了，可是她們就是套不出他的實話。最後她們迫不得已，只能間接從鄰居盧卡斯太太那兒聽取一些消息，而她的報導全是好話：據說威廉爵士很喜歡他；他非常年輕，長得特別漂亮，爲人又極其謙和，最讓人高興的一點是，他打算請一大群客人來參加下次的舞會。這對小姐們眞是再好不過的事，談情說愛的第一步就是跳舞，大家私下都急切地希望獲得賓利先生的青睞。

「我只要能看到一個女兒幸福地在尼日斐莊園安頓下來，」貝納太太對她的丈夫說，「其他幾個女兒能找到門當戶對的人家，我這一生也就滿足了！」

幾天以後，賓利先生上門拜訪貝納先生，在他的書房裡逗留了十分鐘左右。他久仰貝納先生幾位小姐的年輕美貌，很希望能夠見見她們，但是他只見到了她們的父親。倒是小姐們比他幸運，她們從樓上的窗口清楚地看他騎著一匹黑馬，穿著一件華麗的藍外套。

貝納家不久就發請帖邀請賓利先生吃飯，貝納太太已經準備了好幾道菜，每道菜都足以顯出她的體面，讓客人體會到她是個會當家的賢能主婦。可是不湊巧的，賓利先生第二天非進城不可，無法接受他們的一番盛意，因此回信給他們，說要將約會延期。貝納太太對此大爲不安。她想，此人剛來哈福德郡，怎麼就有事進城，於是她又開始擔心了：照理他應該在尼日斐莊園安安穩穩地住下來，根據現在的情形推測，不得不懷疑他是一個經常東漂西泊、行蹤不定的人。虧得盧卡斯太太對她說，他可能到倫敦去邀請一大批客人來參加舞會，她的顧慮才稍微減輕幾分。不久外面馬上就紛紛傳說賓利先生會帶十二位小姐和七位紳士來參加舞會，這讓女孩們擔心有太多的女孩來競爭。等到後來聽說他並沒有帶來太多的賓客，僅僅六個，其中五個是他自己的姊妹，一個是表姊妹，這個消息使貝納家的小姐們放了心。後來等到這群貴客走進舞會的時候，大家才發現對方一共只有五個人——賓利先生，他的兩個姊妹、姊夫，還有另外一個陌生青年。

賓利先生儀表堂堂，很有紳士風度，而且和顏悅色，沒有拘泥做作的習氣。他的姊妹們也都是些出色的女性，舉止落落大方。他的姊夫赫斯特是一個其貌不揚的紳士，不大引人注目，但是全場人的注意力立刻都集中到他的朋友達西身上，因爲這位陌生青年身材魁偉，眉清目秀，舉止高貴。他進場不到五分鐘，大家便紛紛傳說他每年有一萬鎊的收入。男賓們稱讚他的一表人才，女賓們都說賓利先生的長相無法與達西相媲美。差不多整個晚上他都被人們以愛慕的目光包圍著。直到最後，大家才發現他爲人驕傲，看不起人，誰也巴結不上他，因此對他都起了厭惡的感覺。因爲他既然擺起一副討人嫌、惹人厭的面貌，那麼，不管他在德比郡有多少財產，也挽救不了他，一點也無法拿來和他的朋友相比。

賓利先生很快就和全場所有的主要人物都混熟了。他很活潑，爲人又不拘泥，不錯過每一場舞。偏偏舞會很早就散場，這令他十分氣惱。他決定要在尼日斐莊園再開一次舞會，他這些可愛的地方自然會引起人家對他產生好感，也使他與他的朋友形成明顯的對照！達西先生只跟赫斯特太太跳了一次舞，跟賓利小姐跳了一次舞，此外就在室內踱來踱去，偶爾找自己人談話，他怎麼也不肯和別的小姐跳舞。大家都認爲他是世界上最驕傲、最討人厭的傢伙，大家都希望他不要再來。貝納太太對他更是反感，她對他的舉止全都感到討厭，更主要是由於他得罪了她的一個女兒，使這種討厭變本加厲。

由於男賓少，伊麗莎白·貝納有兩場舞都不得不當壁花。當時達西先生曾一度站在她的身旁，爲此賓利先生特地歇了幾分鐘沒有跳舞，走到他這位朋友跟前，硬要他去跳，兩個人的談話全給她聽到了。

「達西，來吧，」賓利說，「我一定要你跳。我不願看到你一個人傻裡傻氣地站在這兒。還是去跳舞吧。」

「我絕對不跳。我一向討厭跳舞，這你是知道的，除非跟特別熟的人跳。在這樣的舞會上跳舞，簡直叫人受不了。你的姊妹們都在和別人跳，讓我跟舞場裡別的女人跳舞，簡直是活受罪。」

「我可不願意像你那樣東挑西揀，」賓利嚷道，「不瞞你說，這是我生平第一次見到這麼多可愛的姑娘。你瞧，其中有幾位眞是美貌絕倫哩。」

「當然囉，因爲你在和舞場上唯一的漂亮姑娘跳舞！」達西先生一面說，一面望著貝納家年紀最大的一位小姐。

「啊！我從來沒有見過這麼漂亮的小姐！其實你後面就坐著她的一個妹妹，她也很漂亮，我敢說，她實在討人喜歡。讓我來請我的舞伴給你們介紹一下吧。」

「你說的是哪一位？」他轉過身來，望了一會兒伊麗莎白，等她也看見了他，他才收回自己的目光，冷冷地說，「她還可以，但她的漂亮還不足以打動我的心，眼前我沒有興趣抬舉那些受冷落的小姐。你還是回去欣賞你舞伴的笑臉吧，用不著在我身上浪費時間。」

賓利先生無奈地走開以後，達西自己也走開了。伊麗莎白依舊晾在那裡，因此，她對達西先生實在沒有什麼好感。不過她饒有興致地對她的朋友們講這段偷聽到的話，因爲她個性活潑調皮，對任何可笑的事情都感興趣。

貝納家在這一個晚上都過得很高興。賓利先生曾邀請貝納家大小姐跳了兩次舞，而且這位貴人的姊妹們也對她另眼相看。貝納太太非常得意尼日斐莊園的家人喜歡她的大女兒。對此珍也跟她母親一樣得意，只不過沒有像她母親那樣囂張。伊麗莎白也爲珍高興；瑪麗曾聽到人們在賓利小姐面前提到自己，說她是鄰近一帶最有才氣的姑娘。凱蒂和麗迪雅運氣最好，每場舞都有舞伴，離開舞會時，她們唯一關心的只有跳舞這件事。母女們高高興興地回到她們居住的龍柏園（她們算是這個村子裡的旺族），看見貝納先生還沒有上床。貝納先生平常只要捧上一本書，就忘了時間，可是這次他沒有睡覺，是因爲他極想知道大家朝思暮想的這次盛會的經過情形。他滿以爲太太對那位貴客一定很失望，但是，他立刻就發覺事實並非如此。

「噢！我的好老爺，」她一走進房間就興奮地說，「今天晚上我們過得太快活了，舞會太棒了。你眞可惜沒有去。珍受到讚賞，簡直是無法形容。所有人都說她長得漂亮。賓利先生認爲她很美，還跟她跳了兩場舞！親愛的，他確實跟她跳了兩場！全場那麼多女賓，就只有她一個人蒙受了他兩次邀請。他頭一場舞是邀請盧卡斯小姐跳的。我不禁氣惱地站到她身邊！不過，他對她根本沒意思，其實，什麼人也不會對她有意思。當珍走下舞池的時候，他可就顯得非常著迷。他立刻打聽她的姓名，請人介紹，然後邀她跳下一場舞，他第三場慢舞是跟金小姐跳的，第四場跟瑪麗亞．盧卡斯跳，第五場又跟珍跳，第六場是跟麗茲跳，還有布朗謝……」

「要是他體諒我，哪怕只有一點點，」她的丈夫不耐煩地叫了起來，「他就不會跳這麼多，一半也不會！天哪，不要再提他那些舞伴了。噢！天哪，但願他頭一場舞就跳得把腳踩扭了筋！」

「噢！親愛的，」貝納太太接下去說，「我非常喜歡他。他眞是太漂亮啦！他的姊妹們也都很討人喜歡，我從沒有看見過比她們的衣飾更講究的了。我敢說，赫斯特太太衣服上的花邊——」說到這裡，她又給岔斷了。

貝納先生不願意聽人談到衣飾。因此她不得不另找話題，於是就談到達西先生那不可一世的傲慢無禮的態度，她的措辭辛辣刻薄，而且帶有幾分誇張。

「不過我可以告訴你，」她憤恨地補充道，「麗茲不中他的意。對麗茲來說，這並不值得可惜，因為他是個最討厭、最可惡的人，不值得去奉承他。他那麼神氣活現，那麼自以為是，誰能容忍他呢！他走來走去，東遊西蕩，還嫌別人不漂亮、沒有資格和他跳舞！親愛的，如果你在場的話，就可以教訓他一頓。我討厭他！」

第4章

珍從不輕易誇獎賓利先生，可是當她和伊麗莎白單獨在一起的時候，便會對妹妹傾訴衷曲，說自己很愛慕賓利先生。

「他有見識、風趣，人又活潑。我從沒見過像他那種討人喜歡的舉止，大方而又有教養！」

「他長得也很漂亮，」伊麗莎白接著回答，「年輕的男人應該更漂亮些，不過他可以算得上一個完美無瑕的人。」

「他第二次來請我跳舞時，我簡直高興死了。他這樣抬舉我，眞出乎我意料。」

「你眞的沒想到嗎？我倒替你想到了。不過，這正是我和你不一樣的地方。我不像你每次被人家抬舉，總是受寵若驚。他第二次再來請你跳舞，這不是再自然不過的事嗎？因爲你比起舞場裡任何一位小姐都要漂亮不知多少倍，他自然可以看得出來，除非他沒長眼睛。你又何必感激他向你獻慇懃？話說回來，他的確很可愛，我倒不反對你喜歡他。不過你以前也喜歡過很多蠢貨啊。」

「親愛的麗茲！」珍紅著臉說。

「嗯！我知道，你總是太容易對人發生好感。你從來看不出人家的短處。在你眼裡，天底下的都是好人，你都看得順眼。我從來沒聽你說人家的壞話。」

「我倒希望不要輕易責難一個人，我的一貫作風是想到什麼就說什麼。」

「我就奇怪你爲什麼總是這樣。以你的聰明竟會單純到看不出別人的愚蠢和無聊！走遍天下，僞裝坦白的人隨處可見。可是，只有你才會單純到看不出來。那麼，你也喜歡那位先生的姊妹們嗎？她們可比不上他的風度呀。」

「起初看上去的確比不上。不過跟她們談過話以後，就覺得她們也都是些討人喜歡的姑娘。聽說賓利小姐將來要跟她的兄弟住在一起，替他料理家務。她要不是個好鄰居，那才怪呢。」

伊麗莎白聽著姊姊的話，嘴上一聲不響，心裡可並不信服。她的觀察力比姊姊敏銳，個性也極強，不像她姊姊，因此提到賓利家姊妹，她只要想到她們在跳舞場中的那種舉止，就知道她們並不打算要討一般人的好。而且她自有主見，不會僅僅因爲人家待她好就改變主張，她不會對她們發生多大好感的。事實上，若是碰到令賓利小姐們高興的時候，她們也會談笑風生；如果她們樂意的話，她們也會和顏悅色地待人。可惜她們驕傲自大，因爲她們都長得很漂亮，曾經在上流的學校受過教育，有兩萬鎊的財產，花起錢來總是揮霍無度，愛結交有身價地位的人，因此才造成了她們在各方面都自視甚高，不把別人放在眼裡。她們出生於英格蘭北部的一個體面家族。她們牢記自己的出身，可是卻幾乎忘了她們兄弟的財產以及她們自己的財產都是做生意賺來的。

其實賓利先生的父親只給了他一筆近十萬鎊的遺產。他父親還未來得及了卻自己購置田產的心願，就與世長辭。賓利先生同樣打算購置田產，並且一度打算就在自己故鄉購置，不過目前他既然有了一幢很好的房子，而且有任意供他使用的莊園，於是那些瞭解他性格的人都說，他是一個隨遇而安的人，下半輩子恐怕就在尼日斐莊園度過了，購置田產的事只好由下一代去做。

替他著急的反而是他的姊妹們，她們希望他早些購置產業。不過儘管他現在僅僅是以一個租戶的身分在這兒住了下來，賓利小姐還是願意替他掌管家務。再說那位赫斯特太太嫁了個窮書生，每逢到弟弟這兒來作客，她就像是到了自己家裡一樣。

當時賓利先生成年還不滿兩年，只因爲偶然聽到人家推薦尼日斐莊園的房子，他便來到這兒看看。他裡裡外外看了半個鐘頭，對地段和幾間主要房間都很中意，加上房東又把那幢房子著實稱讚了一番，正中他的下懷，就當場租了下來。他雖然和達西性格不大相同，卻始終保持著他們之間的友誼。達西喜歡賓利的原因是賓利爲人溫柔敦厚、坦白直爽，儘管個性方面和達西極端相反，而他一直認爲自己的個性很完美。

達西很器重賓利，因此賓利也對他極其信賴，極其推崇他的見解。達西比賓利聰明——這並不是說賓利笨，而是說達西更聰明些。達西爲人兼有傲慢、含蓄和愛挑剔的個性，使他良好的教養也不能使他多受人歡迎。而他的朋友在這方面就比他高明多了。無論走到哪兒，賓利總是討人喜歡，而得罪人的始終是達西。

從他倆談起舞會的態度來看，就足見兩人性格的不同。賓利說，他生平從未遇到過比這兒的人更和藹的；也沒有遇到過比這兒的女孩更漂亮的。在他看來，這兒每個人都極其和善，極其慇懃，不拘禮，不侷促，他覺得一下子就和全場的人都相處得很熟。講起貝納小姐，也覺得她是人間最美麗的天使。至於達西，他卻覺得這些人既不美，又談不上風度，沒有一個人使他感興趣，也沒有一個人對他獻慇懃，來博取他的歡心。他承認貝納小姐是漂亮的，可惜她笑得太多。賓利的兩個姊妹對這位小姐的印象很好，她們很喜歡她，直說她是個可愛的姑娘，和她進一步交往一定很愉快。

第5章

在離龍柏園不遠處，住著威廉．盧卡斯爵士一家人，他們與貝納家過往甚密。爵士原先在麥里屯做生意，發了一筆財，後來當過鎮長，被國王冊封，獲得了一個爵士頭銜。這個顯要的身分使他覺得自己很了不起，從此他歇了生意，告別小鎮，帶著家人住到離開麥里屯大約一英里的一幢房子裡，那個地方因此而取名爲盧家莊。他可以在這兒自得其樂，以顯要自居；而且，由於擺脫了生意上的糾纏，他可以一心一意地從事社交活動。不過他儘管自得於自己的地位，並不因此而目空一切，反而非常周到地應酬每一個人。他天性不肯得罪人，待人接物總是和藹可親，慇懃體貼，而且由於國王的接見，更使他變得彬彬有禮。盧卡斯太太是個很善良的女人，是貝納太太身邊寶貴的鄰居。盧家有好幾個孩子。大女兒——是一個年輕小姐——非常明理懂事，年紀大約二十六、七歲，是伊麗莎白的好朋友。盧家的幾位小姐跟貝納家的小姐們很想碰個面，少不得要談一談舞會上的事。於是在開完舞會的第二天上午，盧家的小姐們便到龍柏園來，跟貝納家的小姐交換意見。

貝納太太一看見盧卡斯小姐，便客客氣氣地說：「那天晚上全靠你開場開得好，賓利先生第一個意中人便是你。」

「可第二個意中人，才是他眞正喜歡的。」

「哦，我想你是說珍吧，因爲他跟她跳了兩次。哦，看來他似乎愛上她了，我願意相信他是眞的。我聽到了一些話，可是我弄不清究竟，那是一些有關魯賓遜先生的話。」

「我想你指的是賓利先生和魯賓遜先生的談話吧？我不是跟你說過了嗎？魯賓遜先生問他喜不喜歡我們麥里屯的舞會，問他是否覺得到場的女賓們當中間有許多人很美，問他認爲哪一個最美？他立刻回答了最後一個問題：『貝納家的大小姐最美，這是不容置疑的。』關於這一點，人們絕不會有異議。」

「嗯，那麼說起來，一切似乎都成定論啦！不過，你知道，希望也許會全部落空。」

「你偷聽到的遠沒有我聽到的有意思，麗茲，」夏綠蒂說，「他朋友的話比達西先生中聽多了，可不是嗎？可憐的麗茲！達西先生居然認爲她長得只不過還可以！」

「我請求你別叫麗茲想起他這種無禮的舉動，被那麼一個討厭的人看上才叫倒楣呢。朗格太太告訴我說，昨兒晚上他在她身邊沈默地坐了半個鐘頭。」

「你的話靠得住嗎，媽媽？」珍說，「我清清楚楚看到達西先生跟她說話呢。」

「嘿——那是後來她問起他喜歡不喜歡尼日斐莊園，他才不得已敷衍了她一下。可是據她說，他似乎非常生氣她對他說話。」

「賓利小姐告訴我，」珍說，「他性格孤僻，只有跟知己的朋友們談天時，話才比較多。他只和藹可親地對待知己朋友。」

「我根本不相信這種話，要是他果眞和藹可親，朗格太太不會不說。這裡面的奧妙是可想而知的，大家都認爲他非常驕傲，他沒跟朗格太太說話，或許是因爲朗格太太是臨時雇了車子來參加舞會，而沒雇一輛馬車吧。」

「我倒不計較他沒跟朗格太太說話，」盧卡斯小姐說，「我只怪他當時沒跟麗茲跳舞。」

「麗茲，假如我是你，」她的母親說，「我下一次偏不跟他跳舞。」

「媽媽，我可以向你保證，我無論如何也不會跟他跳舞的。」

「他雖然驕傲，」盧卡斯小姐說，「可他的驕傲不同於一般人的驕傲，像他這麼優秀的年輕人，門第好，又有錢，確實處處比別人強，也難怪他覺得自己很了不起。照我的說法，他有權利驕傲。」

「這倒是眞話，」伊麗莎白回答道，「不過我不會原諒他的驕傲，除非他沒有觸犯我的驕傲。」

「我以爲驕傲是一般人的通病，」瑪麗說。她覺得自己的見解很高明，因此提高了談話的興致。「從我所讀過的許多書來看，我相信那的確是種非常普遍的通病，所有的人性都有這麼一種趨向，人們都會自命不凡於自己所具有的某種特質。虛榮與驕傲是截然不同的兩件事，儘管字面上常常當作同義詞用，但是一個人可以驕傲而不虛榮。驕傲一般不超出我們對自己的估計；虛榮卻牽涉到我們希望別人對我們的看法。」

盧卡斯家的幾位小姐帶來的一個小弟弟說：「如果我像達西先生一樣富有，我才不管什麼驕傲不驕傲。我要養一大群獵狗，每天喝一瓶酒。」

「那你一定會醉醺醺的，我若看見了就會把酒瓶搶下來。」貝納太太說。

小男孩堅決不同意，她則一味堅持，兩個人一直爭吵到客人告辭。

第6章

龍柏園的太太和小姐們不久就去拜訪尼日斐莊園的小姐們，她們也照例進行了回訪。貝納大小姐討人喜愛的舉止，使赫斯特太太和賓利小姐對她越來越有好感。雖然貝納太太的脾氣叫人無法容忍，幾個小妹妹也不值得攀談，可是賓利小姐卻願意跟年紀較大的兩位小姐作進一步深交，珍對她們的盛意感到非常高興。可是伊麗莎白則看出她們對別人十分傲慢，即使對珍也是這樣，因此非常不喜歡她們。不過，她們所以待珍好，看來多半還是由於她們的兄弟愛慕她的緣故，而珍看來也對他十分傾心。珍雖然感情豐富，然而她性格鎮靜，外表上仍如往常那般，如此就不會招致那些魯莽人的懷疑，別人也就不會察覺他倆的心意了。伊麗莎白曾經跟自己的朋友盧卡斯小姐談到過這一點。

夏綠蒂當時說：「這種事想瞞過大家，也許是怪有意思的，不過，這樣提心吊膽，有時候反而不妙。要是一個女人用這種技巧，在她心愛的人面前遮遮掩掩，使他不知道她對他有意，那麼她博取他歡心的機會就很少了。就算把天下人都蒙在鼓裡，又有什麼用？男女戀愛就是要好好利用對方感恩圖報之心，和虛榮自負之感，聽其自然是很難成就好事的。戀愛的開頭都是隨隨便便——某人對某人產生一點好感，本是極其自然的事。但是一個人極少會在沒有對方鼓勵下，傻頭傻腦地一頭栽入。通常女孩子總以兩倍的力量來表現她心中的那一點愛。毫無疑問，賓利喜歡你姊姊，可是你姊姊如果不幫他加一把勁，他也許就會算了。」

「不過她已經在竭盡全力地幫他了，連我都能看出她對他的好感，假如他看不出，那他也未免太蠢了。」

「麗茲，你得記住，他可不像你那麼懂得珍的性格。」

「假如一個女人愛上了一個男人，只要女方不故意瞞住對方，對方一定會看得出來的。」

「如果雙方見面的機會很多的話，或許他能看得出。雖然賓利和珍見面的次數相當多，但時間卻總是七零八落，斷斷續續，何況他們見面的時候，身邊總有許多雜七雜八的人，不可能讓他們倆暢談。因此珍得抓住任何一個可以吸引他的機會，千萬不要錯過。先把他抓到手，以後再去談戀愛豈不更好？」

伊麗莎白回答道：「你這個妙方只適用於嫁一個有錢男人的單純願望，我如果想找個有錢的丈夫，或者乾脆只要隨便找個老公就算數，我或許會照你的方法去做。可惜珍不是這樣想的，她爲人處事，就是不願意使心眼兒。而且，她自己也還拿不準她對賓利先生的愛情到了什麼地步，這種愛情表現得是否得體？她認識他才不過兩個星期。她在麥里屯跟他跳了四次舞；她有天上午在他家裡見過他一面；此後又在有別人在場的情況下跟他吃過四次晚飯。就這麼點兒來往，你叫她怎麼能充分瞭解他的爲人和性格呢？」

「事情並不像你所說的那樣。如果她只是跟他吃吃晚飯，那她只能看出他飯量如何。可是你得記住，他們不僅僅是一起吃過四頓飯，還在一起待了四個晚上——這四個晚上的作用可大著呢。」

「是的，這四個晚上只能讓他們彼此摸透他們有一個共同的嗜好，那就是他們都喜歡玩二十一點，至於別的事情，他們彼此之間仍然知道得很少。」

「唔，」夏綠蒂說，「我一心一意祝珍成功。我以爲即使他們倆明天就結婚，她也一定能獲得幸福的。比起她用一年的時間去研究瞭解他的性格、再去跟他結婚所能獲得的幸福，並不見得會少很多。婚姻生活是否幸福，完全是個機會問題。一對愛人婚前彼此非常瞭解或性格相同，並不能說明或保證他們婚後就會幸福。有時反而會弄到後來距離越來越遠。你既然得和這個人過一輩子，對他的缺點知道得越少越好。」

「你這番話妙透了。不過這種說法未必可靠。正因你知道並不可靠，所以你絕不肯讓自己那麼做。」

伊麗莎白一心只知道談論賓利先生對她姊姊的慇懃，她完全沒有想到自己也成了賓利那位朋友的意中人。說到達西先生，他最初認爲伊麗莎白並不怎麼漂亮，他在舞會上望著她的時候，沒有絲毫的愛慕；第二次見面的時候，他也不過用非常挑剔的眼光看待她。不過，儘管他在朋友們面前、在自己的心裡，都說她的面貌一無可取。可是才一轉眼，他就發覺她那雙烏黑的眼睛，使她的整個臉蛋兒顯得聰慧異常。之後，他又在她身上發現了幾個同樣叫人驚訝的地方。他帶著挑剔的眼光，發覺她的身材這兒不妥，那兒不對。但他到底不得不承認她體態輕盈，惹人喜愛，雖然他嘴上一口咬定她缺少上流社會的翩翩風采，但他卻被她落落大方、愛打趣的詼諧給迷住了。伊麗莎白對這些情形一點都不知道，她只覺得達西是個不討人喜歡的男人，何況他曾經認爲她不夠漂亮，不配跟他跳舞。

達西開始希望跟她深交。他爲了想要跟她攀談，因此留神去聽她跟別人的談話。於是，有一次在威廉·盧卡斯爵士的宴會中，他又用這樣的辦法引起她的注意。

當時伊麗莎白正對夏綠蒂說：「你瞧，達西先生是什麼意思呢？他幹嘛要在那兒聽我跟弗斯特上校談話？」

「只有達西先生自己能回答這個問題。」

「要是他再這樣，我一定要叫他明白我並不是個糊塗蛋。他特別擅長挖苦人，我得先給他點顏色看看。」

不到一會兒工夫，達西走到她的身邊，他表面上雖然並不想跟她們攀談，可是盧卡斯小姐卻不時慫恿伊麗莎白向他把這個問題正面提出來。伊麗莎白經她一激，便立刻轉過頭來跟他說：

「達西先生，我剛剛跟弗斯特上校說，希望上校在麥里屯給我們開次舞會，我這樣說話得體嗎？」

「沒問題啊！這本來就是件讓小姐們非常起勁的事。」

「你這樣說我們，未免太尖刻了些吧。」

盧卡斯小姐說：「咱們去彈琴吧，麗茲。」

「你這種朋友眞是罕見！——不管當著什麼人的面，總是要我彈琴唱歌！——如果我想要在音樂會上出風頭，我眞該對你感激不盡。賓客們都聽慣了一流演奏家的演奏，我實在不好意思在他們面前坐下來獻醜。」話雖如此，經過盧卡斯小姐再三要求，她便說，「好吧，既然沒有別的辦法，只好獻醜了。」

然後她轉過頭，瞥了達西一眼，說道：「有句俗話是這樣說，『留口氣吹涼稀飯』，我也就留口氣唱歌吧。」

她的表演雖然說不上精妙絕倫，但也還娓娓動聽。唱了一兩支歌以後，大家要求她再唱幾支。還沒等到她回答，她的妹妹瑪麗早就急切地接替她，坐到鋼琴前去了。原來在她們幾個姊妹之間，就只有瑪麗長得不好看，所以她努力鑽研學問，學習才藝，一有機會就想賣弄自己的本領。

瑪麗既沒有天才，格調也不高，但在虛榮心的促使下，她刻苦用功，不過，這也造成了她自大的態度。她的才藝再好也無法彌補她的這種態度，何況她不過如此而已。再說伊麗莎白，雖說彈琴技藝不如瑪麗，可是她落落大方，不矯揉造作，因此大家聽起來就高興得多了。

瑪麗的兩位妹妹，本在房間那頭和盧家小姐們在一起，正在跟兩三個軍官跳舞跳得起勁，當瑪麗奏的一支很長的協奏曲結束以後，她們便懇請她再奏幾支蘇格蘭和愛爾蘭小調；爲了贏得別人的誇獎和感激，她非常高興地照辦了。達西先生就在附近站著，他就這樣看著她們度過一個晚上。他心事重重，甚至沒發覺威廉・盧卡斯爵士站在他身邊，最後他才聽到爵士這樣跟他說：

「達西先生，跳舞對於年輕人是一種多麼可愛的娛樂！我認爲跳舞是上流社會最出色的才藝，再沒有什麼可與它相比的了。」

「是的，先生——而且就算低等社會也很風行跳舞。哪個野蠻人不會跳舞？」

威廉爵士笑了笑沒作聲。接下來他看見賓利也來參加跳舞，便對達西說：「你的朋友跳得很不錯，我相信跳舞對你來說也是駕輕就熟吧，達西先生。」

「你也許在麥里屯看見過我跳舞，先生。」

「嗯，你常到宮裡去跳舞嗎？」

「從來沒去過，先生。」

「你甚至在宮裡都不肯賞臉？」

「無論在什麼地方，能避免賞這種臉就避免。」

「你在城裡一定有屋子吧？」

達西先生聳了聳肩膀。

「我曾想把家安頓在城裡，因爲我喜歡上流社會。不過倫敦的空氣似乎不適合我太太。」

他停了一會兒，指望對方回答，可是對方根本就懶得回答。不久伊麗莎白往他們這邊走來，他靈機一動，想借機獻一下慇懃，便對她叫道：

「親愛的伊麗莎白小姐，你幹嘛不跳舞呀？——達西先生，讓我把這位最理想的舞伴介紹給你。我想你不會拒絕和這樣一個美人跳舞吧！」他拉住了伊麗莎白的手，就往達西面前送。達西雖然極爲驚奇，卻極想按住那只玉手，不料伊麗莎白立刻把手縮了回去，好像還有些神色倉皇地對威廉爵士說：

「先生，我確實一點兒也不想跳舞。我來這邊並不是來找舞伴的。」

達西先生非常有禮貌地要求她賞光，可是被拒絕了。伊麗莎白下定了決心就不動搖，威廉爵士的勸說半點用都沒有。

「伊麗莎白小姐，你跳舞跳得那麼高明，卻吝嗇得不肯讓我看你跳一場，這未免太說不過去了吧。再說，這位先生雖然平時不太喜歡跳舞，可是要他賞我們半個鐘頭的臉，我想他不會不答應的。」

伊麗莎白笑著說：「達西先生未免太客氣了。」

「他眞的太客氣了——可是，親愛的伊麗莎白小姐，看他這樣求你，你不會再責怪他了吧。誰不想要一個像你這樣的舞伴？」

伊麗莎白笑盈盈地瞟了一眼就轉身走開了。達西先生並沒有由於她的拒絕而感到難過，恰巧這時賓利小姐走過來招呼他：

「讓我猜一猜，你現在在想些什麼。」

「諒你也猜不中。」

「你心裡正在想，跟這些人一起無聊地度過許多個晚上，實在讓人難以忍受，我跟你頗有同感。我從來沒像現在這樣煩悶過！既枯燥乏味，又吵鬧不堪，無聊到了極點。這批人個個都自命不凡！聽你指責他們幾句實在是一種享受。」

「老實對你說吧，你完全猜錯了。我心裡正在想一件美妙的東西呢。我正在想：一個漂亮女人的美麗眼睛竟會給人這麼大的快樂。」

賓利小姐立刻盯著他的臉，要他坦白，令他想入非非的究竟是哪一位小姐。達西先生鼓起勇氣回答道：

「伊麗莎白．貝納小姐。」

「伊麗莎白．貝納小姐！」賓利小姐重複了一遍，「真讓我感到驚奇。你什麼時候看中她的？請你告訴我，我幾時可以向你道喜啊？」

「我就料到你會這樣問。女人的想像力真豐富，從仰慕跳到愛情，又從愛情跳到結婚。我早知道你會這麼想。」

「唔，既然你這麼認眞，我認爲這件事已經決定啦。你將會擁有一位寶貝的丈母娘，而且當然囉，她會永遠待在龍柏園。」

賓利小姐洋洋自得地說了這番話，達西先生卻一副不以爲然的樣子。

第7章

貝納先生的全部財產就是一片年收入兩千鎊的土地。說起這產業，眞是幾位女兒的不幸。他因爲沒有兒子，按照法律，產業得由一個遠親來繼承。她們母親的財產，雖然是一筆大數目，但仍難以彌補他的損失。貝納太太的父親曾是麥里屯的一位律師，留給她四千英鎊的遺產。她有個妹妹，嫁給了她爸爸的秘書腓力普，妹夫繼承了她爸爸的行業。她還有個兄弟，住在倫敦做生意，生意做得很好。

龍柏園和麥里屯相隔只有一英里，這麼一段距離正好給那幾位年輕小姐們提供方便，她們每星期總得上那兒去三四次，看看她們的姨媽，還可以順便光顧那邊一家賣女帽的商店。兩個最小的妹妹凱蒂和麗迪雅特別喜歡四處晃晃，她們沒有姊姊們那麼多心事，每當沒有更好的消遣時，就必定到麥里屯走一遭，消遣消遣美好的辰光，同時給晚上尋找談話的資料。儘管這村子裡通常打聽不到什麼新聞，她們還是能從她們姨媽那兒千方百計打聽到一些。最近從附近地方有一個民兵團開拔過來，她們從此有了豐富的消息來源，眞叫她們高興極了。這一團人整個冬天都駐紮在這兒，他們的司令部就在麥里屯。

從此她們每次拜訪都能從腓力普太太那兒獲得最有趣的消息。她們每天都會打聽到幾個軍官的名字和他們的社會關係。大家不久就知道了軍官們住在哪裡，接下來小姐們就直接跟他們很熟絡了。腓力普先生一一拜訪了那些軍官，於是他的姨姪女們所意想不到的一道幸福泉源，由此展開。她們現在開口閉口都離不開那些軍官。在這以前，只要提到賓利先生的財產，她們的母親就會眉飛色舞，如今她們覺得那偌大的財產跟軍官們的制服相比一文不值。

一天早晨，貝納先生聽到她們滔滔不絕地談到這個問題，不禁冷言冷語地說：「看你們談話的神氣，我覺得你們眞是些再蠢不過的女孩子。我現在完全掃除我以前的懷疑了。」

凱蒂聽後十分不安，可是並沒有回答。麗迪雅根本就不理會爸爸所說的話，還是接著說下去，說她多麼愛慕卡特上尉，希望當天跟他見面，因為他明天上午就要去倫敦了。貝納太太對她的丈夫說：「眞奇怪，親愛的，你總喜歡說你自己的孩子蠢。要是我呀，我可以看不起任何人的孩子，但是我自己的除外。」

「我很瞭解自己的孩子。」

「你的話是沒錯，可是事實上，她們一個個都很聰明。」

「我們兩個人只有在這一點上看法不同。我本來希望我們無論在什麼方面，能更融洽一致，可是說起咱們的兩個小女兒，的確非常蠢。關於這一點，到目前為止，我不得不和你持不同的意見。」

「我的好老爺，你可不能指望這些女孩都跟她們爸媽一樣的有見識呀。等她們和我們一般年紀，她們也許就不會再念著什麼軍官了。我從前有個時期，也很喜愛『紅制服』——當然，到現在我心裡頭還喜愛紅制服呢。如果有位每年有四五千鎊收入的年輕漂亮的上校向我女兒求婚，隨便他想娶哪個，我都不會拒絕。有天晚上在威廉爵士家裡，我看見弗斯特上校全副武裝，眞是一表人才！」

麗迪雅嚷道：「姨媽說，弗斯特上校跟卡特上尉不像初來時那麼勤快地去琴小姐家了，她近來常常看到他們站在克拉克借書處等人。」

貝納太太正要答話，不料一個僕人走了進來，拿來一封給貝納小姐的信。是由尼日斐莊園送來的，僕人等著取回信。貝納太太的眼睛因爲興奮而閃亮起來。珍讀信的時候，她心急地叫道：「嘿，珍，誰來的信？信上說些什麼？是怎麼說的？喂，趕快看完念給大家聽吧，快點兒呀，親愛的！」

「是賓利小姐寫來的，」珍說，一面把信讀出來：

我親愛的朋友，希望你今天大發慈悲，光臨寒舍跟露意莎和我一同吃飯，否則我們之間終生的遺憾就結下了。兩個女人成天在一塊兒談心，到頭來沒有不吵架的。接信後希望儘快前來。我的哥哥和他的幾位朋友都要上軍官們那兒去吃飯。

你永遠的朋友卡洛琳・賓利

「上軍官們那兒去吃飯！」麗迪雅嚷道，「姨媽怎麼沒有告訴我們這件事？」

「上別人家去吃飯，」貝納太太說，「這眞無聊。」

「我可以坐車去嗎？」珍問。

「不行，親愛的，你最好騎馬去。如果下雨的話，你就可以在那裡過夜了。」

「這倒是個好辦法，」伊麗莎白說，「如果你覺得他們肯定不送她回來。」

「噢，他的朋友去麥里屯需要馬車，赫斯特夫婦又是有車無馬。」

「我還是想坐馬車去。」

「可是，乖孩子，我包管你爸爸沒有多的馬來拖車子。農莊上正要用馬，我的好老爺，是不是？」

「農莊是需要馬，可惜很少能到我的手裡。」

伊麗莎白說：「今天如果到了你的手裡，就如了媽媽的願了。」

她最後不得不讓父親承認，那幾匹拉車子的馬已經派到別處去用了。於是珍只得騎著另外一匹馬去，母親送她到門口，高高興興地說了許多預祝天氣會變壞的話。她果眞如願，珍走了沒多久，就下起大雨。除了她母親，姊妹們都替她擔憂。雨直到黃昏也沒有停住，珍當然無法回家。

貝納太太一遍又一遍地說：「眞虧我想出了這個好辦法！」好像是她一手造成天下雨似的，不過直到第二天早上她才知道她的神機妙算究竟造成了多大幸福。早飯還沒吃完，尼日斐莊園就打發了人送來一封信給伊麗莎白：

我親愛的麗茲，可能由於昨天淋了雨，我今天早晨覺得很不舒服。承蒙這兒好朋友們的關心，她們堅持等我身體好一點兒再回家。朋友們再三要請鍾斯醫生來替我看病，因此，你們可千萬別驚訝他來這兒。我除了有點喉嚨痛和頭痛之外，沒什麼大不了的毛病。

姊字

伊麗莎白讀信的時候，貝納先生對他太太說：「唔，好太太，即使你的女兒得了重病，萬一她一病不起，倒也值得安慰呀，她是奉命去追求賓利先生的。」

「噢！她難道這麼一下子就會送命？絕沒有一個小傷風就可以送命的道理。她一定會被伺候得好好的。只要她待在那兒，包管無事。我也想去看看她，假如有車子的話。」眞正著急的倒是伊麗莎白，她決意非去一趟不可，無論有車與否。由於她不會騎馬，只好步行去了。她把自己的打算說了出來。

她的媽媽叫道：「你怎麼這樣蠢！路上這麼泥濘！等你走到那兒，那副樣子怎麼見人？」

「只要能見到珍，怎樣都成！」

「麗茲，」她的父親說，「你的意思是叫我替你弄幾匹馬來駕馬車嗎？」

「當然不是這個意思。我不怕走路，只要有心要去，這點兒路根本不是什麼問題。才不過三英里，我可以在晚飯以前趕回來。」

這時瑪麗說：「我很佩服你這分手足之情，但你千萬要理智，不能感情用事，而且我覺得盡力也不要盡得過分。」

凱蒂和麗迪雅同聲說道：「我們陪你到麥里屯。」於是三位年輕的小姐就一塊兒出發了。

「要是我們走得快些，」麗迪雅邊走邊這麼說，「或許還可以在卡特上尉走以前看看他。」

三姊妹到了麥里屯便分手。兩位妹妹去一個軍官太太家裡，留下伊麗莎白獨自繼續往前走。她急急忙忙地大踏步走過一片片田野，跨過一道道圍柵，跳過了一個個水窪，終於看見了那棟屋子。她這時候已經雙腳乏力，帶著沾滿了泥污的襪子和一張通紅的臉出現在那裡。

她被領進了餐廳，除了珍，他們全家人都在那兒。她一走進門就引起全部人的驚訝。赫斯特太太和賓利小姐心想，這麼一大早，路上又這麼泥濘，她竟趕了三英里路來這兒，而且又是一個人，這事簡直叫人無法相信。

伊麗莎白料定她這種舉動會讓對方瞧不起，可是她們竟出人意料地客氣，非常禮貌地接待了她，特別是她們的兄弟，不僅是客客氣氣地接待她，而且非常慇懃多禮。達西先生的話不多，赫斯特先生完全一言不發。兩種感情一直在達西先生心裡翻上翻下，一方面她步行後的鮮艷臉色令他十分愛慕；另一方面他又懷疑為了這麼一件小事，是否值得她獨自一個人大老遠趕來。至於赫斯特先生，他一心一意只想要吃早飯。

伊麗莎白問起姊姊的病情如何，她們的回答並沒有讓她滿意。據說貝納小姐晚上睡不好，雖然現在已經起床，體溫卻很高，不能出房門。最令伊麗莎白高興的是，他們馬上就把她領到她姊姊那兒去。珍非常高興她的來到，原來她爲了不讓家裡人著急和麻煩，所以信裡並沒有說明她盼望有個親人來看看她。珍已經沒有說話的力氣，因此，當賓利小姐走開以後，剩下她們姊妹倆在一塊兒，除了說她們待她很好，她很感激以外，再沒說別的。伊麗莎白靜悄悄地陪伴著她。吃過早飯以後，賓利家的姊妹也來陪伴她們，伊麗莎白看到她們那麼親切，便不禁對她們有了好感。醫生來檢查了病人的症狀，說她是重傷風（其實這也是可想而知的），醫生囑咐她們小心照顧，又勸珍上床去睡覺，並且開了幾帖藥。她們立刻照醫生的囑咐做事，因爲病人熱度又高了一些，而且頭痛得很厲害。伊麗莎白沒有離開姊姊的房間半步，另外兩位小姐也不大好意思走開，男客們都不在家裡，其實就算他們在家裡也幫不了什麼忙。

下午三點，伊麗莎白覺得應該走了，她勉強向主人告別。賓利小姐要她乘馬車回去，她正打算接受主人的盛意，不料珍捨不得讓她走，使賓利小姐不得不改變主意，請她在尼日斐莊園小住幾天。伊麗莎白十分感激地答應了。她趕緊派人到龍柏園去，告訴家裡人她暫且不回去，同時給她送些衣服來。

第8章

五點鐘，姊妹倆換了衣服。六點半，賓利小姐來請伊麗莎白去吃晚飯。晚飯時大家問長問短，紛紛探問珍的病情，賓利先生特別關切地問這問那，叫伊麗莎白非常高興，只可惜珍的病情一點也沒有好轉，因此她的回答無法令大家滿意。賓利家的姊妹們聽到這話，反反覆覆說她們是多麼擔心，說重感冒是多麼可怕，又說她們自己多麼討厭生病。說過了這些話以後，她們就不當它一回事了。伊麗莎白看到她們對珍如此冷淡，心裡很氣。的確，這家人裡面她只對那位先生滿意，他是眞正在爲珍擔心，他對伊麗莎白也慇懃和悅到了極點。除賓利先生以外，別人都不大理睬她。賓利小姐的心全在達西先生身上，赫斯特太太也差不多。赫斯特先生坐在伊麗莎白身旁，他天生一副懶骨頭，吃、喝、玩牌便是他活在世上的全部價值，他聽到伊麗莎白不喜歡吃燴肉而寧願吃一碟普通的菜，就沒興趣和她談話了。

伊麗莎白飯後馬上就去珍那兒。她一走出飯廳，賓利小姐就開始挑她的毛病，把她的作風說得壞透了，說她既傲慢又不懂禮貌，不知道該如何與人攀談，儀表不佳，又不風趣，只是人還算長得不錯。赫斯特太太也附和她的看法，而且還補充了幾句：

「總而言之，她除了有走路的長處之外，沒有別的本領。我永遠忘不了她今天早上那副瘋樣子。」

「她的確像個瘋子。見到她時，我簡直忍不住要笑出來。她這一趟來得無聊透頂，她大驚小怪地跑遍整個村莊，只爲她姊姊的一點小傷風！頭髮還弄得亂七八糟！」

「是呀，還有她的襯裙，可惜你沒看到她的襯裙。我絕對不是瞎說，那上面的泥足足有六英寸高！她放低了外面的裙子，想遮蓋住泥巴，可是遮蓋不了。」

賓利先生說：「你形容得一點都不過分，露意莎。可是呢，我並不以爲意。我倒覺得伊麗莎白．貝納小姐今兒早上走進屋子的時候，那種神情風度很不錯呢。我並沒有看到她骯髒的襯裙。」

「你一定看到的，達西先生，」賓利小姐說，「我想，你總不願意你的妹妹以那一副狼狽的樣子出現在你面前吧。」

「當然不願意。」

「無緣無故趕上三英里路、五英里路，誰曉得多少英里呢，泥土淹沒了踝骨，而且是孤孤單單的一個人！她這究竟是什麼意思？一副沒有家教的模樣，完全是不懂禮貌的鄉下人。」

賓利先生說：「那正說明她的手足情深！」

賓利小姐故意說：「達西先生，我倒擔心，你對她那雙美麗眼睛的愛慕，會不會由於她這次的冒失行爲而受到影響？」

達西回答道：「一點兒影響也沒有，這趟路使她的眼睛更明亮了。」說完這句話，屋子裡沈默了一會兒，然後赫斯特太太開口說：

「我非常關心珍·貝納，她的確是位可愛的姑娘。我誠心誠意地希望她能攀門好親事。只可惜遇到那樣的父母，加上她的那些親戚又那麼下流，我擔心她的指望不大。」

「我不是聽你說過，她有個在麥里屯當律師的姨父嗎？」

「是呀，她們在倫敦還有個舅舅。」

「那眞妙極了。」她的妹妹補充了一句，於是姊妹倆放聲大笑。

賓利一聽此話，大叫起來：「即使她們有多得數不清的舅舅，可以把整個倫敦都塞滿，也不能絲毫減損她們討人喜愛的程度。」

「可是，這就使她們嫁給有地位的男人的機會大大減少了。」達西回答。

賓利先生沒有理睬這句話，他的姊妹們卻非常得意地聽著，於是益發肆無忌憚地開貝納小姐的玩笑。

不過她們一離開飯廳，來到珍的房間，又裝出一副百般溫柔千般體貼的樣子，一直陪著她直到喝咖啡的時候。由於珍的病還不見好轉，伊麗莎白一直守到黃昏，看見她睡著了，才放下了心，她認爲自己應當去一趟樓下（雖說她並不樂意下樓去）。走進客廳，她發覺大家正在玩牌，他們立刻邀她也來玩，可是她恐怕他們賭注很大，便謝絕了，只推說放心不下姊姊，一會兒就得上樓去，但她可以拿本書來消遣消遣。赫斯特先生驚訝地朝她望了一眼。

「你寧可捨棄玩牌而看書嗎?」赫斯特先生說，「這可眞是少有。」

賓利小姐說：「伊麗莎白小姐瞧不起玩牌，她是個了不起的讀書人，除了讀書之外，對別的事都不感興趣。」

伊麗莎白嚷道：「我可擔不起這樣的誇獎，也受不起這樣的責備。我並不是個了不起的讀書人，除了讀書，我還對許多事情感興趣。」

賓利先生說：「我確定你樂意照料自己的姊姊，只有她的康復才能使你更加快活。」

伊麗莎白從心底裡感激他這番用意，然後走到一張桌子前，那兒放了幾本書。賓利先生想要另外拿些書來給她——甚至恨不得把他書房裡所有的書都拿來。

「我要是能再多一些藏書就好啦，這既對你有益，也能顧全我的面子。可是我是個懶鬼，藏書不多，讀過的就更少了。」

伊麗莎白對他說，房間裡那幾本書就夠她看了。

賓利小姐說：「我很奇怪，爲什麼爸爸只遺留下來這麼幾本書。達西先生，你在彭伯里的那個藏書室眞是好極了!」

達西說：「那有什麼稀奇，那是幾代人共同的成就。」

「你自己老是在買書，也添置了不少。」

「現在日子過得不錯，怎麼能夠疏忽家裡的藏書室？」

「疏忽！只要能爲你那個高貴的地方增添色彩，我相信你不會疏忽任何一件。查爾斯，以後你自己蓋房子時，我只希望有彭伯里一半那麼美麗就好了。」

「但願如此。」

「我還要奉勸你以彭伯里爲榜樣，在那附近購買房子，德比郡是全英國最好的郡了。」

「我非常高興那麼辦。只要達西肯賣，我眞想把彭伯里買下來。」

「可能辦到的事情，才値得我們談。」

「卡洛琳，我敢說，與仿照彭伯里的樣式造房子相比，買下彭伯里的可能性大些。」伊麗莎白聽這些話聽得出了神，弄得沒心思看書，乾脆把書放在一旁，走到牌桌跟前，坐在賓利先生和他的妹妹之間，看他們打牌。

這時賓利小姐又問達西：「從春天到現在，達西小姐長高了很多吧？她將來應該可以長到像我這麼高！」

「我想會吧。她現在大概有伊麗莎白．貝納小姐那麼高了，恐怕還要再高一點。」

「我眞想再見見她！模樣兒那麼好，又懂得禮貌，小小的年紀就出落得多才多藝，她的鋼琴彈得眞是高明極了。」

賓利先生說：「這眞叫我驚奇，怎麼年輕的姑娘們都有能耐，把自己鍛鍊得多才多藝。」

「每個年輕的姑娘們都是多才多藝！親愛的查爾斯，你這話是什麼意思呀？」

「是的，我認爲每個姑娘都是那樣。她們都會裝飾桌面，點綴屏風，編織錢袋。簡直沒見過有哪一位不會其中的任何一樣！」

達西說：「你說的這些平凡本領，若算才藝，那可倒眞的是人人皆會。許多女人享有多才多藝的美名，只因爲她們會編織錢袋、點綴屏風。我對於你對女人的評價實在不敢苟同。我不敢說大話，我認識很多女人，但僅有不到半打的人算是眞的多才多藝。」

伊麗莎白說：「那麼，在你的想像中，一個多才多藝的婦女應該包括很多條件啦。」

「不錯，我是認爲應該包括很多條件。」

「噢，當然囉，」他的忠實助手叫了起來，「一個女人只有超越常人，才能算得上是多才多藝——也就是說，只有同時精通音樂、歌唱、圖畫、舞蹈及現代語文的女人，才當得起這個稱號。除此以外，她的儀表和她的聲調、談吐都得有相當風趣，否則她就沒有這個資格了。」

達西接著說：「她除了具備這些條件以外，還應該多讀書，長見識，有點眞才實學。」

「怪不得你只認識六個才女。我現在懷疑你是否連一個才女都不認識啊？」

「我從來沒見過這樣的女人，我從來沒見過像你所說的既有才幹又風趣，同時又那麼好學、儀態優雅的女人。」

赫斯特太太和賓利小姐同時叫了起來，她們提出反證，說她們認識很多具備這些條件的女人。一直等到赫斯特先生叫她們專心打牌，她們才住嘴，結束了一場爭論。伊麗莎白沒有多久也走開了。

門關上之後，賓利小姐說：「有些女人喜歡在男人們面前搬弄是非，以便自抬身價，伊麗莎白‧貝納就是這樣一個女人。這種手段也許在某些男人身上會發生效果，但是我認爲這是一種下賤的詭計，一種卑鄙的手腕。」

達西聽出她這幾句話是有意說給他聽，便連忙答道：「毫無疑問，姑娘們爲了勾引男子，竟卑鄙到不擇手段，使用巧計。因此凡是帶有幾分狡詐的做法，都應該受到鄙棄。」

賓利小姐對他這個回答不太滿意，因此就沒有再談下去。

伊麗莎白再次來到客廳，是爲了告訴大家，她暫時不能離開，因爲她姊姊的病更加嚴重了。賓利一再主張立刻請鍾斯大夫來，而他的姊妹們卻都主張請一位城裡最有名的大夫來，因爲鄉下郎中無濟於事。伊麗莎白雖不贊成，不過也便不辜負她們的一番盛意，於是大家達成協議：如果貝納小姐明兒一大早依舊沒有好轉，就馬上去請鍾斯大夫來。賓利先生心裡非常不安，他的姊姊和妹妹也聲稱十分擔憂。吃過晚飯以後，她們倆總算合奏了幾支歌來驅散了一些煩悶，賓利先生因爲想不出好辦法，只好吩咐女管家，盡心盡力照料病人和病人的妹妹。

第9章

伊麗莎白在姊姊的房間裡度過大半夜，幸運的是病人的病情並沒有再惡化下去。第二天一大早，賓利先生派遣一個女僕來問候她們。過了一會兒，兩個文雅的女僕代表賓利的姊妹也來探病，伊麗莎白總算可以告訴她們說，病人已略見好轉。不過，她雖然放了些心，卻還是希望能幫她送封信去龍柏園，要她的媽媽來看看珍，因爲珍的病情要由媽媽親自判斷。信立刻就送去了，信上所說的事也很快就照辦了。他們家剛剛吃過早飯，貝納太太便帶著兩個最小的女兒到達。

如果貝納太太發覺珍有什麼危險，她會非常傷心，但是幸好看到珍的病並不怎麼嚴重，她就放心了。她並不希望珍馬上復元，因爲，要是一復元，就意味著她得離開尼日斐莊園回家去。於是當她女兒提出要回家時，她聽也不聽，況且那位差不多跟她同時來到的醫生，也認爲搬動不是個好辦法。母親陪著珍坐了一會兒，賓利小姐來請她吃早飯，於是她就和三個女兒一塊兒去餐廳。賓利先生前來迎接她們，說是希望貝納太太不要把小姐的病想像得很嚴重。

貝納太太回答道：「她病情的嚴重超出我的想像，先生，她都病得不能動了。鍾斯大夫也說，千萬不可以叫她移動。我們只得麻煩你們再照顧她幾天啦。」

「移動！」賓利叫道，「這是絕對不可以的。我相信我的妹妹也絕對不肯讓她搬走。」賓利小姐冷淡而有禮貌地說：「您就放心吧，貝納太太，貝納小姐待在我們這兒，我們一定會盡心盡力地照顧她。」

貝納太太連聲道謝。

接著她又說道：「如果沒有你們照顧，眞不知道她會變成什麼樣子。因爲她實在病得很重，十分痛苦，不過好在她有極大的耐性——那是她的美德，像她這般溫柔到極點的性格，我生平再沒見過第二個人有。我常對其他的幾個女兒說，她們與姊姊相比簡直差太多了。賓利先生，你這所房子實在可愛，從那條鵝卵石鋪道上望出去，景致也很美麗。在這個村莊裡，尼日斐莊園是無與倫比的。雖然你的租期很短，但我勸你千萬別急著搬走。」

賓利先生說：「我這人不論做什麼事，總是說幹就幹，我如果打定主意要離開尼日斐莊園，五分鐘之內就可以搬走。不過目前我打算在這兒住定了。」

「我猜想得一點兒不錯。」伊麗莎白說。

賓利轉過身去對她大聲說道：「你開始瞭解我啦，是嗎？」

「噢，是呀，我完全瞭解你了。」

「你這是在恭維我吧？不過，這麼容易被人看透，委實太可憐了！」

「那得看情況。一個深沈的人，未必比你這樣的人更叫人難以捉摸。」

她的母親連忙嚷道：「麗茲，別忘了你在作客，你在家裡撒野慣了，在人家這裡你可不能胡鬧。」

「我以前倒不知道你在研究人的性格方面是個專家。」賓利馬上接下去說，「這門學問一定很有趣吧。」

「不錯，可是研究複雜的個性才有趣，至少只有這樣的性格才有研究的價值。」

達西說：「一般說來，這種研究對象不會是鄉下人。因為在鄉下，人們都非常封閉、非常單調。」

「可是人是會變的，他們身上永遠有值得你去研究的新東西。」

貝納太太聽到剛剛達西以那種口氣提到鄉下人，不禁頗為生氣，便連忙嚷道：「沒錯！告訴你，城裡可供研究的對象並不比鄉下多。」

大家聞言都吃了一驚。達西朝她望了一會兒，便靜悄悄地走開了。貝納太太自以為完全佔了上風，便趁著一股興頭說下去：「我覺得倫敦除了店鋪和公共場所以外，再沒有什麼比鄉下好的地方了。鄉下可舒服得多了——不是嗎，賓利先生？」

「我到了鄉下就不想走，」他回答道，「但是我住到城裡也不想走。鄉下和城裡各有所長，我隨便住在哪兒都一樣快樂。」

「啊，那是因為你有個好性格。可是那位先生，」她說到這裡，便朝達西望了一眼，「就會覺得鄉下一無是處。」

「媽媽，你弄錯了，」伊麗莎白為她母親感到臉紅，「你把達西先生的意思完全弄錯了。他只不過說，在鄉下，我們碰不到各色各樣的人，這點你可得承認是事實吧。」

「當然囉，親愛的——不過要是說在這個村子裡還碰不到許多人，我相信再也沒有比它更大的村莊了。就我所知，我們可以邀二十四家跟我們來往吃飯哩。」

爲了顧全伊麗莎白的面子，賓利先生忍住沒有笑出來。他的妹妹可沒有他那麼用心，帶著富有表情的笑容望著達西先生。伊麗莎白爲了轉移母親的心思，便藉口問她母親自從她離家以後，夏綠蒂·盧卡斯有沒有到龍柏園來過。

「來過，昨天她父親和她一塊兒來的。威廉爵士是個多麼和藹的人呀！那麼時髦、那麼文雅，又那麼隨和！他會和任何與他碰面的人閒談幾句。這就是我所謂的有良好教養。那些自以爲了不起、金口難開的人，他們的想法眞是大錯而特錯。」

「夏綠蒂在我們家裡吃飯嗎？」

「沒有，她非常固執，一定要趕回去。據我猜想，大概是她得趕回家做肉餅。賓利先生，我既然雇了僕人，分內的事總得由她們料理。其實人的性格如何，完全看各人。盧卡斯家裡的女孩都很好，只可惜長得不夠漂亮！我個人並不以爲夏綠蒂長得難看，畢竟她是我們要好的朋友。」

「她的確是位很可愛的女孩。」賓利說。

「是呀，可是你也得承認，她長得並不算漂亮。連盧卡斯太太也那麼說，她還羨慕我的珍長得漂亮呢。我只是說老實話，我不喜歡過分誇獎自己的孩子。那一年她才十五歲，在我城裡的兄弟嘉丁納家裡。當時有位先生愛上了她，我的弟媳婦還猜說，那位先生一定會在臨走以前向她求婚。不過他後來卻沒有提，也許是他覺得她年紀太小了吧。不過他卻寫了好些詩給珍，而且寫得很好。」

「那位先生就這麼結束了一場戀愛，」伊麗莎白不耐煩地說，「我想，愛情原來敵不過幾首詩！」

「詩是愛情的食糧，這是我一貫的觀點。」達西說。

「那必須是一種優美、堅貞、健康的愛情才行。除非你本身已經夠強健，否則你吃什麼，都無法獲得滋補。要是只不過是有一點兒愛情的蛛絲馬跡，那麼我相信，一首十四行詩準會把它斷送掉。」

達西笑了一下，接著好一陣子，大夥兒都沈默著。伊麗莎白怕母親又要出醜，特別著急。她想說點兒什麼，可是又想不出該說什麼好。沈默了一會兒之後，貝納太太又重新向賓利先生道謝，說多虧他對珍照顧周到，同時又爲伊麗莎白的打擾向他道歉。賓利先生極其懇切而有禮貌的回答，弄得他的妹妹也不得不講禮貌，很客氣說了些話，她說話的態度並不十分自然，但是貝納太太已經夠滿意的了，她叫人預備馬車。這個號令一發，她那位最小的女兒立刻走上前來。自從她們母女來到此地，兩個小女兒就一直在交頭接耳地商量，最後說定了由最小的女兒來要求賓利先生，兌現他剛到鄉下時許下，要在尼日斐莊園開一次舞會的諾言。

麗迪雅是個發育得很好的女孩，雖然今年才十五歲，但長得細皮嫩肉。她很早就進入社交界，由於她母親對這個掌上明珠的過度嬌縱，再加上她生性好動，天生有些不知分寸。她的姨父曾多次宴邀那些軍官，由於軍官們對她的浪蕩風情很有好感，她便更加肆無忌憚。所以她冒冒失失地提醒賓利先生，他答應要開舞會的事，還說天下最丟人的事莫過於不實踐自己的諾言。她母親很高興賓利先生對她這番突如其來挑釁的回答。

「我可以向你保證，我非常願意實踐我的諾言，只要等你姊姊身體復原，由你隨便訂個日期就行。你姊姊生病時你總不願意跳舞吧？」

麗迪雅表示滿意：「你這話說得不錯。等到珍康復以後再跳，眞是太棒了，而且那時，卡特上尉也許又可以回到麥里屯。我一定要讓他們在你開舞會之後再開一次。」

班太太帶領兩個小女兒回家了，伊麗莎白也回到珍身邊。她懶得管賓利家的人會不會笑她家的人失禮；也不管她們的各種議論，不過，儘管賓利小姐怎樣說俏皮話，怎樣拿伊麗莎白「美麗的眼睛」開玩笑，達西卻始終不肯受她們的慫恿，和她們一同大肆批評。

第10章

這一天和前幾天差不多。上午，賓利姊妹倆陪了病人兩三個鐘頭，病人漸漸好轉，儘管很慢。晚上，伊麗莎白跟她們一塊兒待在客廳裡。賓利小姐坐在達西先生旁邊，看他寫信，再三要他替她問候他的妹妹。赫斯特太太在一旁看赫斯特先生和賓利先生玩紙牌。

伊麗莎白一面做針線，一面聽著達西跟賓利小姐談話。賓利小姐不停地說恭維話，不是說他的字寫得漂亮，就是說他的字跡很齊整，要不就是讚美他的信寫得細緻，可是對方始終一副冷冰冰的樣子。兩個人的對話十分無厘頭。

「達西小姐收到了這樣一封信，將會怎樣高興啊！」

對方沒有吭聲。

「你寫信寫得眞是少見的快。」

「你這話可說得不對，我寫得相當慢。」

「你一年裡頭得寫多少封信啊。工作上還得寫信，我看眞是夠厭煩的吧！」

「這些信幸虧不是碰到你，而是碰到我。」

「請你告訴令妹，我很想見她。」

「遵你的命，我已經告訴她了。」

「我怕你那支筆不大管用了吧。讓我來替你修一修，修筆是我的絕活。」

「謝謝你的好意，我一向都是自己修筆。」

「你怎麼可以寫得那麼整齊？」

他沒有作聲。

「請告訴令妹，就說我很高興聽到她彈豎琴有了進步。還請你告訴她，我很喜歡她寄給我裝飾桌子的那張美麗的小圖案，我覺得比起格蘭特小姐的那張好得太多了。」

「可否請你通融一下，讓我延遲到下一封信再告訴她？這一次我可寫不了這麼多啦。」

「噢，不要緊。反正一月時就可以見到她了。不過，你老是寫給她那麼動人的長信嗎？達西先生？」

「我的信一般都寫得很長，但我不確定每封信是否都動人。」

「不過我總覺得，凡是寫起長信來一揮而就的人，無論如何不會寫得不好。」

她的哥哥嚷道：「你可不能這樣恭維達西，卡洛琳，因為他並不能夠大筆一揮而就，他還得多多推敲四個音節的字——達西，你不是這樣嗎？」

「我和你寫信的風格不大一樣。」

「噢，」賓利小姐叫了起來，「查爾斯總是以一種不可想像的潦草隨便的態度寫信。他總是漏掉一半的字，然後再塗掉另一半的字。」

「我的念頭轉得太快，簡直來不及寫，因此有時候收信人讀到我的信，會覺得不知所云。」

「賓利先生，」伊麗莎白說，「你這麼謙虛，眞叫人家都不好意思責備你了。」

達西說：「有時假裝謙虛其實是信口開河，其實是在轉彎抹角的自誇。」

「那麼，我剛剛那幾句謙虛的話，究竟是信口開河呢？這是轉彎抹角的自誇？」

「應該算是轉彎抹角的自誇，因爲你很得意於自己寫信方面的缺點。你認爲你思維敏捷，便懶得去注意文法，而且你寧可求快速，也不肯考慮是否能做出完美的成績。例如你今天早上跟貝納太太說，如果你決定要搬離尼日斐莊園，五分鐘之內就可以成行，這種話不過是爲了誇耀自己，恭維自己。再說，急躁的結果只會使得應該要做好的事情沒有做好，無論對別人還是對你自己，都沒有眞正的好處，你說這值得讚美嗎？」

「天哪！」賓利先生嚷道，「你到了晚上還記得早上的事，眞是太恐怖了！老實說，我相信我沒有看錯我自己，我到現在還堅信這一點。因此，我至少不是想要在小姐們面前炫耀自己的神速。」

「也許你眞的相信你自己，可是我怎麼也不相信你能那樣當機立斷的做事。我知道你也跟一般人一樣，都是見機行事。譬如你正跨上馬要走了，忽然有朋友跟你說：『賓利，你最好還是等到下個星期走吧。』那麼你可能就會聽他的話，可能就不走了；要是他再跟你說些別的什麼，你有可能會待上一個月。」

伊麗莎白叫道：「你這一番話只不過在說明賓利先生並沒有放任自己的性子說做就做。經你這樣一說，比他自己說更來得光彩啦。」

賓利說：「我眞是太高興了，經你這麼一圓場，我的朋友所說的話，反而變成恭維我的話了。不過，我只怕你的圓場並不投那位先生的本意。因爲我如果眞遇到這種事，仍然會爽爽快快地謝絕那位朋友的好意，騎上馬就走。那他一定會更看得起我。」

「難道達西先生認爲，不管你做出多麼輕率魯莽的決定，只要你一打定主意就應該堅持到底嗎？」

「老實說，我也解釋不清，那得由達西自己來說明。」

「我可從來沒承認過，你這些意見就是我的意見。不過，貝納小姐，即使假定你所說的這種情形眞有其事，你可別忘了一點：那個朋友固然叫他不要說就離開，叫他回到屋子裡去。可是那也不過是那位朋友的一種希望，對他提出的要求，但並沒有堅持要他非那樣做不可。」

「原來，在你身上找不到聽從朋友勸告的優點。」

「如果不問是非，隨隨便便就聽從，恐怕就是盲從了吧。」

「達西先生，我覺得你未免否定了友誼和感情對於一個人的影響。要知道，通常一個人用不著說服，就會心甘情願地聽從別人的要求，如果他尊重別人的要求——我並不是因爲你說到賓利先生而借題發揮。也許我們可以等到眞有這種事情發生的時候，再來討論他處理的方式是否恰當。不過一般來說，朋友之間相處，遇到一件無關緊要的事情的時候，一個已經打定主意，另一個要他改變一下主意，如果被要求的人不等對方加以說服，就聽從了對方的意見，你能說他有什麼不是嗎？」

「這個問題我們且慢討論，不妨先仔仔細細研究一下，那個朋友提出的要求究竟重要到什麼程度，他們兩個人的交情又深到什麼程度，這樣好不好？」

賓利大聲說道：「好極了，請你仔仔細細講吧，千萬別忘了講他們的身材高矮和大小，因爲，貝納小姐，你一定想像不到討論起問題來的時候，這一點是多麼重要。老實對你說，要是我有達西先生那麼高那麼大，你休想讓我尊敬他。在某些時候，某些場合，達西是個再討厭不過的傢伙——特別是禮拜天當他沒事可做待在家裡時。」

達西微笑了一下，伊麗莎白本來要笑，可是覺得他好像有些生氣，便忍住了沒有笑。賓利小姐看見人家開他玩笑，很是生氣，便怪她的哥哥連這麼沒意思的話題也談。

達西說：「我明白你的用意，賓利，你要把你不喜歡的這場辯論壓下去。」

「我也許眞是這樣。辯論往往很像爭論，假若你和貝納小姐能夠稍緩一下，我將會非常感激。等我走出房間以後再辯論，我走出去以後，你們想怎麼說都可以了。」

伊麗莎白說：「其實也沒什麼好說的。達西先生還是去把信寫好吧。」

達西先生聽從了她的意見，繼續寫信。

這件事過去以後，達西希望賓利小姐和伊麗莎白小姐能彈點音樂聽聽。賓利小姐迅速地搶先走到鋼琴前，先客套了一番，請伊麗莎白帶頭，伊麗莎白當然誠懇地推辭了，然後賓利小姐這才在琴旁坐下來。

赫斯特太太給她妹妹伴唱。她們姊妹倆演奏的時候，伊麗莎白隨手翻閱著鋼琴上的幾本琴譜，只見達西先生的眼睛總是望著她。說實話，她可不敢奢望這位了不起的人，是在用愛慕的眼光看著她；不過，要是說達西是因爲討厭她，所以才望著她，那就更說不通了。最後，她只得這樣想：大概是因爲達西認爲她比起在座的其他人，更叫人看不順眼吧。她做出了這個假想之後，並沒有感到痛苦，因爲她根本不喜歡他，因此也不稀罕他的垂青。

賓利小姐彈了幾支義大利歌曲以後，變換情調，改彈一些活潑的蘇格蘭曲子。這時達西先生走到伊麗莎白面前，對她說：

「貝納小姐，想不想趁這個機會，來跳一次蘇格蘭舞呢？」

伊麗莎白沒有回答他，只是笑了笑。他見她悶聲不響，覺得有點兒奇怪，便又問了她一次。

「噢，」她說，「我早就聽見了，可是我一下子不知道該怎樣回答你。當然，我知道你希望我回答一聲『好的』，那你就會蔑視我的低級趣味，好讓你自己得意一番，只可惜我一向把戳穿人家的詭計作爲愛好，喜歡作弄一下那些存心想要蔑視人的人。因此，我可以告訴你，我根本不愛跳蘇格蘭舞。這一下你可不敢蔑視我了吧。」

「果眞不敢。」

伊麗莎白本來打算使他難堪一下，這會兒倒被他的體貼給愣住了。不過，伊麗莎白爲人一貫乖巧，不輕易得罪任何人；而達西又對她非常著迷，以前他從沒對任何女人如此著迷過。他不由得一本正經地想道：要不是她的親戚出身卑賤，我也許會愛上她呢。

賓利小姐見到這般光景，很是嫉妒；或者也可以說是她特別愛懷疑，因此由疑而生妒。於是她極切地想把伊麗莎白攆走，巴不得她的好朋友珍的病趕快復元。

爲了挑撥達西厭惡這位客人，她常常閒言閒語，說他跟伊麗莎白終將締結良緣，而且預測著達西會從這門良緣得到很大幸福。

第二天，賓利小姐跟達西在灌木林裡散步，賓利小姐說：「我希望將來有一天好事如願的時候，你得委婉地奉勸你那位岳母說話最好謹愼些，還有你那幾位小姨子。另外，我眞不好意思說出口：尊夫人有一點兒類似於驕傲自大、不懂禮貌的小脾氣，你也得盡力幫助她克制一下。」

「你還有什麼別的意見，可以促進我的家庭幸福？」

「噢，有啊，她親戚的畫像可以掛到彭伯里畫廊裡面，就掛在你那位當法官的伯祖父大人遺像旁邊。你知道他們都是同行，只不過部門不同而已。至於尊夫人伊麗莎白，可千萬別讓別人替她畫像，天下哪一個畫家能夠唯妙唯肖地畫出她那雙美麗的眼睛？」

「不容易描畫的是她眼睛的神氣。不過眼睛的形狀和顏色，以及她的睫毛，都非常美妙，也許描畫得出來。」

他們正談得起勁的時候，忽然看見赫斯特太太和伊麗莎白從另外一條路走過來。

賓利小姐連忙跟她們打招呼說：「我不知道你們也出來散步。」她說這話的時候，心裡很有些惴惴不安，因爲她恐怕她們聽見剛才的談話。

「你們也太對不起我們了，」赫斯特太太回答道，「也不告訴我們一聲，就只顧自己出來散步。」

她挽住達西的臂膀，丟下伊麗莎白，讓她獨自一個人，這條路剛好只能容下三個人並排而行。達西先生覺得她們太冒昧了，便說道：

「這條路太窄，大家無法並排走，我們還是走大道吧。」

伊麗莎白不願意跟他們在一起，一聽這話，便笑嘻嘻地說：

「算啦，算啦，你們走吧。三個人一起走非常相配，而且很出色。多一個人會弄壞畫面的。再見。」

說完她高高興興地跑開了。邊走邊想，珍的病已明顯好轉，再過兩天就能回家了。

第11章

吃過晚飯以後，賓利姊妹走出餐廳，伊麗莎白就到樓上她姊姊那兒，看她穿戴得妥妥貼貼不會著涼，才陪著她到客廳。她的女朋友們見到她，都表示歡迎，說見到她非常高興。當時，男客們還沒有到場。她們是那麼和藹可親，伊麗莎白從來不曾看過她們如此健談，對宴會的描述細緻入微，說起故事來妙趣橫溢，對朋友的譏嘲也有聲有色。

但是男客一到，賓利小姐的注意力就立刻轉到達西先生身上，要跟他說話。達西首先向貝納小姐問好，客客氣氣地祝賀她病體復元，赫斯特先生也對她微微一鞠躬，說是非常高興見到她。但是說到態度周到，情意懇切，卻是賓利先生第一名，他不斷地向爐子裡添煤，生怕病人受不了屋子裡的冷。珍依照賓利的話，坐到火爐的另一邊，那樣她就會離開門口遠一些，免得受涼。他自己則在她身旁坐下，一心只想跟她說話。伊麗莎白在對面角落裡做女紅，一切情景都逃不出她的眼睛。她心裡感到暗暗高興。

喝過茶以後，赫斯特先生提醒她的小姨子擺好牌桌。可是她早就看出達西先生不想打牌，因此拒絕了赫斯特先生提出的要求。她跟他說，大家都不想玩牌，只見全場對這件事都不作聲，看來她果眞沒有說錯。因此，赫斯特先生閒得無聊，只得躺在沙發上打瞌睡。達西拿起一本書，賓利小姐也拿起一本書來。赫斯特太太聚精會神地在玩弄自己的手鐲和指環，偶爾也在她弟弟跟貝納小姐的對話中插幾句嘴。

賓利小姐一面看達西讀書，一面讀自己的，因爲一心二用，所以都沒讀進去。她老是向他問問題，要不就是看他讀到哪一頁。不過，她總是沒有辦法逗他說話，她問一句他就答一句，答過以後便繼續讀他的書。

賓利小姐只不過因爲那是達西所讀的第二卷，才挑選那一本書讀，她滿以爲可以讀得津津有味，不料才看幾頁便打了個哈欠，說道：「這樣度過一個晚上，眞是愉快啊！我說呀，讀書是最好的娛樂方式了。無論做什麼事，久了都會厭倦，讀書卻不會這樣！將來我有了自己的家，一定要有間很好的書房，否則多遺憾呀！」

可惜沒有人理睬她。於是她又打了個哈欠，拋開書本，瀏覽了一遍整個房間，想找點兒可以消遣的東西，這時她聽她哥哥跟貝納小姐說要開一次舞會，她就猛地掉過頭來對他說：

「查爾斯，你眞打算在尼日斐莊園開舞會嗎？你最好先聽一下在場朋友們的意見再作決定吧。有人會覺得跳舞是受罪，而不是娛樂。如果沒有這種人，你怪我好了。」

「如果你指的是達西，」她哥哥大聲說，「那麼，他可以不等到跳舞開始，就上床去睡覺。我已經決定了，舞會非開不可，只等尼可爾斯把一切都準備好了，我就下請帖。」

賓利小姐說：「要是開舞會能有一些新花樣，那我就更高興了，通常舞會上總是那一套，實在令人討厭。你如果能改一改日程，用談話來代替跳舞，那一定有意思得多。」

「也許有意思得多，卡洛琳，可是那還能算是舞會嗎？」

賓利小姐沒有再說什麼。不一會兒工夫，她就站起身來，在房間裡踱來踱去，故意在達西面前賣弄她優美的體態和矯健的步伐，可惜達西只顧在那裡一心一意地看書，所以她只是白費心機。她在絕望之餘，決定再努力一次，於是她轉過身來對伊麗莎白說：

「伊麗莎白．貝納小姐，我勸你還是學學我的樣子，在房間裡隨便走動走動吧。告訴你，坐了那麼久，走動一下可以提提精神。」

伊麗莎白覺得非常詫異，可是立刻按她所說的做了。於是賓利小姐達到了目的——達西先生果然抬起頭來，原來達西也和伊麗莎白一樣，看出她為了引人注目，而在耍花招，便不知不覺地放下了書本。兩位小姐立刻請達西來一塊兒走動，可是他謝絕了，說是她們倆之所以要在屋子裡踱來踱去，在他想像中只能有兩個動機，如果他和她們一起散步，會妨礙她們的任何一個動機。他這話是什麼意思？賓利小姐極想知道他講這話用意何在，便問伊麗莎白懂不懂。

伊麗莎白回答道：「不懂！他一定是存心刁難我們，你不理睬他，他就會失望的。」

只可惜賓利小姐不忍心叫達西先生失望，於是再三要求他解釋一下所謂的兩個動機。

達西等她一住口，便馬上說：「我非常願意解釋，事情不外乎是這樣的，一、你們倆是知己，所以選擇了這個辦法來消磨黃昏，還有點私事要談。二、你們自以爲散步時體態顯得特別好看，所以要散散步。倘若是出於第一個動機，我的加入會妨礙你們；倘若是出於第二個動機，那麼我可以坐在火爐旁邊好好地欣賞你們。」

「噢，嚇死人了！」賓利小姐叫了起來，「我從來沒聽到過比這個更毒辣的話，虧他說得出口，該怎麼處罰他呀？」

「要是你存心罰他，那太簡單了，」伊麗莎白說，「你們可以彼此罰來罰去，折磨來折磨去。作弄他一番，譏笑他一番吧。你們既然這麼熟，你該有對付他的辦法呀。」

「天地良心，我可不懂。不瞞你說，我們雖然熟，可是要懂得怎樣來對付他，我可還沒這本事。他這種性格冷靜、頭腦機靈的人，不容易對付！不行，不行，我想我是鬥不過他的。至於譏笑他，說句不怕你生氣的話，我們可不能無緣無故地笑人家，如此反倒會被人笑話。讓達西先生去自鳴得意吧。」

「原來達西先生是不能讓人笑話的！」伊麗莎白嚷道，「這種優越的條件倒還眞是少見。不過多了這樣的朋友，我的損失可大啦。因爲我特別喜歡聽笑話。」

「賓利小姐過獎啦。」達西說，「要是一個人人生最重要的事就是開玩笑，那麼，最聰明、最優秀的人，不，最聰明、最優秀的行爲，也就成爲很可笑的事了。」

「那是當然的，」伊麗莎白回答道，「的確有這樣的人，可是我不希望自己也在其內。我希望我再怎麼樣也不會譏笑聰明的行爲，或者是良好的行爲。愚蠢和無聊，荒唐和矛盾，我的確覺得這些好笑，我自己也承認，只要有能夠加以譏笑的地方，我總是要加以譏笑。不過我覺得這些弱點正是你身上所沒有的。」

「或許誰都會有這些弱點。不過那可眞糟，絕頂的聰慧也只能招人嘲笑了。我一生都在研究避免這些弱點的辦法。」

「例如虛榮和傲慢就屬於這一類弱點。」

「不錯，虛榮的確是個弱點。可是傲慢嘛，如果你果眞聰明過人，你就會比較有分寸地傲慢。」

伊麗莎白掉過頭去，免得被人家看見她在笑。

「你對達西先生詢問完了吧？」賓利小姐說，「請問結論怎樣？」

「達西先生完全沒有缺點。他自己也承認了，絲毫沒有掩飾。」

「不，」達西說，「這種客套話我並沒有說。我有很多的毛病，不過這些毛病與頭腦沒有關係。我可不敢自誇我的性格。我認爲我的性格太不能委曲求全，這當然是說我在處世方面太不能委曲求全地迎合別人。我本應該趕快忘掉別人的愚蠢和過錯，卻偏偏忘不掉，也忘不掉別人對我的過失。說到我的一些情緒，也並不是我一想要把它們去除掉，它們就會隨風飄散。我的脾氣可以說是夠叫人厭惡的。我對於某個人一旦沒有了好感，就再也不會產生好感。」

「這倒的確是個大缺點！」伊麗莎白大聲說道，「跟人家積怨，的確是人格上的一個陰影。可是看你挑剔自己的缺點，已經很嚴格了。你放心，以後我不會再譏笑你了。」

「我相信一個人不管是怎樣的脾氣，都可能有某種短處，這是一種天生的缺陷，也是教育無法改正的一個缺點。」

「你有一種傾向——對什麼人都感到厭惡，你的缺陷就是這個。」

「而你的缺陷呢？」達西笑著回答，「就是故意去誤解別人。」

賓利小姐眼見她沒有機會參加這場談話，不禁有些厭倦，便大聲說道：「讓我們來聽聽音樂吧，露意莎，你不擔心我吵醒赫斯特先生吧？」

她的姊姊沒有表示反對，於是她就打開了鋼琴蓋子。

至於達西，在思考了一會之後，覺得自己並沒有說錯話，不過，他也意識到自己對伊麗莎白太過關注所引來的風險。

第12章

第二天早上姊妹倆商量妥當以後，伊麗莎白就給母親寫信，讓她當天派車子來接她們。可是，貝納太太早就打算讓女兒住到下星期二，珍正好可以住滿一個星期，因此並不想提前接她們回家。回信時，貝納太太支支吾吾的，使伊麗莎白十分不滿意，因爲她非常急著想要回家。貝納太太信上說，直到星期二家裡才能弄出馬車來。她又補寫了幾句，說是倘若賓利先生兄妹挽留她們多待幾天，她們就多住幾天吧。可是伊麗莎白說什麼也不肯再待下去，她打定主意一定要回家——她不怎麼指望主人挽留她們，反而怕人家以爲她們賴在那兒不肯回家。於是她催促珍馬上去找賓利借馬車。她們最後決定向主人說明，當天上午就要離開尼日斐莊園，而且也提出借馬車的事。

賓利先生聽到這話，表示非常關切，再三挽留她們，希望她們至少待到第二天再走，最後他說服了珍，於是姊妹倆只得又耽擱一天。這一下可叫賓利小姐後悔極了，她對伊麗莎白既嫉妒又討厭，因此也就顧不得對珍的友情了。賓利對她們即將要走發愁，便一遍又一遍勸導珍，說她還沒有完全復元，馬上就走不大妥當，可是珍既然覺得自己的健康已無礙，便再三堅持自己的主張。

不過達西卻覺得這個消息挺好，他認爲伊麗莎白在尼日斐莊園住得夠久了。他沒想到他會對她動心，再加上賓利小姐一方面對她沒禮貌，另一方面又拿他來開玩笑。於是他決定叫自己特別當心，絕不能把對她的愛慕之意流露出來——半點兒形跡也不可以，免得她存非分之想，以爲可以操縱他的幸福。他感覺到，假如她存了那種心，那麼一定是他昨天對待她的態度起了舉足輕重的作用——叫她對他的好感更進一層；否則，便是把他完全厭棄。他拿定了主意，於是星期六一整天完全不跟她說話，雖然他那天曾經有一次跟她單獨在一起待了半小時之久，但他卻正大光明地專心看書，連瞟都沒瞟她一眼。

星期日做過晨禱以後，貝納家兩姊妹立即告辭，主人家幾乎人人高興。賓利小姐就像變了個人似的，開始禮貌地對待伊麗莎白，對珍也一下子親熱了許多。分手的時候，她先跟珍說，非常盼望以後有機會能跟她在龍柏園或者在尼日斐莊園再相見，接著又十分親切地擁抱了她一番，甚至還跟伊麗莎白握了握手。伊麗莎白也高高興興地和大家告別。

到家以後，母親的表現似乎不太高興。貝納太太對她們提前回來並不領情，還埋怨她們給家裡帶來許多麻煩，又說珍十拿九穩地又要傷風了。倒是她們的父親，嘴上雖然沒有說什麼歡天喜地的話，心裡卻對兩個女兒的回來非常高興。他早就體會到，兩個女兒在家裡的重要地位。晚上一家人聚在一起聊天的時候，要是沒有珍和伊麗莎白在場，眞是一點勁兒都沒有，甚至無話可說。

瑪麗一如往常，埋頭研究「和聲學」以及人性的問題，她把筆記讀給她們聽，還發表了一些老道德的新解說。凱蒂和麗迪雅講的是星期三民兵團來後發生的新鮮事，其中有幾個軍官與姨父吃飯，一名士兵換了鞭子，還說弗斯特上校就要結婚了。

第13章

第二天吃早飯的時候，貝納先生對太太說：「我的好太太，今天你要叫人好好準備晚飯，我肯定會有客人來。」

「你指的是哪一位客人，我怎麼一點兒也不知道？除非夏綠蒂．盧卡斯碰巧會來看我們，招待她，平常的餐也夠好了。她在家裡也不一定能吃得這麼好。」

「我所說的客人是位男賓，又是個生客。」

貝納太太的眼睛一下子亮了起來。「一位男賓，又是一位生客！那準是賓利先生，一點沒錯。哦，珍，你從來沒露出過半點兒風聲，你眞是的！嘿，賓利先生要來，我眞是太高興啦。可是，老天爺呀！運氣眞不好，今天買不著一丁點兒魚。麗迪雅寶貝，代我按一按鈴。我要馬上吩咐一下希爾。」

她的丈夫連忙說：「要來的並不是賓利先生，這位客人我從來也沒見過。」

這句話叫全家都大吃一驚。他的太太和五個女兒立刻急切地追問他，使他頗爲得意。

逗弄了一陣他太太和女兒們的好奇心之後，他老實地說：「大概在一個月以前，我收到了一封信。信是我的表姪柯林斯先生寄來的。信上表示，我死了以後，這位表姪隨便什麼時候都可以把你們攆出這棟屋子。我感到這件事相當傷腦筋，所以兩個禮拜前寫了回信。」

「噢，天啊！」他的太太叫了起來，「我最受不了你提這件事。請你別再提那個討厭的傢伙吧。你自己的孩子不能繼承你的產業，卻要讓別人來繼承，世界上最難堪的事莫過於此。如果我是你，一定早就想出辦法來了。」

珍和伊麗莎白設法跟母親解釋繼承權的問題。事實上她們一直沒辦法跟她說明白，因爲她老是破口大罵，說自己的產業不能由五個親生女兒繼承，卻白白讓一個和她們毫不相干的人拿走，這實在是太不合情理，太不公平了。

「這的確是一件最不公道的事，」貝納先生說，「柯林斯先生要繼承龍柏園的產業，這是他洗也洗不清的罪過。不過，要是你聽到他上封信裡所說的話，那你的心腸就會軟一些，因爲他這番表明心跡的話還算說得過去。」

「不，我相信我絕對不會心軟，我覺得他給你寫信眞是沒有禮貌，又非常虛僞。我很討厭他這種虛僞的人。他爲什麼不像他的爸爸那樣跟你吵得不可開交呢？」

「嗯！讓我先讀這封信給你們聽吧！」

親愛的表叔：

以前你和先父之間曾有些不快，我一直為此感到不安。自先父不幸離世以後，我常常想要彌補這個裂痕，但我一時猶豫，沒有這樣做，怕的是先父生前與閣下之間結怨已深，而我今天卻與閣下修好，這未免有辱先人。

不過我現在已經不在乎了，因為我已在復活節那天受了聖職。多蒙已故路易士·德·包爾公爵的孀妻嘉德琳·德·包爾夫人寵愛有加，提拔我擔任該教區的教士，此後可以勉盡忠誠，恭侍於夫人左右，奉行英國教會所規定的一切權利義務。以一個教士的身分來說，我覺得我有責任盡我之所及，促進各家各户間的友好。因此我自信你一定也會重視代表我友誼的橄欖枝。我對自己侵犯了令嬡的利益，深感不安，但請你放心，我極願盡我所能給予她們補償，此事容待以後詳談。如果你不反對我登門拜候，我將於十一月十八日，星期一，四點鐘前拜謁，甚或在府上叨擾至下星期六為止。這對於我毫無不便之處，因為嘉德琳夫人絕不會反對我偶爾離開教堂一下。請向尊夫人及諸位令嬡問候。

你的祝福者和朋友威廉·柯林斯

十月十五日寫於肯特郡漢斯福村

「於是，這位息事寧人的先生四點鐘就要來啦，」貝納先生一邊折好信，一邊說，「他倒是個很有良心、很有禮貌的年輕人，我相信他一定會成為一個值得器重的朋友。如果嘉德琳夫人能夠開開恩，讓他以後常來我們這兒，那就更好啦。」

「他講到我們女兒們的那幾句話，倒還說得不錯。要是他設法補償的心意是出於眞心，我倒沒有任何異議。」

珍說：「我們雖然猜不出他說的補償究竟是什麼，可是的確難得他有一片好心。」

伊麗莎白聽到他那麼出奇地尊敬嘉德琳夫人，而且他竟那麼好心，隨時爲他自己教區裡的居民進行洗禮、主持婚禮和喪禮，不覺特別吃驚。

「我看他一定是個古怪的傢伙，」她說，「我眞弄不懂他，他的文筆似乎有些浮誇。他說因爲繼承了我們的產權，而感到萬分抱歉，這話究竟是什麼意思呢？即使可以取消這件事，我們也不要以爲他就肯答應。他頭腦很清楚吧，爸爸？」

「不，寶貝，我想他不會是昏了頭。我完全認爲他頭腦清楚，從他信裡那種既謙卑又自大的口氣上就可以看得出來。我倒眞想見見他。」

瑪麗說：「就文章而論，他的信似乎沒有什麼毛病。橄欖枝這種說法雖然並不新穎，可是我倒覺得比喻得很恰當。」

在凱蒂和麗迪雅看來，那封信以及那個寫信的人，一點意思都沒有。反正她們覺得這位表兄絕不會穿著「紅制服」來。這幾個星期以來，她們都不樂意結交穿其他任何顏色衣服的人。至於她們的母親，柯林斯先生這封信打消了不少她的怨氣，她準備平心靜氣地會見他，這使得她的丈夫和女兒們都覺得非常奇怪。

柯林斯先生來得很準時，全家都非常客氣地接待他，貝納先生沒說什麼話，可是太太和幾位小姐卻很想聊天，至於柯林斯先生本人好像既不需要人家鼓動他多說話，也不打算不說話。他二十五歲，高高的個兒，望上去很肥胖，他的氣派端莊而堂皇，又很拘泥禮節。他剛坐下來就恭維貝納太太福氣好，養了這麼多好女兒。他說，早就聽別人們讚揚她們的美貌，今天一見面，才知道她們的美貌遠遠超過了人們傳說中的程度。他又說，他相信小姐們到時候都會結下美滿良緣。他的這些奉承話，其他人都不大愛聽，唯有貝納太太，沒有哪句恭維話聽不下去，於是極其乾脆地回答道：

「我相信你一定是個好心腸的人，先生，我一心希望能如你的金口所說的那樣，否則她們就不堪設想了。」

「你大概是說產業的繼承權問題吧。」

「唉，先生，我指的的確是這個問題。你得承認，這對於我可憐的女兒們眞是件不幸的事。我並沒有要怪你的意思，因爲我也知道，世界上這一類的事完全靠命運的安排。一個人的產業一旦要限定繼承人，它會落到誰的手裡，你就無從知曉。」

「太太，我深深知道這件事苦了表妹們，我在這個問題上有很不錯的意見，但一時卻不敢莽撞冒失。可是我可以向幾位年輕的小姐們保證，我上這兒來，就是爲了要表示我對她們的愛慕。目前我也不打算再說別的，或許等到將來我們相處得更熟一些的時候——」

這時主人家請吃午飯，於是他不得不中斷談話。小姐們彼此相視而笑。柯林斯先生才不光是愛慕她們呢，他把客廳、飯廳、以及屋子裡所有能看到的家具，都仔仔細細的看了一遍，讚美了一番。貝納太太原本每聽到他讚美一句，心裡就得意一陣；後來連她也發現，他原來是把這些東西都看作他自己未來的財產，因此反而非常難受。連一頓午飯也蒙他稱讚不止，他請求主人告訴他，究竟這一手好菜是哪位表妹燒的。貝納太太聽後，很不高興，她正言厲色告訴他，她們家境富裕，請了一位高級廚師，幾個女兒根本沒下過廚房。柯林斯連忙道歉，請她原諒。貝納太太也逐漸消了氣，說她不會放在心上，可是對方仍然喋喋不休地說了一刻鐘道歉的話。

第14章

吃飯的時候，貝納先生幾乎沒開口說話。等到僕人們走開以後，貝納先生想，假如聊聊嘉德琳夫人，一定會讓貴客開心，於是他便決定拿這個話題做開場白，說柯林斯先生遇到那樣一個貴人，眞是太幸運了；又說嘉德琳．德．包爾夫人對他這樣的關心照顧，眞是十分少見。不出所料，柯林斯先生滔滔不絕地讚美起那位夫人來。一談開了這個問題，他那種本來的嚴肅態度顯得更加嚴肅了，他非常自負地說，他一輩子也沒有看過任何有身價地位的人，能夠像嘉德琳夫人那樣的有德行，那樣的親切隨和。他很榮幸，曾經當著她的面講過兩次道，多蒙夫人垂愛，對他那兩次講道讚美不已。夫人曾經請他到羅新斯莊園去吃過兩次飯，上星期六晚上還請他到她家裡去打紙牌。據他所知，許多人都認爲嘉德琳夫人爲人驕傲；可是他卻只覺得她很親切。她平常跟他攀談起來，總是把他看作一個有身分的人。她絲毫不反對他和鄰居們來往；他偶爾離開教區一兩個星期，去拜望親友們，她也不反對。她還拜訪過一次他的住屋，十分贊成所有經過他整修過的地方，並且她還親自賜予指示，叫他把樓上的壁櫥添置幾個架子。

貝納太太討好地說：「這實在是太棒了！我相信她一定是個和顏悅色的女人，

一般貴夫人們都不能與她相比。她住的地方離你很近嗎，先生？」

「老夫人住在羅新斯莊園，跟寒舍的花園只隔著一條巷子。」

「你說她是個寡婦嗎，先生？她還有親屬嗎？」

「她只有一個女兒——也就是羅新斯的繼承人，將來可以繼承一筆非常大的遺產。」

「哎呀！」貝納太太叫了起來，同時又搖了搖頭。「那麼，她也太幸運，太有福氣了。她是怎樣的一位小姐？長得漂亮嗎？」

「她真是個非常可愛的姑娘。嘉德琳夫人自己也說過，講到真正的漂亮，天下最漂亮的女性都比不上德．包爾小姐。她眉清目秀，與眾不同，看她第一眼就知道她出身高貴。她原本可以多才多藝，只可惜她身體瘦弱，所以沒有辦法多學，否則她一定琴棋書畫樣樣精通，這話是我聽她的女教師說的，那教師跟她們母女住在一起。」

「這位可愛的小姐見過國王嗎？在進過宮的仕女們中，我好像沒有聽過她的名字。」

「不幸她身體柔弱，沒有去過宮裡。正如我有一天跟嘉德琳夫人說的，這實在使得英國的宮庭裡，損失了一件最明媚的裝潢。她老人家很滿意我的這種說法。你們完全可以想像，不論在什麼場合下，我都免不了要說幾句巧妙的恭維話，叫那些太太小姐們聽得高興。我跟嘉德琳夫人說過好多次，她美麗的小姐天生是一位公爵夫人，將來無論嫁給哪一位公爵，即使他的地位再高，一點也不會增加小姐的體面，反而要讓小姐來為他增輝。」

貝納先生說：「你說得很恰當。你既然有這種才能，能夠非常巧妙地說人家的好話，這對於你自己也會有很大的好處。我是否可以請教你一下，你這種討人喜歡的奉承話，是臨時想起來的呢，還是老早就準備好了的？」

「大半是看臨時的情形想起來的。不過有時候我也打趣自己，一些很好的小恭維話預先就想好了，平常有機會就拿來應用，而且說的時候，總要假裝是自然流露出來的。」

貝納先生果然料想得完全正確，他這位表姪確實沒有出乎他的想像，說話做事是那樣荒謬，使他覺得非常有趣，不過卻竭力保持表面上的鎮靜，除了偶爾朝著伊麗莎白望一眼以外，他這份愉快並不需要別人來分享。

不過等到喝茶的時候，總算結束了這一場談話。貝納先生高高興興地把客人帶到會客室裡，等到喝完了茶，他又高高興興地邀請他給他的太太和小姐們朗誦點什麼。柯林斯先生馬上就答應了，於是她們就給他拿了一本書，可是一看到那本書（因為那本書一眼就可以看出是從流通圖書館借來的），他就吃驚得往後一退，連忙聲明他從來不讀小說，請求她們諒解。凱蒂瞪眼看著他，麗迪雅叫了起來。於是她們拿了幾本別的書來，他仔細考慮了一番以後，選了一本弗迪斯的《講道集》。他一攤開那本書，麗迪雅便不禁目瞪口呆，等到他以單調乏味、一本正經的聲音剛要讀完第三頁的時候，麗迪雅趕快打斷了他。

「媽媽，你知不知道腓力普姨父要解雇李卻？要是李卻眞的被解雇了，弗斯特上校一定願意雇用他。這是星期六那一天姨父親自告訴我的。我打算明天上麥里屯去多打聽一些消息，順便問問他們，丹尼先生什麼時候從城裡回來。」

兩個姊姊都吩咐麗迪雅住嘴。柯林斯先生非常生氣，他放下書本，說道：

「我老是看到年輕的小姐們對讀正經書沒有興趣，不過這些書完全是爲了她們的利益寫的。老實說，這不能不讓我驚奇，因爲對她們最有好處的事情，當然莫過於聖哲的教導。可是我也不願意勉強我那年輕的表妹。」

於是他轉過身來請求貝納先生跟他玩「西洋雙陸棋」，貝納先生一面答應了他，一面說，這倒是個不錯的辦法，還是讓這些女孩子們去玩她們自己的小玩意吧。貝納太太爲她的五個女兒極有禮貌地向他道歉，請他原諒麗迪雅打斷了他的朗誦，並且說，他如果願意繼續把那本書讀下去，她保證同樣的事件絕不會再發生。柯林斯先生也請她們不要介意，說是他一點兒也不怪表妹，絕不會認爲她冒犯了他，而把她懷恨在心。他解釋過以後，就跟貝納先生坐到另外一張桌子上去，準備玩紙牌。

第15章

柯林斯先生的頭腦不夠靈活，他既先天不足，又後天失調。雖然他受過教育，也涉足社會，可是這些並沒有彌補他先天的缺陷。由於他大部分日子是在他那吝嗇的文盲父親的教導下度過的，別看他進過大學，實際上只念了幾個學期，一個有用的朋友也沒有結交到。他的父親管教他的方式，養成他謙卑的態度。不過因爲他本是個傻瓜，現在又過著悠閒的生活，當然不免自高自大；何況年紀輕輕就發了意外之財，更是自視甚高，哪裡還談得上謙卑。

當時漢斯福教區有個牧師空缺，他鴻運當頭，得到了嘉德琳·德·包爾夫人的提拔。他看到包爾夫人地位頗高，便悉心崇拜。他自以爲當上了教士，該有點什麼樣的權利。所以他是兼具了驕傲自大和謙卑順從的雙重性格。

他現在擁有一幢不錯的房子，一筆可觀的收入，想要結婚了。他所以要和龍柏園這家人講和修好，原是想要在他們府上找個太太。要是這家人的幾位小姐確實像大家所傳說的那樣美麗可愛，他一定要挑選其中的一個。這就是他所謂的補償計劃、贖罪計劃——爲的是將來可以問心無愧地繼承她們父親的遺產。他認爲這個辦法眞是獨出心裁，極其妥善得體，又來得豪爽慷慨。

他看到這幾位小姐之後，本來的計劃並沒有改變。尤其一看到珍那張漂亮的臉蛋兒，他便拿定了主意，再加上老式觀念裡，大的要先結婚，才能輪到小的，所以他認爲自己理所當然要先娶最大的一位小姐。頭一個晚上他就選中了她。不過第二天早上他又改變了主張，因爲他和貝納夫人親親熱熱地談了一刻鐘的話。剛開始他談自己那幢牧師住宅，後來自然而然地把自己的來意招了出來，說是要在龍柏園——也就是她的令嬡中找一位太太。貝納太太親切地微笑著，一再鼓勵他，不過當他談到他選定珍時，她就不免要提醒他注意一下子了。「講到我幾個小女兒，我一點意見都沒有——當然也不能一口答應——不過我還沒有聽說目前她們有什麼對象，至於我的大女兒，我可不能不提一提——我覺得有義務提醒你一下——老大可能很快就要訂婚了。」

柯林斯先生只得不談珍，改選伊麗莎白。他一下子就選定了對象——就在貝納太太加油添醋的那一瞬間決定的。伊麗莎白無論是年齡、美貌，比珍都只差一點點，當然第二個人選就是她了。

貝納太太得到這個暗示，如獲至寶，她相信兩個女兒很快就可以嫁出去了，這個昨天她連提不願提的人，現在卻叫她極爲重視。

麗迪雅原說要到麥里屯走走，她一直沒有打消這個念頭。除了瑪麗之外，姊姊們都願意跟她一塊去。貝納先生爲了攆走柯林斯——柯林斯先生在早飯之後，就跟著貝納先生到書房裡，然後一直待到現在還不想走。名義上是看貝納先生收藏的那本大型的對開本，實際上卻在滔滔不絕地跟貝納先生大談他自己在漢斯福的房產和花園，弄得貝納先生心煩意亂。貝納先生平常爲了要圖個悠閒清靜才待在書房。他曾經跟伊麗莎白說過，他願意在任何一間房間裡，接見愚蠢和自大的傢伙，但書房例外。因此他立刻恭恭敬敬地請柯林斯先生陪著他的女兒們一塊兒出去走走，而柯林斯先生本來也只能做一個步行家，而不能做一個讀書人，所以也非常高興地闔上書本走了。

柯林斯爲了討好表妹們，一路上廢話連篇，表妹們也只得客客氣氣地隨聲附和，時間就這樣打發過去，來到了麥里屯。幾位年紀小的表妹一到那裡，就不再理會他。她們的眼睛立刻向街頭看來看去，看看有沒有軍官們走過，此外，能吸引她們的就只有商店櫥窗裡的漂亮的女帽，或者是最新式的花布。

不一會兒，這些小姐們的注意力都集中到一位年輕人身上去了。她們從來沒見過那個人，他一副紳士氣派，正跟一個軍官在對街散步。這位軍官就是丹尼先生，麗迪雅正要打聽他是不是從倫敦回來。當她們打那兒走過的時候，陌生人朝她們鞠了一個躬。大家看到那個陌生人風度翩翩，也都紛紛還禮，只是不知道這人是誰。凱蒂和麗迪雅決定想法子去打聽一下，便藉口要到對面鋪子裡去買點東西，帶頭走到對街去。事情也眞湊巧，她們剛剛走到人行道上，那兩個男人也正轉過身來。丹尼馬上招呼她們，並請求她們讓他介紹他的朋友韋翰先生給她們認識。他說韋翰是前一天跟他一塊兒從城裡回來的，令人高興的是，韋翰已經被任命爲他們團裡的軍官了。這眞是再好也沒有的事了，因爲韋翰只要穿上一身軍裝，便會十全十美。他的容貌舉止討人喜歡，眉目清秀，身材魁梧，談吐又十分動人。

一經介紹之後，他就開心地和她們談起話來——既懇切，又顯得非常正派，而且還非常有分寸。他們正站在那兒談得很投機的時候，忽然傳來一陣躂躂的馬蹄聲，只見達西和賓利騎著馬從街上過來。新來的兩位紳士看見人群裡有這幾位小姐，便趕忙來到她們跟前，照常寒喧了一番。首先說話的是賓利，他大部分的話都是對貝納大小姐說的。他說他正要趕到龍柏園去拜訪她。達西也爲他作證，同時鞠了個躬。

當達西正打算從伊麗莎白身上把目光移開，這時他突然看到了那個陌生人，只見他們兩人面面相覷，大驚失色，伊麗莎白看到這個邂逅的場面，覺得非常奇怪。只見兩個人的臉色都變了，一個慘白，一個通紅；過了一會兒，韋翰先生按了按帽子，達西先生勉強回了一下禮。這是什麼意思呢？既叫人無法想像，又叫人不能不想去打聽一下。又過了一會兒，達西先生好似什麼都沒有發生過一樣，跟她們告別，騎著馬跟他的朋友走了。

在幾位年輕小姐的陪同下，丹尼先生和韋翰先生走到腓力普家門口，麗迪雅一定要他們進去，甚至腓力普太太也打開了窗戶，大聲地幫著她邀請，他們卻鞠了個躬告辭而去。

腓力普太太一向喜歡看到她的姪女們，尤其是最近不常見到的老大和老二，特別受歡迎。她懇切地說，她們姊妹倆的突然造訪，眞叫她非常驚訝。當初要不是在街上遇到鍾斯醫生的藥鋪子裡那個送貨的小夥子，說是貝納家的兩位小姐都已回家，她還不知道呢。正當她們這樣閒談的時候，珍把柯林斯先生介紹給她，她不得不跟他寒喧幾句，她極其客氣地表示歡迎，他也加倍客氣地應酬她而且向她道歉，說是相互不認識，不該這麼冒冒失失闖到她府上來；又說他還是非常高興，因爲介紹他的那幾位年輕小姐和他有些親戚關係，因此他的冒昧前來，也還勉強可以說得過去。這種過分的禮貌使腓力普太太受寵若驚。

不過，正當她仔細打量著這一位陌生人的時候，其他的妹妹卻又把另一位陌生人的事情，大驚小怪地提出來問長問短。不過腓力普太太所知不多，她所瞭解的也無非是她們早已知道了的一些情形。她說那位陌生人是丹尼先生剛從倫敦帶回來的，將要在本郡擔任一個中尉的頭銜。又說他剛剛在街上走來走去的時候，她曾經望了他整整一個鐘頭。這時如果韋翰先生路過這兒，凱蒂和麗迪雅一定還要繼續張望一番。可惜現在從窗口走過的只有幾位軍官，而這些軍官們和韋翰先生一比，全都變成一些「愚蠢討厭的傢伙」了。腓力普太太表示明天要請幾個軍官來吃飯，她說，倘若她們一家人明天晚上能從龍柏園趕來，那麼她就要打發她的丈夫去拜訪韋翰先生，把他也約來。大家都同意了。腓力普太太說，明天要給她們來一次熱鬧而有趣的抓彩票遊戲，玩過之後再吃晚飯。明天的歡樂想起來就叫人興奮，因此大家很快樂地分了手。柯林斯先生走出門，又再三道謝，主人也禮貌周全地請他不必過分客氣。

回家的時候，伊麗莎白把剛剛親眼看見的那一幕發生在兩位先生間的情景，說給珍聽。假使他們兩人之間果眞有什麼怨仇，珍一定會爲他們兩人中間的一人辯護，或是爲兩人辯護，只可惜她跟她妹妹一樣，對於這兩個人的事情半點頭緒都沒有。

柯林斯先生回來之後，對腓力普太太的慇懃好客大加稱讚，貝納太太聽得很滿意。柯林斯說，除了嘉德琳夫人母女之外，他從未見過誰比她更有雅興，她不僅對他熱情有禮，而且還邀請他第二天一起去吃晚飯。他猜到這裡面必定與貝納太太一家有關，他以前不曾受過這樣的盛情款待。

第16章

沒有人對幾位小姐與姨媽的約會有異議，只有柯林斯覺得貝納夫婦整晚被丟在家裡，心裡有些過意不去，不過經他們解釋，才心安理得。於是表兄妹六人乘著馬車準時到了麥里屯。她們剛走進客廳，就聽說韋翰先生接受了姨父的邀請，已經駕到。

大家聽到這個消息之後，便都坐了下來。柯林斯先生悠閒自在地朝四下張望，瀏覽了一切。他十分驚羨屋子的尺寸和裡面的家具，他說他好像進了嘉德琳夫人在羅新斯的那間避夏的小飯廳。開頭主人家並不怎麼滿意這個比喻，可是接下來腓力普太太終於弄明白了羅新斯究竟是一個什麼地方，誰是它的主人，又聽他說起嘉德琳夫人的會客廳裡，光一隻壁爐架就要值八百英鎊，她這才體會到他那個譬喻實在已經是太恭維她了，即使把她家裡與羅新斯管家的房間相比，她也不會表示任何反對。

柯林斯在描述嘉德琳夫人和她公館的富麗堂皇時，偶然還要夾雜上幾句話，來誇耀他自己的居所，說他正在裝潢改善他的住宅，他就這樣自得其樂地一直扯到男客們進來才停止。他發覺腓力普太太很留心聽他的話。腓力普太太似乎越聽越覺得柯林斯了不起，而且決定一有空便出去傳播他的好話。至於小姐們，實在覺得等待的時間太長了，因爲她們不喜歡聽她們表兄閒扯，又沒事可做，想彈彈琴又不成，只有看著壁爐架上那些瓷器；心不在焉地畫些小玩意兒消遣消遣。等待的時間終於結束，男客們來了。韋翰先生一走進來，伊麗莎白就覺得，不管是上次看見他的時候也好，還是自從上次見面以來想起他的時候也好，她都沒有錯愛他。這郡的軍官們都是一批名譽很好的，有紳士氣派的人物，尤其是參加這次宴會的更是他們之中的精華。韋翰先生無論在人品、相貌、風度、地位，都比他們高出許多；正如他們遠遠超過那位姨父一樣——瞧那位姨父肥頭大耳，大腹便便，他正帶著滿口的葡萄酒味，跟著他們一起走進屋裡。

韋翰先生是當天最得意的男子，差不多每個女人的眼睛都盯著他看；伊麗莎白則是當天最出色的女子，因爲韋翰始終坐在她的身旁。他和她攀談，雖然談的只是當天晚上下雨和雨季可能就要到來之類的閑話，可是他那麼和顏悅色，使她不禁感覺到即使是最平凡、最無聊、最陳舊的話，只要說話的人會使用技巧，還是一樣可以說得委婉動聽。

說起要搏得女性的青睞，柯林斯先生遇到像韋翰先生和軍官們這樣強勁的對手，變得完全沒有分量。他在小姐們眼裡實在什麼都不是，幸虧好心的腓力普太太有時還聽聽他談話，她又十分細心，儘量把咖啡和鬆餅遞給他吃。

一張張牌桌擺好以後，柯林斯便坐下來一同玩「惠斯特」橋牌，總算有了一個報答腓力普太太好意的機會。

他說：「我對這玩意簡直一無所知，不過我很願意學會它，以我這樣的身分來說——」腓力普太太很感激他的好意，可是卻不情願聽他談論什麼身分地位。

韋翰先生沒有玩「惠斯特」橋牌，因爲小姐們請他到另一張桌子上去玩牌，他坐在伊麗莎白和麗迪雅之間，開頭的形勢很叫人擔憂，因爲麗迪雅是個十足的健談家，大有可能把他獨佔下來。好在後來她立刻對玩牌大感興趣，她一股腦兒地下注，得獎之後又大叫大嚷，因此無法將注意力集中到某一個人身上。韋翰先生一面玩牌，一面從容不迫地跟伊麗莎白談話。伊麗莎白很高興聽他說話，也很想瞭解過去他和達西先生的關係，可是他未必肯講她要聽的。於是她根本不敢提到那位先生。出人意料之外，韋翰先生竟主動地談到那個問題上去，因此她到底還是滿足了好奇心。韋翰先生問起尼日斐莊園離麥里屯有多遠。她回答了他以後，他又吞吞吐吐地問起達西先生在那兒已經待了多久？

伊麗莎白說：「大概有一個月了。」爲了繼續這個話題，她又接著說，「據我所知，他是德比郡的一個大財主。」

「是的，」韋翰回答道，「他的財產確實很可觀——每年有一萬鎊的收入。說起這方面，我比任何人都知道他的底細，因爲從我小時候就和他家裡有特別的關係。」

伊麗莎白不禁顯出詫異的神氣。

「貝納小姐，你昨天也許看到我們見面時那種冷冰冰的樣子了吧？難怪你會詫異我的話。你和達西先生很熟嗎？」

「我才不想和他打交道呢。」伊麗莎白冒火地叫道，「我和他在一起待了四天，覺得他是個很討厭的人。」

韋翰說：「他究竟討人喜歡還是討人厭，我可沒有權利說出我的意見。我跟他認識太久，跟他也處得太熟，因此無法做公正的判斷。我不可能做到大公無私。不過我敢說，你對他的看法未免太偏激，或許你在別的地方就不會有這麼大膽的說法。」

「老實說，除了在尼日斐莊園以外，我到附近任何人家去都會這樣說。哈福德郡根本就沒有人喜歡他。他自大傲慢，任誰見了都討厭。你絕不會聽到人家說他一句好話。」

過了一會兒，韋翰說：「老實說不管是他也好，是別人也好，都不應該受到過分的評價。不過天下人的耳目都被他的財勢蒙蔽了，他那目空一切、盛氣凌人的氣派又嚇壞了天下人，弄得大家看待他時只有順著他的心意。」

「我跟他雖然並不太熟，可是我認爲他脾氣的確很壞。」

韋翰聽了這話，只是搖搖頭，過了一會兒，他又接下去說：「我不知道他是否打算在這個村莊裡多住些時候。」

「我也不知道，不過，我在尼日斐莊園的時候，可從沒有聽說他要走。你既然喜歡這裡，打算在這裡工作，我但願你的計劃不會因爲他的存在而受影響。」

「噢，不，達西先生才不能趕我走呢。要是他不願意看到我，那就請他離開吧。我們兩個人的交情是不好，我見到他就不好受，可是我沒有必要毫無緣由的避開他，我只是要讓大家知道他是怎樣虧待了我，我十分痛心他的爲人處事。貝納小姐，他那去世的父親，那位老達西先生，是天下最好心的人，也是我生平最最眞心的朋友。每當我和小達西先生待在一起，就免不了勾起千絲萬縷溫馨的回憶。小達西待我的行爲眞是惡劣無比，可是我能原諒他的一切，只是我不能容忍他辜負他先人寄予他的期望，辱沒他先人的名聲。」

伊麗莎白對這件事越來越感興趣，因此聽得很專心。但是這件事很蹊蹺，她不便進一步追問。

韋翰先生又隨便談了些別的事情。他談到麥里屯，談到四周鄰居和社交之類的事，凡是他所看到的事情，他談起來都非常高興，特別是談到社交問題的時候，他的談吐舉止更顯得溫雅慇懃。

他說：「我所以喜愛哈德福郡，主要是因爲這兒的社交界都是些上等人，又講交情，而且這支部隊也有很好的名聲，大家對它愛護有加。再加上我的朋友丹尼爲了勸我來這兒，講起他們目前的營房是多麼好，麥里屯的民眾多麼慇懃地對待他們，他們在麥里屯結交了許多好朋友。我承認我是個少不了社交生活的人。我是個失意的人，受不了精神上的孤寂。我不能缺少職業和社交生活。我本來不打算過軍人生活，可是由於環境所迫，現在只好參加軍隊。我本來應該做牧師的，家裡的本意也是要培養我做牧師。要是我博得了我們剛剛談到的這位先生的歡心，說不定我現在已經有一份很可觀的牧師俸祿了呢。」

「是嗎？」

「怎麼會不是！在遺囑上老達西先生寫得很明白，牧師職位一旦有了最好的空缺，就必須給我。他是我的教父，特別疼愛我。他待我的好意，我眞無法形容。他要使我豐衣足食，而且他自以爲這一點已經做到了，可是等到牧師職位有了空缺的時候，卻落到別人名下去了。」

「天哪！」伊麗莎白叫道，「怎麼會有這種事？他們怎麼能夠不遵照他的遺囑辦事？你應該依法申訴的！」

「遺囑上談到遺產的地方，措辭含混不清，因此我不一定就可以依法申訴。照說，一個要面子的人是不會懷疑先人的意圖的。可是達西先生偏偏要懷疑，或者說，他認爲遺囑上僅僅是說明要有條件地提拔我，但他硬要說對我而言，這些都是浪費和荒唐，因此要取消我一切的權利。總而言之，不說則已，說起來樣樣壞話都說遍了。那個牧師位置兩年前就空出來了，那時我的年齡已夠掌管那個職務，可是他卻給了另一個人。我不認爲自己有過錯而活該失掉那份俸祿，除非說我性子急躁，心直口快，有時候難免在別人面前說他幾句直話，甚至還當面頂撞過他。也不過如此罷了。只不過我們完全是兩樣的人，他因此對我懷恨在心。」

「這眞是駭人聽聞！應該讓他在公眾面前丟丟臉。」

「遲早總會有人來讓他丟臉，可是我自己絕不會去難為他的。除非我對他的先人忘恩負義，我絕不會揭發他，跟他作對。」

伊麗莎白十分欽佩他這種見識，而且覺得他把這種見地講出來以後，使他顯得更加英俊了。

過了一會兒，她又說道：「可是他究竟是何居心？他為什麼要這樣作踐別人呢？」

「我也不清楚。有人認為他對我不好，是由於某種程度上的嫉妒。要是老達西先生對我壞一些，他的兒子自然就會跟我處得好一些。我相信就是因為他的父親太疼愛我了，才使得他從小就感到憤怒。他度量狹窄，不能容忍我跟他競爭，不能忍受我比他強。」

「我想不到達西先生竟有這麼壞。雖說我從來沒有對他有過絲毫好感，可也不十分討厭他。我只以為他看不起人，卻不曾想到他會卑鄙到這樣的地步——竟懷著這樣惡毒的報復心，這樣的不講理，一點也不講人情！」

她思索了一會兒，接下去說：「我清楚記得，他有一次還在尼日斐莊園裡自鳴得意地說起，他跟人家結下了怨恨就無法消解，他生性就愛記仇。他的性格一定叫人家很討厭。」

韋翰回答道：「在這件事情上，我的意見不一定正確，因為我對他免不了有成見。」

伊麗莎白又沈思了一會兒，然後大聲說道：「他的父親是你的教父、朋友，你是他父親所器重的人，他怎麼能這樣作踐你！」她差點把這樣的話也說出口——「他怎麼竟這樣對待像你這樣一個好青年，光憑你一副英俊的長相就準會叫人喜愛。」不過，她到底還是改說了這樣幾句話：「何況你和他從小就在一起長大，而且如你所說的，關係非常親近。」

「我們是在同一個教區，同一個莊園裡長大的。我們一起度過了少年時代——同住一幢房子，同在一起玩耍，受到同一個父親的疼愛。我父親所從事的行業，就是您的姨父腓力普先生得心應手的那門行業，可是先父治家有方，使老達西先生受益匪淺，因此在先父臨終的時候，他便自動提出承擔我一切的生活費用。我相信他所以這樣做，一是出於對先父感恩，另一方面是為了疼愛我。」

伊麗莎白叫道：「多奇怪！多可惡！我真不明白，這位達西先生既然自尊心這樣強，怎麼會如此虧待你！要是沒有別的更好的理由，那麼，他既是這麼驕傲，就應該不屑於這樣陰險——我一定要說是陰險毒辣。」

「的確稀奇，」韋翰回答道，「歸根究柢來說，他的一切行動多半都是由於傲慢，傲慢才是他最要好的朋友。照說他既然傲慢，就應該最講求道德。可是人總免不了有自相矛盾的地方，他對待我便是多意氣用事而少傲慢。」

「像他這種可惡的傲慢，能給他自己帶來什麼好處呢？」

「有啊！例如他做人慷慨豪爽，花錢大方，待人慇懃，資助佃戶，救濟貧苦人。

他之所以這麼做，都是因爲祖先門第使他感到自豪，他對於他父親的爲人也很引以爲傲。他的目的是，不要辱沒家聲不違眾望，不要失掉彭伯里族的聲勢。他還擁有做哥哥身分的驕傲，這種驕傲，再加上一些手足的情分，使他成了他妹妹最親切而細心的保護人。你以後會聽到大家都一致稱讚，他是位體貼入微的好哥哥。」

「達西小姐是怎麼樣的人？」

韋翰搖搖頭，「我但願能夠說她一聲可愛。凡是達西家裡的人，我都於心不忍說他們一句壞話。可是她的確太像她哥哥了——非常非常傲慢。她小時候很親切，很討人喜愛，而且特別喜歡我。我常常接連幾個鐘頭陪她玩。可是現在我和她沒什麼感情。她是個漂亮姑娘，十五六歲，而且據我所知，她也非常有才幹。她父親去世以後，她就住在倫敦，有位太太陪她住在一起，教她讀書。」

他們東拉西扯地談了好些別的事情，最後伊麗莎白仍然忍不住又扯到原來的話題上。她說：「我眞奇怪，賓利先生竟會和他這麼要好。賓利先生的性情敦厚，而且他的爲人也特別和藹可親，怎麼會交了像達西先生這樣一個朋友？他們怎麼能夠相處呢？你認識賓利先生嗎？」

「我不認識。」

「他確實是個和藹可親的好好先生，他根本不瞭解達西先生是怎樣一個人。」

「也許不明白，不過達西先生自有討人喜歡的辦法。他的手腕很高明，只要他認爲值得攀談的人，他也會談笑風生。他在那些地位跟他相等的人面前，和在那些處境不及他的人面前，完全是判若兩人。他雖然自大傲慢，可是跟有錢人在一起的時候，他會顯得胸襟磊落、公正誠實、講道理、要面子、而且還會和和氣氣。」

「惠斯特」橋牌散場了，玩牌的人都圍到另一張桌子上。柯林斯先生則站在他的表妹伊麗莎白和腓力普太太之間。腓力普太太照例問他有沒有贏。他是輸得最慘的一個。腓力普太太表示爲他可惜，柯林斯愼重其事地告訴她說，這種小事不需要掛在心上，因爲他一點也不看重錢，請她不要爲此覺得心裡不安。

柯林斯說：「我很明白，太太，人只要一坐上了牌桌，一切就得看自己的運氣如何了，幸虧我並不把五先令當做一回事。當然啦，有好些人就不會像我這麼想，也是多虧嘉德琳・德・包爾夫人，有了她，我就不必爲這點小數目痛心了。」

這話引起了韋翰先生的注意。韋翰看了柯林斯先生幾眼，便低聲問伊麗莎白，她這位親戚是不是和包爾家很熟。

伊麗莎白回答道：「嘉德琳・德・包爾夫人最近把一個牧師職位給了他。我簡直不明白她怎麼會賞識柯林斯先生這樣的人，不過他認識她一定不是很久。」

「你一定知道嘉德琳・德・包爾夫人和安妮・達西夫人是姊妹吧。嘉德琳夫人正是這位達西先生的姨媽呢。」

「不知道，我確實不知道。關於嘉德琳夫人的親戚，我一點兒都不知道。我還是前天才聽說有她這個人的。」

「她的女兒德・包爾小姐將來會繼承一筆很大的財產，大家都認爲她和她的姨表兄將來會將兩份家產合併起來。」

這話不禁叫伊麗莎白笑了起來，因爲這不禁使她想起了可憐的賓利小姐。要是達西果眞另有心上人，那麼，賓利小姐的百般殷懃都是徒勞，她對達西妹妹的關懷以及對達西本人的讚美，也完全是白費口舌了。

「柯林斯先生對嘉德琳夫人母女倆眞是讚不絕口，可是聽他講起那位夫人，有些地方不得不讓我懷疑他說得有些太過分，好像是因爲感激，而迷了心竅。雖然她是他的恩人，我仍然感到她是個既狂妄又自大的女人。」

「我相信她這兩種毛病都不輕，」韋翰回答道，「我有許多年沒見過她了。我自己一向很討厭她，因爲她爲人處世既專橫又蠻不講理。大家都說她極其通情達理，不過我總覺得人家所以誇她有才幹，一方面是因爲她有錢有勢，一方面因爲她盛氣凌人，加上她的姨姪又那麼了不起，只有那些具有上流社會教養的人，才能巴結上他。」

伊麗莎白承認他這番話說得很有道理。他們倆彼此談得十分投機，一直談到打牌散場吃晚飯的時候，別的小姐們才有幸分享一點韋翰先生的殷懃。腓力普太太宴請的這些客人們喜歡高聲喧嘩，簡直叫人無法談話，好在光憑韋翰的舉止作風，也就可以博得每個人的歡心了。他說的每一句話都十分風趣幽默，一舉一動非常溫文爾雅。伊麗莎白臨走時，腦子裡只留下他一個人。她在回家的路上，一心也只想到韋翰先生，想到他們說過的那些話。但是一路上麗迪雅和柯林斯先生全都沒停過嘴，因此她一直沒有提到韋翰名字的機會。麗迪雅不停地談她抓彩票，談到她哪一次輸了又哪一次贏了。柯林斯先生則把晚餐的菜單一道道地背出來，幾次三番地說怕自己擠了表妹們。他要說的話太多，當馬車在龍柏園的屋門口停住時，他還沒有說完他要說的廢話。

第17章

第二天，伊麗莎白把韋翰先生說的那些話告訴珍。珍聽得既驚又疑。她簡直不能相信，達西先生會如此不值得賓利先生器重，可是，像韋翰先生這樣一個美男子，她也無從懷疑他說話的誠實性。一想到韋翰可能眞的受到這些虧待，她不禁起了憐憫之心，因此她只得認爲他們兩位先生都是好人，替他們雙方辯白，把一切無法解釋清楚的事都視爲意外和誤會。

珍說：「我認爲他們雙方都受了人家的蒙蔽，至於受到怎樣的蒙蔽，我們當然無從知曉，也許是哪一個有關的人從中挑撥是非。簡單地說，除非是我們有確確實實的證據可以責怪任何一方，我們無權憑空猜測，他們是爲了什麼事才不和睦的。」

「你這話說得沒錯。那麼，親愛的珍，你也得替這個有關的人辯解一下呀，否則我們又不得不怪到某一個人身上去了。」

「你愛怎麼取笑就怎麼取笑吧，反正你總不能笑掉我的意見。親愛的麗茲，你且想一想：達西先生的父親生前那樣疼愛這個人，而且答應要撫養他；如今達西先生本人卻虧待他到這個地步，這簡直太不像話了。這是完全不可能的。一個人只要還有點起碼的人道之心，只要還多少尊重自己的人格，根本就不會做出這種事。難道他自己最知心的朋友，竟會被他蒙蔽到這種地步嗎？噢！不會的。」

「我還是認爲賓利先生是被他蒙蔽了，而不認爲韋翰先生昨天晚上跟我說的話是憑空捏造的。他把一個個的人名，一樁樁的事實，都說得很是有理有據，毫無虛僞做作。倘若事實並不是這樣，那麼讓達西先生自己來辯白吧。你只要看看韋翰那副神氣，就知道他絕對沒有說假話。」

「這的確叫人很難去想像，想了便叫人難受。」

「說句話你不要見怪，人家完全知道該怎麼樣想。」

珍只有一樁事情是猜得很準的，那就是，要是賓利先生果眞受了蒙蔽，那麼，如果眞相大白，他一定會萬分痛心。

兩位年輕的小姐在權木林裡談得正起勁，忽然家裡派人來叫她們回家，因爲有客人上門。事情眞不湊巧，來的正是她們所談到的那幾位。原來尼日斐莊園下星期二要舉行一次期盼已久的舞會，賓利先生和他的姊妹們特地親自前來邀請她們參加。兩位姑娘和自己要好的朋友重逢，眞是特別高興。賓利姊妹說，自從分別以來，恍若隔世，又一再地問起珍分別以後做了些什麼。她們對貝納家其餘的人簡直毫不理睬。她們儘量避免貝納太太的糾纏，也很少理會伊麗莎白，至於對別的人，那就徹底一句話也不說了。她們只坐了一會兒就告辭了。而且出乎她們的兄弟賓利先生的意料之外，她們兩位從座位上站了起來，拔腿就走，好像急於要躲避貝納太太那些糾纏不清的繁文縟節似的。

尼日斐莊園要舉行舞會，這一件事使這一家太太小姐都極度高興。貝納太太認爲這次舞會是爲了討好她的大女兒才開的，更讓她高興的是這次舞會由賓利先生親自登門邀請，而不是發請帖。珍心裡只是想像著，到了那天晚上，便可以和兩個好朋友促膝談心；伊麗莎白得意地想到可以跟韋翰先生痛痛快快地狂舞一番，又可以從達西先生的舉動神態中把事情的眞相看個水落石出。說到凱蒂和麗迪雅，她們從不把開心作樂寄託於某一件事或某一個人身上，雖然她們倆和伊麗莎白一樣，想要和韋翰先生跳上大半夜，可是舞會上絕不止他一個人能夠使她們跳個痛快，何況舞會畢竟是舞會。甚至連瑪麗也告訴家裡人說，她對於這次舞會也不是一點興趣也沒有。

瑪麗說：「我只要自己支配每天上午的時間就夠了。我認爲偶爾參加一些晚會不算是浪費。我們大家都應該有社交生活，我認爲任何人都需要消遣和娛樂的。」

伊麗莎白眞是太高興了。她雖然本來不大願意跟柯林斯先生多說話，現在也不禁問他願不願意上賓利先生那兒去作客？出乎伊麗莎白的意料，柯林斯先生對於作客問題毫不猶豫，而且還表示可以跳舞，完全將大主教或嘉德琳·德·包爾夫人的指責置之度外。

他說：「老實告訴你，這樣的舞會有品格高尙的年輕主人、體面的賓客，我絕不認爲會有什麼不好的傾向。我非但不反對自己跳舞，而且希望當天晚上表妹們都肯賞光。伊麗莎白小姐，我就利用這次機會請你陪我跳頭兩場舞，我相信珍表妹一定不會怪我對她有什麼失禮的地方吧，因爲我這樣做完全有正當的理由。」

經他一說，伊麗莎白覺得自己完全上了當。她本來一心要跟韋翰跳開場，如今卻有個柯林斯先生從中插了一手！她從來沒有像現在這樣掃興過，不過事到如今，潑出的水想收也來不及了。韋翰先生的幸福跟她自己的幸福不得不先耽擱一下，她於是和顏悅色地答應了柯林斯先生的請求。她一想到柯林斯如此慇懃，一定是別有用心，就不太高興。她首先想到的就是柯林斯已經在她的幾個姊妹中間選中了自己，認爲她配做漢斯福牧師家的女主人；而且當羅新斯沒有更合適的賓客時，打起牌來如果三缺一，她也可以湊個數。她這個想法立即得到了證實，因爲她觀察到他對她越來越慇懃，只聽到他不停地恭維她聰明活潑。雖然這場求愛看出她誘人的魅力，但她並不因此而得意，反而感到驚訝；她的母親跟她說，他們如果有可能結婚，這會讓她這個做母親的很歡喜。伊麗莎白只當做沒有聽見母親這句話，因爲她非常明白，只要一跟母親搭腔，就免不了會大吵一場。柯林斯先生也許不會提出求婚，既然他還沒有明白提出，何必爲了他爭吵呢？

自從尼日斐莊園邀請貝納家幾位小姐參加舞會那天起，直到開舞會的那天爲止，雨一直下個不停，弄得貝納家幾個年紀小的女兒們一次也沒去過麥里屯，也無法去看望姨母，訪問軍官和打聽新聞；要不是可以把參加舞會的事拿來談談，準備準備，那她們眞是太無聊了。她們連舞鞋上要用的玫瑰花也得讓別人幫忙買。甚至麗茲也厭惡透了這種天氣，因爲就是這種天氣弄得她和韋翰先生的友誼毫無進展。對凱辛和麗迪雅來說，期盼著下星期二的舞會，才使她們熬過了星期五、星期六，星期日和星期一。

第18章

伊麗莎白走進尼日斐莊園的會客室，在一堆「紅制服」裡面尋找韋翰先生，可是她找了很長時間都沒找到，這時候她才懷疑他也許不會來了。她原本以爲他一定會來的，雖然她頗爲過去的種種事情擔心，可是並沒有影響她的信心。她比平常更仔細地打扮了一番，高高興興地準備要征服他那顆尚未被征服的心。她相信在今天的晚會上，她一定能把他那顆心完全贏到手。

但是過了一會兒，她起了一種可怕的懷疑：該不會是賓利先生邀請軍官們的時候，爲了討好達西先生，故意沒有請韋翰？雖然事實並非如此。韋翰的朋友丹尼先生宣佈了他缺席的原因，這是因爲麗迪雅早已迫不及待地問丹尼。丹尼告訴她們說，韋翰前一天上城裡辦事去了，不能趕回來，又帶著意味深長的微笑補充了幾句：「我想，他要不是爲了要回避這兒的某一位先生，事情絕不會這麼湊巧，偏偏這時候因事缺席。」

他的話麗迪雅雖然沒有聽清楚，可是伊麗莎白卻聽見了。伊麗莎白因此斷定：關於韋翰缺席的原因，雖然她開始並沒有猜對，卻依舊是達西先生一手造成的。她覺得非常掃興，越發對達西反感，因此接下來當達西走上前來向她問好的時候，她簡直不能好聲好氣地向他答禮。要知道，對達西慇懃、寬容、忍耐，就等於傷害韋翰。她決定一句話也不跟他說，悶悶不樂地掉過頭來就走，甚至跟賓利先生說起話來也不大客氣，因爲她氣憤他對達西的盲目偏愛。

伊麗莎白天生不大會發脾氣，雖然她今天晚上大爲掃興，可是並沒有太多不愉快的時刻。她先向一星期沒有見面的夏綠蒂．盧卡斯小姐傾訴滿腔的愁苦，過了一會兒又把她表兄奇奇怪怪的情形講給她聽，一面又特別把他指出來給她看。頭兩場舞使她覺得煩惱，簡直是活受罪。柯林斯先生既呆笨又刻板，只知道一個勁兒道歉，卻不知道小心一些，往往走錯了舞步自己還不知道。他眞是個十足叫人討厭的舞伴，使她丟盡了臉，受盡了罪。因此，從他手裡解放出來，眞叫她歡喜欲狂。

伊麗莎白接著跟一位軍官跳舞，跟他談起韋翰的事。聽他說，韋翰這個人到處討人喜愛，於是她覺得舒服了許多。跳過幾場舞後，她回到夏綠蒂身邊，跟她談天。這時候她突然聽到達西先生叫她，出其不意地想請她跳舞，她吃了一驚，不由自主地答應了他。達西隨即馬上走開，於是她口口聲聲責怪自己沒主見，夏綠蒂則盡力安慰她。

「你將來一定會發覺他很討人喜歡的。」

「鬼才信呢！那才叫做倒了大楣！既然已經下定決心去恨一個人，竟會一下子又喜歡起他來！別這樣咒我吧。」

當音樂開始以後，達西走到她跟前來請她跳舞，夏綠蒂禁不住跟她說了兩句悄悄話，提醒她別做傻瓜，別僅僅爲了對韋翰有好感，就寧可得罪一個比韋翰的身價高上十倍的人。伊麗莎白沒有說什麼便下了舞池，她想不到自己居然會有這樣的榮幸，跟達西先生面對面跳舞，她看見身旁的人們也同樣露出了驚奇的目光。他們倆跳了一會兒，沒有交談什麼，她想像著這兩場舞可能一直要沈默到底。剛開始她決定不要打破這種沈默，後來突然異想天開，認爲如果逼得她的舞伴不得不說幾句話，那就會讓他受更大的罪，於是她就說了幾句關於跳舞方面的話。他回答了她的話，緊接著又是沈默。歇了幾分鐘，她又開口跟他說話。

「現在該輪到你說話啦，達西先生。我既然談了跳舞，你就得談談舞池的大小以及有多少對舞伴之類的問題。」

他笑了笑，告訴她說，她喜歡他說什麼，他就說什麼。

「棒極了，這種回答眼前也說得過去。等一會兒我也許會談到私人舞會比公共場所的舞會來得好。不過，我們現在可以保持沈默了。」

「你跳舞時照例總得要談上幾句嗎？」

「有時候是這樣的。你知道，一個人總得要說些話。接連半個鐘頭待在一塊兒一聲不吭，那是夠彆扭的。不過有些人就偏偏巴不得越少說話越好，爲了這些人著想，就儘量少說話吧。」

「在目前這樣的情況下，你是在照顧你自己的情緒？還是想要使我情緒上感到快慰？」

「一舉兩得，」伊麗莎白狡猾地回答，「因爲我總感覺我們轉的念頭相同。你我的性格跟人家都不太合得來，又都不願意多說話，難得開口，除非想說幾句一鳴驚人的話，讓大家當作格言來千古流傳。」

他說：「我覺得你的性格並不見得就是這樣，我的性格是否和這方面相近，我也不敢說。你一定覺得你自己形容得很恰當吧。」

「我當然不能自己妄下斷言。」

他沒有回答，於是他們倆又沈默了，直到再次下池去跳舞的時候，他這才問她和姊妹們是不是常常去麥里屯蹓躂。她回答說常常去。她說到這裡，實在再也按捺不住了，便接下去說：「我們那天在那兒看見你的時候，正在結交一個新朋友呢。」

這句話立刻發生了作用。一陣傲慢的陰影蒙上了他的臉，可是他沒有說一句話。伊麗莎白說不下去，不過她心裡卻在埋怨自己過於軟弱。後來還是達西很勉強地先開口說：「韋翰先生生來討人喜歡，交朋友是他的拿手好戲。至於他是不是能和朋友們長久相處，那就靠不住了。」

伊麗莎白加重語氣回答道：「他不幸失去了您的友誼，而且弄成那麼尷尬的局面，可能使他痛苦一輩子。」

達西沒有回答，似乎想換個話題。就在這時候，威廉．盧卡斯爵士走近他們身邊，打算穿過舞池走到屋子的另一邊去，可是一看到達西先生，他就停住了，禮貌周全地給他鞠躬，滿口稱讚他跳舞跳得好，又找了個好舞伴。

「我真太高興了，親愛的先生，你跳得這樣出色，還眞是少見。讓我再嘮叨一句，你這位漂亮的舞伴和你也眞配，我眞希望時常有這種眼福，特別是將來有一天某一樁好事如願的時候，親愛的伊麗莎白小姐。」他朝著她的姊姊和賓利望了一眼，「那時候祝賀場面將會有多熱鬧啊！我懇請達西先生——可是我還是別打擾你吧，先生。你正在和這位小姐談得投機，我如果耽擱了你，你是不會感激我的，瞧她那雙明亮的眼睛也在責備我呢。」

達西幾乎沒有聽見後半段話。可是威廉爵士提起他的那位朋友，卻不免大大震動了他，於是他一本正經去看著正在跳舞的賓利和珍。然後他立刻鎮定下來，轉頭對他自己的舞伴說：

「威廉爵士打斷了我們的話，我簡直記不起我們剛剛說了些什麼。」

「我覺得我們實際上根本就沒有談什麼。這屋子裡隨便哪兩個人都比我們說話說得多，因此威廉爵士打斷不了什麼話。我們已經改過兩三次話題，總是話不投機，我實在想不出以後還能談些什麼。」

「談談書本怎麼樣？」他笑著說。

「書本！噢，不，我相信我們讀過的書不會一樣，我們的體會也一定不同。」

「我眞抱歉你會這樣想。假如眞是那樣，也不見得就沒什麼可談的。我們也可以比較一下不同見解。」

「不——在舞場裡我無法談書本，我腦子裡老是想著些別的事。」

「你老是在爲眼前的場合傷神，是不是？」他帶著懷疑的眼光問。

「是的，總是這樣。」她答道。其實她自己也並不知道自己在說些什麼，她的思緒早就跑到老遠的地方去了。她突然一下子冒出這樣的話：「達西先生，我記得有一次聽你說過，你生來不能原諒別人——你和別人一結下了怨，就消除不掉。我想，你交朋友的時候總該很慎重的吧？」

「正是。」他堅決地說。

「你從來不會受到蒙蔽和帶有偏見嗎？」

「我覺得我不會。」

「對於某些堅持己見的人來說，在拿定主意的時候，應該在開頭時就特別慎重地考慮。」

「我是否可以請教你，你問我這些話究竟有何用意？」

她竭力裝出若無其事的神情說：「只不過爲了要解釋你的性格罷了，我想弄明白你的爲人和性格。」

「那麼你究竟弄明白了沒有？」

她搖搖頭：「我一點兒也不明白。我聽到不同的人對於你的看法很不一樣，叫我不知道該相信誰的話才好。」

他嚴肅地答道：「人家對於我的看法極不一致，我相信其中一定大有原因。貝納小姐，我希望你目前還是不要替我刻畫性格，我怕這樣做，結果對於你我都沒有什麼好處。」

「可是，假如我現在不瞭解你一下，以後就沒有機會了。」

於是他冷冷地答道：「我絕不會打斷你的興頭。」她便沒有再說下去。他們倆人又跳了一次舞，然後就默默無言地分手。兩個人都悶悶不樂，不過程度有所不同罷了。達西心裡對她頗有幾分好感，因此一下子就原諒了她，把一肚子氣都投注到另一個人身上去。

他們倆分開了沒一會兒，賓利小姐就走到伊麗莎白的面前，帶著一種又藐視又客氣的神氣對她說：

「噢，伊麗莎白小姐，我聽說你對喬治·韋翰頗有好感！你姊姊剛剛還跟我談到他，問了我一大堆的話。我發覺那個年輕人雖然把什麼事都說給你聽了，可就偏偏忘了說他自己是老達西先生的賬房老韋翰的兒子。他說達西先生待他一點也不好，那完全是胡說，讓我站在朋友的立場奉勸你，不要胡亂相信他的話。達西先生一直待他太好了；只是喬治·韋翰用極其無恥的手段對待達西先生。詳細情況我也不太清楚，不過這件事我認爲一點兒也不應該怪達西先生。聽見人家提到喬治·韋翰，達西就會受不了。我哥哥這次宴請軍官們，本來也很難剔開他，總算他自己知趣，避開了，我哥哥眞高興。他跑到這個村裡來眞是太奇怪了，我不懂他怎麼有膽量這樣做。伊麗莎白小姐，對不起，揭穿了你心上人的過錯。可是事實上你只要看看他那種出身，當然就不會指望他能幹什麼好事出來。」

伊麗莎白生氣地說：「照你這麼說，他的過錯和他的出身好像是同一回事啦，我倒沒有聽到你說他別的不是，只聽到你罵他是達西先生的賬房的兒子，老實跟你說，他早已親自跟我講過這一點了。」

「對不起，請原諒我多管閒事，不過我也是出於一片好意。」賓利小姐說完這些話，冷笑了一聲，便走開了。

「無禮的小姐！」伊麗莎白自言自語地說，「這次你可想錯了，你以爲這樣卑鄙地攻擊韋翰，我對他的看法就會受到影響嗎？你這種攻擊，反而倒叫我看穿了你自己的頑固無知，還有達西先生的陰險。」她接著便去找她的姊姊，因爲姊姊會向賓利問起這件事。只見珍滿臉堆笑，容光煥發，這足以說明，她很滿意於這個舞會。伊麗莎白一心希望珍追求幸福的道路能夠很平坦。

她也和姊姊同樣滿臉笑容地說道：「我想問問你，你有沒有聽到什麼有關韋翰先生的事？也許你太高興了，想不到其他人身上去吧。如果眞是那樣的話，我一定可以原諒你的。」

「沒有的事，」珍回答道，「我並沒有忘記他，可惜我不能告訴你什麼令你滿意的消息。賓利先生對他的底細並不瞭解，至於他在哪些方面得罪了達西先生，賓利先生更是一無所知。不過他可以擔保他自己的朋友品行良好、誠實正派，並且以爲達西先生過去對待韋翰先生已經好得太過分了。說來遺憾，從他的話和她妹妹的話來判斷，韋翰先生似乎不是一個正派的青年。我怕他果眞是太魯莽了，也難怪達西先生不理睬他。」

「難道賓利先生不認識韋翰先生？」

「不認識，那天上午在麥里屯他們倆還是初次見面。」

「那麼，這一切全是聽達西先生說的。我滿意極了。至於那個牧師職位的問題，他有沒有說些什麼？」

「他只不過聽達西先生提起過，詳細情況他記不太清楚。可是他相信，那個職位雖然說是給韋翰先生，但是也在規定條件之內。」

伊麗莎白激動地說：「賓利先生當然是誠實的，可是請你原諒，光憑幾句話並不能叫我折服。賓利先生袒護他自己朋友的那些話，說得也許很有力，不過，這件事的某些情節他既然弄不清，而另外一些情節又是從他朋友那兒聽來的，那麼，我還是不願意改變我對他們兩位先生原有的看法。」

她於是換了一個話題，使她們倆都能聊得更開心，因爲，她們在這方面的意見是絕對一致的。伊麗莎白高興地聽著珍談起，她在賓利先生身上雖然不敢存有奢望，但卻寄託著許多幸福的心願。她於是竭力說了不少話來增強姊姊的自信。過了一會兒，她們看到賓利先生走向她們，伊麗莎白便主動退到夏綠蒂身邊去。夏綠蒂問她和那位舞伴跳得是否愉快，她還沒有來得及回答，只見柯林斯先生朝她走來，欣喜欲狂地告訴她們說，他非常幸運地發現了一件非常重要的事。

他說：「完全出於我意料之外，我竟然發現這屋子裡有一位是我恩人的至親。

我碰巧聽見一位先生跟主人家的那位小姐說起，他自己的表妹德·包爾小姐和他的姨母嘉德琳夫人。這件事眞是太湊巧了！誰能想到我會在這次的舞會上碰到嘉德琳·德·包爾夫人的姨姪呢！謝天謝地，我這個發現正是時候，去問候他還來得及吧。我根本就不知道有這門親戚，因此還有餘地道歉。」

「你打算去向達西先生自我介紹嗎？」

「我當然打算去。我一定要去求他諒解，請他不要怪我沒有早一點問候他。我相信他就是嘉德琳夫人的姨姪。我可以告訴他說，上星期我還見到她老人家，她身體非常健康。」

伊麗莎白盡力勸他不要那麼做，她說，如果不經過人家介紹，就去和達西先生打招呼，達西先生一定會認爲他唐突冒昧，而不會認爲他是在奉承他姨母；又說雙方根本不必打交道，即使要打交道，也應該由地位比他高的達西先生來找他。柯林斯先生聽她這麼說，更顯出一副堅決的神氣，表示一定要照著自己的意思去做。等她說完了，他回答道：

「親愛的伊麗莎白小姐，你對於一切的問題都有獨到的見解。我非常欽佩，可是請你聽我奉勸一句：俗人的禮節跟教士們的禮節大相逕庭。請聽我說，我認爲從尊嚴方面來看，一個教士的位置可以跟一個君侯相比，只要你能同時保持相當的謙恭。所以，這一次你應該讓我照著我自己良心的吩咐，去做好我認爲應該做的事情。請原諒我沒有接受你的指教，要是在其他問題上，我一定把你的指教當作座右銘；不過對於目前這個問題，我覺得由於我還可以說是知書達理，平日也曾稍事研究，由我自己來決定比由你這樣一位年輕小姐來決定要合適些。」他深深鞠了一躬，便離開了她，去糾纏達西先生。

伊麗莎白迫不及待地看著達西先生怎樣對待他這種冒失的行爲，只見她這位表兄先恭恭敬敬地對達西鞠了一躬，然後才開口跟他說話。伊麗莎白雖然沒聽到他說了些什麼，卻又好像聽到了他所有的話，因爲從他嘴唇蠕動的情況來看，他無非口口聲聲盡說些「抱歉」、「漢斯福」、「嘉德琳·德·包爾夫人」之類的話。她看到自己的表兄在這個人面前丟臉，心中好不生氣。達西先生帶著毫不掩飾的驚奇目光斜瞄著他，等到柯林斯先生嘮叨夠了，達西才帶著一副敬而遠之的神氣，敷衍了他幾句。但柯林斯先生卻並不因此而灰心，等他再次開口時，達西先生更露骨地表現出輕蔑的神氣。柯林斯先生說完以後，達西先生隨便回了個禮就走開了。柯林斯先生這才回到伊麗莎白跟前，對她說：「告訴你，他那樣接待我，我實在毫無理由感到不滿意。達西先生聽到我的慇懃問候，似乎十分高興。他禮貌周全地回答了我的話，甚至恭維我說，他特別佩服嘉德琳夫人的眼力，沒有提拔錯人。這的確是個聰明的想法。大體上說，我很滿意他。」

伊麗莎白既然對舞會再也沒有什麼興趣，於是便把全部注意力都轉移到她的姊姊和賓利先生身上。她把當場的情景都看在眼裡，任意想像出了許多可喜的情景，幾乎跟珍自己感到同樣的快樂。她想像著姊姊成爲這幢房子的女主人，夫婦之間恩愛彌篤，無比幸福。她覺得如果眞有這樣一天，那麼，連賓利的兩個姊妹，自己對她們發生好感也不是不可能的。她看見她母親也確實正在轉著同樣的念頭，因此決定不冒險走到她母親面前，免得又要聽她沒完沒了地嘮叨。

當大家坐下來吃飯的時候，她發現母親的座位跟她離得很近，覺得眞是活受罪。她聽見母親一直在跟盧卡斯太太胡說八道，盡談些她怎樣盼望珍馬上跟賓利先生結婚之類的話，這叫伊麗莎白越發氣惱。她們對這件事越談越起勁，貝納太太一個勁兒數說著這門姻緣有多少多少好處。首先，賓利先生是那麼漂亮的一個青年，那麼有錢，又住在離她們不遠的麥里屯，這些條件令人非常滿意。其次，他的兩個姊妹非常喜歡珍，一定也像她一樣希望能夠結成這門親戚，這一點很令人快慰。再其次，珍既然能攀得這麼稱心如意的親事，那麼，其他幾個小女兒也就有碰上其他有錢人的希望。至少她那幾個沒有出嫁的女兒，她們的終身大事從此可以委託給大女兒，她可以不必再爲她們去應酬交際了。於情於理，這件事都値得高興，儘管貝納太太一向不習慣守在家裡。她又預祝盧卡斯太太馬上也會有同樣的好運，其實她明明是在趾高氣昂地表示對方沒有這個福分。

伊麗莎白一心想要挫一挫她母親的話鋒，便勸她談起得意的事情來，要小聲一點，因爲她們的對面就坐著達西先生，可見得他一定聽到了大部分的話。不過勸也沒有用，她的母親只顧罵她說廢話，她眞有說不出的氣惱。

「我倒請問你，達西先生與我有什麼關係，我幹嘛怕他？我沒有理由要在他面前特別講究禮貌，我才不會因爲他不愛聽就不說呢！」

「看在老天的分上，媽媽，小聲點兒。你得罪了達西先生能得到什麼好處？你這樣做，連他的朋友也會看不起你的。」

不過，任憑她怎麼說都沒有用。她的母親一定要大聲發表高見。伊麗莎白又羞又惱，臉蛋被氣得紅了又紅。她禁不住偷偷望著達西先生，每望一眼就更加證明自己的疑慮，因爲達西雖然沒有一直瞧著她的母親，可是他一直目不轉睛地盯著伊麗莎白；他臉上先是一副氣憤和厭惡的表情，慢慢地變得莊重冷靜，一本正經。

後來終於等到貝納太太說完了，盧卡斯太太聽她談得那樣洋洋得意，自己又沒插嘴分兒，早已呵欠連連，現在總算可以安下心來享受一點冷雞肉。麗茲也總算可以鬆口氣。可惜她耳根並沒有清靜多久，因爲一吃完晚飯，大家就說要唱歌。麗茲眼看著瑪麗一點都經不起別人稍微慫恿，立刻答應了大家的請求，覺得特別難受。她曾經頻頻向瑪麗使眼色，又再三地悄悄勸告她，盡力叫她不要這樣討好別人，可惜總是白費心機。瑪麗毫不理睬她的用意。這種出風頭的機會正是她求之不得的，於是她就開始唱了起來。伊麗莎白極其痛苦地把眼睛盯在她身上，帶著焦慮的心情聽她唱了幾節，等到終於唱完，她的焦慮絲毫沒有減輕，因爲瑪麗一聽到大家對她的稱讚，半分鐘以後，她又唱起了另一支歌。瑪麗的才華是不適宜於這種表演的，因爲她嗓子細弱，表情又不自然。伊麗莎白眞是急得要死。她看了看珍，看看她是否受得了，只見珍正在跟賓利先生安安靜靜地談天。她又看見賓利的兩位姊妹正在彼此擠眉弄眼，一面對著達西做手勢，達西依舊板著面孔。她最後只好對自己的父親望了一眼，求他老人家來攔阻一下，免得瑪麗通宵唱下去。父親明白了她的意思，他等瑪麗唱完了第二支歌，便大聲說道：

「你這樣已經夠啦，孩子。你使我們開心得夠久啦。給別的小姐們留點時間表演表演吧。」

瑪麗雖然裝做沒聽見，但心裡多少有些不太自在。伊麗莎白也爲她感到不好受，好在這會兒大家已經請別人來唱歌了。

只聽得柯林斯先生說：「要是我僥倖會唱歌，那我一定樂意給大家高歌一曲。我認爲音樂是一種高尚的娛樂，和牧師的職業沒有絲毫抵觸。不過我並不是說，我們可以在音樂上花上太多的時間，因爲的確還有許多別的事情需要我們去做。負責一個教區的主管牧師有多少事要做啊，首先他得訂定一大堆的條例，既要訂得對自己有利，又不可以侵犯地主的利益。他得親自編寫講道詞，這樣一來剩下屬於自己的時間就不多了。他還得利用這點兒時間來安排教區裡的事務、照料和收拾自己的住宅——住宅總免不了要盡量弄得舒舒服服。我認爲還有一點也很重要：他對每一個人都得慇懃和藹，特別是對於那些提拔過他的人。我認爲這是他應盡的義務。再說，遇到恩人的親友，凡是應該表示尊敬的場合，總得表示尊敬，否則就太不像話了。」

他說到這裡，向達西先生鞠了一躬，就這樣結束了他的話。他這一席話說得那麼響亮，半個屋子裡的人都可以聽得見。多少人看呆了，多少人笑了，可是沒有一個人像貝納先生那樣有趣地聽著，他的太太卻一本正經地誇獎柯林斯先生的這番話說得眞是合情合理，她湊近了盧卡斯太太說，他顯然是個很聰明優秀的青年。

伊麗莎白覺得她家裡的人好像是約好今天晚上到這兒來竭盡所能的出醜。她覺得姊姊和賓利先生眞是太幸運了，有些出醜的場面沒有看到，好在一些可笑的情節賓利先生即使看到了，也不會感到特別難受。不過這正是他的兩個姊妹和達西先生嘲笑她家裡人的絕妙機會，這已經是夠叫人難堪的了，那位先生的無聲蔑視和兩個女人的無禮嘲笑，她不能斷定究竟哪一樣更叫人難堪。

舞會的後半段時間也沒有讓她感到什麼樂趣。柯林斯先生仍然一直不肯離開她的身邊，雖然他無法請她再跟他跳一次舞，可是卻也弄得她無法跟別人跳。她請求他跟別人去跳，並且答應幫他介紹一位小姐，可是他怎麼也不肯。他告訴她說，講到跳舞，他完全不感興趣，他的主要用意就是要小心侍候她，博得她的歡心，因此他打定主意整個晚上待在她身邊，無論她怎樣解釋也沒用。多虧她的好友夏綠蒂常常來到他們身邊，好心好意地和柯林斯先生攀談攀談，才讓她覺得好受一些。

至少達西先生不再來惹她生氣了。他雖然常常站在離她很近的地方，附近也沒有人，卻一直沒有走過來跟她說話。她覺得這可能是她提到了韋翰先生的緣故，她不禁暗暗竊喜。

在全場賓客中，龍柏園一家人最後走，而且貝納太太還耍了點手腕，藉口等候馬車，一直等到大家都離開了，她們一家人又多待了一刻鐘。她們在這一段時間裡看到主人家有些人確實非常渴望她們趕快走。赫斯特太太和賓利小姐姊妹倆基本上不開口說話，只是嚷著很累，顯然是在下逐客令。儘管柯林斯先生在發表長篇大論，竭力恭維賓利先生和他的姊妹們，說他們家的宴席多麼精美，也沒能給大家多點樂趣。達西沒有說一句話；貝納先生同樣沒做聲，站在那兒袖手旁觀。賓利和珍站得離大家遠一些，正在親密交談。伊麗莎白像赫斯特太太和賓利小姐一樣，始終不張口。連麗迪雅也覺得太疲倦了，而沒有說話，只是偶然叫一聲：「天啊，我多麼疲倦。」接著便大大的打了一個呵欠。

後來她們終於起身告辭，貝納太太懇切地說，希望在最短時間內，賓利先生全家能到龍柏園去玩，她還特別對賓利先生說，如果哪天他能上她們家去吃頓便飯，對她們來說便是莫大的榮幸。賓利先生非常高興，連忙說，明天他就要動身到倫敦去住一小段時間，等他回來以後，一有機會就去拜望她。

貝納太太極其滿意，走出屋來，一路打著如意算盤：不出三四個月光景，她就可以親眼看到自己的女兒在尼日斐莊園找到歸宿。她應該準備一些財產、嫁妝和新的馬車，這是必不可少的。她同樣相信另一個女兒一定會嫁給柯林斯先生，對這門親事她雖然沒有像對另外一門親事那樣開心，但也值得高興。在所有的女兒中間，她最不喜歡的就是伊麗莎白。儘管柯林斯先生的人品和門第，配她已經綽綽有餘，可是和賓利先生和尼日斐莊園比起來，就顯得黯然失色了。

第19章

第二天，龍柏園發生了新消息。柯林斯先生正式提出求婚。因爲他到下星期六假期就要滿了，於是決定不再耽擱時間，況且他也絲毫不覺得有什麼不好意思，便有條不紊地著手進行起來，凡是他認爲必不可少的正常步驟，他都一一照辦了。剛吃過早飯，看到貝納太太、伊麗莎白和凱蒂待在一起，他便對貝納太太說：

「太太，今天早上我想請令嬡伊麗莎白賞臉，跟我作一次私人談話，你贊成嗎？」

「唉，太好了，當然可以。我相信她也很高興的。——來，凱蒂，跟我一塊上樓去。」她把針線收拾了一下，便急急忙忙走開了，這時伊麗莎白叫了起來：

「親愛的媽媽，別走。我求求你別走。柯林斯先生一定會諒解我。他要跟我說的話，別人都可以聽的。不然我也要走了。」

「不，不，你別瞎扯，麗茲。我要你待在這兒。」她看見伊麗莎白又惱又窘，好像眞要逃走的樣子，於是又說道，「我一定要你在這兒聽柯林斯先生說話。」

母命不便違抗。伊麗莎白考慮了一會兒，覺得能夠儘快解決了這件事也好，於是她重新坐了下來，時時刻刻當心著，不讓自己流露出啼笑皆非的心情。貝納太太和凱蒂走開了。她們一走，柯林斯先生便開口說話：

「說眞的，伊麗莎白小姐，你害羞的模樣，非但不能絲毫損害你，還增加了你的天生麗質。要是你不這樣稍微推託一下，我反而覺得你沒有這麼可愛。可是請你允許我告訴你一聲，我這次跟你求婚，是獲得了令堂大人的允許的。儘管你天性羞怯，也應該看得出來我對你的百般慇懃。你一定可以明白我說話的用意。我差不多一進這屋子，就挑中你做爲我的終身伴侶。這個問題也許最好趁我現在還控制得住我自己感情的時候解決。先談談我要結婚的理由，接著再談我來到哈福德郡擇偶的打算，因爲我確實是存著這種心意。」

想到柯林斯這麼正經八百的樣子，居然也會說他控制不住他自己的感情，伊麗莎白眞是覺得特別好笑。對方又接著說下去：

「我之所以要結婚，有以下幾點理由：第一，我認爲凡是像我這樣的牧師，生活寬裕，理當給全教區樹立一個美好婚姻的榜樣；其次，我深信結婚會大大地促進我的幸福；第三（這一點或許我應該早點提出來），我三生有幸，能夠遇到這樣一個高貴的嘉德琳夫人，她非常贊成我結婚，蒙她兩次替我在這件事情上提出了寶貴的意見（而且並不是我請教她的！）。就在我離開漢斯福的前一個星期六晚上，我們正在玩牌的時候，夫人忽然對我說：『柯林斯先生，你一定要結婚。爲了我，也爲了你自己，你應該認眞地挑選一個好人家的女兒，人要長得活潑，要能做事。出身高貴與否無所謂，但要會算計，能妥妥貼貼地安排一筆小小的收入。這就是我的忠告，趕快找個這樣的女人來吧，把她帶到漢斯福來，我自會照顧她的。』

好表妹，嘉德琳．德．包爾夫人對我的體貼照顧，也可以算是我優越的條件。我眞無法形容她的爲人，你總有一天會看到的。我想，你的聰明活潑一定會叫她喜歡；只要你在她那樣身分高貴的人面前顯得穩重端莊些，她一定會更加喜歡你。大體上，我要結婚就是因爲這些原因。事實上，我們自己村裡多的是年輕可愛的姑娘，我爲什麼沒有看中我自己村莊的，而看中了龍柏園的呢？事情是這樣的：往後令尊過世（但願他長命百歲），我要來繼承財產，因此我打算把他的一個女兒娶作家室，使得將來這件不愉快的事發生的時候，你們可以儘量減輕一些損失，不然我實在過意不去。當然，就像我剛才說過的，這件事情也許要在許多年以後才會發生。這就是我的動機。好表妹，恕我冒昧地說一句，你不至於因此而看不起我吧。說到嫁妝，我完全無所謂，我絕不會在這方面向你父親提出什麼要求，我非常瞭解，他沒有能力辦到，你名下應得的財產，一共不過是一筆年息四厘的一千鎊存款，何況你還得等到你母親過世之後。因此關於那個問題，我不會表示意見，而且請你放心，我們結婚以後，一句抱怨話我都不會說的。」

現在可非打斷他的話不可了。

「你太性急了吧，先生，」伊麗莎白叫了起來，「你忘了我根本沒有答應你呢。承蒙你誇獎，我對你的求婚感到萬分榮幸，可惜我除了謝絕之外，別無他法。」

柯林斯先生鄭重其事地揮手回答道：「年輕的姑娘們第一次遇到人家求婚，即使心裡願意，口頭上也總是拒絕；有時候甚至會兩次三次地拒絕。這樣看來，我絕不會因爲你剛才說的話而灰心，我眞恨不得能跟你馬上到神壇前去呢。」

伊麗莎白嚷道：「不瞞你說，先生，我的話既然已經說出了口，你還要存著指望，那眞太離譜了。老實跟你說，如果世上眞的存在那麼膽大的年輕小姐，拿自己終生的幸福去冒險，等人家提出第二次請求，這種人絕不包括我。我完全地、嚴肅地拒絕你。你不能帶給我幸福，而且，我也相信我絕對不能讓你幸福。唔，要是你的朋友嘉德琳夫人認識我的話，我相信她一定會發現，我無論在哪一方面，都不合適做你的太太。」

柯林斯先生嚴肅地說：「就算嘉德琳夫人會有這樣的想法，我想她老人家也絕不會反對。請你放心，我有幸下次再見到她的時候，一定會在她面前大大誇獎一番你的淑靜、節儉，以及其他種種可愛的優點。」

「說實話，柯林斯先生，不管你怎麼誇獎我，都是枉費唇舌。我自己的事我自己有主張，只要你相信我說的話，就是賞我的臉。我預祝你幸福，我所以放棄你的求婚，也就是爲了免除你可能發生的意外。而你呢，既然已經向我提出了求婚，那麼，你對於我家裡的事情，也就沒有必要感到有什麼不好意思。將來龍柏園莊園一旦輪到你做當家，你就可以取之無愧了。這件事就這樣到此爲止吧。」她一面說，一面站起身來，如果不是柯林斯先生向她說出下面的話，她早就走出屋子了。

「要是下一回我有幸跟你再談到這個問題，我希望我能得到一個比這次更滿意的回答。我一點也不怪你的冷酷無情，因爲我知道，你們姑娘們對於男人第一次的求婚，總是喜歡擺樣子拒絕，也許你剛才所說的一番話，正符合女人家微妙的性格，反而更鼓勵我繼續追求下去。」

伊麗莎白一聽此話，不免有些生氣，便大聲叫道：「柯林斯先生，你眞弄得我太莫名其妙了。我的話已經說到這個地步，要是你還覺得我這是在鼓勵你的話，那我可眞不知道該怎麼樣奉勸你，才能使你死了這條心。」

「親愛的表妹，請允許我說句自不量力的話：我相信你拒絕我的求婚，僅僅是照例罷了。我之所以會這樣想，簡單說來，有這樣幾點理由：我覺得我向你求婚，並不見得就不値得你接受，你絕不會不把我的家產放在眼裡。我的社會地位、我和德·包爾家的關係，以及跟你府上的親戚關係，都是我極其優越的條件。我得提醒你考慮：儘管你有許多地方很吸引人，只可惜你的財產太少，這就把你的可愛、你許多優美的條件都抵消了，不會有另外一個人再向你求婚了，因此我認爲：這一次你並不是一本正經地拒絕我，而是仿效一般高貴的女性的通例，欲擒故縱，想要博得我更多的喜愛。」

「先生，我向你保證，我絕沒有冒充風雅，故意戲弄一位有面子的紳士。但願你相信我說的都是眞話。承蒙不棄，向我求婚，我眞是感恩不盡，但要我接受，是絕對不可能的。因爲我根本不愛你啊！難道我說得還不夠明白嗎？請你別把我當作一個故意賣弄姿態的高貴女子，我只是一個說眞話的平凡人。」

他有些狼狽，但又不得不裝出滿臉殷懃的神氣叫道：「你始終都那麼可愛！我相信只有令尊令堂作主應承了我，你才不會拒絕我吧。」

既然他再三要存心自欺欺人，伊麗莎白也懶得再去答理他，立刻抛下他一聲不吭地就走。她打定了主意：倘若他一定要把她幾次三番的拒絕當作是有意討好他，有意鼓勵他，那麼她就只能去她父親那兒尋求幫助，叫父親斬釘截鐵地回絕他。柯林斯總不見得再把她父親的拒絕，看作一個高貴女性的裝腔作勢和賣弄風情了吧。

第20章

柯林斯先生一個人獨自呆呆地幻想著美滿的婚姻，可是並沒有想多久；貝納太太一直待在走廊，等著聽他們倆商談的結果如何。現在她看見伊麗莎白開了門，匆匆忙忙上樓去，便立刻走進飯廳，熱烈地祝賀柯林斯先生，也祝賀她自己，說是他們今後有希望親上加親。柯林斯先生同樣愉快地接受了她的祝賀，同時也祝賀了她一番，接著就把他跟伊麗莎白剛才的那番談話，一五一十地講了出來，說他完全有理由相信，談話的結果很令人滿意，因爲他的表妹雖然再三拒絕，可是那種拒絕，一定是她那羞怯淑靜和嬌柔細緻的天性的流露。

貝納太太被這個消息嚇了一跳。當然，假如她的女兒果眞僅僅是口頭上拒絕他的求婚，骨子裡卻在鼓勵他，那她同樣也會覺得高興；可是她不敢這麼想，因爲她太瞭解她的女兒了，而且不得不照實說了出來。

她說：「柯林斯先生，你放心吧，我會讓伊麗莎白懂事些的。我馬上就去跟她談談。她是個固執的傻姑娘，不明白好歹，可是我會叫她明白的。」

「對不起，讓我插句嘴，太太，」柯林斯先生叫道，「要是她果眞又固執又傻，那我就不知道她是否適合做我理想的妻子了，因爲一個擁有我這樣地位的人，結婚自然是爲了追求幸福。照你講如果她眞的拒絕我的求婚，那倒是不要勉強她的好，否則，如果她的個性上有了這些缺點，對於我的幸福絕不會有半點好處。」

貝納太太吃驚地說：「先生，你完全誤會了我的意思，伊麗莎白不過是在這類事情上固執了些，可是遇到別的事情，她的性子再好也沒有了。我馬上去找貝納先生，我們很快就會和她把這個問題談妥，我有十足的把握。」

她不等他回答，便急忙跑到丈夫那兒去，一走進他的書房就嚷道：

「噢，我的好老爺，你得馬上出來一下，我們已經鬧得天翻地覆了呢。你一定得來勸勸麗茲跟柯林斯先生結婚，因爲她發誓不要跟柯林斯結婚。假如你不趕快來打圓場，他就要改變主意，反過來不要她了。」

貝納先生見她走進來，把眼睛從書本上抬起來，冷漠地望著她的臉孔。等她說完以後，他面無表情地說道：「抱歉，你究竟在說些什麼，我一點都沒聽懂。」

「我說的是柯林斯先生和麗茲的事，麗茲表示不答應柯林斯先生的求婚，柯林斯先生也開始說他不要麗茲了。」

「這種事我能有什麼辦法？這件事看起來是沒指望了。」

「你自己去跟麗茲說說看吧。你就跟她說，你非要她跟他結婚不可。」

「叫她下來吧。讓我來跟她說。」

貝納太太拉下了鈴，伊麗莎白小姐給叫到書房裡來。

爸爸一見她來，便大聲說：「到這兒來，孩子，我叫你來是要談一件頂要緊的事。我聽說柯林斯先生向你求婚，這是眞的嗎？」伊麗莎白說，眞有這回事。「很好。你回絕了這樁婚事嗎？」

「我回絕了，爸爸。」

「很好，我們現在就來談到本題。你的媽媽一定要你答應他。我的好太太，是不是這樣子呢？」

「是的，否則我再也不要看到她了。」

「一個很不幸的難題擺在你面前，你得自己去作出選擇，麗茲。從今天起，你不是要和父親成爲陌路人，就要和母親成爲陌路人。要是你不嫁給柯林斯先生，你的媽媽就不要再見到你；要是你嫁給他，我就再也不要見你。」

伊麗莎白聽到了這樣的開頭和這樣的結尾，不由得哈哈大笑。不過，這下可苦了貝納太太，她原本以爲丈夫一定會按照她的意思來對待這件事的，哪裡料到反而叫她大失所望：「這話是什麼意思，我的好老爺？你不是已經答應了我，非叫她嫁給他不可嗎？」

「好太太，」她的丈夫回答道，「有件事我要求你幫幫忙。請你允許我能夠自由運用我自己的書房，我眞巴不得整日在自己書房裡圖個清閒。」

貝納太太雖然碰了一鼻子灰，可是並不善罷甘休。她一遍又一遍地說服伊麗莎白，軟硬兼施，恩威並用。她想盡辦法拉著珍幫忙，可是珍不願意多管閒事，反而極其委婉地拒絕了。伊麗莎白應付得很好，一會兒情意懇切，一會兒又是嘻皮笑臉，儘管方式變換來變換去，決心卻始終不變。

這當兒，柯林斯先生獨自把剛才的那一幕深思默想了一番。他想自己可能把事情估量錯了，只是他弄不明白表妹爲什麼拒絕他。這麼一來，雖說傷害了他的自尊心，可是他並不覺得有絲毫難過。他對她的好感完全是憑空想像的，他又以爲她的母親一定會責罵她，因此心裡便不覺得還有什麼難受的了，因爲他不必爲她過意不去。

正當這一家子鬧得不可開交的時候，夏綠蒂·盧卡斯上她們這兒來玩。麗迪雅在大門口碰到她，立刻奔上前去跟她說道：「我眞高興你來了，這兒正鬧得兇呢！你知道今天上午發生了什麼事嗎？柯林斯先生向麗茲求婚，麗茲偏偏不答應他。」

夏綠蒂還來不及回答，凱蒂就走到她們面前，又說了一遍同樣的消息。她們走進起居間，只見貝納太太一個人待在那兒，她馬上和她們談到這個話題，請求盧卡斯小姐憐憫她老人家，勸勸她的朋友麗茲聽從全家人的勸告。

「求求你吧，盧卡斯小姐，」她用痛苦的聲調說，「沒有人和我站在一邊，大家都故意跟我作對，一個個都對我這麼狠心，誰也不能體諒我的用心。」

夏綠蒂正要回答，恰巧珍和伊麗莎白走進來了，因此就沒有開口。

「嘿，她來啦，」貝納太太接下去說，「你看她一臉滿不在乎的神氣，一點也不把我們放在心上，彷彿是冤家對頭，一任她自己獨斷專行——麗茲小姐，讓我老實告訴你吧：如果你一碰到人家求婚，就像這樣拒絕，那你一生一世都休想嫁出去了。看你爸爸去世以後，你由誰來養活。事先跟你聲明，我是養不活你的。從今天起，我跟你一刀兩斷。你知道剛剛在書房裡，我就跟你說過，我再也不要跟你說話了，瞧我說得到就做得到。我不願意跟忤逆的女兒說話，老實說，我不大樂意跟任何人說話。像我這樣一個神經上有病痛的人，對說話就沒有多大興致。有誰能知道我的苦楚！不過天下事總是這樣的，沒有人會可憐你的。」

女兒們一聲不響，只是聽任她發牢騷。她們都明白，要是你想跟她說理，安慰她，那只是火上加油。她嘮嘮叨叨地不停說話，女兒們沒有一個來岔斷她的話。最後，柯林斯先生進來了，臉上的神氣比平常顯得益發莊重，貝納太太一見到他，便對女兒們這樣說：

「現在我要你們都住嘴，讓我跟柯林斯先生談一會兒。」

伊麗莎白先靜悄悄地走出去，珍和凱蒂也跟著走了出去，只有麗迪雅站在那兒不動，想要聽聽他們談些什麼。夏綠蒂也沒有走，開始是因為柯林斯先生仔細問候她和她的家人，立刻告辭不太方便，隨後又為了滿足她自己的好奇心，便走到窗口，想去偷聽他們談話。只聽到貝納太太開始怨聲怨氣地把早已準備好的一番抱怨搬出來。

「親愛的太太，」柯林斯先生說，「我們再也別提這件事了。我絕不會怨恨令嬡的這種行為。」他說到這裡，聲調中極不愉快的意味立即流露出來，「我們大家都得逆來順受，像我這樣少年得志，小小年紀就得到了人家的重用的人，特別應該如此。我相信我的一切都是命運的安排，即使蒙我那位美麗的表妹不棄，答應了我的求婚，或許我仍然免不了要懷疑，是否眞正的幸福就會由此降臨。因爲我一向認爲，幸福一經拒絕，我們就不值得再去重修舊好。遇到這種場合，最好的辦法是聽天由命。親愛的太太，我就這樣收回了對令嫒的求婚，希望你別以爲這是對你老人家和貝納先生表示不恭敬，也別怪我沒要求你們出面代我調停。只不過並不是你拒絕了我，而是令嫒拒絕了我，這一點也許是個遺憾。可是人人都免不了有個陰錯陽差的時候。我對於這件事自始至終都是一片好心好意。我的最終目的就是要找一個可愛的伴侶，並且適當地考慮到府上的利益。假使我的態度方面有什麼地方應該受到譴責的話，就讓我當大家的面道個歉吧。」

第21章

關於柯林斯先生求婚的問題至此結束討論，伊麗莎白現在只感到一種難以言喻的不快，有時候還會被她母親埋怨一兩聲。至於那位先生，他並沒有顯得神情沮喪，也沒有表現出要回避她的樣子，只是怒氣沖沖地板著臉，默不作聲。他本來對伊麗莎白的那一股熱情，到了下半天就都轉移到盧卡斯小姐身上去了，而盧卡斯小姐又特別禮貌地聽著他說話，這叫大家都鬆了口氣。

貝納太太直到第二天還是一樣不高興，身體也還沒有復元。柯林斯先生也仍然是那樣又氣憤、又傲慢的樣子。伊麗莎白原以爲他這樣一氣，就會早日離開此地，誰也想不到他絕不因此而改變原來的計劃，他說他要到星期六才走，便一定要待到星期六。

早飯過後，小姐們上麥里屯去打聽韋翰先生有沒有回來，同時也爲了他沒能參加尼日斐莊園的舞會，要向他表示惋惜。沒想到她們一走到鎮上就遇見了他，於是他陪著小姐們上她們姨媽家去，他在那兒暢快地談了他的歉意、他的煩惱，以及他對於每個人的關注。不過他卻在伊麗莎白面前自動說明，是他自己不願意去參加那次舞會的。

他說：「當日期一天天逼近，我心裡想，還是不要和達西先生碰面的好。我覺得要同他待在同一間屋子裡，在同一個舞會上，待上好幾個鐘頭，我絕對會受不了，而且可能會鬧出些笑話，弄得大家都不開心。」

當韋翰和另一位軍官跟她們一塊兒回龍柏園的時候，一路上伊麗莎白都受到他的特別照顧，因此他們有充分的空暇來討論這個問題。韋翰先生所以要陪伴她們，主要是爲了兩大利益：一來可以討伊麗莎白的歡心，二來可以利用這個大好機會去認識她的雙親。

她們剛回到家裡，珍就接到一封從尼日斐莊園寄來的信，她立刻打開信，裡面裝著一張小巧、精致、摺燙得很平滑的信箋，字跡是出自一位小姐的娟秀流利的手筆。伊麗莎白看到姊姊讀信時變了臉色，又看到她全神貫注地盯在某幾段上面。不過很快珍便鎮靜下來，把信放在一旁，像平常一樣，高高興興地跟大家一起聊天。可是這件事仍然讓伊麗莎白很擔心，因此跟韋翰說話也不那麼專心。當韋翰和他的同伴一走，珍便對她使了個眼色，叫她跟上樓去。一回到她們自己房裡，珍就立刻拿出信來，說道：「這是卡洛琳·賓利寫來的，信上的話眞叫我大吃一驚。她們一家人現在已經離開尼日斐莊園到城裡去住，不打算再回來了。你看看她是怎麼說的吧。」

於是她先念出第一句，那句話的意思是，她們已經決定，立刻追隨她們的兄弟到城裡，而且要在當天趕到格魯斯汶納街吃飯，以前赫斯特先生就住在那條街上。

接下去是這樣寫的：「親愛的朋友，離開哈福德郡，除了你的友誼以外，我眞是再沒有什麼可留戀的了。不過，我希望將來有一天，我們還是可以像過去那樣愉快地交往，並希望能經常通信。我們要保持連絡。」伊麗莎白對這些浮話奢詞，一點也不相信。雖說她們這一次突然搬走叫她感到驚奇，可是她並不覺得眞有什麼値得惋惜的地方。她們雖然離開尼日斐莊園，但並不表示賓利先生也不會住在那兒。至於說到跟她們斷了來往，她相信珍只要能跟賓利先生時常見面，其他一切也就無所謂了。

過一會兒，伊麗莎白說：「不幸得很，你的朋友們臨走以前，你都來不及去看她們一次。可是，既然賓利小姐認爲將來仍然有重聚的歡樂，難道我們不能希望這一天比她預料要來得早一些嗎？將來做了姑嫂，不是比今天做朋友更令人滿意嗎？賓利先生不會被她們久留在倫敦的。」

「卡洛琳肯定地說，她們一家人今年冬天沒有人會再回到哈福德郡了。讓我念給你聽吧：

『昨天我們和我哥哥告別的時候，還以爲他這次上倫敦去，只要三四天就可以把事情辦好。可是我們認爲不可能辦到，同時我們相信，查爾斯一進了城，絕不肯馬上就走，因此我們決定跟上前去，免得他一個人冷冷清清地住在旅館裡受罪。我很多朋友都上倫敦去過冬了。親愛的朋友，我本來還希望聽到你也打算進城去的消息，結果我失望了。我眞摯地希望你在哈福德郡能夠度過一個極其愉快的聖誕節。

希望你有很多英俊的男朋友，免得我們一走，你便會因爲少了三個朋友而感到不愉快。』」

「這明明是說，」珍補充道，「他今年冬天不會回來啦。」

「這是說賓利小姐不要他回來罷了。」

「你怎麼會有這樣的想法？那一定是他自己的意思。他可以自己作主的。可是你還沒有全部聽完呢。我一定要把最令我傷心的一段讀給你聽。『達西先生急著要去看看他妹妹。說實話，我們也差不多同樣熱切地希望能重新見到她。我以爲喬治安娜·達西無論在容貌、舉止、才藝方面，的確沒有第二個人可以和她相比。露意莎和我都大膽地希望她以後能做我們的嫂嫂，因此我們對她便越發關切了。我不知道以前是否跟你提起過我對這件事的感覺，可是就要離開鄉村的時候，我非常願意把這些感覺說出來，我相信你不會認爲這是不合理的吧。因爲我的哥哥已經深深地愛上了她，他現在可以時常去看她，他們自然會更加親密起來，雙方的家庭也都同樣熱切希望這門親事能夠成功。我想，如果我說，查爾斯最善於搏取女人的歡心，這並不是出於做妹妹的偏心，而是事實便是如此。既然各方面都非常贊成這段姻緣，而且事情毫無阻礙，那麼，最親愛的珍，我衷心希望著能夠實現這件人人樂意的事，你能說我錯了嗎？』」

珍繼續說：「你聽完之後覺得如何，麗茲？難道說這還不夠清楚嗎？這不是明明白白地說她們不希望、也不願意我做她們的嫂嫂嗎？不正說明她相信她的哥哥對我完全無所謂嗎？而且可能她懷疑我對她哥哥有感情，所以她才勸我（多虧她這樣好心腸！）當心些。這些話還能有別的解釋嗎？」

「當然，而且是和你完全兩樣的解釋，你願意聽嗎？」

「非常願意。」

「這只需要三言兩語就可以說清楚。賓利小姐看出她哥哥愛上了你，可是她卻希望他和達西小姐結婚。她跟著他到城裡去，爲的就是不再讓他回到這兒；同時竭力想來說服你，叫你死心。」

珍搖搖頭。

「珍，你確實應該相信我。凡是曾經看見過你們在一起的人，都不會懷疑到他的感情。我確信賓利小姐也不會懷疑，她還不至於傻到這個地步。要是她看到達西先生對她有一半這樣的愛，她就要準備辦嫁妝了。可是問題是這樣的：在她們家裡看來，我們還不夠有錢有勢，她所以急於想把達西小姐配給她哥哥，原來還有一個打算，那就是說，結成親戚之後，親上再加親就更省事了。這件事當然很是費了一些心機。我敢說，要不是德．包爾小姐從中作梗，事情是會成功的。可是最親愛的珍，你千萬不要因爲賓利小姐告訴你說，她哥哥已經深深地愛上了達西小姐，你就以爲賓利先生自從星期二和你分別以後，對你的愛有絲毫的改變；也別以爲她眞有讓她哥哥不愛你的本事，而去愛上她那位女朋友。」

「假如我對賓利小姐的瞭解並不多，」珍回答道，「那麼，你的想法就會大大地讓我安心。可是我知道你的說法並不正確，卡洛琳不會故意欺騙任何人。我對這件事只存有一個希望，那就是一定是她自己想錯了。」

「這話說得沒錯。我的想法既然不能安慰你，而你自己居然能想得出這樣的好念頭，那是再好也沒有了，你就相信是她自己搞錯了吧。現在你算是對她盡了責任，再也用不著煩心。」

「可是，親愛的妹妹，即使從最好的角度去想，我能夠如願嫁給這個人。但他的姊妹和朋友們都很希望他跟別人結婚，我會幸福嗎？」

「那就得看你自己的主意如何了，」麗茲說，「如果你經過深思熟慮，認為得罪了他的姊妹們所招來的痛苦，比起做他的太太所得來的幸福還要大，那麼，我勸你最好還是拒絕他吧。」

「這種話你怎麼說得出口？」珍微微一笑，「你要知道，儘管她們的反對使我萬分難受，但我是絕不會猶豫的。」

「我並沒有說你會猶豫。既然如此，我就可以不再為你擔心了。」

「倘若今年冬天他不回來，我就用不著再左思右想了。六個月裡會發生多少變化啊。」

伊麗莎白對於「他不會回來」這樣的說法，根本就不以為然。她覺得那只不過是卡洛琳的一廂情願。她認為卡洛琳這種願望無論是露骨地說出來，還是委婉地說出來，對於她的哥哥應該不會發生絲毫影響。

她把自己對這個問題的想法，解釋給她姊姊聽，效果果然很好，她覺得非常高興。珍這樣的性子，本來就不會輕易地意志消沈，於是她又漸漸產生了希望，認爲賓利先生一定還會回到尼日斐莊園，他們的愛情也會有甜蜜的結果。

最後姊妹倆一致主張，這事在貝納太太面前不宜多談，只要告訴她一聲，這一家人已經離開此地，他走的原因不必向她說明。可是貝納太太僅僅是聽到這個片段的消息，便已經感到非常不安，甚至還哭了起來，埋怨自己運氣太壞，兩位貴婦人剛剛跟她熟絡些就走了。不過傷心一陣過後，她又用這樣的想法來安慰自己：賓利先生不久以後就會回來，到龍柏園來吃飯。最後她心安理得地說，雖然僅僅是邀他來吃便飯，她也一定要費些心思，請他吃兩道大菜。

第22章

這一天，盧卡斯家請貝納全家去吃飯，承蒙盧卡斯小姐一片好意，整日陪著柯林斯先生談話，伊麗莎白抓住一個機會向她道謝，說：「這樣可以叫他愉快些，我對你眞是感激不盡。」

夏綠蒂說，她非常樂意能夠為朋友效勞，雖然花了一點時間，但卻得到了很大的快慰。這眞是太好了！可是伊麗莎白遠遠沒有料到，夏綠蒂其實是有預謀的引誘柯林斯先生跟她談話，免得他再去向伊麗莎白獻殷懃。到目前為止她這個計謀看來進展順利。晚上大家分手的時候，夏綠蒂幾乎滿有把握地感覺到，若不是柯林斯先生這麼快就要離開哈福德郡，事情一定能夠成功。但是她未免太不瞭解柯林斯那種說風是風的性格了。第二天一大早，柯林斯就採用了相當狡猾的辦法，溜出了龍柏園，趕到盧家莊來向她求愛。他唯恐碰到表妹們，他認為假如讓她們看見他走開，那她們就會猜中他的打算，而他一定要等到事情有了成功的把握，才願意讓人家知道。雖說他發現夏綠蒂對他情意不薄，因此覺得這事百分之百可以成功，可是自從星期三冒那場險以來，他畢竟收斂許多。不過對方倒很殷懃地接待了他。盧卡斯小姐從樓上窗口看見他向她家裡走來，便連忙趕到那條小道上去接他，又裝出是偶然相逢的樣子。她絕對沒有想到，柯林斯這一次竟然給她帶來了無盡的情愛。

儘管時間不長，柯林斯先生卻說了許多話，他趁機表明愛意，顯然雙方都很滿意。一走進屋子，他就誠懇地要求她擇定吉日，使他成為世界上最幸福的人。雖說對這種請求，她應該擺點姿態，可是這位小姐並不想要拿她的幸福當兒戲。他天生一副蠢相，求起愛來無論如何也打動不了女人的心，女人一碰到他求愛，總是先請他碰壁。盧卡斯小姐之所以願意答應他，完全是看上了他的財產，她倒不在乎何年何月何日才能拿到那筆財產。

他們立刻就去懇求威廉爵士夫婦允許，老夫婦連忙高高興興地答應了。他們本來就沒有什麼嫁妝給女兒，按照柯林斯先生目前的境況，真是再好不過的一個女婿，何況他將來一定會發一筆大財的。盧卡斯太太即刻帶著前所未有的興趣，開始盤算貝納先生還可以活多少年。威廉爵士一口斷定說，只要柯林斯先生有朝一日得到了龍柏園的財產，他夫婦倆覲見國王的希望就大大增加了。總而言之，這件大事叫全家人都快活無比。連幾位小女兒都滿懷希望，認為這麼一來就可以早一兩年出去交際；男孩子們也不用再擔心夏綠蒂會當老處女了。倒是夏綠蒂本人相當鎮定，她的第一步已經成功了，還有時間做通盤的考量。柯林斯先生固然既不通情達理，又不討人喜愛，他也不見得會十分疼愛妻子，但她還是要做他的妻子。雖然她對於婚姻和夫婦生活，評價都不甚高，可是，她一貫的目標就是結婚，大凡家境不好而又受過相當教育的年輕女子，總是把結婚當作僅有的一條體面的退路。儘管婚姻並不一定會給人帶來幸福，但總算給她自己安排了一個最可靠的儲藏室，日後不致挨凍受飢。而她現在就獲得這樣一個儲藏室。她今年二十七歲，人長得又不標致，這個儲藏室當然會使她覺得無限幸福。

唯有一件事令人不快——那就是伊麗莎白．貝納肯定會對這門親事感到驚訝，而她一向把伊麗莎白的交情看得十分重要。伊麗莎白一定會詫異，說不定還要埋怨她。雖說她一下定決心便不會動搖，然而人家的非難一定會使她難受。於是她決定親自把這件事告訴她。她囑咐柯林斯先生回到龍柏園吃飯的時候，在貝納家裡任何人面前不要透露半點風聲。對方當然唯命是從，答應保守秘密，其實秘密是很難保守的，因爲他出去得太久了，一定會讓人家好奇。因此他一回去，大家立刻向他問長問短，他得要有幾分能耐才能夠遮掩過去，加上他又巴不得宣揚一下此番情場得意的情況，因此他好不容易才克制住了。

他明天一大早就要啓程，來不及向大家辭行，所以當晚太太小姐們就寢的時候，大家便相互道別。貝納太太極其誠懇、極有禮貌地說，以後他要是有空再來龍柏園，一定要到她們這兒來玩玩。

他回答道：「親愛的太太，承蒙邀約，在下不勝感激，我也正希望能領受這份盛意。請你放心，我一有空就來看你們。」

大家都吃了一驚，特別是貝納先生，根本不希望他馬上回來，便連忙說道：

「賢姪，你不怕嘉德琳夫人反對嗎？你最好看淡一些親戚關係，免得擔太大的風險，得罪了你的貴人。」

柯林斯先生回答道：「親愛的表叔，我非常感激你這樣好心地提醒我，請你放心，這樣重大的事，我一定會在得到她老人家同意後才行事。」

「小心一些，有益無害。什麼事都不重要，可千萬不能叫她老人家不高興。要是你想到我們這兒來，而她卻不高興讓你來（我覺得這是非常可能的），那麼就請你安分一些，待在家裡。你放心，我們絕不會因此而責怪你的。」

「請相信我，蒙你這樣好心地關照，眞叫我感激涕零。你儘管放心，你很快就會收到我一封致謝信，感謝這一點，感謝我在哈福德郡受到的種種關照。至於諸位表妹，雖然我馬上就會再回來，請恕我冒昧趁這個機會祝她們健康幸福，包括伊麗莎白表妹。」

太太小姐們客套了一番，告別回房。大家聽說他竟打算很快就回來，都非常驚訝。貝納太太滿心以爲他是打算向她的另一個小女兒求婚，她以爲也許能說服瑪麗答應他。因爲瑪麗比任何姊妹都看重他的能力，她很傾心於他思想方面的堅定。他雖然不及她聰明，可是只要有一個像她這樣的人作爲榜樣，鼓勵他讀書上進，那他一定會成爲一個稱心如意的伴侶。只可惜一到第二天早上，這種希望就徹底破滅了。盧卡斯小姐剛一吃過早飯，就來訪問，私下跟伊麗莎白把前一天的事說了出來。

早在一兩天前，伊麗莎白就曾經想到，柯林斯先生有可能一廂情願地愛上她這位朋友，可是，要說夏綠蒂會慫恿他，那未免太不可能，正如她自己不可能慫恿他一樣。因此她現在聽到這件事，不禁大爲驚訝，甚至無法顧及禮貌地大聲叫了起來：

「跟柯林斯先生訂婚！親愛的夏綠蒂，你怎麼能這麼做！」

盧卡斯小姐乍聽到這一聲心直口快的責備，鎮靜的臉色不禁變得慌張起來，好在這也是她意料中事，因此立刻就恢復了常態，從容不迫地說：

「你幹嘛這樣驚奇，親愛的麗茲，你不賞識柯林斯先生是他的不幸，難道就不允許他得到別的女人的賞識嗎？」

伊麗莎白這時已經鎮定下來，竭力克制著自己，用特別肯定的語氣預祝他們倆將來良緣美滿，幸福無比。

夏綠蒂回答說：「我明白你一定會感到奇怪，而且感到非常奇怪，因爲在不久以前，柯林斯先生還在向你求婚。可是，只要你靜下心來把這事情細細地想一下，你就會贊成我的做法。你知道我不是個羅曼蒂克的人，能有一個舒舒服服的家我就很知足了。說到柯林斯先生的性格、社會關係和身分地位，我覺得跟他結了婚，能夠獲得的幸福，並不亞於一般人結婚時所誇耀的那種幸福。」

伊麗莎白心平氣和地回答道：「毫無疑問。」等夏綠蒂走後，伊麗莎白把剛才發生的一切仔細想了一下。這門不合適的親事，真使她難受了好久。說起來柯林斯先生三天之內竟求了兩次婚，本來已經讓人覺得很稀奇，如今竟會有人答應他的求婚，更是稀奇。她一向覺得，她和夏綠蒂關於婚姻的見解頗不一致，卻不曾料到一旦事到臨頭，夏綠蒂竟會完全置高尚的情操於不顧，屈就於一些世俗的利益。夏綠蒂做了柯林斯的妻子，這眞是天下最丟人的事！她不但爲這樣一個朋友的自取其辱、自貶身分感到萬分難受，而且還十分痛心地認定，她朋友認定的金龜婿，絕不可能給她帶來多大的幸福。

第23章

伊麗莎白正跟母親和姊妹們坐在一起，想起剛才所聽到的那件事，不能馬上決定是否可以把它告訴大家，就在這當兒，威廉·盧卡斯爵士來了。他女兒拜託他來貝納家宣佈她跟柯林斯訂婚的消息。他一面敘述這件事，一面又大大地恭維了太太小姐們一陣子，說是兩家能結上親家，實在太好了。貝納太太震驚之餘，竟不顧禮貌，一口咬定他弄錯了。

麗迪雅一向又任性又嬌縱，不由得叫道：「天哪！威廉爵士，這話你怎麼能說得出來？你難道不知道柯林斯先生要娶麗茲嗎？」

在這種情形下，只有逆來順受的人才不會生氣。好在威廉爵士頗有涵養，沒有把它當一回事，雖然他只要求她們相信他說的全部是實話，可是他卻滿有禮貌地聽任她們的無理對待，這實在需要很大的忍耐工夫。

伊麗莎白覺得自己有責任幫助他來打破這種僵局，於是挺身而出，證實他說的是實話，說剛剛夏綠蒂本人已經跟她說過了。爲了盡力使母親和妹妹們不再大驚小怪，她便誠懇地向威廉爵士道喜，珍馬上也爲她幫腔，又用種種好話來解釋這門婚姻是何等幸福，又說柯林斯先生品格非常好，漢斯福和倫敦相隔不遠，往返也很方便。

貝納太太在威廉爵士面前，實在氣得說不出話。可是等威廉爵士一走，她便馬上發洩她那一肚子牢騷：第一，她堅絕不相信這回事是眞的；第二，她斷定柯林斯先生受了騙；第三，她絕不相信這一對夫婦會幸福；第四，這門親事有可能會破裂。不過她卻從整個事件上簡單地得出兩個結論——一個是這場笑話全都是伊麗莎白一手造成的；另一個是她自己受盡了大家的欺負和虐待。那一整天，她把這兩點大談特談，無論誰也安慰不了她，平不了她的氣。直到晚上，她的氣依然沒有消散。她見到伊麗莎白就罵，一直持續了一個星期。她和威廉爵士或盧卡斯太太說起話來，也總是粗聲粗氣，一個月以後才比較好一點。至於夏綠蒂，她寬恕她則是幾個月以後的事了。

對貝納先生來說，這件事反而使他心情舒暢，據他說，經過這一切，他精神上眞是舒服到了極點。他說，他原來認爲夏綠蒂·盧卡斯是個相當懂事的姑娘，哪知她簡直跟他自己的太太一樣蠢，比起他的女兒來就更蠢了，他實在覺得很高興！

珍雖然也承認這門婚姻有些奇怪，可是她嘴上並沒有多說什麼，反而誠摯地祝他們倆幸福。雖然伊麗莎白再三分析給她聽，她卻堅持以爲這門婚姻未必一定不會幸福。瑪麗、凱蒂和麗迪雅一點都不羨慕盧卡斯小姐，因爲柯林斯先生只不過是個傳教士而已，這件事對她們不會有任何影響，不過就是把它當作一件新聞，帶到麥里屯去廣播一下。

再說到盧卡斯太太，她既然有一個女兒獲得了美滿的姻緣，自然衷心快慰，因而也想趁此反唇相譏一下貝納太太。於是她更加頻繁地拜望龍柏園，說她如今多麼高興，不過貝納太太滿臉惡相，滿口毒話，讓她掃興不已。

伊麗莎白和夏綠蒂之間從此竟有了一層隔膜，這樁事彼此不便再提。伊麗莎白斷定她們倆再也不會像從前那樣對對方推心置腹。她既然在夏綠蒂身上大失所望，便越發關注自己的姊姊，她深信姊姊爲人正直，作風優雅，她絕不會動搖這種看法。她關心姊姊的幸福一天比一天來得迫切，因爲賓利先生已經離開了一個星期，卻毫無要回來的跡象。

珍很早就給卡洛琳寫了回信，現在正在數著日子，看看還有多少天才可以再接到她的信。結果她們星期二就收到了柯林斯先生事先答應寫來的那封謝函，信是寫給她們父親的。信上說了無數感激的話，看他那種言辭過甚的語氣，就好像在他們府上叨擾了一年似的。他在這方面表示了歉意以後，便用了許多歡天喜地的措辭，告訴他們，他已經榮幸地獲得他們的芳鄰盧卡斯小姐的歡心。他又接著說，爲了要去拜訪他的心上人，他可以抽空來看看他們，免得辜負他們善意的期望，他希望能在兩個星期以後的星期一到達龍柏園。他又說，嘉德琳夫人衷心地希望他趕快結婚，並且希望越早越好，他相信他那位心上人夏綠蒂一定不會反對及早定出佳期，使他成爲天下最幸福的人。對貝納太太說來，柯林斯先生的重返龍柏園，實在不怎麼令人愉快，她跟丈夫抱怨：「眞奇怪，柯林斯不去盧家莊反而要來龍柏園，這眞是既不方便，又非常麻煩。」她現在正當健康失調，因此非常討厭客人上門，何況都是些討人厭的癡情種子。貝納太太成天嘟囔著這些事，除非想到賓利一直不回來，而她將承受更大的痛苦時，她方才住口。

珍跟伊麗莎白都為這個問題大感不安。時間一天天過去，一點都沒有賓利先生的消息，只聽見麥里屯紛紛傳言，說他這個冬天不會再回尼日斐莊園。貝納太太非常生氣，總是加以駁斥，說那是誣蔑性的謠言。

伊麗莎白也開始覺得有些恐懼，她倒不是擔心賓利薄情，而是怕他的姊妹們眞的絆住了他。儘管她也不願意有這種想法，因為這種想法既對珍的幸福不利，也是對珍心上人忠貞的一種侮辱，可是她還是禁不住要這樣想。他那兩位無情無義的姊妹和他那位足以制服他的朋友同心協力，再加上達西小姐的窈窕嫵媚，以及倫敦的聲色娛樂，即使他果眞對珍念念不忘，那個圈套恐怕也難以掙脫。

說到珍，她在這種動盪不安的情況下，自然比伊麗莎白更加感到焦慮，可是她總不願意暴露自己的心事，所以她一直沒有和伊麗莎白提起這件事。偏偏她母親一點也不體諒她的苦衷，過不了一個鐘頭就要提到賓利，說是等待他回來實在等得心焦，甚至硬要逼著珍承認——假若賓利果眞不回來，那她一定會覺得自己受了薄情的虧待。幸虧珍臨事從容不迫，柔和鎮定，才忍受得住她這些話語。

柯林斯先生在兩個禮拜以後的星期一準時到達，可是龍柏園的人卻不再如他初來時那樣對他熱烈歡迎。他實在高興極了，也用不著再向別人獻殷懃。這眞是主人家走運，多虧他戀愛成功了，才使得大家能夠清閒下來，不必再去跟他周旋。他每天在盧家莊消磨大部分的時間，一直挨到盧府快要睡覺的時候，才返回到龍柏園，爲他的終日未歸懇請大家的諒解。

貝納太太著實可憐。只要一提到那門親事，她就會不高興，而且無論她走到哪兒，她總會聽到人們討論這件事。她一看到盧卡斯小姐就覺得討厭。一想到盧卡斯小姐將來有一天會代替她做這幢屋子的女主人，她就越發嫉妒和厭惡。每逢夏綠蒂來看她們，她總以爲人家來是爲了考察情況，看看還有多少時候就可以搬進來住。每逢夏綠蒂跟柯林斯先生低聲說話的時候，她就以爲他們是在談論龍柏園的家產，是在計議一等到貝納先生去世以後，就要她和她的幾個女兒從這兒搬出去。她把這些傷心事都說給她的丈夫聽。

她說：「我好老爺，盧卡斯小姐遲早要成爲這屋子的女主人，而我卻非得讓她不可，我眞受不了眼睜睜地看著她來接替我的位置！」

「我的好太太，別去想這些傷心事了。我們不妨從好的方面去想。說不定我比你還要長壽，我們姑且就這樣來自我安慰吧。」

可是這些話根本安慰不了貝納太太，她非但沒有停止抱怨，反而一直訴苦下去。

「我一想到所有的產業都得落到他們手裡，就受不了。要不是爲了繼承權的問題，我才不在乎呢。」

「你有什麼不在乎？」

「什麼我都不在乎。」

「謝天謝地，你的頭腦還沒有不清楚到這種地步。」

「好老爺，凡是涉及到繼承權的問題，我是絕不會謝天謝地的。隨便哪個人，怎麼能昧著良心，不把財產遺傳給自己的女兒們呢？我眞弄不明白，何況這一切都是爲了柯林斯先生的緣故！爲什麼這份遺產偏偏要由他享有？」

「你自己去想吧。」貝納先生說。

第24章

賓利小姐來信了，疑惑消除了。信上第一句話就說，她們已經決定在倫敦過冬，結尾是代她哥哥道歉，說他臨走以前，沒有來得及向哈福德郡的朋友們辭行。

希望破滅了，徹底破滅了。珍把信繼續讀下去，只覺得除了寫信人那種裝腔作勢的親切之外，根本找不出可以聊以自慰的地方。滿篇都是盛讚達西小姐的話，絮絮叨叨地談到她的千嬌百媚。卡洛琳還高高興興地說，他們倆之間已經一天比一天親熱，並且作出大膽的預言，說是她上封信裡面提到的那些願望，一定可以實現。她還極其得意地寫道，她哥哥已經搬到達西先生家裡去住，又歡天喜地地提到達西打算添置新家具。

珍立刻告訴伊麗莎白這些事，伊麗莎白聽了，怒不可扼。她傷心透頂了，一方面是關心自己的姊姊，另一方面是怨恨那一幫人。卡洛琳信裡說她哥哥鍾情於達西小姐，伊麗莎白無論如何也不相信。她仍舊像往常一樣，相信賓利先生是眞心喜歡珍的。伊麗莎白一向很看重他，現在才明白他原來是這樣一個軟弱沒有主意的人，以致他那些詭計多端的朋友們可以牽制住他，聽憑他們反覆無常地作弄他，拿他的幸福當犧牲品——想到這些，她就非常氣憤，甚至不免有些看不起他。

要是只犧牲他個人的幸福，那他可以愛怎麼做就怎麼做；可是這裡面畢竟還牽涉到姊姊的幸福，她相信他自己也應該明白。這個問題她左思右想，也想不通，究竟是賓利先生眞的變了心？還是根本不知情？雖然對她說來，這其中的是非曲直應該辨明，然後才能斷定他是好是壞，可是對她姊姊來說，反正都是一樣地傷心難受。

隔了一兩天，珍才鼓起勇氣，向伊麗莎白訴說自己的心事。那天貝納太太仍像往常一樣說起尼日斐莊園和它的主人，嘮叨了老半天，後來謝天謝地總算走開了，只剩下她們姊妹倆，珍這才忍不住說：

「噢，但願媽媽多自我控制一些吧！她不曉得她這樣時時刻刻提起他，叫我多麼痛苦。不過我絕不怨誰。這局面不會長久的。我們馬上就會忘掉他，我們還是會和往常一樣。」

伊麗莎白半信半疑而又極其關切地望著姊姊，什麼話也沒有說。

「你不相信我的話嗎？」珍微微紅著臉嚷道，「那你眞是不夠瞭解我。他在我的記憶裡可能是個最可愛的朋友，但也不過如此而已。我既不奢望什麼，也不擔心什麼，更沒有什麼地方要責備他。多謝上帝，我還沒有那種煩惱。因此再過些日子，我一定就會慢慢克服過來的。」

她又立刻用更堅強的聲調說道：「這只怪我自己瞎想，好在並沒有損害別人，只是損害了我自己。」

伊麗莎白連忙喊起來了：「親愛的珍，你太善良了。你那樣好心，只知道處處爲別人著想，眞是像天使一般。我不知道應該跟你說什麼才好。我覺得我從前待你還不夠好，愛你還不夠深。」

珍竭力否認這些言過其實的誇獎，反倒用這些讚美的話來讚揚妹妹的熱情。

伊麗莎白說：「別這樣說，你總以爲天下人都是好人。我只要說了誰一句壞話，你就覺得難受。只要我想把你看作一個完美無瑕的人，你就馬上來駁斥。請你放心，我絕不會說得過分，你有權利把四海之內的人一視同仁，我也不會干涉你。你用不著擔心。至於我，我眞正喜歡的人沒有幾個，我心目中的好人就更少了。世事經歷得越多，我就越對世事不滿。我一天比一天相信，見異思遷是人的本性，完全不能憑著某人表面上一點點長處或見解，就去相信他。最近我碰到了兩件事：其中一件我現在不願意說出來，另一件就是夏綠蒂的婚姻問題。這簡直是莫名其妙！任你怎樣去想，都是莫名其妙！」

「親愛的麗茲，不要這樣胡思亂想，那會毀了你的幸福的。你且想一想柯林斯先生的身分地位和夏綠蒂的謹愼穩重吧。你得記住，她也算是一位大家閨秀，至於財產方面，這門親事倒是挺合適的。你且顧全大家的面子，只當她對我們那位表兄確實有幾分敬愛和器重吧。」

「如果是看你的面子，我其實可以對任何事都信以爲眞，可是這對我們並沒有好處。我現在只覺得夏綠蒂沒有眼光，要是再叫我去相信她是眞心愛上了柯林斯，那我更要認爲她實在愚蠢。親愛的珍，柯林斯先生是個自大、喜愛炫耀、心胸狹窄的傻瓜，這一點你和我一樣清楚，你也和我一樣感覺到，嫁給他的人一定頭腦不清楚。雖然這個女人就是夏綠蒂．盧卡斯，你也不必爲她辯護。你千萬不能因爲某一個人而改變原則，破格遷就，也不用費盡心力地說服我，或是說服你自己去相信，自私自利就是謹慎，糊塗大膽就等於保障了幸福。」

「講到這兩個人，我認爲你說得太過火了，」珍說，「但願日後你看到他們倆相處幸福的時候，就會相信我的話沒錯。這件事可也談夠了，你暫且談談另外一件吧。你不是舉出了兩件事嗎？我不會誤解你，可是，親愛的麗茲，我求求你千萬不要以爲是那個人的錯，千萬不要說你看不起他，免得我感到痛苦。我們絕不能隨隨便便就認爲人家是有意傷害我們的。我們完全不可能指望一個活潑的年輕人會始終小心周到。我們往往會被自己的虛榮心給弄迷了心竅。女人們往往會把愛情這種東西幻想得太不切合實際。」

「因此男人們就故意逗引她們有這些幻想。」

「如果這樁事當眞是有人存心安排好了的，那他們實在是不應該。我可不知道世界上是否眞如某些人所想像的那樣，到處都是陰謀。」

「我絕不是說賓利先生的行爲是事先預謀，」伊麗莎白說，「可是即使沒有存心做壞事，或者說，沒有存心叫別人傷心，事實上事情仍會做錯，引起不幸的後果。粗心大意、看不出別人的好心好意，或者缺乏果斷的人，都一樣能夠害人。」

「你是說他被他的姊妹們操縱了？」

「當然——他應該屬於優柔寡斷那一型。可是，如果再讓我說下去，說出我怎麼看你所器重的那些人，那會叫你不高興的。趁著現在我能夠住嘴的時候，讓我住嘴吧。」

「我不相信。她們有什麼必要操縱他？她們只有祈禱他幸福。要是他果眞愛我，他從別的女人那兒就無法得到幸福。」

「你頭一個想法就錯了。她們除了希望他幸福以外，還有許多別的打算。她們會希望他更有錢有勢，她們會希望一個出身高貴、親朋顯赫的闊女人能跟他結婚。」

「毫無問題，她們希望他能和達西小姐結婚，」珍說，「不過，她們也許是出於一片好心，並不如你所想像的那麼惡劣。她們認識她比認識我早得多，所以假如她們更喜歡她，並不足為奇。可是不管她們有什麼樣的願望，她們總不至於違背她們兄弟的願望吧。除非有什麼太看不順眼的地方，哪個做姊妹的會這樣冒昧的做？要是她們相信他愛上了我，她們絕不會有拆散我們的打算；要是他果眞愛我，她們就是要拆散也拆散不成。如果你一定要以為他對我眞有感情，那麼，她們這樣做，便是既不近人情，又荒謬絕倫，我也就更傷心了。不要用這種想法來使我痛苦吧。我絕不會因為一念之差而感到羞恥——即使有也極其輕微，但是一想起他或他的姊妹們無情無義，我眞不知道要多麼難受呢。讓我從最好的方面去想吧，從合乎人情事理的方面去想吧。」

伊麗莎白無法對她這種願望表示反對，從那天起，她們就很少再提起賓利先生的名字。

貝納太太見他一去不復返，覺得非常納悶，她不斷地抱怨，儘管伊麗莎白幾乎每天都給她解釋個清楚明白，始終無法使她的煩惱有所減少。女兒盡力說服她，盡說一些連她自己也不相信的話給母親聽，說賓利先生衷情於珍，只不過是一時高興而已，根本算不上什麼，一旦她不在他眼前，也就拋諸腦外。雖然貝納太太當時也相信這些話沒錯，可是事後她每天舊事重提，最後只有找出一個聊以自慰的辦法：指望賓利先生來年夏天一定會回到這兒來。

貝納先生對這件事可就抱著兩樣的態度。某一天他對伊麗莎白說：「嘿，麗茲，我發現你的姊姊失戀了。我倒要祝賀她了。一個女孩除了結婚以外，總樂意不時地嘗點兒失戀的滋味。那可以使她們有點兒東西去想想，又可以在朋友們面前露露頭角。你幾時也能有這種幸運呢？你不可以讓珍太超前了。現在你的機會來啦。麥里屯有很多軍官，足夠使這個村子裡的每一個年輕的女孩失意。讓韋翰做你的對象吧。他是個有趣的傢伙，假如他遺棄你也會很體面的。」

「多謝您，爸爸，我其實並不挑剔的。但我們可不能個個都指望能碰上像珍那樣的好運氣。」

「不錯，」貝納先生說，「不管你交上了哪一種運氣，你那位好心的媽媽反正會盡心竭力來成全你的，你只要想到這一點，就會感到欣慰了。」

龍柏園府上因為近來出了幾件不順利的事，好些人都怏怏不樂，多虧有韋翰先生跟他們交往，消除了不少悶氣。她們常常看到他，對他讚不絕口，又說他坦白爽直。伊麗莎白最常聽到的便是——達西先生有多少地方對不起韋翰，韋翰又為達西先生吃了多少苦頭——大家都已經公認，而且公開加以談論。每個人一想到自己還遠在完全不知道這件事情時，就已經十分討厭達西先生，便不禁非常得意。

只有貝納大小姐以為這件事裡面一定有些蹊蹺，只是哈福德郡的人們還沒有弄清楚。她是個性柔和、穩重公正的人，總是要求人家多多體察實情，可惜別人通通認定達西先生是天下最混帳的人。

第25章

談情說愛，籌劃好事，一個星期一晃就過去了，到了星期六，柯林斯先生不得不和心愛的夏綠蒂告別。不過，既然他已經作好迎接新娘的準備，也就減輕了離別的愁苦，他只等下次再來哈福德郡時，決定婚期，成爲天下最幸福的男子。他像上次一樣愼重其事地和龍柏園的親戚們告別，祝福表妹們幸福健康，又許諾給她們的父親再來一封謝函。

下星期一貝納太太的弟弟和弟媳照例到龍柏園來過聖誕節，貝納太太十分欣喜。嘉丁納先生是個通情達理、頗有紳士風度的人物，無論在性格方面，還是在所受的教育方面，都比他姊姊高出很多。他原是出身商界，竟會有這般教養、這般討人喜愛，若是叫尼日斐莊園的太太小姐們見了，一定會難以相信。至於嘉丁納太太比貝納太太以及腓力普太太，都要小好幾歲。她是個和藹聰慧而且又很文雅的女人，龍柏園的外甥女兒跟她特別親切。她們常常進城去她那兒住一陣子。

嘉丁納太太剛到這裡，第一件事就是分發禮物，講述最時髦的服裝樣式。做完這件事以後，她便坐在一旁，靜聽貝納太太跟她說話。貝納太太有無數牢騷要發，又有許多苦要訴。自從去年和弟媳離別以後，她家裡受了人家欺負。兩個女兒本來快要出嫁了，到頭來只落得雞飛蛋打一場空。

「我並不責怪珍，」她接下去說，「因爲珍若能夠嫁給賓利先生，她早就嫁了。可是麗茲——唉，弟媳呀！要不是她自己那麼固執，說不定她早已做了柯林斯先生的夫人了。他就是在這間房子裡向她求婚的，她卻拒絕了他。結果倒讓盧卡斯太太的女兒比我的女兒先嫁出去，龍柏園的財產從此要由別人來繼承。的確，盧卡斯一家手腕才高明呢，弟媳。他們都是爲了要撈進這一筆財產。我本來也不忍心這樣說他們，不過事實的確如此。在這個家裡我過得這樣不稱心，又恰恰碰到這些只顧自己不顧別人的鄰居，把我弄得快瘋了，人也病了。你來得正是時候，給了我極大的安慰，我特別高興聽你講那些關於倫敦的奇聞軼事。」

嘉丁納太太在跟珍以及伊麗莎白通信的時候，就已經大概知道了她們家裡最近發生的這些事情，爲了體貼外甥女們，只稍稍敷衍了貝納太太幾句，便岔開這個話題。

後來伊麗莎白跟她兩人在一起的時候，她故意談到了這件事。她說：「這可能是珍的一門美滿親事，只可惜吹了。這種情形有時也是難免的！像你所說的賓利先生這樣的貴族青年，往往不消幾個星期的工夫，就會愛上一位美麗的姑娘，然後等到有一件偶然的事故把他們分開，他也就很快把她忘了，這種見異思遷的事情太多了。」

「你完全是出於一片好心來安慰我們，」伊麗莎白說，「可惜沒什麼用。我們吃虧並不是在偶然的事情上面。一個獨立自主的年輕人，幾天以前才跟一位女孩陷入戀愛，現在受到他自己朋友們的干涉，就把她給丟了，這事情倒不多見。」

「不過，所謂陷入熱戀，這種話未免太陳腐，太籠統，太不切合實際，我簡直抓不住一點兒頭緒。這種話通常總是用來描述男女一見鍾情的場面，也用來形容一種眞正的熱烈感情。請問，賓利先生對珍的愛情火熱到什麼地步？」

「我從來沒有看見有人像他那樣的一往情深。他根本不理睬別人，把整個的心思都放在她身上。他們倆每見一次面，事情就越明顯，越露骨。在他自己開的舞會上，他得罪了兩三位對他表示友好的年輕小姐，沒有邀請她們跳舞。我找他說過兩次話，他也沒有理我。難道這還不能算是全心全意嗎？賓利先生寧願爲了一個人而得罪大家，這難道不是戀愛場上最可貴的地方？」

「噢，原來如此！這樣看來，他對她的確情深意切。可憐的珍！我眞替她難受，依照她的性格，絕不會一下子就淡忘這件事。麗茲，要是換了你，倒要好些，你自會一笑置之，要不了多少時候就會淡忘的。不過，你看我們能不能勸勸她到我們那裡去稍住一陣子？換換環境、散散心也許對她會有好處。再說，離開了家，鬆口氣，也許比什麼都好。」

伊麗莎白非常贊成這個建議，而且相信姊姊也不會反對。

嘉丁納太太又說：「我希望她不要因爲擔心會見到這位小夥子而拿不定主意。我們雖然和賓利先生住在同一個城裡，但不住在同一個地區，來往的親友也不一樣。而且，你也知道的，我們極少外出，因此，除非他上門來找她，他們才有機會碰面。」

「那是絕對不可能的，因爲他的朋友們現在根本是在軟禁著他，達西先生也不能容忍他去看珍！親愛的舅媽，你怎麼會想到這上面去呢？達西先生也許聽說過天恩寺街，可是，如果他當眞要到那兒去，他會覺得花上一個月的工夫都洗不淨他身上的污垢。請你放心好了，他絕不會允許賓利先生單獨行動的。」

「那就再好沒有了。我也不希望他們倆再見面。可是珍不是還在跟他的妹妹通信嗎？賓利小姐說不定會來拜訪呢。」

「她絕不會跟她再來往了。」

伊麗莎白雖然嘴巴上說得這麼果斷，認爲賓利先生一定是被他的姊妹和朋友軟禁起來，不准他去見珍，這事情委實讓人覺得可笑；可是她心裡，還是覺得事情未必已經完全絕望。她有時候甚至希望賓利先生依舊對珍深情如昔，他朋友們的影響也許敵不過珍的感情給他的天然影響。

貝納小姐非常高興地接受了舅媽的邀請，她並沒有怎麼聯想到賓利一家人，只希望卡洛琳不和他哥哥住在一起，那麼偶爾她就可以到卡洛琳那兒去拜訪一個上午，而不至於遇上她哥哥。

嘉丁納夫婦在龍柏園待了一個星期，每天都有宴會，有時候在腓力普家，有時候在盧卡斯家，有時候又在軍官那兒。貝納太太小心周到地爲她的弟弟和弟媳安排得十分熱鬧，以致他們夫婦沒機會吃到她家的一頓便飯。只要有宴會的日子，必定就有幾位軍官會到場，韋翰每次必來。在這種場合下，伊麗莎白總是熱烈地讚揚韋翰先生，使嘉丁納太太起了疑心，仔細注意起他們兩個人。從她親眼看到的情形來說，她並不以爲他們倆眞正地相愛，但是，發生在兩者之間那種好感，已經讓她非常不安。她決定在離開哈福德郡以前，要和伊麗莎白把這件事談個明白，並且要解釋給她聽，讓她明白這樣的關係發展下去，實在太魯莽。

可是韋翰討好起嘉丁納太太來，另有一套辦法，這和他吸引別人的招術完全不同。遠在十多年以前嘉丁納太太還沒有結婚的時候，曾在德比郡他所出生的那個地區住過好些時候，因此他們兩人有許多共同的朋友。雖然自從五年前達西先生的父親去世以後，韋翰已很少到那地方去，可是他卻能轉達給嘉丁納太太一些有關她從前的朋友們的消息，比她自己打聽得來的還要新鮮。

嘉丁納太太曾經親眼看過彭伯里，久聞老達西先生大名，光是這件事，就是個談不完的話題。她把韋翰先生所詳盡描述的彭伯里和她自己記憶中的彭伯里作了一番比較，又把彭伯里主人的德行盛讚了一番，談的人和聽的人都各得其樂。她聽到他談起現在這位達西先生如何如何虧待他，便竭力去回想那位先生小時候的個性如何，是否和現在相符，她終於想起從前確實聽人說過，費茨威廉·達西先生是個脾氣很壞又很高傲的孩子。

第26章

嘉丁納太太只要有機會和伊麗莎白單獨談話，總不忘對外甥女進行忠告，她把心裡的話原原本本講了出來，然後又接下去說：

「你是個非常懂事的孩子，麗茲，你不至於因爲人家奉勸你談戀愛要當心，你就偏偏要談，因此我才敢向你說個明白。說老實話，你千千萬萬要小心。跟這種沒有財產基礎的人談戀愛，實在非常莽撞，你千萬別讓自己墮入情網，也不要費盡心機使他墮入情網。並不是我說他的壞話——他是個再有趣不過的青年。要是他得到了他應當得到的那份財產，那我就會覺得這是一門再好不過的親事。事實既然如此，你大可不必再對他想入非非。你很聰明，我們都希望你不要辜負了自己的聰明。我知道你父親對你的品行很信任，你本身也知道該怎麼做，千萬不能叫他失望。」

「親愛的舅媽，你眞是夠小心的啊。」

「是呀，我希望你也能夠小心。」

「唔，你用不著急。我自己會很小心，也會當心韋翰先生。只要我能避免，我絕不會叫他跟我戀愛。」

「麗茲，你這話可就不夠愼重啦。」

「請原諒。讓我重新講講看。到目前爲止我並沒有愛上韋翰先生，我確實沒有。不過在我所看見的人當中，他的確是最可愛的一個，沒有誰可以和他相比。如果他眞會愛上我——我相信還是不要愛上我的好。我早已看出了這件事很莽撞。父親這樣器重我，眞是我莫大的榮幸，我若是辜負了他，一定會覺得遺憾，父親對韋翰也有成見。親愛的舅媽，總而言之，我絕不願意叫你們任何人爲了我而不快活。不過，年輕人一旦愛上了什麼人，絕不會因爲目前沒有錢就肯撒手。要是人家打動了我的心，我又怎能免俗？更何況我又不知道拒絕他是不是上策。因此，我只能答應你不倉促行事就是了。我絕不會一下子就認定我自己是他最中意的人。我雖然和他來往，可是絕不會有這種想法。總而言之，我一定盡力而爲。」

「假如你不讓他這麼常來，情況也許會好些。至少你用不著提醒你母親邀請他來。」

伊麗莎白羞怯地笑笑說：「就像我那天的做法一樣，的確，最好是不要那樣。可是你也不要以爲他一直是來得這麼勤的。這個星期倒是爲了你才常常請他來的。你知道媽的主意，她總以爲自己想出來的，是應付客人最聰明的辦法，我想這一下你總該滿意了吧。」

伊麗莎白琪對舅媽好心的提醒表示感謝，於是二人就分手了——給人家在這種問題上出主意而沒受抱怨，這次倒算是個罕見的例子。

嘉丁納夫婦和珍剛剛離開了哈福德郡，柯林斯先生就又回到哈福德郡。他住在盧卡斯家，因此貝納太太不但終於死了心，認爲這門親事是結不成了，甚至還再三惡意地說：「但願他們會幸福。」

星期四就是佳期，盧卡斯小姐星期三前來貝納家辭行。當夏綠蒂起身告別的時候，伊麗莎白因爲母親說了那些怪裡怪氣的吉祥話，使她聽了也覺得有些過意不去，便不由得送她走出房門。下樓梯的時候，夏綠蒂說：

「我知道你一定會常常給我寫信的，麗茲。」

「這你儘管放心。」

「我還希望你賞個臉。你願意來看看我嗎？」

「我希望我們能夠在哈福德郡常常見面。」

「暫時我可能不會離開肯特郡，答應我來漢斯福吧。」

伊麗莎白雖然料想到這種拜訪不會有什麼樂趣，卻又無法推辭。

夏綠蒂又說：「我的父母三月份要到那兒去，我希望你能和他們一塊兒來。眞的，麗茲，我一定會像歡迎他們一樣地歡迎你。」

結完了婚，新郎新娘從教堂門口直接動身去肯特郡，大家總是照例你一言我一語地要說上許多話。不久夏綠蒂便以朋友的身分來信，從此她們倆的通信便極其正常，極其頻繁！不過要像從前一樣地暢所欲言，毫無顧忌，那是完全不可能了。

伊麗莎白每逢寫信給夏綠蒂，都時常感覺到過去那種推心置腹的快慰已經成爲歷史，雖說她也下定決心，不要把通信疏懶下來，不過，與其說是爲了目前的友誼，倒不如說是過去的交情所起的作用。她迫切地盼望夏綠蒂開頭的幾封信，那完全是出於一種好奇心，想要知道夏綠蒂所說的話，是否處處都和她自己所預料的完全一樣。她的信寫得充滿了愉快的情調，講到每一件事總要讚美一下，好像她眞有說不盡的快慰。凡是住宅、家具、鄰居、道路，她樣樣都稱心，嘉德琳夫人待人接物又是那麼友善，那麼親切。但她只不過把柯林斯先生所誇耀的漢斯福和羅新斯的面貌，稍許委婉地說了一些。伊麗莎白覺得自己一定要親自到那兒拜訪，才能瞭解底細。

珍早晨給伊麗莎白來了一封短箋，信上說，她已經平安抵達倫敦。伊麗莎白希望她下次來信能夠講一些有關賓利家的事。

第二封信眞讓她等得心急，可是總算沒有白等。信上說，她進城已經一個星期，既沒有看見卡洛琳，也沒有收到卡洛琳的信。她只得認爲她上次從龍柏園給卡洛琳的那封信，一定是遺失了。

她接下去寫道：「明天舅媽要上那個地區去，我想藉這個機會到格魯斯汶納街去登門拜訪一下。」

珍拜訪過賓利小姐並且和她見過面以後，又寫了一封信來。她寫道：「我覺得卡洛琳精神不大好，可是她卻很高興見到我，而且怪我這次到倫敦來，事先爲什麼不通知她一下。我果然沒有猜錯，我上次給她那封信，她果眞沒有收到。我當然問起她們的兄弟。據說他近況很好，不過他和達西先生過從甚密，以致她和他見面的機會極少。我這一次拜訪的時間並不太久，因爲卡洛琳和赫斯特太太都要出去。她們也許馬上就會上我這兒來看我。」

伊麗莎白讀著這封信，不由得搖頭。她相信除非有什麼偶然的機會，否則賓利先生絕不會知道珍來到倫敦。

四個星期過去了，珍仍然沒有見到賓利先生的影子。她竭力寬慰自己說，她並沒有因此而覺得難受，可是她到底看明白了賓利小姐的冷淡無情。她每天上午都在家裡等賓利小姐，一直白等了兩個星期。最後那位貴客總算上門來了，可是只待了片刻便起身告辭，而且她的態度也和從前判若兩人，珍覺得自己再不能騙自己了。她寫信給她妹妹告訴了這一次的情形，從這封信裡可以讀懂她當時的心情——

我最最親愛的麗茲：

我現在不得不承認，賓利小姐對我的關注完全是騙我的。我相信你的見解比我高明許多，也許你看到我傷心，還會引為自豪。親愛的妹妹，如今雖然事實已經證明你的看法是正確的。可是，如果我從她過去的態度來看，我依舊認為，我對她的信任以及你對她的懷疑，同樣都是合情合理的，請你不要認為我固執。我到現在還不明白從前她為什麼要跟我要好？如果再有同樣的情況發生，我相信我還會情願受騙。

卡洛琳一直到昨天才來看我，她要來之前沒給我隻字片語，來了以後又顯出十分不高興的樣子。她只是照例敷衍了我一句，說是很抱歉，沒有早日來看我，此外根本就沒有提起她想要和我再見面的話。她在種種方面都前後判若兩人，因此，當她臨走的時候，我就下定決心和她斷絕來往，雖說我禁不住要怪她，可是我又可憐她。只怪她當初不該對我另眼看待。我可以問心無愧地說，我和她的交情都是由她自己主動一步一步發展起來的。

我可憐她，因為她一定會感覺到自己的錯誤，我斷定她所以採取這種態度，完全是由於為她哥哥擔心。我用不著再為自己解釋下去了。雖然我們知道完全不必要有這種擔心，不過，倘若她當真這樣擔心，那就足以說明她這樣對待我的原因了。既然他確實值得他妹妹珍惜，那麼，無論她替他擔憂什麼，都應該算是合情合理的。不過，我簡直不懂她現在還要顧慮什麼，要是他對我當真有心，我們早就會見面了。聽她的口氣，我斷定他是知道我在倫敦的。從她談話的態度來看，她對他傾心於達西小姐是十拿九穩的。這使我真弄不明白。容我大膽地下一句刻薄的斷語，我忍不住要說，其中一定大有蹊蹺。可是我一定會竭力打消一切苦痛的念頭，只去想一些能使我高興的事——譬如想想你的親切以及親愛的舅父母始終如一地關心我。希望很快就收到你的信。

賓利小姐說他再也不會回到尼日斐莊園，他打算放棄那幢房子，可是說得並不十分肯定。這件事我們最好不必再提起。我很高興你從漢斯福我們那些朋友那兒聽到了許多令人愉快的事。請你跟威廉爵士和瑪麗亞一塊兒去看看他們吧。我相信你一定會喜歡那裡的。

你的珍

這封信使伊麗莎白感到十分難受，不過，一想到珍從此不用再受他們的蒙騙，至少不會再受到卡洛琳的欺蒙，她又高興起來。她現在對她那位兄弟的期望也完全放棄，她甚至根本不希望他再來重修舊好。她越來越看不起他，她倒眞的希望他能和達西小姐早日結婚，因爲照韋翰的說法，那位小姐往後一定會叫他悔恨，後悔當初不該丟了本來的意中人，這一方面算是懲罰他，另一方面也可能有利於珍。

大約就在這時候，嘉丁納太太提醒了伊麗莎白，上次她答應過不過分對待韋翰的承諾，問起最近的情況如何。伊麗莎白雖不滿意自己回信上所說的話，可是舅媽對此卻很滿意。原來他對她顯著的好感已經消失;他對她的慇懃也已經過去——他愛上了別人。伊麗莎白很清楚地看出這一切。可是雖然她看出了這一切，在信上也寫到這一切，卻並沒有感到任何痛苦，她只不過稍微有些感觸。她想，如果她有些財產，他唯一的意中人就非她莫屬。想到這裡，她的虛榮心也就得到了滿足。拿他現在所傾倒的那位姑娘來說，她最顯著的魅力就是她有一筆一萬英鎊的財產。可是伊麗莎白對自己這件事，也許不如上次對夏綠蒂的事看得那麼在乎，因此並沒有怨怪他追求物質享受。她反而以爲這事再自然不過了。她也想像到他遺棄她一定頗費心思，可又覺得這對於雙方都是一種既聰明又理想的辦法，並且誠心誠意地祝他幸福。

她對嘉丁納太太敘述了這些事以後，接下去寫道：「親愛的舅媽，我現在深深相信，我實際上並不怎樣愛他，假如我對他當眞有了這種純潔而崇高的感情，那我現在應該很討厭聽到他的名字，而且巴不得他倒盡了楣。可是我情緒上對他不僅沒有一絲芥蒂，甚至對金小姐也沒有一絲一毫的反感。我根本不覺得恨她，並且非常樂意把她看作一個很好的女孩。我和韋翰的關係完全算不上戀愛。不過我的小心提防並不是枉費的，要是我狂戀著他，親友們就一定會以一個有趣的話柄看待我。我絕不因爲人家不十分器重我而遺憾，太受人器重有時候需要付出很大的代價。凱蒂和麗迪雅比我更計較他的缺點。她們在人情世故方面還很幼稚，還不懂得這樣一個有失體統的信條：美少年和凡夫俗子一樣，也得有飯吃，有衣穿。」

第27章

對龍柏園這家人來說這些事就是他們的大事，他們唯一的消遣就是到麥里屯散步。時而雨水泥濘、時而風寒刺骨的正月和二月，就這樣過去了。三月裡伊麗莎白要去漢斯福，她開始並不是眞想去，可是她立刻想到夏綠蒂對於原來的約定寄予很大的期望，於是她也就帶著比較樂意和比較肯定的心情來考慮這個問題。離別使她更期待和夏綠蒂重逢，也使她對柯林斯先生的厭惡消除了。這個計劃多少帶有某些新奇的地方，再說，家裡有了這樣的母親和幾位無法相處融洽的妹妹，想完美無缺太難了，換換環境也好。另外，趁著旅行的機會也可以去看看珍。總之，時日迫近了，她反而等得有些著急。一切都進行得很順利，照著夏綠蒂原先的意思，她跟威廉爵士和他的第二個女兒一塊兒去作客。之後，她再在倫敦住一夜，這一來可眞是個十全十美的計劃了。

只有和父親的離別使她感到特別痛苦，父親一定會掛念她的。說起來，他根本就不願意讓她出去，可是既然事情已經決定，只得叫她常常給他寫信。

她跟韋翰先生告別時，彼此都十分客氣，韋翰甚至比她還要客氣。他目前雖然在追求別人，卻沒有因此就忘了伊麗莎白是第一個引起他注意的人，第一個值得他注目的人，第一個聽他傾訴衷情、第一個可憐他的人，第一個博得了他愛慕的人。他向她告別，並且祝她萬事如意，又對她說了一遍德．包爾夫人是一個很好的人，他相信他們倆對那位老夫人的評價，和每一個人對她的評價一定完全吻合。他說這些話的時候，顯得特別熱誠，這種盛情會使她對他懷著極其深摯的好感。他們分手以後，她相信無論他結婚也罷，單身也罷，在她的心目中他將會始終是一個極其和藹可親而且又討人喜歡的人。

第二天和她同路的同伴，也沒有使韋翰在她心目中相形見絀。威廉爵士說出的話簡直沒一句中聽，他那位女兒瑪麗亞脾氣雖然很好，腦子卻空空一如她父親，也說不出中聽的話。聽他們父女倆說話跟聽到車輪的轆轆聲一樣無聊。伊麗莎白本來對無稽之談並不反感，不過她實在聽煩了威廉爵士那一套。他談來談去只不過是覲見國王以及榮獲爵士頭銜之類的所謂奇聞，翻不出什麼新花樣。他那一套禮貌風度，也一如他的談吐，已經陳腐不堪。

這段旅程不過二十四英里路，他們很早啓程，爲的是能在正午時趕到天恩寺街。他們走近嘉丁納先生的大門時，珍正在會客室的窗口張望。他們走進過道時，珍正等在那兒迎接他們，伊麗莎白仔細觀察珍的臉，只見那張臉蛋兒還是一如往常健康美麗，她覺得很高興。男男女女的孩子們急於要見到表姊，在客廳裡吵吵鬧鬧，又因爲一年沒見面，不好意思下樓去，便都擠在樓梯口。歡樂與和善的氣氛四處洋溢。這一天大夥過得極其愉快，下午亂哄哄地忙做一團，又要出去買東西，晚上又上戲院去看戲。

伊麗莎白坐在舅媽旁邊。她們倆首先就談到她姊姊。她絮絮叨叨問了許多話，舅媽回答她說，珍雖然竭力振作精神，不過還是有情緒消沈的時候。她聽了並不十分詫異，卻很憂慮，這種情緒消沈的現象還會繼續多久。嘉丁納太太也跟伊麗莎白談起賓利小姐拜訪天恩寺街的一切情況，又把珍跟她好幾次的談話向伊麗莎白重述了一遍，這些話足以表明珍的確打算不再和賓利小姐來往了。

然後嘉丁納太太又說起韋翰遺棄伊麗莎白的話，把她外甥女取笑了一番，同時又稱讚她的耐心。

她接著又說：「可是，親愛的麗茲，金小姐這個姑娘怎麼樣？我可不願再把我們的朋友看作是一個只認識錢的人啊。」

「請問你，親愛的舅媽，從婚姻這個角度看，見錢眼紅與動機正當究竟有什麼不同？做到什麼地步為止就算知禮，打哪兒起就算是貪心？去年聖誕節你還擔心我跟他結婚，而現在呢，他就要去跟一個只不過有一萬鎊財產的女孩結婚，你就要說他是個見錢眼開的人。」

「只要你告訴我，金小姐是怎麼樣一個女孩，我就知道該說什麼話了。」

「我相信她完全是個好女孩。我說不出她有什麼壞處。」

「可是韋翰本來完全不把她放在眼裡，為什麼她祖父一過世，她做了這筆家產的主人，他就會看上她了呢？」

「沒有的事，他爲什麼要那樣做？要是說，他不願意愛我，只是因爲我沒有錢，那麼，他一向不關心的一個女孩，一個同樣窮的女孩，他又有什麼理由要去跟她談戀愛呢？」

「不過，她家裡一發生這件變故，他立刻去向她獻殷勤，這未免太不像話吧。」

「一個處在困境中的人，不會像一般人那樣悠閒，去注意這些繁文縟節。只要她不反對，我們又有什麼理由反對？」

「她不反對，並不表示他做得正確。那只不過表明了她本身有什麼缺陷，不是在見識方面，就是在感覺方面。」

「哦，」伊麗莎白叫道，「隨便你愛怎麼說就怎麼說吧，說他貪財也好，說她傻也好。」

「小麗茲，我才不會這麼說呢。你知道，一個年輕人在德比郡住了這麼久，我是不忍心說他壞話的。」

「噢，要是僅僅就憑這點理由，我才看不起那些住在德比郡的年輕人，還有他們住在哈福德郡的那批知己朋友們，也好不到哪兒去。我討厭他們所有的人。謝謝老天爺！明天我將要到一個地方去，在那兒我將要見到一個一無可取的人，他無論在風度方面，在見解方面，都毫無可取之處。到最後，只有那些傻瓜値得你跟他們來往。」

「當心些，麗茲，說這種話未免太過消極了些。」

她們看完了戲，正準備分手的時候，舅舅和舅媽邀請她和他們一起去夏季旅行，這眞是一種意外的快樂。

嘉丁納太太說：「我們還沒有十分確定，究竟到什麼地方去，可能到湖區去吧。」

對麗茲說來，無論任何計劃也比不上這個計劃更如她的意了，她毫不猶豫地接受了邀請，而且非常感激。

「我的好舅媽，」她樂不可支地叫了起來，「我多高興！多幸福！你給了我新的生命和活力。我再也不沮喪和憂鬱了。人和高山大石相比，算得了什麼？我們將要度過一段多麼快樂的時光啊！等到我們回來的時候，一定不會像一般遊客那樣一切都是浮光掠影。我們一定會知道到過什麼地方，一定會記得我們看見過的東西。湖泊山川一定不會在我們腦子裡亂七八糟地混成一團。當我們談到某一處風景的時候，絕不會連位置也弄不明白，彼此爭執不已。但願我們回來敘述起這段旅程的時候，不會像一般旅客那樣陳腔濫調，叫人聽不入耳。」

第28章

第二天，伊麗莎白覺得她遇到的每一樣事物，都令她感到新鮮有趣。她精神愉快，而且看到姊姊氣色特別好，可以不用再爲她的健康擔心，再加上一想到要去北方旅行，她就更加高興。當他們離開大路，走上一條通往漢斯福的小路時，每一雙眼睛都不停的尋找那幢牧師住宅，每轉一個彎，都以爲馬上可以看到那幢房子。他們沿著羅新斯花園的柵欄往前走。伊麗莎白一想到外界所傳聞的那戶人家和種種情形，不禁覺得可笑。

那幢讓人覺得可笑的牧師住宅終於出現在眼前。大路斜對面的花園、花園裡的，以及桂樹圍籬——每一樣東西好像都在宣佈他們的到來。柯林斯先生和夏綠蒂走到門口歡迎，在賓主的點頭微笑中，客人把車停在一道小門前，從這裡穿過一條短短的鵝卵石鋪道，便能直達正屋。接下來他們下了車，賓主相見，無限歡樂。

柯林斯簡直是手舞足蹈地歡迎自己的朋友的到來，伊麗莎白受到這麼親切的歡迎，對這次的作客就益發滿意了。她立刻看出她表兄並沒有因爲結了婚而改變態度，還是完全和以往一樣地拘泥禮節，在門口耽擱了好幾分鐘，問候她全家大小的起居安好。聽到她一一回答了之後，他才滿意。之後才把客人們帶進屋子裡，等到客人一走進客廳，他又再次歡迎她的到來，非常客氣地說，這次承蒙光臨寒舍，眞是榮幸之至，並且重新奉上了一次他太太送上來的點心。

伊麗莎白早就料到他會那樣得意，因此當他誇耀那屋子的優美結構、樣式，以及一切陳設的時候，她禁不住想到他是專門講給她聽的，好像要叫她明白，她當初拒絕了他，是一個多麼大的損失。儘管件件東西的確都那麼整潔和舒適，但她囑咐自己千萬不能流露出一絲一毫後悔的痕跡來叫他得意。她甚至帶著詫異的目光看著夏綠蒂，她弄不明白夏綠蒂和這樣的一位伴侶相處，竟然還會那麼高興。

柯林斯先生有時會說些很不得體的話，叫他自己的太太聽了也覺得難爲情，而且這類話又說得不少，每遇到這種場合，伊麗莎白就不由自主地要向夏綠蒂望一眼。夏綠蒂有一兩次被她看得臉都微微紅了，不過大部分的時候她總是很聰明地裝作沒有聽見。

大家在屋裡坐了好長一段時間，欣賞著每一件家具，從食器、櫥具一直欣賞到壁爐架，又談了一路上的情形以及倫敦的一切情形，然後柯林斯先生請他們到花園裡去散散步。花園很大，設計得也很好，是他親手料理這一切的。收拾花園是他最高尚的娛樂。夏綠蒂說，這種操作對健康有益，她盡可能鼓勵他這樣做。她講起這件事的時候，非常鎭定自若，眞叫伊麗莎白佩服不已。他領著他們踏遍花園裡的曲徑小道，看遍了每一處景物；每看到一處都得瑣瑣碎碎地講一陣，美的或不美的都叫他說完了，看的人完全插不上嘴去讚美幾句。他數得出每個方向有哪些東西，他甚至說得出最遠的樹叢裡有多少棵樹。可是，無論是他自己花園裡的景物也好，或者是整個鄉村，甚至全國的名勝古蹟也好，都萬萬不能和羅新斯花園的景色相比。羅新斯花園差不多就在他住宅的正對面，四面是樹，從樹林的空隙處可以望見裡面。那是一幢漂亮的建築，在一片高地上高高聳立。

柯林斯先生本來想帶他們從花園過去看看兩塊草地，但是太太小姐們的鞋子無法抵擋那殘餘的白霜，於是又走了回去，只剩下威廉爵士陪伴著他。夏綠蒂帶著自己的妹妹和朋友參觀住宅，這一下她能夠不用丈夫幫助，有機會讓自己顯顯身手，眞是太高興了。房子很小，但是建築結實，使用也很方便。一切都佈置得很精巧，安排得很諧調，伊麗莎白對夏綠蒂誇獎備至。只要不想起柯林斯先生，便有了一種眞正非常美好的氣氛。伊麗莎白看見夏綠蒂那樣得意，便不由得想到平常柯林斯先生一定不被她放在心上。

伊麗莎白早已打聽到嘉德琳夫人還在鄉下。吃飯的時候她說起這樁事，柯林斯先生立即插嘴說：

「正是，伊麗莎白小姐，星期日晚上你就可以榮幸地在教堂裡見到嘉德琳·德·包爾夫人，你一定會喜歡她的。她爲人極其謙和，一點架子都沒有，我相信那天做完禮拜之後，她一定會注意到你的。我可以毫不猶豫地說，只要你待在這兒，每逢她賞臉請我們作客的時候，一定會請你和我的小姨子瑪麗亞。她對待我親愛的夏綠蒂眞是好極了。我們每星期去羅新斯吃兩次飯，她老人家從來不會讓我們步行回家，總是打發自己的馬車送我們——我應該說，是打發她老人家的某一部馬車，因爲她自己有好幾部車子呢。」

第29章

羅新斯這一次請客讓柯林斯先生得意得不得了。他本來一心要讓這些好奇的賓客們去參觀一下那女主人的堂皇氣派，看看老夫人多麼禮貌周全地對待他們夫婦。這如願以償的機會竟會這麼快就來了，這件事足以說明嘉德琳夫人多麼禮賢下士，使得他不知如何景仰是好。

「老實說，」他說，「她老人家邀請我們星期日去喝下午茶，在羅新斯消磨一個下午，我一點兒也不覺得意外。她待人一貫慇懃，我明白她一定會招待我們，可是誰能想到會這樣情意隆重？誰會想到你們剛剛來到這裡，就被請到那邊去吃飯呢（而且全體都請到了）？」

威廉爵士說：「剛才的事我倒不覺得怎麼稀奇，大人物都這樣爲人處世，像我這樣有身分的人，就見識得很多。在貴族們當中，這種風雅好客的事很普通。」

這一整天和第二天上午，話題都集中在羅新斯莊園上。柯林斯先生提前仔仔細細地一樣樣告訴他們，到那邊去將會看到什麼東西，免得他們看到了那樣宏偉的屋子，那樣眾多的僕從，那樣豐盛的菜餚，會臨時慌亂。

女人們正要各自去裝扮的時候，他又對伊麗莎白說：

「不要爲衣裝費心思，親愛的表妹。嘉德琳夫人並不會要求我們穿得華麗，只有她自己和她的女兒才配這樣。我勸你只要在你自己的衣服裡面，挑一件出色的穿上就行，不必過於講究。嘉德琳夫人絕不會由於你衣著樸素就瞧不起你。她喜歡人各守本分，分得出一個高低。」

女客們整裝的時候，他又到各人的房門口去了兩三次，催促她們，因爲嘉德琳夫人請人吃飯最討厭客人遲到。瑪麗亞聽說她老人家的爲人處事如此可怕，不由得嚇了一跳，因爲她不太懂得如何應酬。她一想起要到羅新斯去拜訪，就誠惶誠恐，就像她父親當年進宮覲見國王一樣。

天氣晴朗，他們穿過花園，作了一次差不多半英里的愉快旅程。每家的花園都各有美妙之處，伊麗莎白縱目觀賞，心曠神怡，可是並沒有像柯林斯先生所預想的那樣，被眼前的景色陶醉得樂不可支。儘管他指著屋前的窗戶說，光是這些玻璃，當初路易士·德·包爾爵士曾花了多少錢，可惜這些話並不能讓她動心。

他們走上台階踏進穿堂的時候，瑪麗亞一分鐘比一分鐘來得惶恐，甚至連威廉爵士也不能完全保持鎮定。倒是伊麗莎白一點都不畏縮。無論是論才論德，她都沒有感到嘉德琳夫人有足以引起她敬畏的地方；光憑著有錢有勢，還不能讓她一見到就心驚膽顫。

進了穿堂，柯林斯先生就帶著一副喜極欲狂的神氣，指點這屋子的堂皇富麗，然後在僕人帶領下，客人們走過前廳，來到嘉德琳夫人母女和約翰生太太的起居間。夫人站起身來迎接他們。根據柯林斯太太事先跟她丈夫商定好的辦法，當場由柯林斯太太出面替賓主介紹，因此介紹得非常得體，凡是柯林斯先生認爲必不可少的那些道歉和感激的話，都一概免了。

威廉爵士雖說當年也曾進宮覲見過國王，可是看到周圍這般的富貴氣派也不禁給嚇住了，只得彎腰鞠躬，一聲不響地坐了下來。再看看他的女兒，簡直嚇得像失魂喪魄一般，兀自坐在椅子邊上，也不知道眼睛該往哪裡看才好。伊麗莎白倒是安然自若，從容不迫地仔細瞧著那三位女主人。嘉德琳夫人是位高大的婦人，五官清楚，年輕時也許很好看。她的樣子並不十分客氣，接待賓客的態度也不能使賓客忘卻自己低微的身分。她嚇人的地方倒不是默不作聲，而是她說話時口氣總是那麼高高在上，自命不凡，這立刻叫伊麗莎白想起了韋翰先生曾說過的話。

經過這一整天的察言觀色之後，她覺得嘉德琳夫人的爲人，果然一如韋翰所形容的那樣。

她仔細打量了她一眼，立刻就發覺她的容貌和達西先生有幾分相像，然後她把目光轉移到她的女兒身上，見她女兒長得竟是那麼單薄，那麼瘦小，這使她幾乎和瑪麗亞一樣感到驚奇。母女二人無論體態面貌，都沒有任何相似之處。德·包爾小姐臉色蒼白、滿面病容，五官長得雖然不算難看，但並不起眼。她很少說話，除非是偶爾低聲跟約翰生太太嘀咕幾句。約翰生太太的相貌也沒有一點特殊的地方，她只是全神貫注地聽著小姐說話，並且在她面前擋著，不讓人家看她看得太清楚。

坐了幾分鐘以後，客人們都被打發到窗口去欣賞外面的風景。柯林斯先生陪著他們，一處處地指給他們看；嘉德琳夫人和善地告訴他們說，到了夏天這裡會比現在更好看。酒席果然異常體面，侍候的僕從以及盛酒菜的器皿，也跟柯林斯先生所形容過的一模一樣，而且正如他事先所料到的那樣，夫人果然吩咐他坐在末席，看他那副神氣，好像這是人生中最得意的事情。他邊切邊吃，又興致勃勃地開稱讚。每一道菜都由他先來誇獎，然後由威廉爵士加以吹噓。威廉爵士的恐懼感已經完全消除，可以做他女婿的應聲蟲了。伊麗莎白看到他那個樣子，不禁擔心嘉德琳夫人如何能受得了。可是嘉德琳夫人好像非常滿意這些過分的讚揚，總是顯露出仁慈的微笑，尤其是一道客人們沒見過的菜端到桌上的時候，她更加得意。賓主們都沒有什麼可談的，伊麗莎白只要別人開個頭，總還有話可說，只可惜她坐的地方不對勁：一邊是夏綠蒂，她正在專心聽嘉德琳夫人談話；另一邊是德·包爾小姐，整個吃飯時間一句話也不跟她說。約翰生太太一直在注意德·包爾小姐，她看到小姐東西吃得太少，便逼著她吃了這樣再吃那樣，又怕她不樂意。瑪麗亞壓根兒不想講話，男客們只顧一邊吃一邊讚美。

女客們回到會客室以後，只是聽嘉德琳夫人說話，夫人不厭其煩地一直說到女僕端上來咖啡爲止。隨便談到哪一樁事，她總是那副斬釘截鐵、不許別人反對的樣子。她毫不客氣地仔細詢問著夏綠蒂的家務事，又提供她一大堆關於料理家務的意見。她告訴夏綠蒂，像她這樣的一個小家庭，一切事情都應該仔細安排，又指導她怎樣照料母牛和家禽。伊麗莎白發現這位貴婦人只要有機會支配別人，即便是芝麻大小的事情也絕不肯輕易放過。夫人和柯林斯太太談話的時候，偶爾會向瑪麗亞和伊麗莎白問幾句話，尤其是向伊麗莎白。她不太清楚伊麗莎白和她們是什麼關係，但是她對柯林斯太太說，她是個很斯文、很標致的姑娘。她好幾次問伊麗莎白有幾個姊妹，她們比她大還是比她小，她們中間是不是有的已經結婚？她們長得好看不好看，在哪裡讀書？她們的父親有什麼樣的馬車？她母親的娘家姓什麼？伊麗莎白覺得她這些話問得過於唐突，不過還是心平氣和地回答了她。於是嘉德琳夫人說：

「柯林斯先生會繼承你父親的財產是吧，我想——」說到這裡，她又轉過頭來對夏綠蒂說，「爲你著想，我倒眞心覺得高興。否則我實在看不出有什麼理由不讓自己的女兒們來繼承財產，卻要給別人。路易士・德・包爾家裡就覺得沒有必要這樣做。——你會彈琴唱歌嗎，貝納小姐？」

「不大會。」

「噢，什麼時候我們倒想聽一聽。我們的琴特別好，也許比——哪一天來試一試看吧。你的姊妹們都會彈琴唱歌嗎？」

「有一個會。」

「你們爲什麼不讓大家都學呢？你們個個都應該學。魏伯家的小姐們就人人都會，她們父親的收入還不及你們父親的呢。你們會畫畫嗎？」

「不，半點兒也不會。」

「怎麼說，一個也不會嗎？」

「通通都不會。」

「這倒很奇怪，我猜想你們是沒有學習的機會吧。你們的母親每年春天應該帶你們上城裡來拜名師學習才對。」

「我媽是沒有任何意見的，可是我父親討厭倫敦。」

「你們的女家庭教師走了嗎？」

「我們自始至終就沒有請過女家庭教師。」

「沒有女家庭教師！那怎麼行？」嘉德琳夫人露出不解又有些奇怪的神情，「家裡有五個姑娘，卻連個女家庭教師也不請！這樣的事我從來沒聽說過！你媽簡直是做奴隸似的教育你們啦。」

伊麗莎白忍不住笑了起來，一面告訴她說，事實並非如此。

「那麼你們由誰教導呢？誰服侍你們呢？沒有一個女家庭教師，誰照管你們呢？」

「和別的人家比起來，我們家算是比較懈怠的。可是姊妹們中間，如果有人喜歡學習絕對沒問題。家裡經常鼓勵我們多多讀書，必要的教師我們也都有。但是如果存心偷懶，當然也不是不可以。」

「那是毫無疑問的，女家庭教師的任務就是為了防止這種事情的發生。要是我認識你們的母親，我一定要竭力勸她請一位。我總以為缺少了按部就班的指導，教育就不會有任何成果，而只有女家庭教師才做得到按部就班的指導。說起來也怪有意思，許多人家的女家庭教師都是由我介紹的。我向來喜歡讓年輕人得到很好的安排。

約翰生太太的四個姪女兒都由我給她們介紹了適合的人選。就在前幾天，我又推薦了一個女家庭教師，她不過是人家偶然在我面前提起的，那家人家對她非常滿意。柯林斯太太，我是否告訴過你，卡爾夫人昨天來向我致謝？她覺得用珍寶形容浦白小姐，一點也不過分。她跟我說：『嘉德琳夫人，你給了我一件珍寶。』——你的妹妹們有沒有哪一個已經出來交際了，貝納小姐？」

「有，太太，全都已經出來交際了。」

「全都出來交際了！什麼，五個姊妹同時出來交際？眞稀奇！你不過是第二個！姊姊還沒有嫁人，妹妹就出來交際了！你的妹妹們一定還很小吧？」嘉德琳夫人的眼神裡明顯地帶有某種嘲諷。

伊麗莎白不卑不亢地解釋道：「是的，最小的妹妹才十六歲。她或許還太小，並不適合多交朋友。不過，太太，要是因爲姊姊們無法早嫁，或是不想早嫁，使妹妹們不能有社交和娛樂，那實在是做姊姊們的罪過。最小的和最大的同樣有享受青春的權利。怎麼能爲了這樣的原因，就叫她們死守在家裡？我以爲那樣做很不利於促進姊妹之間的情感，也不利於養成溫柔的性格。」

「眞想不到，」夫人說，「像你年紀這麼小的女孩，倒這樣有主見。請問你幾歲啦？」

「我有三個妹妹已經成年了，」伊麗莎白笑著說，「您老人家總不會再要我說出實際年紀來了吧？」

嘉德琳夫人很驚訝沒有得到直截了當的回答。伊麗莎白覺得敢和這種沒有禮貌的有錢太太開玩笑的，自己恐怕是第一個。

「你一定不會超過三十歲，所以你也不必隱瞞年紀。」

「我才二十一歲。」

喝過茶以後，男客們都來到她們這邊，擺起牌桌來。嘉德琳夫人、威廉爵士和柯林斯夫婦坐下來打「瓜德利爾牌」。德·包爾小姐想玩「卡西諾」，因此兩位女孩幫著約翰生太太給她湊足了人數。她們這一桌眞是枯燥乏味，除了約翰生太太偶爾問問德·包爾小姐是否感到太冷或太熱，是否覺得燈光太強或太弱以外，就沒有一句話是離開打牌方面的。另外一桌可就有聲有色得多了。嘉德琳夫人差不多一直不停地說話，不是指出另外三個人的錯誤，就是講些她自己的趣聞軼事。她老人家說一句，柯林斯先生就附和一句，他每贏一次都要謝她一次，如果贏得太多，還得給她道歉。威廉爵士很少說話，只顧往腦子裡裝一樁樁的軼事和一個個高貴的名字。

等到嘉德琳夫人母女倆再沒有興致玩的時候，兩桌牌桌就散場了，嘉德琳夫人打發馬車送柯林斯一家回去，柯林斯太太高興地接受了，於是馬上叫人去套車。大家又圍著火爐，聽嘉德琳夫人斷定明天將會是什麼樣的天氣。

馬車終於來了，他們才能結束聽訓。柯林斯先生說了許多感激的話，威廉爵士鞠了許多躬，大家方才告別。馬車一走出門口，柯林斯就要求伊麗莎白談談她對於羅新斯的感想，她看在夏綠蒂的面子上，勉強敷衍了他幾句。她雖然勉為其難地說出了一大篇好話，但一點都不能叫柯林斯先生滿意。柯林斯嫌不夠勁，又親自把老夫人大大重新讚揚了一番。

第30章

威廉爵士在漢斯福只待了一個星期，這次短暫的拜訪過後，他認定：女兒嫁得極其稱心如意，而且有了這樣不可多得的丈夫和如此難能可貴的鄰居。威廉爵士在這兒作客的時候，每天上午柯林斯先生總是和他乘著雙輪馬車，帶他到郊外去漫遊。他離開以後，家裡變得和往常一樣。伊麗莎白眞要謝天謝地。因爲這一次作客，她跟表兄柯林斯見面的次數並不多。原來從吃早飯到吃午飯那一段時間裡，他總是在整理花園，要不就是在自己那間面臨著大路的書房裡看書寫字、憑窗遠眺；後面那一間才是女客的起居間。伊麗莎白開頭覺得很奇怪：這裡的餐廳比較大，位置光線也比較好，爲什麼夏綠蒂不願意把餐廳兼作起居室？可是她立刻看出了她朋友之所以要這樣做，的確非常有理由，因爲假如女客在一間同樣舒適的起居間裡，那麼柯林斯先生就會比較少待在他自己的房間裡，她很欣賞夏綠蒂這樣的安排。

她們從會客室裡根本看不見外面大路的情形，幸虧每逢駛過一輛馬車，柯林斯先生一定會告訴她們，特別是德·包爾小姐乘著小馬車駛過時。小姐常在牧師的門前停下車，跟夏綠蒂閒談幾分鐘，可是主人從未請她下過車。

柯林斯先生差不多每天都去羅新斯，他的太太也是隔不了幾天就要去一次。伊麗莎白一直以爲他們還有些別的應得的俸祿要去處理，不然她就不懂幹嘛要犧牲那麼多的時間。偶爾夫人也會光臨他們家，來了以後就把屋子裡的大大小小全都看在眼裡。她查問他們的日常生活，察看他們的家務，勸他們換個處置方式；又吹毛求疵地說，他們的家具擺得不合適，要不就是他們的僕人在偷懶。如果她肯在這裡吃點東西，目的好像只是爲了要看看柯林斯太太是否節儉持家，不濫吃濫用。

伊麗莎白馬上就發現，這位貴婦人雖然沒有擔任郡裡的司法職使，可是事實上卻極像是這個教區裡最積極的法官。芝麻大的一點事都由柯林斯先生彙報給她，只要是有哪一個窮苦人在大吵大鬧或是窮得活不下去，她就會親自到村裡調解處理，把他們一個個罵得不敢再叫苦歎窮。

每星期羅新斯都要請她們吃一兩次飯。儘管沒有了威廉爵士，而且僅有一桌牌，這樣的宴會每一次都跟第一次沒有什麼兩樣。他們簡直沒有別的宴會，因爲柯林斯還高攀不上附近一般人家的那種生活派頭。不過伊麗莎白並不因此而覺得遺憾，因爲她在這裡大體上已經過得夠舒服了：她經常和夏綠蒂交談半個小時，加上這個季節裡天氣晴朗，可以到戶外去走一走。別人去拜望嘉德琳夫人的時候，她總是愛到花園旁邊的那座小林子裡去散步，那兒有一條很美的綠蔭小徑。她覺得只有她一個人懂得欣賞那個地方，而且到了那兒，也就可以免去引起嘉德琳夫人的好奇心。

她開頭兩個星期的作客生涯，就這樣安靜地過去。復活節前一個星期，羅新斯家要增加一個客人。在這麼小一個圈子裡，這委實是件大事。伊麗莎白一到那兒，便聽說最近幾個星期裡達西先生就要到來，雖然她覺得在她所認識的人裡面，差不多沒有一個比達西先生更討厭，不過他來了卻可以給羅新斯的宴會增加一個比較新鮮的面孔，同時也可以從他對他表妹的態度，看出賓利小姐在他身上的打算完全落空，那眞是再有趣不過了。嘉德琳夫人顯然已經把自己的女兒安排給他，一談到他要來，就得意非凡，對他備加稱讚，可是一聽說柯林斯太太和伊麗莎白很早就認識他，又時常見面，似乎好像要生起氣來。

不久，柯林斯家裡就得到達西已經到來的消息。因爲牧師先生整個上午都在漢斯福旁的門房附近走動，以便儘快獲得確定的消息。馬車一駛進莊園，他就一鞠躬，連忙跑進屋去報告這重大的新聞。第二天上午，他急忙到羅新斯去拜會嘉德琳夫人的兩位姨姪：和達西先生一起來的還有費茨威廉上校，他是達西舅父（某某爵士）的小兒子。

柯林斯先生回家的時候，也帶來了那兩位貴賓，大家都很吃驚。夏綠蒂在她丈夫的房間裡看到他們一行三人從大路那邊走過來，便馬上奔進另外一個房間，告訴小姐們說，貴客馬上就會到來，接著又說：

「麗茲，這次貴客光臨，眞該謝謝你。否則達西先生一定不會來拜訪我們的。」

伊麗莎白聽到這番恭維話，還來不及辯解，門鈴就已經響了。不一會兒，主人和兩位客人一同走進屋子，帶頭的是費茨威廉上校，大約三十歲左右，人長得不怎麼漂亮，可是從儀表談吐上看來，倒是個道地的紳士；達西先生仍然和當初在哈福德郡時一樣，用他一貫矜持態度，向柯林斯太太問好。儘管他可能對她的朋友伊麗莎白另有一種感情，然而見到她的時候，神色卻極其自然。伊麗莎白只對他行了個屈膝禮，沒說一句話。

費茨威廉上校很快就跟大家攀談起來，他口若懸河，像是個有教養的人，並且談得頗有風趣。然而他那位表兄，卻只跟柯林斯太太稍許評論了幾句花園和房子，就坐在那兒沒有跟任何人說話。過了一會兒，他似乎重新想到了禮貌問題，便向伊麗莎白問候她和她全家人的安好。伊麗莎白照例敷衍了他幾句，停了片刻，她又說：「我姊姊最近三個月一直住在倫敦。你從來沒有碰到過她嗎？」

其實她非常清楚他從來沒有碰到過珍，只不過為了想要試探一下他的口氣，看看他是否知道賓利一家人和珍之間的關係。他回答說非常不幸，從來沒有碰到過貝納小姐。她覺得他回答這話時，神色彷彿有點慌張。這件事沒有再談下去，兩位貴賓沒多久就告辭了。

第31章

牧師家裡的人大大稱讚費茨威廉上校的風度，女眷們都覺得他可以給羅新斯宴會平添不少情趣。不過，羅新斯那邊已經有好幾天沒有邀請他們了，因爲主人家有了客人，他們便沒有什麼作用。一直到復活節那一天，也就是差不多在這兩位貴賓到達一星期以後，他們才榮幸地被邀請。那天大家離開教堂時，主人趁機邀約他們下午去作客。上一個星期他們基本上根本沒有機會見到嘉德琳夫人母女。

在這段時間裡，費茨威廉上校來牧師家好幾次，可是達西先生卻沒有再來過，他們僅僅是在教堂裡才見得到他。

他們當然都接受了邀請，而且準時到達嘉德琳夫人的會客室。夫人非常客氣地接待了他們，不過事實很明顯，他們並不像別的客人那樣受歡迎。夫人把心思幾乎都用在兩位姨姪身上，只顧跟他們說話，特別是跟達西說話比跟房間裡任何人都說得多。

倒是費茨威廉上校彷彿很高興見到他們，因爲羅新斯的生活實在是枯燥乏味，他很想要點調劑，而且他更喜歡柯林斯太太的這位漂亮的朋友。他坐到她身邊，有聲有色地談到肯特郡，談到哈福德郡，談到旅行和家居，談到新書和音樂，直談得伊麗莎白感覺到在這個房間裡從未受到過此等款待。他們倆談得那麼高興，甚至引起了嘉德琳夫人和達西先生的注意。

達西的目光好奇地在他們倆身上一遍遍地打轉。過了一會兒，夫人也有了同感，而且顯得更露骨，她毫不猶豫地叫道：

「你們在說些什麼？你在跟貝納小姐談些什麼？也說給我聽聽看。」

「我們在談音樂，姨媽。」費茨威廉上校迫不得已地回答了一句。

「談音樂！那麼請你們說得大聲一些吧。我最喜愛音樂。要是你們談音樂，就得有我的分兒。我想，目前在英國，能像我一樣眞正欣賞音樂的沒有幾個人，也沒有人比我的品味更高。如果我學了音樂，一定會成爲一個名家。安妮假如身體好，也一定能夠成爲一個名家的。我相信她演奏起來，一定很動人。喬治安娜現在學得怎麼樣啦，達西？」

達西先生誠懇地讚揚了一番自己妹妹的成績。

「聽到她彈得這樣好，我眞高興，」嘉德琳夫人說，「請你替我告訴她，她一定要多多練習。」

「姨媽，你放心吧，」達西說，「她用不著這樣的勸告，她一直都在練習。」

「那就好。練習總不怕多，我下次有空寫信給她，一定要告訴她無論如何不能偷懶。我經常告訴年輕的小姐們說，要想在音樂上出人頭地，就一定要經常練習。我已經好幾次告訴貝納小姐，除非她再多多練習，她永遠不會好到哪裡去。

我常對她說，柯林斯太太那裡雖然沒有琴，我卻很希望她每天到羅新斯來，可以在約翰生太太房間裡那架鋼琴上彈奏。你知道，在那間房間裡，她不會妨礙到什麼人的。」

達西先生看到姨媽這種無禮的態度，覺得非常丟臉，因此沒有理睬她。

喝過了咖啡，費茨威廉上校提醒伊麗莎白說，她剛剛答應過給他彈琴，於是她馬上坐到鋼琴邊去。他拉過一把椅子來坐在她身旁。嘉德琳夫人聽了半支歌，便像剛才那樣跟達西談起話來，一直談到達西先生終於忍受不住而避開了她，從容不迫地走到鋼琴前，以便把演奏者美麗的容貌看個清楚。伊麗莎白看出他的用意，便趁機停手，對他嬌媚地一笑，說道：

「達西先生，你這樣走過來聽，是不是想嚇唬我？儘管你妹妹演奏得的確很好，我也不怕。我生性倔強，別人絕不能把我嚇倒。人家越是想來嚇倒我，我的膽子就越大。」

達西說：「我絕不會說你講錯了，因爲你不會眞以爲我存心嚇唬你。好在我很久以前就知道你喜歡說一些你自己心裡並不想說的話。」

伊麗莎白聽到人家這樣形容她，高興地笑了起來，然後對費茨威廉上校說道：「你表哥竟在你的面前把我說成一個這麼糟糕的人！我眞倒楣，我本來想在這裡騙騙人，叫人相信我起碼有些長處，偏偏遇上一個看穿我眞正性格的人。——眞的，達西先生，我在哈福德郡的一些倒楣的事兒都被你全盤托出，你這是不厚道的——而且，請允許我冒昧說一句，你這也是不聰明的——因爲你這樣做，我是會反擊的；我也會說出一些事來，叫你的親戚們聽了嚇一跳。」

「我才不怕你呢！」他微笑地說。

費茨威廉連忙叫道：「我倒要聽你說，他有什麼不是。我非常想知道他跟陌生人在一起的時候行爲如何。」

「那麼我就講給你聽吧，我得先請你別嚇到。你得明白，我第一次看見達西先生，是在哈德福郡的一個舞會上。你知道他在這個舞會上做了些什麼？他一共只跳了四次舞！我不願意讓你聽了難受，不過事實確實是這樣。雖說男客不多，他卻只跳了四次，而且我很清楚地知道，當時在場的女客中間，不止一個人沒有舞伴而閒坐在一旁——達西先生，這件事你可不能否認喲。」

「說起來遺憾，當時會場上除了我的朋友以外，我一個女客也不認識。」

「不錯，跳舞場裡是不作興請人家介紹女朋友的。唔，費茨威廉上校，還讓我彈些什麼呢？我的手指在等著你的命令。」

達西說：「也許我當時最好請人介紹一下，去向陌生人自我推薦，可是我又不配。」

「我們是否要問問你的表哥，這究竟是怎麼回事？」伊麗莎白仍然對著費茨威廉上校說，「我們要不要問問他，一個有見識，有閱歷、而又受過高等教育的人，爲什麼不配向陌生人介紹自己？」

費茨威廉說：「我可以回答你的問題，用不著向他請教。那是因爲他怕麻煩。」

達西說：「我的確不像別人那樣有本領，能和向來不認識的人任意談笑；我也不會像人家那樣隨聲附和，假意關切。」

伊麗莎白說：「我彈起鋼琴來，手指不像許多婦女那麼有氣派，也不像她們那麼有力和靈活，也不能像她們那樣表情豐富。我一直認爲這是我自己的缺點，是我自己不肯用功練習的緣故，但我可不信那些比我彈奏得高明的女人的手指比我強。」

達西笑了笑說：「你說得完全對，而且你的成績要好得多。只要有耳福聽過你演奏的人，都會覺得你彈得毫無缺點。我們兩人都不太願意在陌生人面前表演。」

剛說到這裡，嘉德琳夫人就大聲地問他們在說些什麼，打斷了他們的話。伊麗莎白立刻重新彈起琴來。嘉德琳夫人走上前，聽了幾分鐘以後，就對達西說：「如果貝納小姐多練習練習，再請一位倫敦名師指點指點，彈起來就不會有毛病了。雖說她沒有安有趣味，可是她很懂得指法。安假如身體好，能夠多學習的話，一定能夠成爲一位令人滿意的演奏者。」

伊麗莎白望著達西，要看看他聽了夫人對他表妹的這番誇獎，是不是竭誠表示贊同，可是當場和事後都看不出他有一絲一毫愛她的跡象。從他對待德·包爾小姐的態度看來，她不禁替賓利小姐感到欣慰：如果賓利小姐跟達西是親戚的話，達西一定也會跟她結婚的。

嘉德琳夫人繼續對伊麗莎白的演奏發表意見，關於演奏和鑑賞方面還給了她許多指點。伊麗莎白只得極有耐力地虛心領教。她聽從了兩位男士的要求，一直坐在鋼琴旁邊，直到夫人備好馬車送他們回家才停止彈琴。

第32章

第二天早晨，柯林斯太太和瑪麗亞有事到村裡去，伊麗莎白獨自一個人坐在家裡給珍寫信。這時候，門鈴忽然響了起來，把她嚇了一跳。她想一定是有客人來了。可是她並沒有聽到有馬車聲，心想，可能是嘉德琳夫人來了吧。於是她不安地把那封寫好一半的信放在一旁，免得她問些魯莽的話。就在這當時門開了，她大吃一驚，沒想到走進來的居然是達西先生，而且只有達西先生一個人。

達西看見只有她一個人在，也顯得很吃驚，連忙道歉說，他原本以爲太太小姐們都沒有出去，所以才冒昧地闖進來。

他們倆坐了下來，她問了他幾句關於羅新斯的情形以後，雙方似乎沒什麼可說的了，眼看場面就要變僵，伊麗莎白這時想起上次跟他在哈福德郡見面的情況，頓時便起了一陣好奇心，想要聽聽他對那次匆匆的離別，究竟有些什麼意見，於是她便說道：

「去年十一月你們離開尼日斐莊園是多麼突然呀，達西先生！賓利先生一走，你們大家一下子都跟著他走了，我好像記得他比你們只早走一天。我想，你離開倫敦時，他和他的姊妹們一定身體都很好吧？」

「好極了，謝謝你。」

她發現對方再沒有別的話回答她，隔了一會兒便又說道：

「我想，賓利先生大概不再打算回尼日斐莊園了吧？」

「我從沒聽他這麼說過。不過，他可能不打算在那兒久住。他有很多朋友，像他這個年紀的人，交際應酬當然一天比一天多。」

「假如他不打算在尼日斐莊園久住，那麼，爲街坊四鄰著想，他應該乾脆退租，讓我們可以有一個固定的鄰居。不過賓利先生租那幢房子，說不定只是爲了他自己方便，並沒有顧及到我們這些鄰居。」

達西先生說：「我想他一旦買到了合適的房子，馬上就會退租。」

伊麗莎白沒有再說什麼，她惟恐自己再談到他那位朋友身上去。既然再沒有別的話可說，她於是決定讓他動動腦筋，另外找別的話題來談。

他領會了她的用意，隔了一陣子便說：「柯林斯先生這棟房子彷彿很舒適呢。我相信他剛剛到漢斯福的時候，嘉德琳夫人一定費了好大一番心思在這上面吧。」

「我也相信她費了一番心思，而且我敢說，她的好心並沒有白費，因爲天下再也沒有任何人比他更懂得感恩報德了。」

「是呀，確實是福氣。他的朋友們應當爲他高興，難得有這樣一個頭腦清楚的女人肯嫁給他，又能使他幸福。」

「我這個女朋友是個極端聰明的人，不過她跟柯林斯先生結婚，我可不認爲是上策。不過她似乎極其幸福，而且，在普通人看來，她這門婚姻攀得很好。」

「她離娘家和朋友都這麼近，她一定會很滿意的。」

「你說很近嗎？快五十英里呢。」

「只要交通方便，五十英里算得了什麼？只消大半天就到了，我認爲很近。」

伊麗莎白嚷道：「我從來沒有認爲道路的遠近，也是這門婚姻的有利條件之一，我絕不會說柯林斯太太住得離家很近。」

「這說明你自己太留戀哈福德郡了。我看你只要離開龍柏園一步，就會嫌遠。」

他說這話的時候，不禁一笑，伊麗莎白覺得自己知道他這一笑的深意：他一定認爲她想起了珍和尼日斐莊園吧，於是她紅了臉回答道：

「我並不是說，一個女人家就不能嫁得離娘家太遠。遠近是相對的，還得看各種不同的情況來決定。只要你出得起旅費，遠一些也沒問題。這兒的情形卻不是這樣的。柯林斯夫婦雖然收入還不錯，可也經不起經常旅行。即使把目前的距離縮短到一半，我相信我的朋友也不會認爲離娘家很近的。」

達西先生把椅子移得離她近一些，說道：「你不能有這麼重的鄉土觀念，你總不能一輩子都住在龍柏園呀。」

伊麗莎白神色有些詫異。達西也覺得心情有些異樣，便把椅子往後拖一點，從桌子上拿起一張報紙掃了一眼，用一種比較冷靜的聲音說：

「你喜歡肯特郡嗎？」

於是他們倆把這個村莊簡單地談論了幾句，彼此都很冷靜，措辭也頗爲簡練。過了一會兒，夏綠蒂跟她的妹妹散步回來了，談話就此結束。夏綠蒂姊妹倆看到他們談話，都覺得詫異。達西先生把他剛才誤闖進來，遇見貝納小姐的原委說了一遍，然後又稍微坐了幾分鐘就走了。

他走了以後，夏綠蒂說：「這是什麼意思？親愛的麗茲，他一定愛上你啦，否則他絕不會這樣隨隨便便來看我們的。」

伊麗莎白告訴她方才那種說不出話的情形，夏綠蒂本覺得他似乎有意，看上去又不像是那麼回事。她們東猜西猜，結果只能認爲他這次是由於閒來無事，所以才出來訪友。也只有這種說法還算講得過去，因爲到了現在這個季節，一切野外的活動都過時了，雖然待在家裡可以和嘉德琳夫人談談話，看看書，還可以打打彈子，可是男人們總不能一直待在屋裡不出去。既然牧師住宅距離不遠，順便散散步到那兒去玩玩，也很愉快，況且那家人又很有趣。於是兩位表兄弟在這段作客時期，每天都禁不住要上那兒去走一趟。他們總是上午去，遲早不一定，有時各自去，有時候一起去，偶爾姨媽也跟他們同行。女眷們看得非常明白，費茨威廉上校來訪是因爲他喜歡跟她們在一起——這當然使人家更加喜歡他。伊麗莎白跟他在一起覺得很開心，他顯然也愛慕伊麗莎白，這雙重情況使伊麗莎白想起她以前的心上人喬治·韋翰。雖說這兩個人相比，她覺得費茨威廉沒有韋翰那麼溫柔迷人，然而她卻相信他腦子裡的東西卻相對較多。

可是達西先生爲什麼常到牧師家裡來？這仍然叫人難以明白。他不可能是爲了湊熱鬧，因爲他總是在那兒坐上十分鐘一句話也不說，說起話來也好像是迫不得已的樣子，而不是眞有什麼話要說——似乎是爲了禮貌而委曲求全，而不是出於內心的高興。他極少有眞正興高采烈的時候。柯林斯太太簡直弄不懂他。費茨威廉上校有時候笑他呆頭呆腦，可見他平常並非如此。柯林斯太太當然弄不清其中的底細。她但願造成他這種變化的是戀愛，而且戀愛的對象就是她的朋友伊麗莎白，於是她一本正經地動起腦筋，要弄明白這件事。每當她們去羅新斯的時候，或者是他來到漢斯福的時候，她總是注意著他，可是毫無結果。他的確常常望著她的朋友，可是他那種目光究竟有何深意，還值得商榷。他痴痴呆呆地望著她，的確很誠懇，可是柯林斯太太還是不敢確定他的目光裡面究竟含有多少愛慕的成分，而且有時候那種目光簡直完全是心不在焉的樣子。

她曾經有一兩次提醒過伊麗莎白，說他可能傾心於她，可是伊麗莎白老是一笑置之。柯林斯太太覺得不應該再對這個問題說個不休，不要撩得人家動了心，到頭來卻只落得一場空。照她的看法，只要伊麗莎白自己覺得已經把他抓在手裡，自然會消除一切厭惡他的情緒。她好心好意處處爲伊麗莎白打算，有時候她打算讓伊麗莎白嫁給費茨威廉上校，他當然是個風趣的人，任何人也不能和他相比。他當然也愛慕她，他的社會地位又是再合適不過了。不過，達西先生在教會裡擁有很大的權力，而他那位表弟卻一點兒也沒有，相形之下，表弟這些優點就無足輕重了。

第33章

伊麗莎白在花園裡散步的時候，曾經好多次意外地遇上達西先生。他偏偏來別人不來的地方，這眞是不幸，她覺得好像是命運在故意捉弄她。她第一次就對他說，她喜歡獨自一人到這地方來蹓躂，當時的用意就是不讓這種事情以後再發生。如果會有第二次，那才叫怪呢。然而畢竟有了第二次，甚至還有第三次，看上去他彷彿是故意跟她過不去，否則就是有心要來賠罪。因爲這幾次他既非跟她敷衍幾句就啞口無言，也非稍隔一會兒就走開，而是當眞掉過頭來跟她一塊兒走走。他從來不多話，她也懶得多講，懶得多聽。

可是第三次見面的時候，他問她住在漢斯福快活不快活，問她爲什麼喜歡獨自一個人散步，又問起她是不是覺得柯林斯夫婦很幸福。談起羅新斯，她說她不大瞭解那戶人家。他倒彷彿希望她以後有機會再到肯特郡來，可以去那兒小住一陣似的，從他的話語裡面聽得出他有這層意思。難道他在替費茨威廉上校做說客嗎？她想，如果他當眞話裡有話，那他肯定暗示那個人對她有些動心。她覺得有些痛苦，好在已經走到牧師住宅對面的圍牆門口，因此覺得非常高興。

有一天，她正在一面散步，一面重新讀著珍上一次的來信，仔細咀嚼著珍心灰意冷時寫的那幾段。這時候有人走近把她嚇了一跳。她抬頭一看，這次並不是達西，而是費茨威廉上校。她馬上收起那封信，勉強露出一副笑臉，說道：「沒想到你也會到這兒來。」

費茨威廉上校回答說：「每年我都這樣，臨走以前總得要到花園各處去逛一圈，最後再來拜訪牧師家。你還要往前走嗎？」

「不，我就要回去了。」

於是她轉過身來，兩人一同走向牧師住宅。

「你星期六就要離開肯特郡嗎？」她問。

「是的，如果達西不再拖延的話，不過我得聽他調遣。他辦起事來只是憑他自己的高興。」

「我從來沒有看見過哪一個人，像達西先生這樣喜歡專權作主，爲所欲爲。」

「他太任性了，」費茨威廉上校回答說，「可是我們全都這樣。只不過他比一般人更有條件可以那麼做，因爲他有錢，一般人窮。我是眞心這麼說的。你知道，一個伯爵的小兒子必須克制自己，仰仗別人。」

「在我看來，一個伯爵的小兒子跟這兩件事根本一點關係也沒有。我倒要正經地問你一句：你又懂得什麼叫做克制自己和仰仗別人？你有沒有哪一次因爲沒有錢，想去什麼地方卻去不成？愛買什麼東西買不成？」

「你問得好，或許我在這方面不知艱苦。可是遇到重大問題，我可能就會碰壁了，僅僅因爲沒有錢。比如說小兒子往往有了意中人而不能結婚。」

「除非是你愛上了有錢的女人，否則怎麼會呢？」

「我們花錢花慣了，因此不得不仰仗別人，像我這樣身分的人，數不出有幾個結婚可以不講錢的。」

「他是在暗示我嗎？」伊麗莎白想到這裡，臉不禁紅了。可是她立刻恢復了常態，用一種很活潑的聲調說道：「請問一個伯爵的小兒子，通常身價多少？我想，除非哥哥身體太壞，你討起價來一般不能超過五萬鎊吧。」

他也用相同的口吻回答了她，便不再提這件事。可是她又怕他會認爲這樣沈默下去，是因爲她聽了剛才那番話心裡難受，因此隔了一會兒，她便說道：

「我想，你表兄把你帶在他身邊，主要就是爲了要有個他可以擺佈的人。我不懂他爲什麼還不結婚，結了婚不就可以有個一輩子聽任他擺佈的人了嗎？不過，目前他有個妹妹也許就夠了。既然現在由他一個人照顧她，那他就可以愛怎麼對待她，就怎麼對待她了。」

「不，」費茨威廉上校說，「還得讓我分享這份好處。我也是達西小姐的保護人。」

「你果眞是嗎？請問，你這位保護人當得怎麼樣？你們這位小姐相當難伺候吧？像她那樣年紀的小姐，有時候對付起來還不太容易。假若她的脾氣也和達西一模一樣，她自然也會凡事都憑自己高興。」

她說這話的時候，只見他深切地望著她。他立刻問她說，爲什麼她會覺得達西小姐可能使他們感到棘手？她看他問這句話的神情，就更加斷定自己果眞猜得近乎於事實。她立刻回答道：「你不必慌張。我從來沒有聽到過有關她的什麼壞話，而且我敢說，她是世界上最乖、最聽話的一位姑娘。我的女朋友們中有幾個人，譬如赫斯特太太和賓利小姐，都喜歡她喜歡得不得了。我好像聽你說過，你也認識她們的。」

「我和她們不太熟。她們的兄弟是個特別風趣的紳士派人物，是達西的好朋友。」

「噢，是呀，」伊麗莎白冷冷地說，「達西先生對賓利先生特別好，也把他照顧得十二萬分周到。」

「照顧他！是的，我相信凡是他想不出辦法的事情，達西先生總會替他想辦法。我們到這兒來，一路上他告訴我一些事情，我聽了以後，便確信賓利先生眞的多虧他幫忙。可是我得請他原諒，我沒有任何權利猜測他所說的那個人就是賓利。那不過是瞎猜而已。」

「你這話是什麼意思？」

「這件事達西先生自然不願意讓人知道，免得傳到那位小姐家裡，惹得人家不高興。」

「你放心好了，我不會說出去的。」

「請你記住，我並沒有充分的理由猜想他所說的那個人就是賓利。他只是告訴我，他最近使一位朋友沒有結成一樁冒昧的婚姻，免去了許多麻煩，他覺得這件事值得欣慰。可是他並沒有提到當事人的姓名和其中的細節，我所以會疑心到賓利身上，一則因爲我相信他那樣的青年，的確會招來類似的麻煩；二則因爲我知道，他們一整個夏天是一起度過的。」

「達西先生有沒有說他管人家閒事是爲了什麼原因？」

「我聽說那位小姐有些條件不太合格。」

「他把他們倆拆開，是用了什麼手段？」

費茨威廉上校笑了笑說：「他並沒有說明他用的是什麼辦法，我只不過把他說的全部都轉述給你聽罷了。」

伊麗莎白沒有再說什麼，可是心裡氣極了。費茨威廉上校望了她一下，問她爲什麼表情凝重。

她說：「我在回想你剛才說給我聽的話，我覺得你那位表哥的做法不太好。他憑什麼干涉別人的生活？」

「你認爲他這樣干涉，完全是多管閒事嗎？」

「我眞不懂，達西先生有什麼權利判斷他朋友的戀愛是否合適？難道憑他一個人的意思，就能指揮他的朋友如何去獲得幸福？」她說到這裡，舒了口氣，繼續說，「可是我們並不明白其中的眞相，那麼，要責備他也就難免有些不公平。也許這一對男女中間根本就沒有什麼愛情。」

「這種推斷倒不能說不合情理。」費茨威廉上校說，「我表兄本來是一團高興，給你這樣一說，他的功勞便要大打折扣啦。」

他這句話本是爲了打趣的，可是她倒認爲，這句話恰好是達西先生的一幅眞實的寫照。她因此不便多說，於是改變話題，盡談些無關緊要的事，邊談邊走不知不覺來到牧師住宅的門口。客人一走，她就回到自己房裡關門獨坐，仔細思量剛才所聽來的那一番話。

他剛剛所提到的那一對男女，跟她一定有關。世界上絕不會有第二個人會這樣無條件地服從達西先生，提到要手段拆散賓利先生和珍的好事，一定少不了達西的份，她從來不曾懷疑過這一點。她一向認爲這事完全是賓利小姐主導的，如果賓利先生當初沒有給虛榮心沖昏頭，那麼，目前珍所遭受到的種種痛苦，以及將來可能還要受下去的痛苦，都得歸罪於達西先生，歸罪於他的傲慢和任性。世界上一顆最親切、最慷慨的心，就這樣被他一手把幸福的希望摧毀得乾乾淨淨。而且誰也不敢說，他造下的這個苦果何年何月才能了結。

「這位小姐有些條件不太夠格」，這是費茨威廉上校說的。這些不太夠格的條件也許就是指她有個在鄉下當律師的姨爹，還有個在倫敦做生意的舅舅。

她想到這裡，不禁大聲嚷了起來：「至於珍本身，根本就不可能有什麼缺陷，她眞是太可愛、太善良了——她的見解高，修養好，美麗又動人。我父親也是無可指摘，雖然他有些怪癖，可是他的能力是達西先生也不能藐視的。說到父親的品德，達西先生更永遠趕不上。」當然，當她想到她母親的時候，她的信心不免稍有動搖，可是她不相信那方面的弱點會對達西先生有多大的影響。最傷害他自尊心的，莫過於讓他的朋友跟門戶低微的人家結親，他倒不會過分計較跟沒有見識的人家結親。她最後完全弄明白了：達西一方面是被這種最惡劣的傲慢心理支配著，再一方面是爲了想要讓賓利先生娶他自己的妹妹。

她越想越氣，越氣越哭，最後弄得頭也痛起來了。晚上頭痛得更加厲害，再加上她不願意見到達西先生，於是決定不陪她的表兄嫂上羅新斯去赴茶會。柯林斯太太看她確實有病，也就不便勉強她去，而且儘量讓丈夫也不勉強她去。但是柯林斯先生禁不住有些慌張，惟恐她不去會惹嘉德琳夫人生氣。

第34章

伊麗莎白等柯林斯夫婦離開以後，便把她到肯特郡以後珍寫給她的信，全部拿出來一封接一封地仔細閱讀，好像是爲了故意要跟達西做冤家做到底似的。信上並沒有寫什麼埋怨的話，既沒有提起過去的事情，也沒有述說目前的情況。珍素來嫻靜，心腸仁慈，因此她的文筆從來不帶一絲陰暗的色彩，總是讓歡欣鼓舞的心情躍然紙上。可是現在，讀遍了她所有的信，甚至她每一封信的字裡行間都讀遍了，也找不出這種歡快的筆調。伊麗莎白只覺得信上每一句話都流露出一種不安的心情，因爲她這一次是用心去讀，而上一次她只是馬馬虎虎地瀏覽，所以沒有注意到這些小地方。達西恬不知恥地誇口說，叫人家受罪是他的拿手好戲，這使她更加深刻地體會到姊姊的痛苦。想到後天達西就要離開羅新斯，她總算可以稍覺欣慰，而更大的安慰是，不到兩個星期，她又可以和珍在一起了，並且可以用一切感情的力量，去幫助她重新振作起精神。

一想到達西就要離開肯特郡，不免記起了他的表弟也要跟著他一起走。但是費茨威廉上校已經表明他對自己並沒有什麼意圖，因此，雖然他挺叫人喜歡，她卻不至於爲了他而心情不快活。她正在轉著這種念頭時，忽然聽到門鈴響，她以爲是費茨威廉上校來了，不由得心頭跳動起來，因爲他有一天晚上就是很晚才來的，這回可能是專程來問候她。但是她很快就知道猜錯了，出乎她的意料，走進屋來的是達西先生，她的心情立刻改變。達西匆匆忙忙地問她身體好些沒有，又說他是特地來聽她復元的好消息的。她客客氣氣地敷衍了他一下。他坐了幾分鐘，就站起身來，在房間裡踱來踱去。伊麗莎白心裡非常奇怪，可是卻一言未發。沈默了幾分鐘後，他帶著激動的神態走到她面前說：

「我實在沒有辦法再隱瞞下去了。這怎麼行？我再也壓制不住自己的感情。請允許我告訴你，我有多麼仰慕你，多麼愛你。」

伊麗莎白眞是說不出的驚訝。她瞪著眼，紅著臉，滿腹狐疑，一句話也沒說。他看見這個情形，便以爲她是在慫恿他講下去，於是馬上把現在和以往對她的種種好感全盤說出。他說得很動聽，除了傾訴愛情以外，又把其他種種感想也原原本本地說了出來。他一方面萬語千言地表示深情蜜意，但是另一方面卻又說了許多傲慢無禮的話。他覺得她出身卑微，覺得是自己在遷就她，而且家庭方面也有種種障礙，現實和他的心願不能相容並存——他的傾訴雖然如此熱烈，可惜他的求婚卻未必會被接受。

儘管她對他有根深柢固的厭惡，究竟不能對這樣一個男人的一番盛情，漠然到無動於衷。她的意志雖說不曾有過片刻的動搖，開頭她倒也體諒到他將會受到的痛苦，因此頗感不安，然而他後來的那些話招致了她的怨恨，使她那一片憐惜之心，完全轉化成了憤怒。不過，她還是竭力鎮靜下來，以便等他說完話，耐心地給他一個回答。末了，他跟她說，他對她的愛情是那麼強烈，儘管他一再努力克服，結果還是克制不住，他又向她表明自己的希望，希望她能接受他的求婚。她一下子就看出他說這些話的時候，顯然自認她毫無疑問會給他滿意的回答。雖然他口裡說他自己又怕又急，可是臉上的表情卻是一副萬無一失的樣子。這只有惹出她更多的憤怒，等他說完話以後，她就紅著臉說：

「遇到這一類的事情，通常是這樣的方式：人家對你一片好心，即使你不能給予同樣的報答，至少也得表示一番感激。可惜我實在無法感激你，因為我從來不稀罕你的抬舉，何況你也是十分勉強地抬舉我。我從來不願意讓任何人感到痛苦，即使惹得別人痛苦，也根本是出於無心，而且我希望很快就能事過境遷。你跟我說，以前有種種顧慮，因此沒有能夠向我表明你對我的好感，那麼，現在經過我這番解釋之後，你一定很容易克制這種好感了吧。」

達西先生原來是斜倚在壁爐架上，一雙眼睛盯住她，聽到她這番話，好像又是氣憤又是驚訝。他氣得臉色鐵青，從五官的每一個部位都看得出他內心的煩惱。他竭力裝作鎮定的樣子，等到自以為已經裝得很像了，然後才開口說話。這瞬間的沈默使伊麗莎白心裡非常難受。達西最後才勉強沈住氣說道：

「我很榮幸，竟得到你這樣一個回答！也許我可以請教你，我為什麼會遭受到這般無禮的拒絕？不過這也沒什麼關係。」

「我也可以請問一聲，」她回答道，「你爲什麼明明白白存心想要觸怒我、侮辱我，嘴上卻偏偏要說是爲了喜歡我，還說那樣會違背了你自己的意志，違背了你自己的理性，甚至於違背了你自己的性格？假使我果眞沒有禮貌，那麼，這還不夠作爲我沒有禮貌的理由嗎？而且我還有別的氣惱。就算我對你沒有反感，就算我對你毫無芥蒂，但假如我知道這樣一個人曾經毀了別人一生的幸福，我怎麼還可能去愛他呢？」

達西先生聽了她這些話，不禁臉色大變。不過這種感情的激動，只有一會兒工夫，他便恢復鎭定。他聽任她繼續說下去。

「我有充分的理由對你懷著厭惡感。你處理那件事完全無情無義，無論你是出於什麼動機，都無法讓人原諒你。說起他們倆的分離，即使不是你獨自一個人造成的，至少也是你主使的，這點你可不敢否認，也不能否認。你使得男方被大家指責爲朝三暮四，使女方被大家嘲笑爲奢望空想，你叫他們倆受盡了煎熬。」

她說到這裡，只見他完全沒有一點兒悔恨的意思，眞把她氣得七竅生煙。他甚至還假裝出一副不相信的神氣在微笑。

「你能否認你沒有這樣做過嗎？」她又問了一遍。

他故作鎭靜地回答道：「我不想否認。我的確想盡了一切辦法，拆散了我朋友和你姊姊的一段姻緣。我也不否認，我很得意於自己那一次的成績。我總算對他比對我自己多盡了一份心力。」

伊麗莎白聽了他這篇文雅的調侃辭令，表面上一點都不願意顯出很注意的樣子。她當然明白這番話的用意，可是那也平息不了她的氣憤。

「不過，我還不只在這一件事情上面厭惡你，」她繼續說道，「我很早以前就厭惡你，對你有成見。幾個月以前聽了韋翰先生說的那些話，我更明白你的品格。這件事你還可以說些什麼？看你再怎樣來替你自己辯護，把這件事也異想天開地說成是爲了維護朋友？你又將如何來顚倒是非，欺世盜名？」

達西先生聽到這裡，臉色變得十分厲害了，說話的聲音也沒有了剛才的鎮定。他說：「你的確十分關心那位先生的事。」

「凡是知道他不幸遭遇的人，有誰會不關心他呢？」

「他的不幸遭遇！」達西輕蔑地重複了一遍，「是的，他的確是太不幸啦。」

「是你一手造成這一切，」伊麗莎白使勁地叫道，「你害他變得這樣窮——當然並不是太窮。凡是指定由他享有的權益，你明明知道，卻不肯給他。他正當年輕力壯，應該獨立自主，你卻剝奪了他這種權利。這些事全都是你做的，可是人家一提到他的不幸，你還要鄙視和嘲笑。」

「原來這就是你對我的看法！」達西一面大聲叫嚷，一面走向屋子另一頭。「你原來把我看成是這樣的一個人！謝謝你如此周到地解釋。這樣看來，我眞是罪孽深重！不過，」他停住腳步，轉過身來對她說，「只怪我老老實實地說出我以前一誤再誤、遲疑不決的原因，所以傷害了你自尊心，不然你也許就不會計較我得罪你的這些地方了。如果我耍一點兒手段，掩藏起我內心的矛盾，一味恭維你，叫你相信我無論在理智方面、思想方面，以及其他種種方面，對你都是懷著無條件的、純潔的愛，那麼，你也許就不會這樣苛刻地責罵我了。只可惜，無論是什麼樣的僞裝，我都痛恨。我剛剛說出的這些顧慮，我也並不以爲可恥。這些顧慮是非常自然的，正確的。你難道指望我會爲你那些卑微的親戚而歡欣鼓舞嗎？難道你以爲，我如果攀上了這些社會地位遠不如我的親戚，反倒會自己慶幸嗎？」

伊麗莎白越來越憤怒，但是她還是盡力平心靜氣地說出了下面這些話：

「達西先生，倘若你能禮貌一些，當我拒絕了你以後，也許會覺得過意不去。除此以外，倘若你以爲這樣向我表白，可以在我身上起什麼作用，那你可就想錯了。」

他聽到這番話，吃了一驚，可是什麼也沒有說。於是她又接著說：

「即便你用盡一切辦法，也不能打動我的心，讓我接受你的求婚。」

他顯出很驚訝的樣子，也帶著痛苦和詫異的神態望著她。她繼續說下去：

「打從開始認識你的那時起，幾乎可以說，從認識你的那一剎那起，你的行爲舉止，就使我覺得你十足地狂妄自大、自私自利、小看別人，我對你不滿的原因就在這裡。以後又發生了許許多多事情，使我對你更加討厭。我認識你還不到一個月，就覺得像你這樣一個人，哪怕天下的男人都死光了，我也不願意嫁給你。」

「你說得夠多了，小姐，我非常瞭解你的心情，現在我只有愧對於我自己的那些顧慮。請原諒我耽擱了你這麼多時間，也允許我誠懇地祝你健康和幸福。」

他說完了這幾句話，便匆忙走出房間。隔了一會兒，伊麗莎白就聽到他打開大門走了。她心裡雜亂無比，覺得自己非常軟弱無力，便坐在那兒哭了半個鐘頭。她回想起剛才發生的一幕，越想越覺得奇怪。達西先生竟然會向她求婚，他竟會愛上她！他竟會愛她到想要和她結婚——不管她有多少缺點；何況他正是由於她姊姊的這些缺點，而阻撓珍，不讓她和賓利先生結婚，如今這些缺點對他至少具有同樣的影響——這件事眞是不可思議！一個人能在不知不覺中得到別人這樣熱烈的愛慕，也足夠自慰了。可是他的傲慢，他那可惡的傲慢，他居然理直氣壯地承認他自己是如何破壞了珍的好事，雖然他招認的時候並不能自圓其說，可是他那種自以爲是的神氣最叫人難以原諒。還有他提到韋翰先生時那種無動於衷的態度，他一點兒也不打算否認殘酷地對待韋翰——一想到這些事，即使她一時之間也曾因爲體諒到他一番愛意而觸動了憐憫的心腸，也完全抵消了那一絲一毫的憐憫。

她這樣百轉千回地左思右想，直到後來聽到嘉德琳夫人的馬車聲，她才感覺到自己這副模樣不能見夏綠蒂，匆匆回到自己房裡。

第35章

昨晚伊麗莎白一直在思索，直到閉上眼睛爲止；今天一大早醒來，這些思緒又在心頭湧起。她仍然對那樁事感到詫異，無法想別的事情。她沒有心思做事，於是決定一吃過早飯就出去好好地透透氣，散散步。她正想到那條心愛的走道上去走走，忽然想到有時候達西先生也會上那兒去，於是便止了步。她沒有進花園，卻仍然走上那條小路，以便能和那條有柵門的大路隔得遠些。她沿著花園的圍柵走，不久便走過了一道園門。

她沿著這一段小路來回走了兩三遍，不禁被清晨的美景吸引得在園門前停住腳步。她到肯特郡五個星期以來，田野間已經產生了很大的變化，早春的樹一天比一天綠。她正要繼續往前走，忽然看到花園旁的小林子裡有一個男人正朝這邊走來。她怕是達西先生，便連忙往回走，但是那人已經走得很近，可以看得見她了。只見那人急急忙忙往前跑，同時還叫著她的名字。她原本已經掉過頭來走開，一聽到有人叫她的名字，雖然明知是達西先生，也不得不走回到園門邊。這時候達西也已經來到園門口，拿出一封信遞給她，她不由自主地收了下來。

他帶著一臉傲慢而從容的神氣說道：「我在林子裡已經踱了好一會兒，希望能碰到你，希望你賞個臉，看看這封信，好不好？」然後他微微鞠了一躬，重新轉進草木叢中，立刻不見了。

伊麗莎白拆開那封信，這只是爲了好奇，並不是希望從中能獲得什麼愉快。更使她驚奇的是，信封裡裝著兩張信紙，以細緻的筆跡寫得密密麻麻。甚至連信封上也寫滿了字。她一面慢慢沿著小路走，一面開始讀信。信是早上八點鐘在羅新斯寫的，內容如下：

小姐：

接到這封信時，希望你不必害怕。昨天晚上既然向你訴情和求婚，結果只有使你極其厭惡，在這封信裡我自然不會舊事重提。我曾經衷心地期望我們雙方會幸福，可是我不想在這封信裡再提到這些，省得使你痛苦，使我自己受委曲。我所以要寫這封信，寫了又要勞你的神去讀，無非是拗不過自己的性格，否則雙方便可以省事，免得我寫你讀。因此你得原諒我那麼冒昧地褻瀆你，我知道你絕不會願意勞神的，可是我希望你能心平氣和一些。

你昨天晚上在我頭上加了兩件性質不同、輕重不等的罪名。你第一件責備我拆散了賓利先生和令姊的好事，完全不顧他們倆之間深切的感情；你第二件指責我不顧體面，喪盡人道，蔑視別人的權利和利益，破壞韋翰先生那指日可待的富貴，又破壞了他美好的前途。我竟無情無義，拋棄了自己小時候的朋友，大家一致公認的先父生前的寵兒，一個無依無靠的青年，一個從小時候起就指望我們施恩的人——這方面的確是我的一件憾事。至於前面一對年輕男女，他們只不過有幾個星期的交情，即使是我拆散了他們，也不能同這件罪過相提並論。現在請允許我剖白一下我自己的行為和動機，希望你弄明白了真相以後，將來可以不再像昨天晚上那樣對我嚴詞苛責。在解釋這些必要的事情時，如果我迫不得已，要講述一下我自己的情緒，因而使你的情緒有所不快，我向你道歉。既是出於迫不得已，那麼再說道歉未免就有些可笑了。

我到哈福德郡不久，就和別人一樣，看出了在當地所有的少女中，賓利先生看中了令姊。只是一直等到在尼日斐莊園開舞會的晚上，我才感覺到他當真對令姊有了愛戀之意。說到他的戀愛經驗，我以前見過不少。在那次舞會上，當我很榮幸地跟你跳舞時，我才聽到威廉·盧卡斯偶然說起賓利先生向令姊獻慇懃已經弄得滿城風雨，大家都以為他們很快就要談到嫁娶問題。聽他說起來，事情好像已經盡在掌握之中，只是遲早的問題罷了。從那時起，我就密切注意著我朋友的行為，我看出他果然鍾情於令姊，這和他往常的戀愛情形大不相同。我也注意著令姊，我發覺她的神色和風度一如往常般落落大方，和藹可親，並沒有對任何人鍾情的跡象。根據我那一晚上仔細觀察的情形來看，我確實認為雖然她樂意接受他的慇懃，可是她並沒有以對等的愛來對待他。

要是你沒有弄錯這件事，那麼錯一定在我；你對於令姊既有透徹的瞭解，那麼便是我弄錯了。倘若事實確實如此，倘若確實是我弄錯了，造成令姊的痛苦，難怪你會很氣憤。可是我可以毫不猶豫地說，當初令姊的風度極其灑脫，即便觀察力最敏銳的人，也難免以為她儘管性情柔和，可是卻不容易打動她的心。我當初確實希望她無動於衷，可是我敢說，雖然我有我的主觀希望，有我的顧慮，但是我的觀察和我的推斷並不會受到這些主觀上的影響。我認為，令姊絕不會由於我希望她無動於衷，她就果真無動於衷。我的看法大公無私，我的願望也合情合理。

昨天晚上我說，遇到這樣門不當戶不對的婚姻，輪到我自己身上的時候，我都必須用極大的理智上的力量去壓制。至於說到他們倆這一樁婚姻，我之所以要反對，還不僅僅是為了這些理由，因為關於門戶高低的問題，我朋友並不像我那麼重視。我所以反對這門婚姻，還有一些別的叫人嫌忌的原因——雖然這些原因到現在還存在，而且同樣存在在兩樁婚事裡面，可是我早就盡力把它忘了，因為好在眼不見為淨。這裡必須說一說這些原因，即便簡單地帶過也好。雖然你母親娘家親族不太叫人滿意，可是和你們自己家裡人那種完全沒有體統的情形比起來，簡直就顯得微不足道。你三個妹妹不斷地做出許多沒有體統的事情，有時候連你母親也難免。請原諒我這樣直言不諱。其實得罪了你，我自己也感到難受。你的骨肉至親有了這些缺點，你當然會感到難受，我這樣一說，當然會讓你更不高興。可是只要你想一想，你自己和你姊姊舉止優雅，人家不但沒有責難到你們倆頭上，還對你們褒獎備至，很賞識你們倆的見識和個性，這對於你究竟還算是一種安慰吧。我還想告訴你，那天晚上我看了那種情形，不禁越發確定了我對各人的看法，加深了我的偏見，覺得一定要阻止我的朋友，不讓他結成這個不幸的婚姻。他第二天就離開尼日斐莊園到倫敦去了，我相信你一定記得，他本來打算去一下便馬上回來。

在這裡我得說明我當初參與這件事的經過。原來他的姊妹們當時跟我一樣，深為這件事感到不安。我們很快便發覺彼此頗有同感，都覺得應該趕快到倫敦去把她們的兄弟隔離起來，於是決定馬上動身。我們就這樣走了。到了那裡，便由我負責向我朋友指出，他如果攀上了這門親事，必定會有許許多多壞處。我苦口婆心，再三勸說。雖然我這一番規勸動搖了他的心願，使他遲疑不決，可是，要不是我當時那麼十拿九穩地說，你姊姊並沒有怎麼傾心於他，那麼這番規勸也許不會有這樣大的效果，到頭來也是阻擋不了這門婚姻。在我沒有進行這番勸說以前，他總以為令姊即使沒有以同樣的鍾情報答他，至少也是在竭誠期待著他。但是賓利天性謙和，不論遇到什麼事情，只要我一出主意，他總是相信我勝過相信他自己。我輕而易舉地說服了他，他相信這事情是他自己一時糊塗。既然他有了這個觀念，我們便進一步說服他不要再回哈福德郡，這當然也不費吹灰之力。我這麼做，當時並沒覺得有什麼不對。

今天回想起來，我覺得只有一件事做得不能讓自己心安。令姊來到城裡的時候，我竟不擇手段，瞞住了他這個消息。因為不但我知道這件事，賓利小姐也知道，然而她哥哥一直到現在還被蒙在鼓裡。讓他們倆見面也許不會有什麼不良後果，可是當時我認為他並沒有完全死心，見到她未必能毫不動心。我這樣隱瞞，這樣欺蒙，也許有失我自己的身分。然而事情既然已經做了，而且完全是出於一片好意。因此我沒有什麼好說，也不用再道歉。我如果傷了令姊的心，完全是出於無意。你自然會以為當初我這樣做，沒有充足的理由；可是我到現在還不覺得有什麼錯。

現在接著談另一件更重的罪名：損害了韋翰先生的前途。說到這件事，我惟一的駁斥辦法，只有把他和我家的關係全部說給你聽，請你判斷一下其中的是非曲直。我不知道他特別指責我的是哪一點，但是我要在這裡陳述的事實真相，可以找出許多信譽卓著的人出來做見證。韋翰先生是個值得尊敬的人的兒子，他父親在彭伯里掌管了好多年產業，極其盡職，這自然使得先父非常願意幫他的忙。因此先父對喬治．韋翰寵愛有加。

先父供他上學，後來還供他進劍橋大學學習——這對他是最重要的一項幫助，因為他自己父親的錢財早已被他母親吃光用窮，無力供給他接受高等教育。先父不僅因為這位年輕人風度翩翩而高興和他來往，而且非常器重他，希望他能夠從事教會職業，並且一心想替他安插一個位置。至於說到我自己之所以對他印象轉壞，那已經是許多年以前的事了。他為人放蕩不羈，惡習眾多，雖然他十分小心地把這些惡習遮掩起來，不讓我父親察覺，可是畢竟逃不過一個和他年齡相仿的年輕人的眼睛，他一個不提防就被我瞧見了漏洞，機會多的是——當然老達西先生肯定不會有這種機會。

這裡我不免又要招致你的痛苦了，只有你自己知道，痛苦到什麼地步。無論韋翰先生已經引起了你何等的感情，我卻要懷疑這些感情的真正目的，因而我也就必須對你說明他真正的品格。這裡面甚至還難免有別的用心。德高望重的先父大約五年前去世，他始終如一地寵愛韋翰先生，連遺囑上也特別向我提到他，要我斟酌他的職業情況，盡力提拔他；要是他受了聖職，一有俸祿優厚的空缺位置，就讓他替補上去。另外還留給了他一千鎊的遺產。不久他自己的父親也去世了。發生這幾樁大事以後，不出半年的時間，韋翰先生就寫信跟我說，他已下定決心，不願意接受聖職。他既然不能得到那個職位的俸祿，便希望我給他更直接的經濟利益，且不要認為他這個要求不合理。他又說，他有意學法律，但是我只給他一千磅的利息去學法律，其實是不夠的。

與其讓我說，我相信他這些話靠得住；倒不如說，我但願他這些話靠得住。不過，我無論如何還是願意答應他的要求。而且我知道韋翰先生不適宜當牧師，因此雙方就這件事談妥條件，獲得解決：我給他三千鎊，他便沒再要求我們幫助他獲得聖職，應該算是自動放棄權利，即使將來他有資格擔任聖職，也不能再提出請求。從此我和他之間沒有任何關係，似乎一刀兩斷。我非常看不起他，不再請他到彭伯里來玩，在城裡也不再跟他往來。

我相信他大半都住在城裡，但是他所謂的學法律，只不過是一個藉口罷了，既然現在他擺脫了一切羈絆，便整天過著浪蕩揮霍的生活。我大約接連三年都聽不到他的任何消息，可是後來有個牧師逝世了，這份俸祿原是他可以接替的，於是他又寫信給我，要我推薦他。他說他的境遇窘得不能再窘，這一點我當然不難相信。他又說研究法律不會有任何出息，所以他現在已下決心想當牧師，只要我肯薦舉他去接替這個位置就行了。他以為我肯定會推薦他，因為他看準了我沒有別人可以填補空缺，我也不能不顧先父生前答應他的一片好意。我沒有理會他的要求，儘管他再三懇求，我依然拒絕。他的境遇越困苦，怨恨就越深。毫無疑問，無論他在背後罵我，還是當面罵我，都是一樣狠毒。之後，我們之間連一點點面子上的交情都沒有了。

我不知道他過著怎樣的生活，可是說來痛心，去年夏天我又注意到他。在這裡我得講一件我自己也不願意提起的事。這件事我原本不願意讓任何人知道，可是這一次卻一定得說出來。說到這裡，我確信你一定能夠保守秘密。我妹妹比我小十多歲，由我母親的內姪費茨威廉上校和我做她的保護人。大約在一年以前，我們把她從學校裡接回家，把她安置在倫敦居住。去年夏天，她跟管家楊吉太太去了拉姆斯蓋特。韋翰先生跟著也趕到那邊去，顯然他是別有用心，因為他和楊吉太太早就認識了，我們很不幸上了她的當，看錯了人。仗著楊吉太太的縱容和幫忙，他竟向喬治安娜求愛。可惜喬治安娜心腸太軟，還牢牢記著他小時候對待她的親切，因而竟被他打動了心，以為自己愛上了他，答應跟他私奔。當時她才十五歲，我們當然只能原諒她年幼無知。她雖然糊塗，可是幸虧她親口告訴了我這件事。原來在他們私奔之前，我出乎意料地到了他們那裡。喬治安娜一直把我這個哥哥當作父親般看待，她不忍叫我傷心，於是向我全盤托出這件事。你可以想像得出，我當時是怎樣的氣憤，又採取了怎樣的行動。

考慮到妹妹的名譽和情緒，我沒有公開揭露這件事。我寫了封信給韋翰先生，叫他立刻離開那個地方，楊吉太太當然也給打發走了。毫無疑問，韋翰先生主要是看中了我妹妹的三萬鎊財產，可是我也不禁連想到，他說不定是想藉這個機會大大地報復我一下。他差一點就報復成功。小姐，我在這裡已經把所有與我們有關的事，都老實地告訴了你。如果你並不完全認為我是在撒謊，那麼，我希望從今以後，你再也不要認為我對韋翰先生殘酷無情。我不知道他用了什麼樣的謊言，什麼樣的手段來欺騙你，不過，你對我們以前的事情一無所知，他騙取了你的信任，也就不足為奇。你既無從探聽，又不大喜歡懷疑。你也許不明白昨天晚上為什麼我不把這一切當面告訴你。可是當時我自己也沒有把握，不知道哪些話可以講，應該講哪些話。這封信中所說的一切，是否屬實，我可以請你問問費茨威廉上校。他既是我們的近親，也是我們的至友，而且是先父遺囑執行人之一，他十分清楚其中的一切詳情，他可以來作證。假如，你因為厭惡我，而把我的話看得一文不值，你不妨把你的意見告訴我表弟。我所以用盡辦法找機會把這封信一大早就交到你手裡，就是為了讓你可以去和他商量一下。我已說完我想說的，願上帝保佑你。

費茨威廉·達西

第36章

當達西先生把那封信遞給伊麗莎白的時候，伊麗莎白還以爲是達西先生又重新提出求婚。當她看到出乎意外的內容時，你可以想像，她怎樣迫切地想要讀完這封信。她剛開始讀信時的那種心情簡直無法形容，他居然還自認爲能夠獲得人家的原諒，這點讓她不免有些吃驚。再讀下去，她覺得他處處是在自圓其說，而且到處都流露出一種欲蓋彌彰的羞愧心情。

她一讀到他所寫的關於發生在尼日斐莊園的那段事情，就對他的一言一語都有著極大的偏見。她迫不及待地讀下去，甚至沒來得及細細咀嚼。她每讀一句就急於要讀下一句，因此往往遺漏了前一句的意思。他說她的姊姊對賓利沒有什麼情意，這點叫她立刻斷定他是在撒謊；他說那門親事確實存在著許多糟糕透頂的缺陷，這簡直使她氣得不想把信再讀下去。他對於自己的所作所爲，一點都不覺得過意不去。他的語氣盛氣凌人，沒有半點悔悟的意思。

一直讀到關於韋翰先生那一段，她多少比方才神志清醒一些，其中許多事情和韋翰親口自述的身世一般無二，假如所有這些都是眞話，那她以前對韋翰的好感就得一筆勾銷，這使她更加痛苦，更加心亂。她感到十分驚訝和疑慮，甚至還有幾分恐怖。她恨不得把這件事全都當作他編造出來的謊話，她一次又一次地嚷道：「他一定是在撒謊！這完全不可能！這是荒謬絕倫的謊話！」她把信讀完以後，幾乎連最後的一兩句也記不起說了些什麼。她連忙把它收起來，而且口口聲聲說，絕不把它當作眞事看待，也絕不再去讀那封信。

她就這樣心煩意亂地往前走，千頭萬緒不知從何處想起才好。可是過不了半分鐘，她又按捺不住，從信封裡抽出信來，聚精會神忍痛讀著敘述韋翰的那幾段，逼著自己去體會每一句話的意思。其中講到韋翰跟彭伯里的關係的那一段，簡直和韋翰自己所說的沒有絲毫出入。再說到老達西先生生前對他的種種好處，信上的話也和韋翰自己所說的話完全相符，雖然她並不知道老達西先生究竟對他有多好，但到這裡爲止，雙方所說的情況都可以相互印證。但是當她讀到遺囑問題的時候，兩個人的話就不大相同了。她還清清楚楚地記得，韋翰說到牧師俸祿的那些話。她認定，他們兩個人之間絕對有一個人說的是假話，一時之間，她反倒高興起來，認爲自己這種想法一定不會有錯。接著她又非常仔細地讀了一遍又一遍，讀到韋翰藉口放棄牧師俸祿，從而得到了一筆三千鎊款項等情節的時候，她又不由得躊躇起來。她放下信，把每一個情節不偏不倚地推敲了一遍，仔仔細細考慮了信中每一句話，看看是否眞有其事，可是這麼做也毫無用處，雙方各執一詞。她只得繼續往下讀，可是越讀越迷糊。她本以爲無論達西先生如何花言巧語，顚倒是非，也絲毫不能減輕他自己的卑鄙無恥，哪裡想得到這裡面大有文章，只要把事情稍微改變一下說法，達西就可以乾淨地推卸責任。

達西竟毫不遲疑地給韋翰先生加上驕奢淫逸的罪名，這使她相當驚駭——她又無法提出反證，於是就更加驚駭。在韋翰先生參加本郡的民兵團之前，伊麗莎白根本沒有聽說過他這個人。至於他之所以要參加民兵團，也只是因爲偶然在鎭上遇見了一個以前泛泛之交，勸他加入的。說到他以前的爲人處世，除了他自己所說的以外，她完全一無所知。至於他眞正的人品，她即使可以打聽到，也不曾眞正想要去追根究柢。因爲他的儀態面容，叫人一眼看去就覺得他具備了一切美德。她竭力想要想出一兩件事實，證實他品行優良，想要想出他一些爲人誠摯仁愛的行爲，使達西先生所指責的誹謗可以不攻自破，至少也可以使他的優點遮掩得住他偶然的過失。她所謂的「他的偶然過失」，就是達西所指責的懶惰和惡習，可惜她怎麼也想不出他的一些長處。

她眨下眼睛就能夠看到他出現在她面前，風采翩翩，辭令優雅，但是，除了鄰里之間的讚賞外，除了他用交際手腕在夥伴之間贏得的敬慕之外，她再也想不起他有什麼更具體的優點。她認眞思考了好一會兒以後，又繼續讀信。可是天哪！緊接著就讀到他對達西小姐的企圖，這只要想一想昨天上午她跟費茨威廉上校的談話，不就正好可以證實了嗎？信上最後要她把每一個細節都問費茨威廉上校本人，是否眞有其事。以往她就曾經聽費茨威廉上校親自說過，他極其熟悉他表兄達西的一切事情，同時她也沒有任何理由去懷疑費茨威廉的人格。她幾乎一度下定了決心要去問他，但是問起這件事不免要有些彆扭，想到這裡，她便暫時把這個主意擱了下來。後來她又想到，假若達西拿不準他表弟的話會和他自己的完全一致，那他絕不會冒冒失失提出這樣一個建議，於是乾脆取消了這個念頭。

想起那天下午她跟韋翰先生在腓力普先生家裡第一次見面所談的話，她到現在都能記得一清二楚。他許多話到現在仍活靈活現地出現在她的記憶裡。她忽然想到他跟一個陌生人講這些話有多麼冒昧，她奇怪自己過去為什麼這樣疏忽。她發覺他那樣自我讚美，多麼有失體統，而且他又是多麼言行不一致。她想起他過去曾經自誇，一點都不怕看到達西先生，又說不論達西先生走與不走，他都絕不肯離開此地。然而，下一個星期尼日斐莊園開舞會的時候，他畢竟不敢出現。她也清楚記得在尼日斐莊園那家人沒有搬走以前，他從未跟別人談過他的身世。可是一等那家人搬走，四處都在開始議論這件事。雖然他曾經向她說過，為了尊重達西的先父，他一點都不願意揭露那位少爺的過錯，可是他後來還是肆無忌憚，毫不猶豫地破壞達西先生的人格。

凡是涉及到他的事情，現在看來前後顯得極其矛盾！他向金小姐獻殷懃這件事，現在看來，完全是為了金錢，這點實在可惡。金小姐的錢並不多，但這並不能說明他欲望不高，只能證實他見錢就起貪心。

他對待自己的動機也不見得好，不是誤會自己很有錢，就是為了要博得自己的歡心，以滿足他自己的虛榮。只怪她自己不小心，讓他看出了自己對他有好感。她越想越覺得他毫無可取之處，她不禁又想起當初珍向賓利先生問起這件事時，賓利先生說，達西先生在這件事情上毫無過失，於是她更覺得達西有理了。

雖然達西的態度傲慢可惡，可是從他們認識以來（特別是最近他們時常見面，她對他的行爲作風更加熟悉），她從來沒有見過他有什麼不端的品行或是不講理的地方，沒有看過他有任何違反教義或是傷風敗俗的惡習。他的親友們也都很尊敬他，器重他，連韋翰也不得不承認他確實是一個好哥哥，她還常常聽到達西疼愛地說起自己的妹妹，這說明他具有豐富眞摯的情感。假如達西的所作所爲果眞壞到韋翰所說的地步，那麼，他種種胡作非爲自難遮住所有人的耳目。以一個爲非作歹到這樣地步的人，竟會跟賓利先生那樣一個好人交朋友，眞是太令人不可思議。

她越想越慚愧得無地自容。不論想到達西也好，想到韋翰也好，她總覺得自己過去未免太盲目、太偏心，對人存了偏見，而且甚至有些不近情理。

她不禁大聲叫道：「我怎麼這麼卑鄙！我一向自負有知人之明！我一向自以爲有本領！一向看不起姊姊那種寬大的胸襟！爲了滿足我自己的虛榮心，我不著邊際地猜忌多端，還自以爲無懈可擊！這是多麼可恥！可是，這種恥辱又是多麼活該！即使我眞的愛上了人家，也不會盲目到這樣該死的地步。然而我的愚蠢並不是在戀愛方面，而是在虛榮方面。開頭剛剛認識他們兩位的時候，就因爲一個喜歡我，我就高興；而另一個怠慢我，我就生氣，因此造成了我的偏見和無知，遇到與他們有關的事情，我就不能明辨是非。我一點都沒有自知之明。」

她從自己身上聯想到珍，又從珍身上聯想到賓利，她的思想連成了一條直線，使她立刻想起了達西先生對這件事的解釋顯然非常不夠。於是她又讀了一遍他的信。

第二遍讀起來效果就大不相同，她既然在一件事情上不得不信任他，在另一件事上又怎能不信任呢？他說他一點都沒想到她姊姊對賓利先生有感情，於是她不禁想起從前夏綠蒂一貫的看法。她也不得不承認他把珍形容得很恰當。她覺得雖然珍內心熾烈，可是表面上卻不露聲色，她平常那種安然自得的神氣，讓人一點都看不出她的多愁善感。

當她讀到他提起她家裡人的那一段時，其中刻薄的措辭雖然很傷人感情，然而那一番責難卻也是合情合理，於是越發覺得慚愧。那一針見血的指責，使她不得不承認；他特別指出，尼日斐莊園舞會上的種種情形，是第一次造成他反對這門婚姻的原因——老實說，那種情形固然使他難以忘懷，同樣也使她自己難以忘懷。

至於他對她自己和姊姊的恭維，她也不是無動於衷。她聽了很舒服，可是她並沒有因此而感到欣慰，因爲她家裡人不爭氣，招來他的非議，並不能從恭維中得到補償。她認爲珍的失望完全是自己的至親骨肉一手造成的，她又想到，她們兩姊妹的優點也一定會由於至親骨肉的行爲有失檢點而受到損害，想到這裡，她就感到從未有過的沮喪。

她沿著小路逛了兩個鐘頭，前前後後地左思右想，又把許多事情重新考慮了一番。這一次突發的事件實在事關重大，她得儘量面對事實。她現在覺得疲憊了，想到出來已久，應該回去了。她希望走進屋子的時候臉色能像平常一樣愉快，她先是深吸了兩口氣，抑制一下七上八下的心事，免得跟人家談話時態度不自然。

回到屋子裡，馬上有人告訴她說，在她出外時，羅新斯的兩位先生一起來看過她。達西先生是來辭行的，只待了幾分鐘就離開了。費茨威廉上校卻跟她們在一起坐了足足一個鐘頭，盼望著她回來，幾乎想要跑出去找她。伊麗莎白雖然表面上假裝出一副很惋惜的樣子，內心卻非常高興沒有見到這位訪客。她心中再也沒有費茨威廉，她現在想到的只有那封信而已。

第37章

第二天早上那兩位先生就離開了羅新斯。柯林斯先生一直在門房附近等著給他們送行，送行以後，他帶回來一個好消息，說是這兩位貴客雖然滿懷離愁，身體卻很健康，精神也很飽滿。然後他又趕到羅新斯去安慰嘉德琳夫人母女。回到家的時候，他又興高采烈地帶回來嘉德琳夫人的口信——說夫人覺得非常寂寞，希望他們全家去和她一塊兒吃飯。

伊麗莎白看到嘉德琳夫人，就不禁想起：要是自己答應了達西的求婚，現在大概已經成爲夫人未過門的姪媳婦了。她想到那時夫人將會怎樣氣憤，就禁不住覺得好笑。她不斷地想出這樣一些話來跟自己打趣：「她將會說些什麼呢？她將會做些什麼呢？」

一開頭他們就談到羅新斯兩位剛走的貴賓。嘉德琳夫人說：「告訴你，我眞的非常難受。我相信，沒有誰會像我這樣，爲親友的離別而這麼傷心。我特別喜歡這兩個年輕人，我知道他們也非常喜歡我。他們臨離開的時候眞捨不得走。他們一向都是這樣。那位可愛的上校到最後才打起精神；達西看上去十分難過，我看他比去年還要難受，他對羅新斯的感情眞是一年比一年深。」

說到這裡，柯林斯先生插了句恭維話進去，又舉了例，母女倆聽了，都燦然一笑。

吃過中飯以後，嘉德琳夫人注意到貝納小姐似乎不太高興。她想，貝納小姐一定是不願意立刻就回家，於是說道：

「你如果不願意回去的話，就給你媽媽寫封信，請求她答應你在這兒多住些時候。我相信柯林斯太太一定非常樂意你跟她住在一起。」

伊麗莎白回答道：「多謝你好心的挽留，可惜這份盛情我無福消受。我下星期六一定要進城去。」

「哎喲，這麼說來，你在這兒只能住到下星期六了。我本來指望你能再待上兩個月的。你還沒有來以前，我就跟柯林斯太太這樣說過。你用不著這麼急著走，貝納太太一定希望你再多待兩個星期的。」

「可是我爸爸不會答應的。他上星期就已經寫信來催我回去了。」

「噢，只要你媽媽答應，爸爸自然不會不答應。做爸爸的絕不會像媽媽一樣疼女兒。我六月初要去倫敦一個星期，如果你能再住滿一個月，我就可以順便帶你們兩個人中的一個去，反正我們會駕四輪馬車，座位寬敞。要是天氣涼爽，我當然不妨把你們兩個都帶去，好在你們個兒都不大。」

「你眞是太好心了，太太，只可惜我們要依照原來的計劃行事。」

嘉德琳夫人不便強留，便說：「柯林斯太太，你得打發一個僕人送送她們。我這個人一向心直口快，我不放心讓兩位這麼年輕的小姐趕遠路。這太不像話了，這種事我最看不慣，你千萬要派一個人送她們。對於年輕的小姐們，我們總得照著她們的身分好好照顧她們，伺候她們。我的姨姪女兒喬治安娜去年夏天上拉姆斯蓋特去的時候，我便要求兩個男僕人陪著她。要知道，她身爲彭伯里的達西先生和安妮夫人的千金小姐，不那樣做會太失身分的。我特別留意這一類的事。你得打發約翰送這兩位小姐才好，柯林斯太太。幸虧我發覺了這件事，並且及時指出，否則讓她們孤零零地自個兒走，也丟光了你的面子。」

「我舅舅會派人來接我們的。」

「噢，你的舅舅！他有男僕人嗎？我聽了很高興，這些事總算有人替你想得到。你們打算在哪兒換馬呢？當然是在白朗萊啦。只要你們在驛站上提一下我的名字，自然就會有人來招待你們。」

提到她們的旅程，嘉德琳夫人還有許多問題，而且她並不完全都是自問自答，因此必須留心去聽；伊麗莎白覺得這是她的運氣，不然，她這麼心事重重，一定會忘了自己客人的身分呢。有心事應該等到單獨一個人的時候再去想。每當沒有人跟她在一起的時候，她就會反反覆覆地琢磨這幾天發生的一連串事情。她沒有哪一天不獨自散步，一邊走一邊回想著那些不愉快的事情。

她簡直能夠背出達西的那封信了。她反覆研究過每一句話，她對於這個寫信人的感情，一會兒熱了起來，一會兒又冷了下去。想起他那種筆調口吻，她到現在仍有說不出的氣憤。可是只要一想到以前她怎樣錯怪了他，錯罵了他，便把氣憤又轉回自己身上。他那沮喪的情緒引起了她的同情；他的愛戀引起了她的感激；他的性格引起了她的尊敬。可是她無法對他產生好感，她拒絕他以後，從來不曾後悔過片刻，她根本不想再見到他。她經常爲自己以往的行爲感到苦惱和悔恨，家裡種種不幸的缺陷更叫她苦悶萬分。偏偏這些缺陷又是無法補救的。她父親對這些缺陷只是一笑置之，懶得去約束他那三個小女兒的狂妄輕率的作風。至於她母親，本身行爲既已失檢，當然對這方面的危害更沒有任何感覺。伊麗莎白常常和珍同心協力，約束凱蒂和麗迪雅的冒失。可是，既然母親那麼縱容她們，她們還會有什麼機會長進？凱蒂意志薄弱，容易生氣，她完全聽任麗迪雅指揮，只要聽到珍和伊麗莎白的規勸就生氣。麗迪雅固執任性，粗心大意，半點也不願聽她們的話。這兩個妹妹既無知，又懶惰，又特別愛虛榮，只要麥里屯來了一個軍官，她們就會迫不及待跟他調情。麥里屯本來就跟龍柏園不遠，她們整天往那兒跑。

她還有一樁心事，那就是爲珍擔憂。達西先生的解釋雖然使她對賓利先生恢復了往常的好感，同時也就越發感覺到珍受到了太大的損失。賓利對珍一往情深，他的行爲不應該受到任何指責，若非要指責他什麼，最多也只能怪他對朋友過分信任。珍有了這樣一個理想的機會，既可以得到種種好處，又有望獲得終身幸福，只可惜家裡人愚蠢失檢，斷送了這個機會，想起來怎不叫人痛心！

每當回想這些事情，就難免聯想起韋翰品格的僞善、卑劣，甚至會想到自己看人的膚淺無知。於是，連她一向自認開朗的心情，也受到莫大的打擊，甚至做不出強顏歡笑。

她臨走的前一個星期，羅新斯還像她們剛來時一樣頻繁地舉行宴會。甚至在那兒度過了最後一個晚上，夫人又仔仔細細問起她們旅程的細節，指導她們怎麼樣收拾行李，同時再三說到應當怎麼樣安放晚禮服。瑪麗亞聽了這番話之後，一回去就翻開來早上整理好的箱子，重新收拾一遍。

她們告別的時候，嘉德琳夫人屈尊降貴地祝她們一路平安，又盛情邀請她們明年再到漢斯福來。甚至德．包爾小姐還向她們行了個屈膝禮，伸出手來跟她們兩個人一一握別。

第38章

星期六吃過早飯後，伊麗莎白在飯廳遇到柯林斯先生，原來他們比別人早到了幾分鐘。柯林斯先生利用這個機會向她鄭重話別，他認爲這是必不可少的禮貌。

他說：「伊麗莎白小姐，這次蒙你光臨寒舍，我不知道內人是否已向你表示感激。但我相信她不會不向你表示一番謝意就讓你走的。老實告訴你，你這次來，我們非常高興。我們自知舍下寒傖，無人樂意光臨。我們生活清苦，居處侷促，基本上沒有什麼侍僕，再加上我們見識淺薄，像你這樣一位年輕小姐，一定會覺得漢斯福這地方極其枯燥乏味，不過我們實在萬分感激你這次賞臉，故而竭盡綿薄之力，使你不至於過得太索然無味，希望你能見諒。」

伊麗莎白連聲道謝，說這次作客非常快活，度過了非常開心的六個星期，跟夏綠蒂住在一起眞的非常有趣，加上主人家又那麼慇懃懇切地對待她，實在讓她感激。柯林斯先生一聽此話，大爲滿意，立刻顯出一副笑容可掬的樣子，愼重其事地回答道：

「在這裡，若眞的沒讓你感到不稱心，我也就心滿意足了。我們總算盡了心意，而且最感到幸運的是，能夠介紹你跟上流人士交往。寒舍雖然微不足道，但幸虧高攀了羅新斯家，使你在我們這種小地方住，還可以經常跟他們來往，可以免得單調，這一點倒使我可以聊以自慰，覺得你這次到漢斯福來不能算完全失望。嘉德琳夫人眞是特別優待我們，特別愛護我們，這是別人求之不得的機會。你也可以看出我們處於什麼樣的地位，我們簡直無時無刻不在他們那邊作客。老實說，我這所牧師住宅儘管簡陋，有諸多不便，可是，誰若是住到裡邊來，就可以和我們共享羅新斯的盛情厚誼，這可不能說是沒有福份吧。」

他滿腔的高興實在是言語無法形容的。伊麗莎白想出了幾句普普通通、眞心眞意的客氣話來奉承他，他聽了以後，簡直快活得要在屋子裡打轉。

「親愛的表妹，你實在大可以到哈福德郡去給我們傳播好消息。我相信你一定可以的。嘉德琳夫人對內人眞是慇懃備至，你每天都親眼看到的。總而言之，我相信你的朋友並沒有失算——不過這一點不說也好。請你聽我說，親愛的伊麗莎白小姐，我從心底誠懇地祝福你將來有同樣幸福的婚姻。我親愛的夏綠蒂和我是眞心相愛的，無論遇到什麼事都是意氣相投，心心相印。我們夫婦眞是天造地設的一對。」

伊麗莎白原本可以放心大膽地說，他們夫婦這樣相處，的確非常幸福，而且她還可以用誠懇的語氣接下去說，她認爲他們家裡過得很舒適，她自己亦沾了一份光。不過話剛說了一半，他們正在談論的女主人走了進來，打斷了她的話。儘管話沒說完，她倒並不覺得遺憾。夏綠蒂好不可憐！讓她跟這樣的男人朝夕相伴，實在是一種痛苦。可是這畢竟是她自己睜大了眼睛親自挑選的，夏綠蒂眼看著客人們就要走了，不免覺得難過，可是她好像並不祈求別人憐憫。操作家務，飼養家禽，教區裡的形形色色，以及許許多多附近的事，到目前爲止都還沒有使她感到完全乏味。

馬車終於來了，箱子給繫到車頂上，包裹放進車廂，一切都整理好了，只準備出發。大家依依不捨告別以後，由柯林斯先生送伊麗莎白上車。他們從花園那兒走出去，他託她向她全家問好，而且沒有忘記感謝他去年冬天在龍柏園受到的盛情款待，還請她代爲問候嘉丁納夫婦，其實他並不認識他們。然後他扶她上車，瑪麗亞跟著走上去，快要關上車門的時候，他突然慌慌張張地提醒她們說，她們還沒有給羅新斯的太太小姐們留言告別呢。

「不過，」他又說，「你們當然想要向她們傳話請安，還要爲她們這許多日子來的慇懃款待表示感謝。」

伊麗莎白沒有表示反對，車門這才關上，馬車就這樣開走了。

沈默了幾分鐘以後，瑪麗亞叫道：「天呀！我們似乎到這兒來才不過一兩天，可是倒發生了不少事情啊！」

「的確發生了很多事。」

瑪麗亞回答道：「我們在羅新斯吃了九頓飯呢，還喝了兩次茶。我有好多事要跟大家說呢！」

伊麗莎白則小聲地補了一句：「我可有一堆事得隱瞞。」

她們一路上沒有多說什麼，也沒有遇到什麼波折，離開羅新斯不到四個鐘頭，就到了嘉丁納先生家裡。她們要在那兒停留幾天。

伊麗莎白看到珍氣色不錯，只可惜沒有機會仔細觀察一下她的心情，多蒙她舅媽一片好心，早就安排好了各種各樣的節目。好在珍就要跟她一塊兒回去，到了龍柏園，閒暇的時間多的是，那時候再仔細觀察也不算遲吧。

不過，她實在等不及到龍柏園，有幾次想把達西先生向她求婚的事情告訴珍，好不容易才算忍住。她知道她自己有本領讓珍聽得大驚失色，而且說出以後，還可以大大地滿足她自己那種不能用理智克服的虛榮心。她眞忍不住想把它說出來，只是拿不定主意應該怎樣跟珍說到適可而止，又怕一談到這個問題，就免不了要牽扯到賓利身上去，也許會格外叫姊姊傷心。

第39章

已經到了五月第二個星期，三位年輕小姐從天恩寺街一起出發，到哈福德郡的一個鎮去。貝納先生預先就跟她們約定了一家小客店，派了一輛馬車在那兒接她們，剛一到那兒，她們就看到凱蒂和麗迪雅從樓上的餐室裡望著她們。這兩位女孩已經在那兒等了一個多鐘頭，高高興興地逛過對面的一家帽子店，看了站崗的哨兵，又調製了一些小黃瓜沙拉。

她們歡迎了兩位姊姊過後，洋洋得意地擺出一些菜來（都是小客店裡常備的一些冷盤），一面嚷道：「怎麼樣？你們沒想到吧？」

麗迪雅說：「我們想要請客，可是要你們借錢給我們，我們自己的錢都花在那邊的鋪子裡了。」說到這裡，她便把那些買來的東西拿給她們看，「瞧，我買了這頂帽子。我並不覺得太漂亮。可是我覺得，買一頂做個紀念也好。回到家我一定要把它拆開來重新做，你們看我能不能把它弄得更好一些。」

姊姊們都說她這頂帽子十分難看，她卻毫不在乎地說：「噢，那家鋪子裡還有兩三頂比這一頂更難看的。等一下我去買點兒顏色漂亮的緞帶，把它重新裝飾一下，就說得過去了。再說，民兵團兩星期之內就要開拔了，他們一離開麥里屯，夏季你愛怎麼穿都無所謂。」

「他們就要撤離了，眞的嗎？」伊麗莎白非常開心的嚷道。

「他們要駐紮到布拉東。我眞希望爸爸能帶我們大家到那兒去避暑！這眞是個妙透了的主意，或許還用不著花錢。媽媽也一定會要去的！你想，否則我們這一個夏天多無聊呀！」

「說得對，」伊麗莎白說，「這真是個不錯的打算，馬上就會叫我們忙死了。老天爺！單單是麥里屯一個可憐的民兵團和每個月的幾次舞會，就弄得我們神魂顛倒了，怎麼禁得住布拉東和那整營的官兵！」

大家坐定以後，麗迪雅說：「現在我要報告你們一個消息，你們猜一猜是什麼消息？這是個極好、極重要的消息，說的是關於我們大家都喜歡的某一個人。」

珍和伊麗莎白面面相覷，先打發侍者走開。麗迪雅神秘地笑了笑說：

「嘿，你們眞是太小心了。你們還特意把侍者趕走，好像他存心要偷聽似的！我相信他平日裡聽到的許多話，比我要說的這番話更不堪入耳。不過他是個醜八怪！我倒也高興他走開了。我生平沒有見到過比他的下巴更長的人。唔，現在該我來講新聞啦——這是關於可愛的韋翰的新聞。侍者沒資格聽，是不是？韋翰不會跟瑪麗·金結婚了——這個消息眞了不起！那位女孩上利物浦她叔叔那兒去了——一去不復返。韋翰安全了。」

「應該說是瑪麗·金安全了！」伊麗莎白接著說，「她總算躲過了一段冒昧的姻緣。」

「要是她喜歡他而又放棄他，那才是個大傻瓜呢。」

「但願他們雙方的感情都還不熱烈。」珍說。

「我相信他這方面不會有深刻的感情。」

「我可以保證，他根本就沒有把她放在心上。傻瓜才會看得上她那麼一個滿臉雀斑的討厭的小東西！」

伊麗莎白心想，她自己雖然絕對不會有這樣不雅的談吐，可是這樣粗魯的見解，正和她以前執迷不悟的那種成見沒什麼兩樣，她想到這裡，很是驚訝。

吃過了飯，姊姊們付了帳，便吩咐人準備馬車。經過一番安排以後，幾位小姐連帶她們的箱子、針線袋、包裹以及凱蒂和麗迪雅所買的那些不受歡迎的東西，總算裝到了馬車上。

「我們這樣擠在一起，眞夠勁！」麗迪雅開心地叫道，「我買了頂帽子，太高興了，就算特地添置了一只帽盒也很有趣！好吧，讓我們偎得更緊些，有說有笑地回家去。首先，請你們先講一講，你們離家以後發生了些什麼事。你們見到過中意的男人嗎？跟人家調情過沒有？我眞希望你們哪一位帶了個丈夫回來呢。我說，珍馬上就要變成一個老處女了。她快二十三歲啦！天哪！我要是到二十三歲還不能結婚，那多麼丟臉啊！腓力普姨媽要你們儘快找到丈夫，你們可能沒有想到吧？她說，伊麗莎白如果嫁給柯林斯先生就好了，我可不覺得那會有多大的趣味。天哪！

我眞希望比你們哪一個都先結婚！我就可以領著你們上各式各樣的舞會。我的老天爺！那天在弗斯特上校家裡，我們眞是開了個大玩笑！凱蒂和我那天都準備在那兒玩個整天（弗斯特太太跟我是多麼要好的朋友！），她把柯林頓家的兩位千金都請來參加。可是海麗病了，因此萍不得不一個人趕來。那天，你們猜我們幹了什麼？我們讓錢伯倫穿上了女人的衣服，讓人家當他是個女人。你們想想看，這多麼有趣啊！除了上校、弗斯特太太、凱蒂和我以及姨媽等人以外，沒有人知道。說到姨媽，那是由於我們向她借件長禮服，她才知道的。你們想像不到他扮得有多像！丹尼、韋翰、普拉特和另外兩三個人走進來的時候，他們一點兒都沒認出是他。天哪！我笑得快死了，弗斯特太太也笑得好厲害。這時那些男人們才起了疑心，不久就被他們識穿了。」

麗迪雅就這樣說舞會上的故事，講笑話，加上凱蒂在一旁添油加醋，使得大家一路上都很開心。伊麗莎白儘量不去聽它，但是總免不了聽到她們一聲聲提起韋翰的名字。

家裡人親切地迎接她們。貝納太太看到珍美麗依舊，十分快活。吃飯的時候，貝納先生不由自主地一次又一次跟伊麗莎白說：

「我眞高興你終於回來了，麗茲。」

他們飯廳裡人很多，盧卡斯家差不多全家人都來接瑪麗亞，順便聽聽新聞，還問到各種各樣的問題。盧卡斯太太隔著桌子向瑪麗亞問她大女兒日子過得好不好，雞鴨養得多不多。貝納太太比她更忙，因爲珍坐在她的右邊，她不斷向她打聽一些流行的風尚，然後再去傳給盧卡斯家幾位年輕小姐聽。麗迪雅的嗓門比誰都高，她正在說當天早上的趣事。

「噢，瑪麗，」她說，「你假若跟我們一塊兒去，該多有趣！我們一路去的時候，凱蒂和我放下車簾，看上去好像是空車，要不是凱蒂暈車，就會這樣一直到目的地。我們在喬治客店做得實在夠漂亮，我們用世界上最美的冷盤款待她們三位。假如你也去了，我們也會款待你的。我們回家的時候更加有趣，我還以爲這樣一輛車子不管怎樣也裝不下我們。我眞要笑死啦。回家來一路上又是那麼開心！我們有說有笑，聲音大到連十英里路外都能聽見！」

瑪麗聽到這些話，便一本正經地回答道：「我的好妹妹，不是我要故意煞風景，老實說，你們這些樂趣固然投合一般女子的愛好，但打動不了我的心，我覺得讀書比這個更有趣。」可是麗迪雅根本把她這番話當做耳邊風，誰說的話她都不愛聽，更不用說是瑪麗。

到了下午，麗迪雅一定要姊姊們陪她上麥里屯去，看看那邊的朋友們最近如何，可是伊麗莎白堅決反對，爲的是不讓別人說閒話，說貝納家的幾位小姐在家裡連半天都待不住，就要去追逐軍官們。她之所以反對，還有另外一個理由，是她怕再看到韋翰。她已經下定決心，能夠和他避不見面就儘量躲開。那個民兵團馬上就要調走了，她眞是感到說不出的高興。過不了四個星期，他們就要離開了，她希望他們一走以後，從此平安無事，使她不會再爲韋翰受到折磨。

她回到家沒有幾個小時，就發現父母正在反覆討論上布拉東玩的計劃，也就是麗迪雅在客店裡曾經跟她們提到過的那個計劃。伊麗莎白看出她父親沒有絲毫讓步的意思，不過他的回答卻是模棱兩可。她母親雖然習慣常碰釘子，可是這一次並沒有就此死心。

第40章

伊麗莎白決定要把那樁事告訴珍，她再也忍耐不住了。於是她決定一概不提牽涉到姊姊的地方，第二天上午就把達西先生跟她求婚的那一幕，挑主要情節說出來，她知道珍聽了以後，一定會感到詫異。

珍跟伊麗莎白手足情深，覺得任何人愛上她妹妹都是理所當然的事情，因此開頭雖然驚訝，過後便覺得無以爲奇。她替達西先生惋惜，覺得他不應該用那種很不合適的方式來傾訴衷情。但她更難過的是，她妹妹的拒絕將會給他造成怎樣的難堪。

她說：「他那種十拿九穩會成功的態度，是最要不得的，他至少不應該用這種態度對你。你想想，這麼一來他會失望到什麼地步啊。」

伊麗莎白回答道：「我的確替他感到難過。可是，他既然還有許多顧慮，可能不久對我的好感就會完全消失。我拒絕了他，你總不會怪我吧？」

「怪你！噢，怎麼會呢？」

「可是我幫韋翰說話，幫得那麼厲害，你會怪我嗎？」

「不會啊。我看不出你那樣說，有什麼不對的地方。」

「等下我告訴你一件事，你就一定看得出有錯了。」

於是她就談起那封信，把有關喬治．韋翰的部分，一點一滴地講出來。可憐的珍聽得多麼驚訝！即使她走遍天下，也不會相信人間竟有這麼多罪惡，而這許多罪惡現在竟集中在這樣一個人身上。雖說她很滿意達西的感情告白，可是既然發現了其中有這樣一個隱情，她也就不覺得安慰了。她誠心誠意地想說明這件事可能與事實不太相符，竭力想去把這冤屈洗清，又不願叫另一個受到委曲。

伊麗莎白說：「這怎麼行，你絕對沒有兩全其美的辦法，兩個裡面你只能選一個。他們兩個人一共只有那麼多優點，勉強才能夠得上一個好人的標準，近來這些優點又在兩個人之間移來移去，移動得非常厲害。對我來講，我比較偏向達西先生，覺得這些都是他的優點，你可以隨你自己的意思。」

過了好一會兒，珍臉上才露出勉強的笑容。

她說：「這是我生平最吃驚的事，韋翰先生原來這麼壞！這幾乎叫人難以想像。達西先生眞可憐！親愛的麗茲，你且想想，他會多麼痛苦。他遭受到這樣的失望，而且他又明白了你看不起他！還不得不講出來他自己妹妹的這種私事！這的確叫他太痛苦了，我想你不會沒有同感吧。」

「沒有的事，看到你對他這樣惋惜和同情，我反而覺得心安理得。我知道你會竭力替他說話，我反而越來越不把他當一回事。你的感情大方，造就了我的感情吝於付出，要是你再爲他歎惜，我就會輕鬆愉快得要飛起來了。」

「可憐的韋翰！他的面貌那麼善良，他的風度那麼優雅。」

「那兩位年輕人在教養方面，一定都有非常欠缺的地方。一個人把好處全藏在裡面，而另一個則把好處全流露在外邊。」

「你以爲達西先生只在儀表方面有欠缺，我可從來不這麼想。」

「我倒以爲你對他這麼想，固然說不上什麼原因，卻是非常聰明。這樣的厭惡，足以激勵人的天才，啓發人的智慧。例如，你不斷地罵人，當然說不出一句好話。你如果常常取笑人，倒很可能偶爾會想到一句妙語。」

「麗茲，你第一次讀那封信的時候，我相信你對這件事的看法一定和現在不同。」

「當然不同，我當時十分難受。我非常難過，非常不快活。我心裡有許多感觸，可是找不到一個可以傾訴的人，也沒有你來安慰我，說我並不像我自己所想像的那樣懦弱、虛榮和荒誕！噢，我眞少不了你啊！」

「你在達西先生面前說到韋翰的時候，語氣那麼強硬，這眞是太不幸啦！現在看起來，那些話確實顯得不太得體。」

「的確如此，我確實不應該說得那麼刻薄。可是我既然事先存了偏見，自然難免這樣。我要請教你一件事，你說我應該不應該說出韋翰的品格，讓朋友們都知道？」

珍想了一會兒才說道：「當然用不著叫他太難堪。你的意見怎麼樣？」

「我也覺得不必這樣。達西先生並沒有允許我把他所說的話公開向外界聲張。他反而吩咐我說，凡是關係到他妹妹的事，都要儘量保守秘密。說到韋翰其他方面的品行，我即使想對大家說實話，又有誰肯相信？一般人對達西先生都存著那麼深的成見，你要讓他們對他產生好感，麥里屯有一半人寧願死也不願意。我眞沒有辦法。好在韋翰很快就要走了，他的眞面目究竟怎樣，與任何人都沒有關係。總會有眞相大白的一天，那時候我們就可以譏笑人們爲什麼那麼愚蠢，沒有先見之明。目前我可絕口不提。」

「你的話對極了。要揭露了他的錯誤，他的一生可能就此斷送。也許他現在已經後悔，痛下決心，重新做人。我們千萬不要弄得他走投無路才好。」

經過這番談話，伊麗莎白騷亂的心情平靜了一點兒。兩星期來，她一直把這兩件秘密壓在心頭，如今總算放下了一塊大石頭。她相信以後不論再談起這兩件事中的哪一件，珍都會願意聽。可是這裡面還有些蹊蹺，爲了謹愼起見，她可不敢說出來。她不敢談到達西先生另外一半的信，也不敢向姊姊說明：他那位朋友多麼竭誠看重姊姊。任何人都不能知道這件事，她覺得除非把各方面的情況裡裡外外都弄明白了，否則還不應該揭露這最後的一點秘密。

她想：「這樣看來，如果那件不大可能的事一旦眞的成了事實，我便可以將這件秘密說出來。不過到那時候，賓利先生自己也許會說得更動聽。要說出這番隱情，非等到事過境遷才可以！」

現在既然已經回到了家，她就有閒暇來觀察姊姊的眞正心情。珍心裡一點都不快活。她仍未能忘情於賓利。她先前其實沒有料想到自己會鍾情於他，因此她的柔情蜜意熱烈如初戀，而且由於她的年齡和品性的關係，她比初戀的人們來得更要堅貞不移。她痴情地盼望著他能記住她，她看他比天下任何男人都高出一等，幸虧她很識時務，看出了他朋友家人們的心思，這才沒有多愁善感，否則一定會損壞她的健康，擾亂她心境的安寧。

有一天，貝納太太說：「喂，麗茲，你怎麼看待珍這件傷心事呢？我已經下定決心，在任何人面前不再提起。我那天就跟我妹妹說過，我知道珍在倫敦都沒見到他的影子，唔，他是個不値得鍾情的年輕人，我看她這輩子休想嫁給他了。也沒有聽人談起他夏天是否會回尼日斐莊園來，凡是可能知道消息的人，我一一都問過了。」

「我看，他是不會再來尼日斐莊園了。」

「唉，隨他便吧。沒有人要他來，我只覺得他太對不起我的女兒。假如我是珍，我一定嚥不下這口氣。我相信珍一定會傷心得把命給送掉，到那時，他就會後悔當初不該那麼負心了。」

伊麗莎白沒有說什麼，因爲這種空泛的指望，並不能安慰她。

沒有多久，她母親又接下去說：「這麼說來，麗茲，柯林斯夫婦日子過得很舒服，是不是啊？好極好極，希望他們天長地久。他們每日的飯菜如何？夏綠蒂一定是個很出色的主婦。她只要有她媽媽一半精明，就夠節儉的了。他們的日常生活絕不會有什麼浪費。」

「當然，他們絲毫也不會浪費。」

「他們一定是管家管得棒極了。不錯，不錯。他們小心謹慎，不讓支出超過收入，他們永遠也不必爲錢的事情發愁。好吧，願上帝保佑他們吧！據我猜想，他們一定會經常談到你父親去世以後，來接管龍柏園。如果眞到了這一天，我看他們眞會把這裡看作他們自己的財產呢。」

「當著我的面，他們當然不便提這件事。」

「當然不便，如果提了，那才叫怪呢。可是我相信，他們自己一定會經常談到的。唔，假如他們能夠心安理得地拿這筆非法財產，那眞是再好不過了。倘若叫我來接受這筆法律硬塞來的財產，我一定會感到羞恥的。」

第41章

時間過得很快，她們回來的第一個星期過去了。第二個星期是民兵團在麥里屯駐紮的最後日子，住在附近的年輕姑娘們開始變得垂頭喪氣起來。這種沮喪可以說隨處可見。不同的是貝納家的兩位大小姐飲食起居一如以往毫無改變，照樣做她們平常愛做的事情。她們倆的無動於衷受到凱蒂和麗迪雅的指責，因爲她們自己傷心透頂，幾乎不能容忍家裡任何成員的無動於衷。

「怎麼辦？這一下我們可完了！以後該怎麼辦呢？」凱蒂和麗迪雅在她們的痛苦懊惱中常常發出這樣的感歎。

「麗茲，你竟然還能笑得出來？」

多愁善感的母親對她們的悲傷給予同情和理解，因爲在二十五年前，她自己也曾經遇到過類似的痛苦。

「米勒上校的那一個兵團要調離換防時，我整整哭了兩天兩夜，哭得心都碎了。」她們的母親說。

「換作是我也一定會痛苦得心碎不已的。」麗迪雅說。

「要是現在能去布拉東就好啦！」貝納夫人說。

「說得對！——如果能去布拉東該多好！可是爸爸一直不同意。」

「如果能泡在海水裡，我的精神一定會好起來的。」

「腓力普姨媽也說，海水浴對身體健康會有好處。」凱蒂接著說。

龍柏園家裡整天圍繞這個話題議論不休。伊麗莎白聽了覺得好笑，想拿她們取笑一番，可是所有的愉悅之情都被羞恥感給淹沒了。她漸漸發現達西先生對她家人的評價是很中肯、正確的，她第一次感到應該原諒他對朋友賓利先生婚事上的干涉。

麗迪雅的憂愁很快就被驅散，原因是她接到了民兵團上校的妻子弗斯特太太的邀請，要她陪她到布拉東去。弗斯特太太是一位非常年輕的女子，剛剛結婚不久。性格和愛好與麗迪雅相似，倆人很投緣，經過三個月的交往，她們已是一對密友了。

麗迪雅欣喜萬分，對弗斯特太太大加讚揚，絲毫不顧及貝納夫人的高興以及凱蒂的沮喪心情，高興得在屋子裡亂蹦亂跳，讓大家都來向她祝賀。而倒楣的凱蒂則一直在客廳裡怨天尤人，發著脾氣。

「眞弄不懂弗斯特太太爲什麼不邀請我一起去，」凱蒂埋怨道，「雖說我們不是好朋友，但我也有權受到邀請，更何況我還比麗迪雅大兩歲呢。」

珍勸她不必生氣，伊麗莎白給她講道理，可是她根本聽不進去。伊麗莎白對邀請的反應跟她母親和麗迪雅完全不同，她擔心這一去會把麗迪雅所剩不多的美德都給毀了；於是她禁不住暗地裡勸說父親阻止她去——儘管麗迪雅知道她這樣做，以後一定會恨她。她把麗迪雅平常行為舉止中所有有失檢點的地方，說給父親聽，還說與像弗斯特太太這樣的女人交朋友毫無益處，如果讓這樣的朋友陪著，在誘惑力比家裡大得多的布拉東，麗迪雅不知道會幹出什麼蠢事來。

貝納先生認眞聽完她的話以後說：

「如果麗迪雅不在這種公開場合下露臉亮相，她是永遠不會放棄的。她這次出去，既不花家裡的什麼任何開銷，又對家裡沒有什麼不便，我們何樂而不為呢？」

「不過你要知道，」伊麗莎白說，「麗迪雅那種招惹眾人注目的輕佻行為，會給我們家的聲譽帶來很大的損害。我覺得她已經給我們帶來壞影響，你應該知道的。」

「帶來壞影響？」貝納先生重複著，「哦，是不是她嚇跑了你們的戀人了？我可憐的小麗茲！你不必灰心。那些不加分析就輕信一切的脆弱公子哥兒，不値得你惋惜。你來告訴我，有誰由於麗迪雅的愚蠢行為，而打了退堂鼓？」

「爸爸，你誤會了。並沒有這樣的事，我只是在說明一個現象，並沒有特別所指。我們家庭的尊嚴以及我們的社會地位，將會由於麗迪雅這種我行我素、放蕩不羈和輕佻的性格而受到影響。請原諒我的率直。我親愛的父親，如果你不及早想法遏止她這種狂野的性情，不開導她，說她目前的胡亂調情不對，她很快就會鬧出笑話或醜事。她的性格會向那個方向發展，到了十六歲就會成為一個十足的放蕩女子，弄得她自己和家人身敗名裂。她的調情是趣味最低級的那一種，除了年輕和長得漂亮外，一無可取。她愚蠢無知瘋狂地追求別人的愛慕，最終招來的只能是眾人的鄙視和恥笑。凱蒂也面臨這種危險，她緊緊追隨著麗迪雅，愛慕虛榮、無知、懶惰，恣肆放縱！噢！我親愛的父親！難道你看不出來，無論她們走到哪裡，都會受到眾人的譴責和蔑視，她們的姊姊也會為此而常常丟臉嗎？」

貝納先生發現伊麗莎白把整個心思都放到這個問題上，於是慈祥地握著女兒的手說：

「這件事讓你感到不安了，我的好女兒。你和珍無論走到哪裡，都會受到尊敬和喜愛的。你們不會因為有兩個或三個不爭氣的妹妹而感到不光彩。如果不讓麗迪雅去布拉東，我們龍柏園就會失去安寧。讓她去吧。弗斯特上校是個明理識大體的人，不會讓她鬧出什麼笑話來的。她幸好很窮，不會成為別人追逐的對象。到了布拉東，她的調情不會引起什麼作用的，那些軍官會找到更好的女人。我希望這次的布拉東之行，或許能叫她認識到自己的微不足道。她再壞又能壞到哪兒去？我們總不能一輩子把她鎖在家裡吧。」

聽了父親的話，伊麗莎白只能作罷。可是她並沒有改變看法，她悶悶不樂地出來。不過，她不願再去想這件事，她自信已經盡到了責任。去為無法避免的危害擔憂，或是過分的焦慮，不是她的天性。

假如麗迪雅和她母親知道伊麗莎白和她父親之間的談話，母女倆一定怒不可遏，至少也要大罵一頓來消氣。在麗迪雅看來，這次布拉東之行囊括了人世間的許多幸福。她幻想著到處都是軍官，她好像看見幾十個素不相識的軍官在向她大獻慇懃。她彷彿看到一排排整齊美觀的營帳一直向遠處延伸過去，年輕快活的軍人們，身穿耀眼醒目的大紅軍服；她自己則坐在一個帳篷裡，同時和六個軍官調情。

如果她知道姊姊硬是要把她從這般美好的憧憬和夢想當中拉回來，那她眞不知道會怎樣地發作呢。只有她母親能夠理解她這種心境，也許還會跟她有同感吧。在她鬱鬱不樂地確信她丈夫不打算做這趟旅行之後，麗迪雅的布拉東之行成爲她惟一的安慰了。

不過她們倆根本不知道這一段對話，所以兩人欣喜若狂的情緒一直陪伴麗迪雅到要動身的那一天。

伊麗莎白將和韋翰先生見最後一面。她回來以後已跟他見過許多次面，不安的情緒早已消失。她以前曾對他有過的好感，完全消失了，她甚至從他文雅的外表下面看出了矯揉造作和虛假欺騙。而且從他最近對待她的態度當中，她也感到一種新的不愉快，因爲他再次表現出一種想要大獻慇懃的神態，在她經過了一番感情滄桑之後，更易於激起她的反感。她發覺自己成爲一個游手好閒的浪蕩公子的追逐對象之後，立刻喪失了對他的一切興趣。在她克制著感情不讓它表露出來的同時，她心中也感覺到對方那種自信：他以爲不管經過多長時間、不管是出於什麼樣的理由，無論什麼時候，只要他想重修舊好，他都可以再得到她的青睞，她的虛榮心可以再得到滿足。

民兵團離開麥里屯的前一天，韋翰和幾個軍官來貝納家赴宴。伊麗莎白有意氣氣他，便故意在他問到有關她在羅新斯的生活情況時，提起費茨威廉上校和達西先生也在羅新斯待了三個星期之久，然後隨意問他認不認識費茨威廉上校。

聽了這話，韋翰的臉上顯出驚愕、慌亂和不悅的神情，不過在稍許鎮定了一下之後，他的臉上又浮現出微笑，坦然回答說他從前常常見到費茨威廉上校，連聲稱讚上校是個很有紳士風度的人。他問她是否喜歡他？她熱情地回答說，她很喜歡他。接著他帶著一副滿不在乎的神情問道：

「你剛剛說他在羅新斯待了多長時間？」

「大約三個禮拜。」

「你們經常見面嗎？」

「是的，幾乎每天都見面。」

「他的風度和他表兄截然不同。」

「是的，很不相同。不過，這一陣子我覺得達西先生正在改變。」

「眞的嗎？」韋翰喊道，他吃驚的表情沒有逃過她的眼睛。他停頓了一下，然後用一種愉快的聲調說，「他是不是在言談舉止上有所改進了？他是不是已經改進了他那種傲慢無理的作風，簡直無法想像。」他用一種更爲嚴肅的語氣小聲說道，「我是眞心希望他會在本質上變好起來。」

「噢，不會！」伊麗莎白說，「我相信，在本質上他還是跟過去完全一樣。」

在她說話的時候，韋翰流露的神情是不知該對她的話高興，還是不去相信。他從她的表情上，看出有一種讓他擔心和焦慮的東西。

伊麗莎白繼續說道：「我說他在改變的意思，並不是指他的思想或是言談舉止的變化，而是說因爲對他的瞭解多了，也就較理解他的性格。」

韋翰聽後十分驚慌，他那漲紅了的臉和不安的神色說明了一切；好幾分鐘他一聲不吭，直到恢復了常態，才又轉過身來，用極溫柔的語調對她說：

「你很瞭解我對達西先生的感情，所以你也很容易理解。知道他居然能夠明智地改變言談舉止，我是多麼衷心地爲他高興啊。他的驕傲或許會有改變，即使對他自己無益，對別人也許會有好處的，他不敢輕易地再去做已經讓我深受其害的那些過失。我只擔心他的這種收斂——你剛才的暗示也是這個意思吧——僅僅是做出來的一種姿態，因爲他很看重姨媽的意見和看法。我知道，每當他們姨姪兩人在一起的時候，他都有這種敬畏感；這在很大的程度上是因爲他希望將來和德·包爾小姐結婚。我敢說，這是他心上的一件大事。」

伊麗莎白聽到這一番話，忍不住微微一笑，她只是輕輕地點了一下頭作爲回答。她明白他想讓她重提過去那件傷心事，他好再發發牢騷，可她沒有興致去慫恿他。在以後的時間裡，雖然韋翰臉上還是往日的那副快活神情，可是卻沒有再對伊麗莎白獻殷懃。最後他們倆客客氣氣地道別，也許雙方心裡都希望這是他們最後一次見面。

晚宴結束以後，麗迪雅隨著弗斯特太太回到麥里屯，她們打算明天一大清早從那裡動身。她和家人告別的場面十分熱鬧，大家都很高興，只有凱蒂躲在一旁掉眼淚，而這眼淚完全出自妒忌和惱怒。貝納夫人沒完沒了地祝女兒幸福，又千叮萬囑讓她好好行樂；對這番叮囑，麗迪雅自然會照辦不誤。她興高采烈地向家人道別，至於姊姊們溫柔的叮嚀，她一句也沒聽進去。

第42章

假如伊麗莎白對婚姻家庭的看法全部取自她的家庭，那麼她就不會對婚姻幸福、家庭和睦有什麼美好追求。

她的父親當年因為迷戀青春美貌，以及表面的虛榮，娶了一位沒有智慧、心胸狹隘的女人。結婚不久，他對她的滿腔熱愛便完結了；夫妻之間互敬互愛和心心相悅之情永遠地消失了，他對家庭幸福的企盼很快便煙消雲散。可是貝納先生不會因為遭受到婚姻的失望，便去放縱享樂以彌補自己的不幸。他喜歡鄉村，喜歡書籍，並從這些嗜好裡尋找到樂趣。如果要說感激妻子的話，只是因為她的無知和愚蠢，有時可用來供他做取笑開心之用。照常理，任何男人都不願意在自己的老婆身上尋求這種快樂；不過在缺少娛樂條件的情況下，一個眞正的賢人能從周圍任何東西中獲得樂趣。

父親沒有盡到做丈夫的責任。伊麗莎白並不是看不出，她看到這種情況時老是覺得痛苦；只是因為感激他對自己的疼愛，打心眼裡尊重他，她才極力去忘掉那些看不順眼的地方，極力去除掉那些不愉快的念頭。她父親常常不履行丈夫的職責，沒有夫妻間應有的尊重，使得他的妻子經常在孩子們中間尷尬難堪，這本是應該受到譴責的。她從來沒有像現在這樣強烈的感受到：不美滿的婚姻給孩子們帶來的不利影響，而且父親的才能也沒有拓寬母親的思想；這些才能如果使用得當，至少能夠顧全女兒們的體面。

伊麗莎白正在為韋翰的離去感到慶幸的時候，同時發現民兵團的開拔，在別的方面並沒有什麼好處。她們外出的活動比以前單調得多了；時時為生活乏味而牢騷不斷的母親和妹妹，使家庭氣氛顯得更加沈鬱。至於凱蒂，雖說弄得她心慌意亂的那個人走了，使她慢慢安靜下來。可是麗迪雅卻身處在兵營和沙灘雙重危險的環境裡，再加上她成事不足敗事有餘的性格，很可能會更加任性胡來。大體上來說，像她以前經常碰到的那樣，當她眼巴巴盼望的那件事眞正到來時，她會發現眞相並不像她所預想的那麼滿意。於是她不得不再憧憬下一個能眞正開啓她幸福的機會，為她的幸福找到另一個支點，通過陶醉在期待的心情中度過眼前的時光，同時準備著迎接另一個失望的到來。

麗迪雅臨走時曾答應母親和凱蒂常常寫信，可是她的信總是姍姍來遲，而且十分簡短。寫給母親的信上大多是些瑣碎事，像是從圖書館回來，有許多軍官一起陪著啦；她在哪兒看到許多漂亮的裝飾品，她非常喜歡啦；或者買了一件新衣服，一把洋傘。她本想好好描述一番，可是因為弗斯特太太叫她去軍營，只好擱筆啦。她給凱蒂的信中描述就更少了，信雖然很長，卻盡是些不能公開的內容。

麗迪雅走了兩三個星期，龍柏園恢復了往昔歡樂的氣氛。到倫敦過冬的人家陸續回來了，人們換上夏裝，社交活動也增多了。貝納夫人的心情變得開朗，到了六月中旬的時候，凱蒂的心情也恢復正常，到麥里屯時不再淚水漣漣。伊麗莎白看了眞高興，她希望到了聖誕節時，凱蒂會變得理智起來，不再每天叨唸著軍官們。令人擔心的是司令部也許會出新花樣，再派一團人駐紮到麥里屯。

北上旅行的時間一天天臨近，這個時候，嘉丁納舅媽來了一封信，不但行期被延後，旅行的地點也減少了幾處。信上說，因爲嘉丁納先生有事，必須延遲到七月份才能動身，而且一個月內必須趕回倫敦。旅行的時間縮短，不能走得太遠，不能看太多的名勝風光，至少不能玩得悠閒從容，而且不得不放棄湖區，爲了縮短行程，最多只能走到德比郡。那裡有許多的東西值得一看，足夠消遣三個星期。嘉丁納舅媽非常想去那裡，因爲她曾經在那兒住過幾年，她要到著名的勝地馬特洛克、恰茲華斯、鴿谷和秀阜去看一看，如有可能她還想再住幾天。

伊麗莎白失望極了，她一心想去湖區，她認爲三十天時間足夠去那裡。不過，也只能客隨主便。再說她天生性格開朗，所以很快就覺得沒事了。

提到德比郡，免不了引起許多聯想，她只要看到這個地名就會想到彭伯里和它的主人。「沒關係，」她想，「我可以大搖大擺地走進鎭裡，神不知鬼不覺地拿走幾塊透明的晶石。」

等待的日期又延長了一倍。她的舅舅和舅媽還得再四個星期才能來。不過日子總算過去了，嘉丁納夫婦和四個孩子終於來到龍柏園。這四個孩子中有兩個女孩——

一個六歲、一個八歲，還有兩個男孩，被留在這兒由他們的表姊珍照顧。這位表姊深得他們的喜愛，她的耐心和溫柔使她很適合教養孩子——教他們識字，跟他們做遊戲，以及疼愛他們等等。

嘉丁納夫婦在龍柏園只住了一夜，第二天早晨，便帶著伊麗莎白踏上快樂的觀光之旅。至少有一件事是他們旅行中最令人心動的，那便是旅伴選得相當的合適，他們三個人都身體健康、性情隨和，無論遇到什麼不便，都能忍受得了——而且大家都天性樂觀，興趣盎然，感情豐富，頭腦靈活，有這些共同點即便偶爾遇到掃興的事，他們仍然可以自得其樂。

他們要到的是德比郡的一個小鎮蘭布屯，嘉丁納夫人曾在這裡居住過，她最近聽說有些以前的朋友還健在，於是在遊完了鄉間景點之後便繞道來到小城。伊麗莎白從舅媽那裡聽說，彭伯里就距離蘭布屯大約五里。彭伯里不是他們的目地，要去的話必須繞道一二里路。在前一個晚上討論行程時，嘉丁納夫人提議去看看彭伯里，嘉丁納先生完全贊同，只是不知伊麗莎白意下如何。

「親愛的，你願意去看許多人都知道的一個地方嗎？」她的舅媽問，「你的許多朋友都和那個地方有關。韋翰就是在那兒長大的，你也知道。」

伊麗莎白不禁沈思起來。她覺得自己跟彭伯里毫無關係，沒有理由到人家那兒去，便推說她不想去看那個地方，她已經看夠高樓巨宅，在遊遍了這麼多地方之後，她對錦氈繡幔已經沒有什麼興趣了。

嘉丁納夫人罵她傻。「如果只是漂亮的房子和富麗的擺設，」她說，「我才不會把它放在心上，可是那裡的園林景致實在可愛，那兒的林木是國內知名的。」

伊麗莎白不再吭聲，心裡卻很不願意。她驀然想到在那兒觀賞風景時，很有可能碰到達西先生。這怎麼行啊！她不由得臉紅了，她想最好還是跟舅媽說清楚。可是這樣做也有難處。最後她決定：先向人打聽一下達西先生在不在家，如果在家，再走這最後的一步也不遲。

晚上睡覺前，她問女侍，彭伯里的風光好不好，主人是誰，然後問道，它的主人是否去度假了。女侍說主人不在家，這正是她求之不得的回答——顯然她的擔心是多餘的，安下心以後她倒想親眼看看這幢房子。第二天早晨他們又談到彭伯里，問到伊麗莎白的時候，她便從容的、帶著一副滿不在乎的神情回答說，她對這個計劃沒有什麼意見。

於是三個人便向彭伯里出發了。

第43章

當馬車快要抵達彭伯里的時候，鬱鬱蔥蔥的林木映入他們的眼簾。伊麗莎白的心情不免有些忐忑起來，等到走進了莊園，她更是有些不安。

莊園很大，錯落有致，風光無限。他們從最低的地方走進去，在一片頗爲遼闊美麗的樹林裡行進了好一會兒。

伊麗莎白心事重重，很少說話，看到處處的美景，便從心底湧出一種抑制不住的讚歎。沿著上坡路慢慢走了半里路的光景，上了坡頂，林子到了盡頭，彭伯里的巨宅就坐落在對面的山坡上，一條陡峭的路彎彎曲曲地通到那裡。這是一幢很大很漂亮的石頭建築，聳立在高坡上，後面襯著一片連綿起伏、樹木繁茂的小山岡；房前一條清澈見底叮咚作響的小溪正在湧動著匯入河流，毫無人工的痕跡。河堰上的點綴既不呆板，也不造作。伊麗莎白十分開心，她第一次見到這美景，不禁讚歎不已。嘉丁納夫婦也讚不絕口，伊麗莎白突然覺得，能做彭伯里家的女主人也很好啊！

馬車下了坡，過了橋，到了巨宅的門口。在欣賞著屋前景致的同時，伊麗莎白又擔心碰上屋子主人，她怕旅館裡的那個女侍的消息不準確。他們請求進去看看，家僕們立刻把他們引進了客廳；在等待女管家時，伊麗莎白不禁心中詫異，她竟然會來到達西先生的家裡。

女管家是一位端莊體面的老婦人，不像伊麗莎白想像的那麼美麗，卻比她想像中的更加禮貌周到。他們隨她一起進了餐廳。這是一間寬敞舒適的屋子，陳設考究。在大致觀看了這間屋子以後，伊麗莎白走到一個窗戶旁邊去欣賞望出去的景色。剛才路過的那座長滿林木的山岡，從遠處望去顯得更美，構成了一個美麗的景觀。處處都搭配得很恰當，在別的房間憑窗眺望，景致總會有所不同，不過從每一個窗戶望出去都是景色怡人。這些房間都高大美觀，家具陳設高雅氣派，既不俗麗又不過分奢華，伊麗莎白將其與羅新斯的陳設相比，覺得更風雅，不免佩服主人的情趣。

她心裡想：「我差點兒成爲這裡的女主人！假如我答應了達西，現在對這裡的一切早已熟悉了！而今作爲一個陌生人來參觀，不是作爲女主人把舅舅、舅媽當做貴賓來歡迎款待。但是不行，」她突然想了起來，「這是永遠不可能的，舅舅、舅媽不會來這裡，他絕不會允許我邀請他們的。」

虧她想到了這一點，免去了她的遺憾。

她很想問問女管家，主人是不是眞的不在家，可是她沒有這個勇氣。最後，她的舅舅問了一句。雷諾爾德太太回答說：「他明天回來，還有許多朋友一起來。」伊麗莎白聽後心跳加快，轉過身去。她暗自慶幸，虧得他們提前趕到。

這時，伊麗莎白的舅媽叫她去看一幅畫像。她走向前去，原來是韋翰的肖像和另外幾張小型的畫像一起掛在壁爐架上方。舅媽笑著問她喜歡不喜歡這幅畫像。女管家走過來，告訴她們說畫像上的年輕人是老管家的兒子，是由老主人撫養長大的。

「他現在參軍了，恐怕更加放蕩了。」

嘉丁納太太向外甥女兒一笑，可是伊麗莎白卻笑不出來。

雷諾爾德太太指著另一幅畫像說：「這是我小主人的畫像。跟那一張差不多是同一時期畫的，大約有八年了。」

「聽說你的主人儀表堂堂，」嘉丁納太太看著畫像說，「這張臉很英俊。不過，麗茲，這畫像他嗎？」

雷諾爾德太太聽說伊麗莎白認識主人，對她越發尊重了。

「這位小姐認識達西先生？」

伊麗莎白不覺臉紅了，說：「不很熟悉。」

「小姐，你覺得他漂亮嗎？」

「很漂亮。」

「我沒見過比他更漂亮的年輕人啦，在樓上的畫廊裡還有一幅比這個更大更好的畫像。這屋子是老主人生前喜歡待的地方，畫像都按原樣擺放。他喜歡這些畫像。」

伊麗莎白這才知道韋翰先生的畫像也一起掛在這兒的原因。

雷諾爾德太太又請他們看達西小姐的畫像，她當時才八歲。

嘉丁納先生問道：「達西小姐也像她哥哥那樣漂亮嗎？」

「那還用說，她整天彈琴唱歌。隔壁的房間裡有一架新買的鋼琴，是主人給她的禮物，她明天跟哥哥一起回來。」

嘉丁納先生態度謙和怡人，雷諾爾德太太很願意回答他的問話，也非常樂意談到主人兄妹兩個，或是出於自豪或是出於深厚的感情。

「你們主人一年中多半是在彭伯里嗎？」

「先生，他每年有一半的時間住在這裡，達西小姐喜歡在這兒過夏天。」

「除非到拉姆斯蓋特避暑。」伊麗莎白心裡想。

「如果你的主人結了婚，就可以在這裡多住些日子啦。」

「是的，可是這一天什麼時候才會到來呢？不知道哪位姑娘能配得上他。」

嘉丁納太太聽後笑了。伊麗莎白忍不住說：「你這樣誇他，他一定很高興。」

「我說的是實情，認識他的人都會這麼說。」女管家回答。伊麗莎白覺得這話未免有些過分。女管家又說：「他從未說過氣話，從他四歲時起，我就跟他在一起了。」伊麗莎白感到有些意外。

這幾句話比起其他那些褒揚之詞來，更令人稱道。她對他下的結論是脾氣不好，說話太直接。她很想再多聽到一些關於達西先生的事，正好舅舅說了幾句話。

「這樣的人實在是太少了。你眞是好運氣，有這樣一位主人。」

「說的對，先生，我十分知足。就算我走遍天下，也不會找到更好的主人啦。我常說，小時候心地善良，長大了也一定有善心；達西先生從小就脾氣隨和。」

伊麗莎白聽著十分詫異，巴不得她多說一些。雷諾爾德太太說的其他話題，如畫像的年代、房間的大小以及家具的價錢，伊麗莎白都毫無興趣。嘉丁納先生對女管家盛讚主人的話很有興趣，不久便又談到了這一話題；她一面起勁地談著他的優點，一面領著他們走上樓梯。

「他對佃戶和僕人都十分關心，是一位最好的主人，」她說，「不像現在那些放蕩的年輕人，只顧自己快活。沒有一個佃戶或僕人不說他好。有人說他傲慢，可我從未感覺到。照我看，這只是因爲他話太少的緣故。」

「這眞是最高的誇獎了！」伊麗莎白心裡想。

她的舅媽悄悄地說：「可是他對我們那位可憐的朋友的行爲截然不同，眞不明白這是怎麼回事。」

「我們也許受騙了。」

「這不太可能，他是有證據的。」

走過寬敞的過道，進入一間漂亮的客廳，它比樓下的房間更精美舒適，據說那是準備給達西小姐用的，去年她在彭伯里的時候就看中了這間房間。

「他對妹妹倒很好。」伊麗莎白說著走到一扇窗戶前面。

雷諾爾德太太說達西小姐一定會感到驚喜的。「他一向都是這樣，」她補充說，「只要妹妹高興，他總是馬上去辦。他從不違背她的意願。」

只有畫室和兩三間臥室沒看。畫室裡陳列許多名畫，可是伊麗莎白不懂藝術，覺得這些畫和樓下的沒什麼兩樣，她只看達西小姐的幾張蠟筆畫，因爲這些畫的題材新穎，她覺得很有趣。

畫室裡還有許多達西家族成員的畫像，陌生人不可能有興趣。伊麗莎白尋找著她惟一熟悉的那張臉孔，最後她終於看到非常酷似達西先生的一幅畫像，臉上的笑容正是他看著她時所流露出的那種笑容。她在畫像前出神地看著，臨離開畫室前她又回來看了一眼。雷諾爾德太太說，少爺的這張畫像是他父親在世時畫的。

伊麗莎白的心裡已經對畫像上的人產生了好感，這種感情是他們相識以來從未有過的。雷諾爾德太太對他的誇讚起了作用。什麼樣的讚揚會比一個明理知情的下人對主人的讚揚更加可貴呢？作爲一個兄長、一個莊園主人，多少人的幸福掌握在他的手中！他手中的權力能使多少人快樂，又能使多少人痛苦！他可以行善，也可以做惡，全靠他心靈的支配。女管家所說的這些事情，足以說明他的人格既善良又令人佩服。她站在畫像前，達西先生正直視著她的眼睛，想到他對自己的一片深情，心中不禁升起感激之情；她只記得他那熾烈的愛，原諒了他說話時的無禮。

參觀完了房間以後，他們走下樓來，告別了女管家，由園丁帶他們出去。經過草地走向河邊時，伊麗莎白又轉身眺望，舅舅、舅媽也停了下來，正當舅舅推測房子的建築年代時，忽然間，房屋的主人從通向馬廄的路上走過來。

兩人相隔不過二十碼，他出現的這麼突然，不可能有躲避的時間。四目相遇，兩人的臉頰頓時都漲得通紅。達西先生感到十分的吃驚和訝異，竟然愣在那兒一動不動；不過他很快就鎮靜下來，走到客人面前，向伊麗莎白問安，儘管語氣尚未十分的鎮定，至少非常有禮貌。

伊麗莎白本想往回走，見他走了過來，只好停住腳步，表情尷尬地向他問候。至於舅舅和舅媽兩人，雖然看過達西的畫像，但還不敢肯定面前的這一位就是達西先生，不過他們從園丁見到主人時的驚訝表情上立刻猜出他是誰，在他和他們的外甥女說話的時候，稍微站開了一點兒。伊麗莎白驚慌失措，不敢正眼看達西先生，對他客氣的問話，不知如何回答。達西先生態度上的變化令她十分吃驚，他說的每一句話都叫她更加侷促不安；她後悔不該闖到這兒來被人家看到，他們在一起的幾分鐘竟成了她生平最難熬的時間。達西先生也很不自在，在他說話的時候，失去了平日特有的鎮定；反反覆覆問她什麼時候離開龍柏園的，她在德比郡已待了多久時間，而且問得語無倫次，可見他也心慌意亂。

最後他好像無話可說似的，只是一聲不吭地站在旁邊。最後，他說聲抱歉之類的話，就告退了。

這時舅舅、舅媽走上前來，誇讚達西先生一表人才；但伊麗莎白什麼也沒有聽見，心事重重地跟在他們後面悶聲不響地走著。她又羞愧又懊悔，真不該到這兒來，真是自找倒楣，愚蠢至極！這會叫他覺得多麼奇怪啊！像他這樣驕傲的人，他會如何瞧不起她的行爲呢？她似乎是有意送上門來的！啊！爲什麼要來！或者說，他爲什麼要提早一天回來呢？如果他們早走十分鐘，達西先生就不會看見他們了。他顯然是剛剛回來，剛剛跳下了馬背或是剛剛下了馬車。想到不期而遇的難堪，她的臉紅了一次又一次。他的舉止完全變了，這意味著什麼呢？他竟然跟她說話，眞是不可思議，而且彬彬有禮地詢問她家人的情況！這次碰巧相遇，他的態度竟會這麼誠懇，談吐這麼溫和，與那次在羅新斯莊園將信遞到她手中時的態度相比，眞是天壤之別！對此她不知該如何作想，也不知該如何解釋。

三個人沿著河邊風光秀麗的小徑漫步，地勢逐漸低了下去，前面是一片樹林。有好一陣子，伊麗莎白對這裡的景色毫無所覺，舅舅和舅媽一再招呼她看這看那，她答應著把眼睛投向了他們指給她看的那些景物，可是她卻好像什麼也沒有看到。她只想著彭伯里屋子中的達西先生。她渴望知道此時此刻他在想什麼，如何看她，在發生了這麼多事情之後，他是否仍然愛著她。或許他能禮貌地待她，是爲了使自己心安；可是聽他的聲音卻又不像。他見了她是感到痛苦還是感到高興，她無法知道，不過可以肯定的是，他的內心並不平靜。

後來，舅舅、舅媽責備她心不在焉時，她才清醒過來，發覺不該有這樣反常的舉止，難免會引起懷疑。

幾個人走進了林子，離開了河道，爬上高坡；從樹林的空隙間望出去，山谷中各種迷人的景色映入眼簾，對面的山坡上有整片整片的樹林和半隱半現的河流。嘉丁納先生說想把整個園子走遍，可又擔心腳力不夠。園丁得意地笑著說，逛一圈有十多里呢，所以只得作罷。他們沿著慣常走的路徑轉了一會兒後，來到一片靠近河流的低地上，這是河道最窄的地方。他們從一座簡陋的小橋上過了河，小橋和周圍的景色很是和諧；山谷變成了一條小夾道，只能容納下溪流和一條崎曲小徑。伊麗莎白很想循著這條小路去尋幽訪勝，可是一過了橋，離住宅便越來越遠，不善走路的嘉丁納太太走不動了，想儘快回到他們的車子那兒。外甥女只好依從她，幾個人抄著近路朝房子走去；他們行進的很慢，因爲嘉丁納先生愛好釣魚，現在看見水面有鱒魚游動便動了興致，和園丁起勁地談論起來，走走停停速度極慢。正在他們慢慢悠悠地蹓躂著的時候，意外的事又發生了。尤其是伊麗莎白，驚訝的程度不亞於上一次。原來是達西先生走了過來，這一帶樹木疏少，所以在較遠的地方便看到了他。伊麗莎白儘管驚訝，畢竟比剛才的不期而遇有了一些準備，決心要平靜地面對他，並與他說話——如果他眞是想要來見他們的話。

不一會兒，她以爲他拐到另一條路上去了，因爲轉彎後他的身影便不見了；誰知彎道一過，他馬上又出現在他們面前。伊麗莎白看見他還是像剛才那麼客氣有禮，於是她也不斷讚揚這地方的美麗景致，可是當她剛說出景色「怡人」、「迷人」等字眼時，心裡便湧出顧慮，擔心對彭伯里的讚賞被他曲解了。她的臉一紅，便不再說話了。

嘉丁納夫婦站在稍後面一點兒，達西先生問她是否可以把他介紹給她的朋友們。他的禮貌之舉是她所沒有料到的；他向她求婚時，曾傲慢地瞧不起他們，現在卻要與他們相識。她忍不住想：「等他知道了他們是誰時，他不知道會如何的吃驚呢，他一定把他們當成上等人了。」

她立刻替他做了介紹，在她說出他們和她的關係時，她偷偷地瞥了他一眼，看他有何反應，以爲他會馬上逃之夭夭。他知道他們之間的親戚關係後顯然很意外，不過還算是挺過了這一關，沒有被嚇跑，反而陪他們一塊兒走回去，並且與嘉丁納先生攀談起來。伊麗莎白又是高興又是得意，他總算看到她也有一些可以值得驕傲的親戚。她專心地傾聽著兩人的談話，舅舅的一言一行都表示出他頗有見地，他的高雅情趣和風範，連伊麗莎白也不禁拍手叫好。

兩人很快談到釣魚這個話題上，她聽到達西先生非常客氣地對舅舅說，只要他還住在這鄰近的地方，隨時都歡迎他來釣魚；他不僅答應借魚具給他，還告訴他這條河裡魚兒最多的地方。嘉丁納太太跟伊麗莎白手挽手走著，意味深長地向伊麗莎白使了一個眼色。伊麗莎白沒有說什麼，心裡卻十分高興。不過就在這個時候，她心裡默默地反覆問著自己：「他爲什麼完全變了一個人？是出於什麼原因呢？不可能是因爲我，他的態度才變得如此的溫和。我在肯特郡對他的斥責不可能引起這麼大的改變，他也不可能依然愛我。」

就這樣兩個女人在前、兩個男人在後地走了一段路，後來他們到河邊欣賞了一些珍奇的水草。不久他們行走的次序有了些改變。嘉丁納太太被這一上午的跋涉累得體力不支，伊麗莎白的膀臂支撐不住她，她只好挽著丈夫的手臂走。達西先生代替嘉丁納太太，挽住了她外甥女的胳膊。稍稍沈默一會兒後，還是小姐先開了口。她向達西解釋，她以爲他不在莊園才來的，接著便很自然地說，遇上他大大出乎她的預料。她說：「你的管家告訴我們，你明天才會回來，在我們離開巴克威爾時，我們就打聽到你不會回到鄉下來。」達西先生承認這一切都是事實，又說他因爲找帳房有事，便比其他人早到了幾個小時。他說：「他們明天一早便抵達這兒，在這些人裡面有你認識的，有賓利先生和他的姊妹們。」

伊麗莎白點了點頭，她的思緒又回到兩人上一次最後提到賓利的情形。如果她抬頭看他的表情，便能得出判斷，他現在想的和她一樣。

停了一下，達西先生又說：「這些人裡還有一個人，特別希望能認識你，你願意讓我介紹我妹妹與你認識嗎？你不會介意吧？」

這一請求帶來的驚奇非同小可，她一時不知道該怎樣回答。她馬上想到，達西小姐之所以希望和她認識，一定是她哥哥起的作用，僅憑這一點，便足夠讓她滿意了。看來，他並沒有恨她，她終於放下心來。

他們默默地走著，各自想著心事。要說伊麗莎白現在的心情很舒坦，那是不可能的，可是她卻感到了一些得意和快樂。他希望把他的妹妹介紹給她，這足以說明她在他心目中的位置。他們很快就超過了其他人，當他們到達車子那兒時，嘉丁納夫婦還距離他們很長一段路。

達西先生請她到屋裡坐坐，但她說不累，於是他們便站在草坪上等著。這時雙方都有許多話要說，但是沈默卻是唯一的現況。她想要找話說，卻覺得無話可談。她的舅媽走得太慢，她的耐心和心智都幾乎快要用盡了。等到嘉丁納夫婦趕上來的時候，達西先生再三請大家進屋休息一下，不過他們極有禮貌地拒絕了。達西先生把女賓扶進了車子，馬車起步以後，伊麗莎白回頭看到達西先生緩緩走向屋裡。

在馬車上，舅舅和舅媽興奮地宣稱：達西先生的人品比他們想像的好上百倍。

「他的舉止眞是文雅極了，待人有禮而不做作。」她的舅舅說。

「在他身上的確有高貴威嚴的派頭，」舅媽說，「不過那僅僅是在他的風度上，並不是擺架子。女管家說得不錯，有些人說他驕傲，可我一點兒也看不出。」

「眞想不到，他竟會那樣地對待我們。這不僅是禮貌，簡直可以說是關照；其實他對我們並沒有必要這樣做，他和伊麗莎白只是普通朋友而已。」

「麗茲，說實話，」她的舅媽說，「他不算風趣，也沒有韋翰那種親暱的神情，但他的五官卻長得無可挑剔。可是之前你怎麼會說他很討厭呢？」

伊麗莎白盡力找藉口辯解，說她在肯特郡碰到他時，對他的印象已有所好轉，不過他今天上午的表現卻是第一次見到呢。

「不過，他的那些慇懃客氣也許有點心血來潮，這些貴人們常常如此。所以我不會把他請我釣魚的話當眞，說不定哪一天他改變了主意，便把我拒之門外。」她的舅舅說道。

伊麗莎白覺得舅舅誤會了他的爲人，不過她沒有解釋。

嘉丁納太太繼續說：「從剛才我對他的印象來看，我絕不相信他會殘酷地對待可憐的韋翰。他這人的長相和心地不壞，而且說話的時候，嘴巴的表情很討人喜歡。從他的神情上透出一種尊嚴，叫人不會對他產生不好的看法。不過，那個好心的女管家，把他的爲人吹捧得有些過分！有時候，我幾乎快要笑出來。但他一定是個開明的主人，在僕人們的眼裡，他是個好人。」

伊麗莎白聽到這裡，覺得應該站出來，說明達西先生沒有坑害韋翰；她小心翼翼地將在肯特郡達西先生對她的講述說給他們聽，並說對此，人們說法不一；他的人格絕沒有哈德福郡的人們所說得那麼壞，韋翰也沒有那麼善良。爲了證實這一點，她把他們在錢財交易上的原委細節講出來，但隱瞞了消息的來源，只聲明她的話十分可靠。

嘉丁納太太感到奇怪，想問個明白，但這時正好走到從前曾給予她歡愉的地方，她在興奮激動中，其他的一切都顧不上了。她把有趣的地方指給丈夫看，無暇顧及別的事情。儘管她感到疲憊，可是一吃過飯，便去訪問故友，晚上與朋友重敘舊情，非常愉快。

伊麗莎白想著白天的事，無心結交新朋友；她只是好奇地想，達西先生爲什麼變得彬彬有禮？爲什麼希望她與他的妹妹相識？

第44章

伊麗莎白原想達西先生會在他妹妹到彭伯里的第二天帶她來訪問，所以決定整個上午待在旅店裡。但她想錯了，她來到蘭布屯的當天早晨，這兩位客人便來訪了。這天上午，他們剛剛與一些新朋友們出去走走，回到旅店準備換衣服，再出去吃飯的時候，忽然聽到一陣馬車聲，他們走到窗口去瞧，只見一男一女乘著一輛雙輪馬車，沿著街道駛來。伊麗莎白從馬車夫的制服上猜到是誰來了，並把有貴客光臨的消息告訴了舅舅和舅媽。他們聽了都非常驚訝，但見伊麗莎白說話時神態緊張，聯想到前一天的種種情景，舅舅和舅媽驀然想起了這其中的奧秘所在。以前他們可沒發現什麼，現在他們覺得，達西先生一定是愛上他們的外甥女了，否則，他的關照和慇懃就無法得到合理解釋。在他們由糊塗變清醒的時候，伊麗莎白變得越來越緊張。她對自己會有這樣的不安感到很吃驚，她擔心達西先生因爲愛她，在他妹妹面前把她誇得過分，她現在只想著該如何討好他妹妹，惟恐不被她喜歡。

她怕達西看見她，立即離開了窗口，在屋子裡來回地踱步。她極力想使自己鎮靜，可是看到舅舅、舅媽臉上探詢似的詫異神情，使她變得更加不安起來。

不久達西小姐和她哥哥走了進來，達西鄭重的介紹妹妹給伊麗莎白時，伊麗莎白驚訝地發現，達西小姐也像她一樣的侷促不安。她聽人說達西小姐非常驕傲，可是幾分鐘的觀察告訴她，達西小姐只是過分地羞怯而已，除了簡單地回答一兩個字外，很難說出一句話。

達西小姐比伊麗莎白高出很多，雖然只有十六歲，卻已經發育成熟，儼然是一位亭亭玉立的大姑娘。她長得不如哥哥漂亮，可是臉蛋兒卻有很豐富的表情，舉止謙和。伊麗莎白以為她會像哥哥那樣，看起人來銳利而不留情面，現在見了面，不由得大大地鬆了一口氣。

達西先生坐了不久就說，賓利也要來拜訪她。伊麗莎白剛要說幾句感謝的話，賓利急促的上樓腳步聲已經傳來，轉眼間他便走進屋裡。伊麗莎白對賓利的所有怨恨早已消失，既便還有一些，看到他情意誠懇毫無做作的來訪，她的氣也就消失無蹤。他親切地詢問她家人的情況，表情談吐依然像從前一樣親切熱情。

嘉丁納夫婦對賓利的印象也很好。他們早知其人，只是未曾謀面。由於懷疑達西先生和他們外甥女之間的關係，使他們特別留心觀察雙方的情形，很快他們便得出結論：這兩人之中至少有一個已經動了眞情。女方的感情他們還不敢確定；可是男方的愛慕之情，卻是十分明顯。

伊麗莎白的處境十分爲難，她既想弄清楚幾位客人的心理，又要把自己的情緒鎭定下來，友好熱情地接待每一個人。最後一件事是她最擔心的，但也是最有把握的，因爲她天性能和別人友好相處。賓利是心懷希望，喬治安娜是心情急切，達西先生只怕求之不得。

見了賓利，伊麗莎白自然想到姊姊，賓利是不是也想著姊姊呢？有時候她發覺，他的話比以前少了許多，有一兩次她發現，在他注視著她的當兒，似乎極力想找到些與姊姊相似之處。也許這只是她的想像而已，只不過有一點她看得很眞切：他與達西小姐並無戀情。在他們兩人之間的關係上，一點也看不出有賓利小姐所希望的那種東西。客人告辭之前又發生了兩三件小事，在伊麗莎白看來，這些小事足以證明賓利對珍仍舊懷有深情，他想要瞭解更多與她有關的事，只是沒有勇氣。他趁著別人在一起談話的時候，用一種十分遺憾的語調跟她說：「我已經有好長時間沒見到珍啦。」不待她回答，他又說，「有八個月之久了。自從去年的十一月二十六日我們一起跳舞以後，就再也沒有見過面。」

伊麗莎白見他把日子記得這麼清楚，心裡很高興。後來趁人不注意，他又問她，她的姊妹是不是都在龍柏園。問的雖不是什麼重要的事，但他的表情神態卻賦予了一種特殊意味。

伊麗莎白的目光不能經常掃到達西先生身上，不過每當她瞥上一眼，都會看到他親切誠懇的表情，他所說的話裡，沒有了高傲或是看不起人的語調，她覺得他身上的變化，不管會不會僅是曇花一現，至少已經保持到了今天。幾個月前他所瞧不起的人，如伊麗莎白的舅舅和舅媽，現在他不但樂於結交，而且極力想博得他們的好感；他不僅對她禮貌周全，而且對他曾經在漢斯福牧師家中公開蔑視過的親戚也是如此，這種前後判若兩人的巨大變化，強烈地打動了她的心，使她按捺不住心裡的驚奇。她從來沒有見過他刻意討好別人——在尼日斐和他的朋友們在一起的時候，在羅新斯跟他的那些高貴親戚在一起的時候，他也沒有像現在這樣無拘無束，毫無架子。更何況他的慇懃即使成功，也不會抬高他的身價，即便他和舅舅、舅媽攀上了交情，也只會讓尼日斐和羅新斯的小姐們嘲笑和非議。

客人們大約坐了半個鐘頭，起身告辭時，達西先生邀請嘉丁納夫婦和貝納小姐在離開前，務必到彭伯里去吃頓便飯。達西小姐雖然顯得靦腆，也不習慣做出邀請，卻還是羞答答地表示歡迎。嘉丁納太太瞧著外甥女，想知道她的意向如何，因爲這一邀請主要是衝著她的，可是伊麗莎白卻把頭扭了過去。嘉丁納太太猜想伊麗莎白可能是出於羞怯，而不是不願意去，又看到一向喜歡社交的丈夫那麼求之不得，所以她當機立斷答應下來，日期訂在後天。

賓利非常高興，他對哈德福郡的所有朋友們的情況有好多話要問，所以表示了極大的喜悅。伊麗莎白以爲他想談她的姊姊，也暗自心喜。客人們走了以後，伊麗莎白想到這半個鐘頭內的收穫眞是不小，儘管當時她沒有感到欣喜，此刻她很想獨自待上一會兒，又擔心舅舅、舅媽會問她些什麼，於是在聽完他們對賓利的讚揚後，便匆匆離開去更衣了。

其實，她大可不必擔心嘉丁納夫婦，因爲他們已經心中有數。很顯然她和達西先生不是泛泛之交，達西先生已經愛上她了。他們關注著事態的發展，同時覺得不便多問。

他們現在一心只想到達西的人品，從這一天多來的接觸中，他們發現他無可挑剔。他友好禮貌地待人，使他們不能不受感動，要是他們光憑著自己的印象和他的僕人們對他的稱讚來評價他的爲人，而不去參考其他方面的意見，那麼哈德福郡的人一定會從他們講的話裡認不出這就是達西先生。現在他們覺得女管家的話沒錯。她從他四歲時便來到他家，她對達西最爲瞭解。況且蘭布屯的朋友所說，與女管家的話並不相左。人們能指責的只有他的傲慢，他也許眞有一些；即便沒有，因爲他停留時間太短，也會加深這種印象。不過他是個大方慷慨的人，常常救貧濟窮，這些是有公論的。

至於韋翰，他們很快便發現，他在這兒的名聲並不好；儘管人們不瞭解他與達西之間有什麼糾葛，但誰都知道他離開德比郡時，欠下了一屁股的債，達西先生後來都替他還清了。

這天夜裡，伊麗莎白的心思比昨天晚上更多地放在彭伯里上；她嫌夜長，可還是不夠她用來理清對莊園裡的那個人的感情。她躺了兩個鐘頭沒闔眼，極力想弄明白。她不再恨他，恨意早就消失；她還感到羞愧，後悔冤枉了他。他身上有許多好的品性，雖然開始時不願意承認，但從反感到敬重也有些時候了；經過了有利於他的證據，已經昇華得更具有一種親切的性質，使他變得可親可愛。然而，在尊敬和欽佩之外，還有一種情愫不容忽視，那就是感激——不僅因爲他曾經愛過她，也因爲他能原諒她在拒絕他時，所表現出的偏頗和尖刻態度，原諒她對他的一切不公正的譴責，而且至今仍然愛著她。她本以爲他見了她會像仇敵一樣，但這次邂逅時他卻一心想繼續與她交往。他雖然舊情難忘，但卻沒有任何不軌和過分的舉動，反而努力去博得舅舅、舅媽的好感，而且執意介紹她與妹妹認識。在這麼一個驕傲的人身上發生這樣大的變化，不僅僅是叫她驚奇，而且令她高興，這一定是熾烈的愛情使然。她不斷地回憶著這一切，心裡十分快樂，儘管她還不能確定自己是否愛他，但她尊敬他，敬佩他，感激他，對他產生了一種眞正的興趣；她現在只是想要知道，她希望在多大的程度上來左右他的幸福，想要知道爲了他們兩人的幸福，她應該在多大的程度上來使用她認爲她仍然具有的那種力量，以便重新點燃他對自己的愛。

在這天夜裡，舅媽和外甥女商量了一下，覺得達西小姐在抵達彭伯里時已過了吃早飯的時間，卻立即前來拜訪。禮尙往來，她們也應該有所表示，儘管在程度上不能和人家相比。於是她們決定第二天早晨便到彭伯里回訪。伊麗莎白心裡很高興，要問爲什麼高興，卻連她自己也回答不出來。

第二天，嘉丁納先生吃完早飯便先走了，他與人約好了中午在彭伯里與幾位先生碰頭。

第45章

伊麗莎白知道賓利小姐不喜歡她是出於妒忌，賓利小姐肯定不歡迎她出現在彭伯里，不過她倒很想看看狹路相逢後，這位小姐會如何表現。

到了彭伯里，伊麗莎白和舅媽被帶進客廳，面朝北開的窗戶使客廳在夏日裡顯得十分怡人。窗外是一片空地，屋後山巒疊嶂，樹林茂盛，草地上有美麗的橡樹和西班牙栗樹點綴其間，賞心悅目。

達西小姐在客廳裡接待了她們，和達西小姐在一起的還有赫斯特夫人、賓利小姐以及陪達西小姐在倫敦住的安涅斯雷太太。喬治安娜待她們非常客氣，因爲害羞和生怕有所失禮，顯得有些拘謹，但自認爲身分比她低的人看了，往往會誤解爲她高傲和矜持。嘉丁納太太和她的外甥女兒倒是能識人，覺得達西小姐會有這樣的反應，是值得同情和理解的。

赫斯特夫人和賓利小姐只向客人行了屈膝禮，她們坐下以後是長時間的沈默，情況很尷尬。首先打破沈默的是安涅斯雷太太，她是一個文靜和藹的女人，她的作法足以證明她比另外兩位要有教養。她同嘉丁納夫人的攀談，加上伊麗莎白的插話，才算沒有冷場。達西小姐好像也想參加，只是太過膽怯，在沒有人注意的時候才說一句半句。

不久，伊麗莎白便發現賓利小姐緊緊地盯著她看，她只要一張口，尤其是跟達西小姐每說一句話，都要引起她的注意。這一發現並不能阻止她與達西小姐談話，只是因爲她們倆之間距離較遠，她才沒能多談，不過，沒有多說並不遺憾，因爲她有許多心事要想。她急切地盼望著達西先生能走進來，但又害怕達西先生來。究竟是期望得心切，還是害怕得厲害，連她自己也搞不清楚。伊麗莎白就這樣坐了一刻鐘的時間，賓利小姐一句話也不說。她只偶爾冷冰冰地問起了她的家人，她也同樣冷淡地敷衍一句，隨即便恢復沈默。

幾位僕人替她們解了圍，她們端來點心以及各種色鮮味美的應時水果；安涅斯雷太太幾次使眼色給達西小姐，提醒她應盡的主人之責。這一下子大家都有事做了，雖然她們談話不投機，可大家都會吃，見到一堆堆的葡萄和桃子，便很快聚攏到桌子旁邊。

大家正在吃著點心時，達西先生走了進來，伊麗莎白立時心慌意亂，儘管在一分鐘前她還企盼見到他。

達西和兩三位先生在河邊，陪著嘉丁納先生釣魚，後來聽說嘉丁納夫人和她的外甥女將於早晨回訪喬治安娜，便趕了回來。看到他進來，伊麗莎白暗下決心，要表現得鎮靜和輕鬆；因爲她發現在場的人都對他們倆起了疑心，一雙雙眼睛都在注視著他的一舉一動。不過，最好奇和專注的是賓利小姐，儘管她跟他們兩人中的隨便哪一個談起話來，還能滿臉笑容；那是因爲她還沒有絕望，對達西先生還沒有死心。達西小姐看見哥哥來了，話也多了起來。伊麗莎白看出，達西先生很希望妹妹和她多接觸，儘可能地讓她們兩人多談一談。賓利小姐看在眼裡，一氣之下顧不得禮貌，找了一個機會陰陽怪氣地說：

「伊麗莎白小姐，聽說民兵團已經離開麥里屯了，你家裡損失很大吧。」

在達西的面前，賓利小姐雖然沒有提起韋翰的名字，可是伊麗莎白馬上意識到她指的就是韋翰。一剎那間有關他的各種回憶湧上心頭，她感到一陣難過；不過她還是極力鎮靜自己，來對付這一個不懷好意的攻擊。她用一種不太在乎的口氣回答了這一個問話。伊麗莎白不自覺地掃了達西一眼，發現達西的臉紅了，正急切地望著她，他的妹妹更是倉惶無措，連頭也不敢抬。如果賓利小姐事先知道這句話會給她喜愛著的人帶來痛苦，她就不會說了；她只想讓伊麗莎白難堪，以爲提到伊麗莎白所鍾情的那個人，她就會不打自招地使達西先生看不起她，甚至可以讓達西想起她的妹妹爲了那個民兵團鬧出的荒唐笑話。賓利小姐不知道達西小姐受騙私奔的事。除了伊麗莎白，達西先生守口如瓶，沒有告訴任何一個人；對於賓利家的人，更是加倍防範，因爲他想讓妹妹嫁給賓利，這是伊麗莎白早已猜到的。他的確有這樣的打算，可這並不是他費心拆散賓利和珍的眞正原因，他不過是對朋友的幸福格外關心罷了。

伊麗莎白鎮定自若的神情使達西心上的石頭落了地，賓利小姐不禁感到失望和沮喪，不敢再提韋翰，喬治安娜也漸漸鬆了口氣，儘管她再也沒說話。賓利小姐本想離間達西和伊麗莎白之間的關係，結果卻讓他對她更加動情。

不久，伊麗莎白和舅媽起身告辭。在達西先生陪著她們走到車子旁邊的時候，賓利小姐乘機對伊麗莎白的相貌、舉止和衣飾嘲笑一番，以發洩她的私憤。喬治安娜沒有幫腔附和，她哥哥的評價足能使她對伊麗莎白產生好感。哥哥的眼光是不會錯的，他說了伊麗莎白那麼多好話，喬治安娜只覺得她既親切又可愛。達西先生回到客廳後，賓利小姐忍不住又把跟他妹妹說過的話重複了一遍。

「伊麗莎白．貝納的臉色多難看啊，達西先生，」她大聲地說，「我還沒有見過有誰像她那樣，距上一個冬天竟有這麼大的變化。膚色變得又黑又粗糙！露意莎和我差點認不出她了。」

儘管達西先生聽了這番話很不高興，他還是極為平靜冷淡地回答說，伊麗莎白除了曬黑了一點兒外，看不出有什麼別的變化，這也不足為奇，是夏天旅行的結果。

她回答說：「我根本看不出她哪裡長得漂亮。臉太瘦削，皮膚不細膩，五官也不中看，鼻子缺少特徵，線條很模糊。牙齒還算過得去，可也只是平平常常；至於她的眼睛，有人說它美，我可從來沒看出有什麼動人之處。這雙眼睛裡透著一種尖刻狡黠的神情，我一點兒也不喜歡；她的神情充滿自命不凡的傲氣，毫無風雅可言，真是糟透了。」

賓利小姐認定達西先生愛慕伊麗莎白，她這樣做並不能博得他多少的好感；可是人在氣頭上往往腦子不清醒；看到達西終於露出了些許的煩惱表情，她便以爲大功告成。不過，達西極力保持沈默。爲了叫他開口，她繼續說：

「我記得，我們初次在哈福德郡認識她時，大家都奇怪她竟是出了名的美人。我特別記得，有一天晚上，她們在尼日斐莊園吃過晚飯以後，你曾說『如果她是個美人，那麼我就該稱她媽媽是個智者啦。』不過從那以後，你對她的看法似乎變好了，你有一度還認爲她長得漂亮，對嗎？」

「是的，」達西忍無可忍，答道，「但那只是我第一次見到她的印象，以後的許多日子裡，我一直認爲她是我所認識的女子當中最漂亮的一個。」

他說完便走開，賓利小姐硬逼著人家開口，最後只是給自己帶來痛苦。

嘉丁納夫人和伊麗莎白回來後，談論起作客的情形，她們談他的妹妹，他的朋友，他的房屋，他的水果，他的一切，就是不談他本人。伊麗莎白很想知道舅媽對他的看法，只要她問，嘉丁納太太會高興地告訴她，只可惜做外甥女的始終沒有提到他。

第46章

伊麗莎白以爲到達蘭布屯後，珍就會來信，可是沒有見到，這使她的心情很沮喪。第二天又盼了個空。到第三天早晨，她不再發牢騷也不再生姊姊的氣了，因爲她一下子收到兩封信，一封信上標有誤投的字樣。珍把地址寫得十分潦草，投錯也不足爲奇。

信送來時，他們正準備去散步，於是舅舅、舅媽先走，留下她一個人安安靜靜地看信。誤投的信自然應該先讀，它是五天前寫的。開頭談的是小型聚會和約會之類的事，還有一些鄉下的小道新聞；信的後半部分是隔了一天寫的，能看出珍心情很亂，消息也很重要，內容如下：

最最親愛的麗茲：

自從寫了上面的事後，發生了一件最出乎人預料之外的嚴重事情。不過你放心，家裡的人都很好。事情跟可恨的麗迪雅有關。昨天晚上十二點鐘我們要去睡覺的時候，從弗斯特上校那裡寄來一封快信，說麗迪雅和他部下的軍官一起私奔到蘇格蘭去了，老實說吧，就是跟韋翰！我們當時的驚訝，你可想而知。對凱蒂來說，這事似乎並不意外。我真是難過極了。這兩個男女就這樣魯莽地攪和在一塊兒！可我還是願意往好的地方想，希望他的人品並不像我們所想的那麼壞。不能否認他辦事太輕率太冒失，不過但願這一步不是他存心不良。他選擇她至少不是為了錢財，因為他知道父親沒有遺產給她。可憐的母親傷心極了，父親還好些。我真慶幸，我們沒有告訴父母達西先生說韋翰的那些話，我們自己也不必放在心上。據人們猜測，他們倆是在星期六晚上十二點鐘左右動身的，但直到昨天早晨八點鐘才發現。快信隨即便寄了來。

親愛的麗茲，他們經過的地方離我們不到十里。弗斯特上校認為韋翰很快便會來到這裡。麗迪雅給弗斯特太太留了幾句話，說了他們的打算。我必須停筆了，我不能讓可憐的母親一個人待著。你看了我的信也許不明白是怎麼回事，我自己也不知道我寫了些什麼。

伊麗莎白在讀完了這封信後，容不得考慮和體味心頭的酸甜苦辣，急忙抓起了第二封信，迫不及待地讀了起來，這封信比上一封晚一天。

我最親愛的妹妹：

到這個時候，你一定收到我那封匆匆忙忙寫成的信了。我希望這一封能把事情說得明白些，雖然時間充裕了，可我腦子裡很亂，恐怕很難寫清楚。

最最親愛的麗茲，我簡直不知道該怎樣寫，寫些什麼。我告訴你的是個壞消息。韋翰和麗迪雅之間的婚姻儘管太莽撞了一點，但我們還是希望婚事已成定局，因為大勢好像不妙，他們並沒有去蘇格蘭。弗斯特上校在寄出那封快信後沒有幾個小時就離開布拉東，昨天抵達這裡。麗迪雅給弗斯特太太的短簡上說，他們要去格利那，可是丹尼說韋翰絕不會去那兒，也沒有跟麗迪雅結婚的念頭。我們把這一情況即刻告訴了弗斯特上校，他感到很吃驚，馬上離開布拉東，去追蹤他們。他果真找到了他們去克拉普漢的蹤跡，但是接下來的線索斷了，他們到了那兒以後，換乘了一輛出租馬車，有人看見他們朝倫敦的方向而去。

我一籌莫展，不知如何是好。弗斯特上校在倫敦打聽情況以後，來到哈福德郡，在沿途的關卡和巴納特及漢特費爾德所有的旅館裡找尋了一遍，都沒有他們的蹤影，沒有人見過這兩個人。上校只好來到龍柏園，把他的憂慮告訴我們，可誰又能責怪他們夫婦倆呢？親愛的麗茲，我們一家人都痛苦極了。父親和母親覺得糟透了，韋翰什麼事都能幹得出來，不過我認為他還沒那麼壞。也許事出有因，他們也許想在城裡私下結婚。即便他對麗迪雅不存好心，欺侮她沒有顯貴親戚，我也不相信她會聽任韋翰的擺佈。可是不妙的是，弗斯特上校根本不相信他們會結婚，他搖著頭說，韋翰並不是那種可信賴的男人。

可憐的母親真的病了，整天待在屋子裡。如果她稍稍出去活動活動，可能會好一點的，可是誰也勸不動她。至於父親，我一生中還從來沒有見到他這樣難受。凱蒂也很生氣，恨麗迪雅把她也給瞞過去，既然如此也不能怪凱蒂。親愛的麗茲，你沒有見到這些痛苦的景象也許更好。最初的風波已經過去，老實說，我真盼望你能回來。如果你不方便，我也不想催你回來不可。再見吧！我又提起筆來做我不願做的事了，情況嚴重，我禁不住要求你儘快回來。

另外我還有別的事想請舅舅幫忙。父親計劃與弗斯特上校一起到倫敦去尋找麗迪雅。我不清楚他想做什麼，不過他痛苦萬分，很難明智穩當地處理這件事情，弗斯特上校必須在明天晚上趕回布拉東。情況緊急，睿智的舅舅的建議和幫助是不可少的，他一定能理解我的心情，我相信他會幫忙的。

「哎呀，舅舅在哪兒呢？」伊麗莎白讀完信後一邊喊著，一邊從椅子上跳起來向外面跑去。就在她到了門口的當兒，門打開了，達西先生站在門口。她蒼白的臉色和驚慌的舉止叫達西吃了一驚。滿腦子都是麗迪雅的伊麗莎白急急地大聲說：「請原諒，我現在必須離開一下。我要找到嘉丁納先生，有緊急的事情要辦，一刻也不能耽擱。」

「天哪！發生什麼事了？」他喊著，擔心之餘忘記禮貌。隨後他鎮靜下來說，「叫僕人去找嘉丁納夫婦，你身體不適，不要自己去。」

伊麗莎白雙膝顫抖，跑出去找人確實力不從心。於是，她叫來僕人，讓他趕快把舅舅、舅媽找回來。她說話時上氣不接下氣，幾乎叫人聽不清楚。

僕人走了以後，她坐了下來，臉色十分難看。達西不放心離開她，關切地問：「我去把女僕找來，你喝點什麼也許會好些。我去給你倒一杯酒吧？你好像病得很厲害。」

「謝謝你，不用，」她強打起精神回答說，「我沒有病，身體很好。只是從龍柏園傳來可怕的消息，家裡出了事，心中難過。」

話音剛落，她便禁不住哭了起來，有好幾分鐘再也說不出一個字。達西心裡焦急可又弄不清是怎麼回事，只能說些泛泛的安慰話，默默地望著她。終於伊麗莎白說：「我剛收到珍的信，告訴我一件非常不幸的消息。這消息是不可能瞞過人的。我最小的妹妹麗迪雅拋棄家人私奔了，她投進了韋翰的懷抱。他們倆從布拉東一塊兒走了。你最瞭解他，後果會是什麼可想而知。她沒有錢財，沒有顯貴親戚，沒有任何能吸引住他的東西，麗迪雅完了。」

達西聽得目瞪口呆。伊麗莎白用一種更爲急切的口吻說：「我原本可以防止這件事！因爲我知道他的爲人。只要我把其中的一部分告訴我的家人，她知道了他的人品，就不會出事了。現在這一切的一切都已經太晚了。」

「我聽了眞的很痛心，也很震驚，可是這消息絕對可靠嗎？」達西大聲問。

「千眞萬確，他們星期日晚上離開布拉東，有人追蹤到倫敦，無法再追下去，他倆肯定沒去蘇格蘭。」

「那麼，你家人有想什麼辦法去找你妹妹嗎？」

「我父親已經去倫敦了，珍來信請舅舅回去幫忙，我希望能儘快動身回去。但是，事情已不可挽回了，我知道得很清楚，做什麼也沒有用。對這樣的人，能叫他悔過自新嗎？怎麼能找得到他們呢？我不抱任何希望。想到這些眞是太可怕了。」

達西表示贊同，卻沒有說話。

「我已經看清了他的眞面目。如果那時我知道該怎麼做，並且大膽去做就好了！可是我不知道，我害怕做得太過分。眞要命呀！」

達西沒有說話，而且似乎也沒有聽她的話，只是在屋子裡來回地踱步，深深地思索著，緊鎖著眉頭，神情沈鬱。伊麗莎白很快發覺了他的這副神情，猜到了他的心事。她的身價跌落了，這樣的家庭，這樣的恥辱，什麼也不用說了。她既不感到詫異也不願去責備，她相信他願意委曲求全，但這不能給她帶來絲毫的安慰，也不能減輕她的痛苦。恰恰相反，這倒使她更深切地認識自己，原來她已經愛上他了。在千恩萬愛必定落空的時候，她清醒過來。

不過，這件事並不能佔據她的身心。麗迪雅以及她給全家人帶來的恥辱和痛苦，吞噬了伊麗莎白。她用手絹捂住了臉，過了好一會兒，她聽到達西的聲音，方才清醒過來。

他用一種同情而又拘謹的聲調說：「恐怕你早就想讓我離開這兒，我的確沒有理由待在這裡，只是對你的眞摯而又於事無補的關心叫我不忍離去。天哪！我要是說點什麼或做點什麼，能使你減輕一點痛苦就好了。我不再用這些徒勞的願望來折磨你了，好像我有意要討好你。出了這樣的事，恐怕我妹妹今天不能在彭伯里見到你了。」

「是的。請你務必替我們跟達西小姐表示歉意，就說有緊急的事要馬上回家。最好不要把這件不愉快的事告訴她，不過我也知道不會瞞得太久。」

達西答應替她保守秘密，又一次對她的痛苦表示了同情，衷心希望這件事能有一個較爲圓滿的結局，不至於像想像得那麼糟，最後請她代向她的家人問好，然後依依不捨地望了她一眼走了。

達西剛出門，伊麗莎白便思忖道，他們倆竟然會在德比郡相逢並有好幾次坦誠相見，這簡直是出人意料。當她回想起他們倆相處的前前後後，禁不住歎息了一聲：原先還希望中斷關係，現在恐怕眞的不能交往下去了。

如果說感激和尊敬是愛情的基礎，那麼伊麗莎白感情的變化就完全無可指責。世上有所謂一見鍾情、甚至三言兩語還沒說完就傾心相許的愛情，與此相比，由感激和尊敬產生的愛情顯得不近人情或是不自然的話，我們也無法爲伊麗莎白辯解，只能說她也曾領略過一見傾心，可是在對韋翰的情意上碰了壁，她才無奈而求其次，用了另一種較爲乏味的戀愛方式——不求浪漫，但求眞情。儘管如此，看見他走了，她還是萬分遺憾。麗迪雅的放蕩行爲必然產生這樣的後果，她是第一個受害人，想到這裡，她的痛苦更多一分。

自從讀了珍的第二封信以後，她心裡再也不存韋翰會娶麗迪雅的念頭。除了珍，沒有人會用這樣的願望來安慰自己。對這件事的發展，她不再感到驚奇。當她想著第一封信的內容時，她驚訝韋翰竟會娶一個沒有錢的女孩；而且麗迪雅怎麼會愛上他，也讓人不可理解。可是現在這一切都是再自然不過的事了，麗迪雅的風流嫵媚可能也就足夠了。儘管伊麗莎白不相信，麗迪雅沒有結婚的念頭，就心甘情願地跟韋翰私奔，可她也不能不相信，麗迪雅的品行欠佳，頭腦簡單，容易落入別人的圈套。

她從來不曾察覺，麗迪雅在民兵團駐紮麥里屯期間對韋翰有所傾心，不過她相信，只要有人勾引，麗迪雅就會上鉤。有的時候是這個軍官，有的時候是那個軍官，只要向她獻殷懃，她就會看上對方。她的感情總是在變化中，始終不缺談情說愛的對象。對這樣的女孩，沒有嚴加的管教反而放縱，結局必然可悲，她現在深深地感到切膚之痛。

她歸心似箭，家裡亂糟糟的重擔落在珍肩上，父親去倫敦了，母親毫無辦法，還需要別人照顧。她認爲麗迪雅的事已經無可挽回，可是舅舅的參與也許會起一些作用，她現在等得心急如焚。嘉丁納夫婦慌慌張張地趕了回來，聽僕人的講述，還以爲外甥女兒突然得了急病，得知不是那麼回事才頓時放了心。伊麗莎白把家裡的事說了一遍，大聲讀了兩封信，又將後面補寫的那一部分也予以強調。嘉丁納夫婦雖然不喜歡麗迪雅，但也感到深切的憂慮。因爲家人親戚都與此事相關。嘉丁納先生開始時大爲驚駭，連聲感歎，隨後答應盡全力幫忙。雖然這是預料之中的事，伊麗莎白仍然感激。三人商量後，一切準備工作很快做好，他們要儘快趕回去。

「可是彭伯里那邊怎麼辦？約翰說，當你打發他來找我們時，達西先生在這兒，眞是這樣嗎？」嘉丁納太太問道。

「是的。我已經告訴他們我們不能去赴約了，一切都說妥了。」

「一切都說妥了。」嘉丁納夫人念叨著跑進房間去準備，「難道他們兩人之間已經好到這種程度，連眞相都透露給他了嗎？噢，但願我知道眞相就好了！」

但是願望終歸是願望，或者說最多也不過是在後來一個小時的忙亂中，使她有一個聊以自慰的念頭而已。伊麗莎白儘管心情紊亂，可是像舅媽一樣，她也有一些事要做，這其中包括給彭伯里的朋友寫信，爲他們的突然離去編造出種種的理由。只用了一個小時，一切準備就緒，嘉丁納先生結清了帳目，只等動身。伊麗莎白苦惱了一上午，沒有料到這麼快就坐上馬車，向龍柏園出發。

第47章

馬車出了小鎭，嘉丁納先生說：

「我一直在想這件事，麗茲，你聽我說，經過認眞地考慮，我覺得你姊姊的判斷很有道理。叫我看，任何人都不敢對一個有親朋好友保護、留住在上司家裡的姑娘起歹心，因此我願意往最好的方面去想。難道他不怕她的親屬前來救助？冒犯了上司弗斯特上校以後，他還能再回到部隊嗎？就算他色膽包天也不會冒這樣的險。」

「你當眞這樣想嗎？」伊麗莎白聽後，臉上有了喜色。

「說實話，」嘉丁納太太說，「你舅舅的話很有道理。他犯不著不顧廉恥，丟掉名譽和利益吧？韋翰還沒有這麼壞。麗茲，難道你對他已經完全絕望，相信他會做這種事嗎？」

「對他沒好處的事他絕不會幹。除此之外，我相信他根本不會在乎。如果眞像你們說的就好了！我卻不敢有此奢望。」

嘉丁納先生回答說：「如果眞是這樣，他們爲什麼不去蘇格蘭呢？」

「首先，沒有確鑿的證據證明他們沒有去蘇格蘭。」

「噢！他們把原來的馬車換成出租馬車，顯然是另有用意！再說，去巴納特的路上也沒有他們的任何蹤跡。」

「那麼他們也許去了倫敦。他們可能只是爲了躲藏一時，而不是有別的目的。他們不可能有許多錢，也許在倫敦結婚比去蘇格蘭更省錢，雖然不如那兒方便。」

「他們爲什麼要鬼鬼祟祟呢？爲什麼怕被人發現呢？他們幹嘛要偷偷摸摸地結婚呢？不對，不對，這不可能。珍在信上說，他的好朋友都認爲他不會娶麗迪雅的。韋翰絕對不會跟一個沒有錢的女人結婚，他不會。麗迪雅除了年輕、健康和活潑以外，一無可取，他絕不會爲此而丟掉藉結婚致富的機會。至於他是否顧及名譽害怕私奔使他丟臉，便把他的行爲變得收斂一點兒，那我就不敢說了，因爲我不知道他這一步到底能招致什麼後果。至於其他理由，恐怕很難站得住腳。麗迪雅沒有兄弟出來撐腰，而且我父親對家中所發生的一切事情都採取縱容不予過問的態度，韋翰也許認爲父親在這件事情上，也不肯去多管、不肯去多想。」

「那麼麗迪雅是因爲愛他，既使不結婚也要和他住在一起嗎？」

伊麗莎白眼睛裡浸著淚水回答說：「我們竟然會懷疑妹妹的道德和貞操，眞是難以啓齒。或許我對她的看法太過於片面，可是她畢竟還太年輕了，沒有人告訴過她如何處理重大的問題。最近的一年來，她只知道追求快樂和虛榮。家裡縱容她四處遊蕩，自從民兵團駐紮到麥里屯後，她只想著和軍官們談情說愛。談到她的感情，我怎麼說呢，她天生就多情，容易受到誘惑。韋翰堂堂儀表，談吐優雅，他的魅力很容易讓女人著迷。」

「可是你也看得出來，珍絕不相信韋翰有那麼壞，會做出這等事來。」她的舅媽說。

「珍從不把人往壞處想。不管這個人以前的行爲如何，沒有得到證明之前，珍絕不相信人家會做出壞事來。可是珍像我一樣清楚韋翰的眞實面目，他行爲放浪，不誠實又無節操，虛僞造作，又善於奉迎。」

嘉丁納夫人大聲問：「這些情形你眞的都瞭解嗎？」她對伊麗莎白瞭解這些詫異情況。

「我的確瞭解，」伊麗莎白回答，隨之臉也紅了。「前兩天我已經將他如何對待達西先生的事告訴了你，你說在龍柏園也親耳聽到他批評達西先生，有些事情我不便說也不値得說，他給彭伯里一家造了太多的謠言。以他對達西小姐的描述，我看到的該是一個驕傲、矜持、惹人討厭的女孩子。其實他自己也知道事實恰恰相反，她和藹可親，毫無造作，這些我們都是親眼看見的。」

「難道麗迪雅全然不知嗎？你和珍知道的事，她怎麼一點兒也沒聽說？」

「正是這樣！事情糟就糟在這兒。我是到了肯特郡以後，常常跟達西先生和他的表弟費茨威廉上校見面，才知道事情的眞相。回到家裡之後，麥里屯的民兵團已經準備開拔。既是如此，珍和我都覺得沒有必要把他的事情公開，我們何必讓鄰居們失去對他的好感呢？麗迪雅要跟弗斯特太太走的時候，我也沒想到過要叫麗迪雅認清韋翰的本性。我沒想到她竟會上當受騙。你可以相信，我萬萬沒有料到會有這樣的後果。」

「這麼說來，她去布拉東的時候，你根本不知道他們兩人已經要好了。」

「一點兒也不知道。我看不出他們之間有過傾慕的徵兆，只要有一絲一毫的跡象，在我們這樣的家裡是不可能輕易放過去的。韋翰剛來部隊時，麗迪雅倒是對他很欣賞。當時麥里屯以及麥里屯附近的女孩子們都很迷戀他，不過他對麗迪雅並不特別偏愛。之後，她對韋翰的愛慕似乎漸漸淡化，改爲喜歡上那些向她獻殷勲的其他軍官們。」

旅程中，三個人對這件事翻來覆去地討論，除了擔心、希望和揣測外談不出什麼名堂，他們很少談別的話題，即使談了不久又會轉回這件事上。伊麗莎白只要一想到這件事，便感到痛苦，感到自責，一路上沒有一刻輕鬆過。

他們匆匆趕路，日夜兼程，第二天中午時分趕到龍柏園。想到珍可以輕鬆了，伊麗莎白覺得一陣快慰。

嘉丁納舅舅的孩子們看見車子進了大門，便站在房門前的台階上。馬車在門前停下，他們臉上露出了驚喜，高興得又蹦又跳，熱烈地歡迎。

伊麗莎白跳下馬車，匆匆吻過小表弟表妹們，急速走進門廊，珍正從母親房間下來，姊妹二人相遇。伊麗莎白緊緊地擁抱著姊姊，兩人的眼睛裡都浸滿了淚水，伊麗莎白迫不及待地問起兩個失蹤者的消息。

「還沒有消息。不過，舅舅現在回來了，我想一切都會好起來的。」珍回答。

「父親還在倫敦嗎？」

「是的，我信中告訴過你，他是星期二的時候走的。」

「父親有寫信回來嗎？」

「只收到過一封。星期三寫來短短幾句話，說他已平安到達，告訴我他的地址，這是我在他臨走前特意請求他的。他說等到有重要線索的時候再來信。」

「母親好嗎？家裡的人都好嗎？」

「母親的情況還算不錯，儘管她精神上受到很大刺激。她正在樓上，看到你們一定會高興的。她整日待在房間裡。瑪麗和凱蒂嘛，感謝上帝，她們都很好。」

「但是你，你怎麼樣？」伊麗莎白著急地問，「你臉色很蒼白，這些天眞難爲你了！」

珍叫她放心，說她的精神和身體都很好。趁著嘉丁納夫婦和孩子們親熱的空檔，姊妹倆說了幾句話；等大家都進來時，珍便走到舅舅和舅媽面前，又是眼淚又是笑地向他們表示歡迎和感謝。

大家都到了客廳，伊麗莎白問過的話兒又被舅舅、舅媽提了起來，他們發現珍沒有什麼新消息。珍心裡的美好願望依然存在，她仍然希冀有個圓滿的結果，她覺得每個早晨都可能收到麗迪雅或是父親的來信，信上會說明事情進展情況，也許還會有結婚的喜訊。

談了一會兒，大家來看貝納夫人，她的情緒可想而知。她又是掉淚又是懊悔，大罵韋翰的卑劣行爲，也爲自己所受的苦和委曲叫冤。她把每一個人都數落了，就是不說自己才是鑄成這個錯誤的關鍵。

貝納太太說：

「如果照我當初的想法，全家人一塊兒去布拉東，就不會有這樣的事情發生啦。可憐的麗迪雅沒人照顧，爲什麼弗斯特夫婦要讓她一個人亂跑呢？我敢說他們兩個一定沒有盡到責任，如果好好管著點兒，麗迪雅絕不會做出這種事。我早就認爲他們照顧不了她，可是我的話沒有人聽。可憐的孩子。貝納先生見到韋翰一定會打起來的，他會被打死，我們一家老小怎麼辦呢？他屍骨未寒，柯林斯夫婦就會趕我們出去了。弟弟，如果你不幫忙，我們眞是走投無路了。」

一席話說得大家目瞪口呆。嘉丁納先生安慰她說，他會盡力照顧她和她的家人，然後又說他明天就去倫敦，竭盡全力幫助貝納先生找到麗迪雅。

「你不必過分驚慌，即使往最壞的地方想，也不必把它當成是肯定的結局。他們兩個離開布拉東不到一個星期，也許再過幾天，就會有他們的消息了，一旦得知他們並沒有結婚，也沒有結婚的打算，事情就有希望。我一進城就到姊夫那兒去，接他到天恩寺街家裡去住，然後一起商量個辦法。」

「啊！我的好兄弟，」貝納夫人回答說，「你說的正合我的心意。你到了城裡，一定要千方百計找到他們。如果他們倆還沒有結婚，一定要讓他們結婚，不要等什麼結婚禮服。告訴麗迪雅，他們結婚以後，買多少錢的禮服都可以。最要緊的是，千萬不要叫貝納先生動手。告訴他我現在的情形糟透了，我已經被嚇得魂不附體啦。渾身發抖，腰背痙攣，頭痛心悸，白天夜裡都不得安寧。再告訴麗迪雅，在沒有見到我以前，不要購置禮服，因為她不知道哪一家的衣料好。哎，弟弟，多虧了你！我相信你會把事情辦好。」

嘉丁納先生一再地寬慰她，可也忍不住勸她，不要抱太大的希望，一直談到吃飯的時候才離開。她只能向女管家發洩怨氣，女兒們不在身邊時，女管家便陪著她。

儘管嘉丁納夫婦並不認為非要把她隔離起來，可他們沒有表示反對，他們知道，如果讓她和大家一起吃飯，上菜的時候她肯定管不住自己的嘴，出言不慎會讓人笑話的。讓最信任的女管家陪著她，她的擔心和焦慮只讓她一個人知道就好了。

不久，瑪麗和凱蒂也來到餐廳裡，在這之前她們兩個都各自在自己的房間裡忙著，一個在看書，一個梳洗打扮。兩人表情平靜，沒有明顯的變化，只是凱蒂講話比平常焦躁些，大概是因爲失去心愛的妹妹而傷心，或是感到氣惱。瑪麗與她不同，還是平時的樣子。大家坐下以後，她一本正經地跟伊麗莎白小聲說：

「這眞是一件最不幸的事了，會遭到非議。我們必須頂住小人們的流言，用姊妹之情撫慰彼此受傷的心靈。」見伊麗莎白不答話，瑪麗又接著說，「這件事對麗迪雅來說肯定是不幸的，我們卻有了前車之鑒。女人一旦失去貞操便無法挽回，一步邁錯將鑄成終身悔恨。對輕薄負義之人，應嚴加防範。」

伊麗莎白聽了詫異地瞪大眼睛。

下午，貝納家的兩位大小姐總算有了半個鐘頭的時間來談心。伊麗莎白立刻抓住機會問了珍許多問題，珍一一做了回答。姊妹兩人對可怕的後果歎息一番，伊麗莎白認定結果不妙，珍表示贊同。伊麗莎白說道：「告訴我一切細節，只要是我還沒聽過的。弗斯特上校是怎麼說的？兩人私奔之前他們毫無察覺嗎？他一定會看見他們形影不離的。」

「弗斯特上校承認，他曾懷疑過，但在麗迪雅身上卻沒有發現可疑之處。他對這件事非常關心，也很樂意幫忙。」

「丹尼眞的認爲韋翰不會跟她結婚嗎？他事先知道他們有私奔的打算嗎？弗斯特上校問過丹尼嗎？」

「問過了。上校找他的時候，他矢口否認知道他們的計劃，也不願說出眞實想法。他沒有再提他們會不會結婚的話，我猜他的話也許被人誤解了。」

「弗斯特上校沒來時，你們都認爲他們會結婚吧？」

「我們怎麼能懷疑呢？我只是不放心，擔心小妹跟他不會幸福，我早就知道他品行不端。父親和母親卻全然沒有想到，他們只是覺得太草率了。凱蒂承認，在麗迪雅給她的最後一封信中，曾談到她準備私奔，她知道得比我們多，凱蒂當時還很得意。她好像早就知道他們相愛了。」

「總不會是在他們到布拉東之前吧？」

「我想不會。」

「弗斯特上校是不是看不起韋翰？他瞭解他的眞實面目嗎？」

「弗斯特上校對韋翰的印象不太好。他覺得他做事魯莽，生活放蕩。這件事情發生以後，人們都說他在麥里屯欠了許多債。不過我希望這些都是謠傳。」

「噢，珍，如果我們不是守口如瓶；如果我們把他的事講出來，也許不會發生這樣的事情！」

「也許會好一些，」她的姊姊回答，「可是在不瞭解一個人品行的情況下，去揭露他以前的錯誤，似乎不太好。」

「弗斯特上校把麗迪雅給他妻子的留言告訴你們了嗎？」

「他帶來給我們看了。」

說著珍從皮夾子裡取出信，交給伊麗莎白。信是這樣寫的：

親愛的海麗特：

當你知道我去哪兒的時候，一定會大笑起來；想到明天早晨你會為我的離開而驚訝，我也忍不住要笑。我打算去格利那，如果你猜不出我和誰一起去，你就太傻了，世界上我只愛一個男人，他是我的天使。沒有他，我就不會幸福，所以不要為我的離去而擔心。如果你不願意的話，你可以不必寫信把我出走的事告訴我的家人，等我給他們寫信，下面署名麗迪雅．韋翰時，他們一定會大吃一驚。這個玩笑真有意思！我笑得幾乎寫不下去了。請替我向普拉特道歉，說我今天晚上不能赴約同他跳舞了。告訴他我希望他原諒我，下一次舞會上，我會盡興地和他跳。

希望你能告訴夏麗一聲，我那件細洋布長裙上撕了一道裂縫，請她幫我縫一下。

再見。代向弗斯特上校問好，願你為我們的一路順風祝福。

「啊！麗迪雅眞是荒唐透頂！」伊麗莎白讀完信不禁喊起來，「這時候還能寫出這種信來。不過，這封信至少說明，她對這趟旅行看得很嚴肅。不管韋翰以後會引誘她做出什麼丟臉的事，她都不是有意的。可憐的父親！看到信時他一定氣壞了。」

「我從來沒見過有誰驚駭成那個樣子。他當時一句話也說不出，母親馬上就病倒了，家裡全亂了套！」

伊麗莎白大聲說：「家裡所有的僕人當天就都知道了？」

「我不知道。但願不是這樣。不過，要保密也不太容易。母親瘋瘋癲癲的毛病又犯了，儘管我極力地勸慰她，恐怕還是不周到。我擔心會出大亂子，幾乎不知所措。」

「眞是太難爲你啦。你的臉色不好，有我在家裡就好了！所有事光靠你一個人操勞，太辛苦啦。」

「瑪麗和凱蒂還算懂事，幫我分擔，我覺得不該讓她們受累。凱蒂身體纖弱，瑪麗用功學習，不應該牽扯到她們。星期二父親走後，腓力普姨媽就來了，在這兒待到星期四。這對我們全家是極大的安慰，同時也幫了不少忙。盧卡斯夫人待我們也很好，星期三早晨來看望我們，並說只要用得著，她和女兒們願意效勞。」

「她還是待在家裡的好，」伊麗莎白大聲說，「也許她是出於一番好意，可是發生了這樣的事，鄰居們還是越少見越好。幫忙既不可能，勸慰更叫人受不了。他們站遠一點兒去幸災樂禍吧。」

伊麗莎白接著問起父親到倫敦之後的打算。

珍回答：「他計劃先去艾普桑，因爲他們倆是在那兒換的馬車，他想找馬車伕，看看能不能探聽出一點兒消息。他想查出他們在克拉普漢所搭乘的出租馬車的號碼。他認爲一男一女從一輛馬車換上另一輛馬車，也許會引起人們的注意，他想在克拉普漢做點調查，想查出他們在哪裡下了車，也許能夠查問出那輛馬車的號碼和停車的地點。我也不知道他有沒有別的打算。他走得十分匆忙，而且心情不好，問出這麼多已經不容易了。」

第48章

第二天早晨，全家人都盼望收到貝納先生的信，郵差來了卻沒有他的片紙隻字。家人都知道他一向懶得動筆寫信，不過在非常時期，他也許能勤勉一些。他們只得認爲，他現在還沒有好消息要傳回來，可是就是這一點他們也希望能得到證實。嘉丁納先生還沒有動身，也是爲了等他的來信。

不久，嘉丁納先生走了，大家放心了一點兒，至少他們可以經常聽到事情進展的情況。嘉丁納先生答應勸說貝納先生，要他早點回到龍柏園，這對他的妹妹是一個極大的安慰，因爲貝納太太認爲只有這樣才能避免決鬥事件發生。

嘉丁納夫人和孩子們繼續留在哈福德郡，她在這裡對外甥女們是一個幫手。她和她們一起照料貝納夫人，等她們閒暇時，又能給她們些安慰。她們的姨媽經常來看她們，想讓她們振作一點兒，可是她每次都帶來韋翰奢華放蕩的新事實，反而使她們更加沮喪。

麥里屯的人們似乎都在使勁地說韋翰的壞話，可是三個月以前，他們還說他是一個光明的天使呢。人們傳說他欠下許多債，還說他誘騙婦女。說他是世上最壞的青年，還說他們早就懷疑他不是好東西。雖然伊麗莎白對這些傳聞並不全信，不過卻也足以使她更加相信，她的妹妹算是完了。珍也幾乎變得絕望，時間已過了這麼久，如果他們兩人眞去了蘇格蘭，現在也該聽到消息了。

嘉丁納先生星期天離開龍柏園，星期二他的夫人便收到他的一封信，說一到了倫敦便找到了貝納先生，勸他住到天恩寺街。貝納先生曾到過艾普桑和克拉普漢，可惜一無所獲。他決定找遍城裡所有的旅店，他想他們剛剛到達倫敦沒有住處，可能住在旅店。嘉丁納先生不相信這個辦法會有效果，可是姊夫一味堅持，他只好幫忙打聽。嘉丁納先生最後說，貝納先生目前似乎一點兒也沒有想離開倫敦的打算，他答應不久再寫信回來。信的末尾還有一段附言：

我已經給弗斯特上校寫信，請他找韋翰在部隊裡的好朋友，打聽韋翰在城裡有沒有親戚和朋友，他們也許知道他在城裡的藏身處。要是我們有這樣的人可以請教，從中可能得到一些線索，事情就好辦多了。目前我們還無從下手。我相信，弗斯特上校會盡力為我們辦這件事的。但是，我又想了一下，也許麗茲比別的人更瞭解，韋翰有什麼親戚。

伊麗莎白心中明白舅舅爲什麼會這樣說，無奈她一無所知，辜負了舅舅的希望。

她從來沒有聽說過他有什麼親戚，除了他已去世的父母親。不過他部隊上的朋友卻可能可以提供一些信息，她雖說對此不抱希望，不過試一試倒也未嘗不可。

貝納家的每一天都是在焦慮中度過，一天中最心焦的時刻就是郵差快要到來的時候。每天早晨急切盼望的第一件大事是來信，不管是好消息還是壞消息，總得靠信件傳遞過來，他們一天天期待能有重要的信息。

在嘉丁納先生的第二封信到來之前，他們從另一個地方——從柯林斯先生那裡收到了給父親的一封來信。父親曾交代他不在時，珍代拆一切信件。她讀了信，發現他的信寫得很古怪，伊麗莎白站在姊姊身後看了一遍。信是這樣寫的：

親愛的先生：

得知您現在正遭受巨大的哀痛，由於我們之間的親戚關係和我的職業關係，我向您表示慰問。親愛的先生，柯林斯夫人和我對您及尊敬的家人目前所受的痛苦，是深表同情的，這種痛苦是刻骨銘心的，因為它永無澄清之日。我真心希望能說點什麼，以減輕這一不幸的後果，或者能使您得到安慰，我知道在這類情形下最受打擊的莫過於父母的精神了。早知如此，令嫒若早逝亦應慶幸。

據我親愛的夏綠蒂所說，令嫒的放縱行為是家裡大人管束不嚴所致，這真叫人痛心。儘管為了安慰您和貝納夫人，我願意認為麗迪雅的性情生來就那麼邪惡，否則她不可能小小年紀就犯下這麼嚴重的錯誤。即便如此，我仍十分同情您的悲哀，而且不僅是柯林斯夫人，還有嘉德琳夫人和她的女兒也跟我有同感。我們一致認為，一個女兒的失足會損害到其他所有女兒的命運，正如嘉德琳夫人斷言那樣，如此家庭誰還會願意與其攀親呢。我想起去年十一月我向令嬡求婚的事，萬幸之至沒有成功，否則的話我現在也必定捲入您的傷痛和恥辱之中。願先生善自寬慰，如此女兒不必疼愛，她自作自受。祝福您。

柯林斯

接到柯林斯的信後，嘉丁納先生才寫來了他的第二封信，並沒有帶來什麼可喜的消息。誰也不知道韋翰有什麼親戚跟他來往，幾乎沒有一個至親在世。他從前的朋友很多，可是自從他進了部隊以後，好像不再有任何親密的交往。找不出任何人來告知有關他的任何消息。另外韋翰的經濟狀況很糟，他臨走時欠下一大筆賭債，據弗斯特上校估計，他的債務約有一千多英鎊。他在倫敦也欠了不少的錢，而且他的名聲更是可怕。嘉丁納先生把這些細節一一向龍柏園報告，珍讀了心驚肉跳。

「好一個賭徒！真沒料到。我怎麼也沒有想到他會是這樣的人。」她喊道。

嘉丁納先生在信中接著寫道，她們可以在第二天即星期六便能看到她們的父親了。由於他們所有的努力都毫無結果，她們的父親也心灰意冷，終於同意他的請求返回家去，留下他一個人見機行事。貝納夫人知道這些情況後，並沒有像女兒們所預料的那樣，表示出滿意的神情，雖然她前幾天擔心的要命。

「可憐的麗迪雅沒找到，他回家來幹什麼！」她憤憤地嚷道，「在找到他們倆之前，他怎麼能離開倫敦？如果他走了，誰跟韋翰較量，逼他娶女兒呢？」

嘉丁納太太此時也想回家，於是她決定在貝納先生離開倫敦時，和孩子們趕回倫敦，屆時可以派車子把他們母子送到車站，順便接貝納先生回龍柏園。

嘉丁納夫人走了，她始終沒弄明白伊麗莎白和德比郡的朋友是怎麼回事。她的外甥女從來沒有主動提起過他的名字。嘉丁納夫人原以爲會收到達西先生的信，結果等了個空。

家裡遇到倒楣事兒，伊麗莎白必然會無精打采、精神沮喪，儘管她到現在已經理清了自己的情緒：如果她根本不認識達西先生，她倒能平靜忍受麗迪雅這件丟臉的事。那樣的話，她的失眠夜晚至少可以減少一半。

貝納先生回到家時，看上去與平時一樣鎮靜自若、沈默寡言，隻字不提他這次外出的事情，女兒們等了好久才敢在他面前說起這件事。

下午喝茶時，伊麗莎白鼓足勇氣，大膽談到了這件事。她剛說到父親吃了不少的苦，她很是難過，做父親的便接過了話說：「別說這樣的話了，這份罪應該是我受的。這是我一手造成的，我應該去承受。」

「不要過於自責了，犯不著。」伊麗莎白回答。

「你給過我忠告，我們本可以避免這場不幸。可是人的本性多麼容易落入到舊習中去呢。不要勸我，麗茲，讓我這一生也嘗到一次悔恨的滋味吧。我不會積鬱成疾，一蹶不振。這痛苦很快就會過去的。」

「你認爲他們會在倫敦嗎？」

「除了倫敦，他們還有什麼地方藏身？」

「麗迪雅早就想到倫敦去呢。」凱蒂加上了一句。

「這下子正合她的心意了，她在那兒也許會住上一陣子的。」她們的父親懶洋洋地說。

沈默片刻以後，他接著又說：「麗茲，五月間你勸我的話很有道理，我眞是小看了你，從現在發生的事來看，證明你是有見解的。」

正在這時，珍進來準備給母親端茶，打斷了他們的談話。

「你母親可眞會享福，」貝納先生大聲說，「這倒不無好處，爲家門的不幸增添了一種別樣的風雅！哪一天我也要享受享受，身穿睡衣、頭帶睡帽坐在書房裡，叫你們一個個地來伺候我。不過，也許我要等到凱蒂私奔時再來享福。」

「我才不會私奔呢，爸爸，」凱蒂氣惱地說，「我要是去布拉東，一定會比麗迪雅安分的。」

「你到布拉東？就是到麥里屯這麼近的地方，我也不敢叫你去！不行，凱蒂，我必須吸取教訓，你等著瞧。我的家裡再也不許有軍官們來，甚至到我們村子也不行。以後絕對禁止跳舞，除非你們姊妹之間跳，也不許你走出家門。」

凱蒂對這些話兒信以爲眞，竟然哭了起來。

「哦，得了。」她的父親說，「別傷心啦。」

第49章

貝納先生回家後的第三天，珍和伊麗莎白正在屋後樹林裡散步，突然看到女管家走過來，她們以爲她是喊她們回父親那兒去，兩人便迎了過去。到了管家眼前，才發覺她原來並不是叫她們回去的。她對珍說：「小姐，請原諒打擾你們，倫敦來了好消息，你們知不知道？」

「我們並沒有聽到倫敦的好消息呀。」

「親愛的小姐，」希爾夫人吃驚地問，「難道你們不知道嘉丁納先生派人送來一封信嗎？已有半個多鐘頭了，信在主人手裡。」

姊妹兩個趕緊跑回家去，連話也顧不得說了。她們從走廊跑進餐廳，從那裡又到了書房，兩個地方都不見父親的影子，她們正要到樓上母親房間裡找，恰好碰上了廚子告訴她們說：

「你們是找主人吧。小姐，他正往小樹林那兒散步呢。」

她們聽到這話，立刻從大廳跑了出來，穿過一片草地去追趕父親，只見父親正若有所思地向圍場旁邊的林子裡走去。

珍沒有伊麗莎白那麼輕巧，不像妹妹跑得快，落在後面，只見妹妹喘著氣追上父親，著急地喊著：

「爸爸，有什麼消息嗎？是不是從舅舅那兒來的？」

「是的，我收到了他的一封快信。」

「信上說些什麼？是好消息還是壞消息？」

「還會有什麼好消息呢？」說著他從口袋裡掏出信，「不過你看了也許高興。」

伊麗莎白一把拿過了信，珍也趕到了。

「大聲讀吧。我自己也還沒弄清它的意思。」

親愛的姊夫：

我現在終於能把麗迪雅的消息告訴你們了，希望這個消息能叫你滿意。星期六你走後不久，我很快便知道他們在倫敦的住址。細節等我們見了面再談。你們知道他們已經被找到就夠了。

「果然不出我所料，他們結婚了。」珍激動地說。

伊麗莎白接著讀下去：

我見到了他們兩個，他們並沒有結婚，也看不出他們有這種打算。但是，如果你同意我為你講妥條件的話，我想他們不久便可以結婚。你要保證你的小女兒在你和我姊姊死後能夠得到五千英鎊遺產中的一份。另外，只要你在世，每年給她一百英鎊。這些條件我以為我可以代你做主，便毫不遲疑地應承下來。我之所以用快件，就是為能了儘快得到你的回答。

你瞭解這些詳情之後就會明白，韋翰的處境並不像人們所想的那麼糟。一般人在這點上是被蒙蔽了。我可以高興地說，甚至在還清他的所有債務以後，在我外甥女兒的名下還能剩下一些錢。如果你願意根據我說的情況，委託我以你的名義全權處理這件事，我將馬上去辦理適當的手續。你完全沒有必要再來倫敦，安心地待在龍柏園，我一定竭盡全力。儘快告知你的意見，注意寫得清楚一些。我們覺得，外甥女還是從我們這裡嫁出去的好，當然這也要徵得你的同意。麗迪雅今天來看我們了。如有其他情況我會儘快給你寫信的。再見。

愛德華．嘉丁納

8月2日寫於天恩寺街

「這可能嗎?他會娶她嗎?」伊麗莎白喊道。

「韋翰看來並不像我們想像的那麼壞，」珍說，「我向你祝賀，親愛的父親。」

「你回信了嗎?」伊麗莎白問。

「沒有。不過，得馬上寫。」

於是她極其懇切地請求他馬上回去寫，不要耽擱。

「噢！親愛的父親，」她大聲央求說，「快去寫吧。要知道，這種事情是一分一秒也不能拖延的。」

「不然讓我代你寫吧，如果你嫌麻煩的話。」珍說。

「我不願意寫這種信，可是又必須得寫。」他回答說。

說完，他和她們一起回家，朝屋子走去。

「我可以問一下嗎？」伊麗莎白說，「我想，父親一定會同意這些條件吧。」

「當然同意！他要求得這麼少，讓我都覺得不好意思哪。」

「他們必須結婚！然而他卻是那樣一個人！」

「是的，他們必須結婚！沒有別的選擇。只是有兩件事情我非常想弄清楚：第一件是你舅舅到底墊付了多少錢，才辦成了這件事；第二件是我如何才能還上這筆錢。」

「墊錢？你這是什麼意思？」珍喊。

「我在想，一個頭腦正常的男人，絕不會爲了我生前每年給她的一百英鎊，死後給她的一千英鎊而娶她。」

「父親講得很有道理，」伊麗莎白說，「雖然在這之前我沒能想到這一點。他的債務還清以後，錢還能有剩餘！噢，這一定是舅舅爲他做的！他多麼善良，多麼大方，我只是擔心這會害苦了他自己。這筆數目肯定不小。」

「是的，」她們的父親說，「韋翰不是個傻瓜，他要是拿不到一萬英鎊，會娶她才怪呢。在我們剛剛要結爲親戚的時候，我就把他看得這麼壞，眞叫我難過。」

「一萬英鎊！上帝！就是這一半的數目，我們也還不起。」

貝納先生沒有吭聲，三個人就這樣心事重重、默不作聲地走了回來。父親立即到書房寫信，女兒們則走進餐廳。

等到只剩下她們兩個人的時候，伊麗莎白大聲的說：「他們眞的要結婚了！這是多麼不可思議！而且爲此我們還得打心裡頭感激。儘管他們的婚姻幾乎毫無有幸福可言，儘管他的人品那麼卑劣，可是我們還得爲此而感到高興！啊，麗迪雅！」

「我只要這樣想，就感到安慰了，」珍說，「我想，他如果不愛麗迪雅，肯定不會娶她的。雖然我們好心的舅舅爲韋翰還債，一定做了不少事，可是我卻不相信他已經墊了一萬英鎊。舅舅自己就有好幾個孩子要養，恐怕他連五千英鎊也拿不出來！」

「如果我們知道韋翰到底欠下了多少債，」伊麗莎白說，「以及他向我們的小妹要了多少錢，我們就能確切地算出，舅舅爲他們兩個墊進去多少錢了，因爲韋翰身無分文。舅舅和舅媽的恩情我們這一輩子也報答不了。他們把麗迪雅接到自己家裡，給了她保護和體面，爲了她的利益做出這麼大的犧牲，這樣的情意我們幾時才能報完。現在，麗迪雅已經和舅舅、舅媽在一起了！如果這樣待她，也不能使她覺得內疚和感動的話，她根本就不配得到幸福！在她第一眼看到舅媽的時候，她會做何感想呢？」

「我們應該盡力忘掉他們以前的過失。」珍說，「我希望他們幸福。他既然同意娶她，說明他已然改邪歸正。他們相互的感情會使她變得成熟起來，我想他們將會太太平平、規規矩矩地過日子，不久他們的放蕩行爲就會被人們淡忘啦。」

伊麗莎白說：「他們的行爲任誰都忘不了，無論是你我，還是其他人都永遠不會忘記的。我們不必再說了。」

這時姊妹兩人想到，母親很可能還不知道這件事呢。於是她們來到書房，向父親請示是不是可以告訴母親。他正在寫信，連頭也沒有抬，只冷冷地說了句：

「隨你們的便好了。」

「我們可以把舅舅的信讀給母親聽嗎？」

他說了聲：「拿去吧，趕快離開這兒。」

伊麗莎白從書桌上拿起信，姊妹倆一塊兒到樓上。瑪麗和凱蒂正與貝納夫人在一起，她們說了聲有好消息後，珍便讀起信。貝納夫人聽得喜不自勝。在珍念到麗迪雅不久將結婚時，她不由得心花怒放，以後的每句話都叫她喜出望外。由於欣喜，她的情緒變得激動起來，正如她前些時候由於驚嚇和苦惱而變得焦躁不安一樣。女兒就要成親，她已經心滿意足。至於女兒是否能夠幸福，她並不去多想，女兒的失檢和丟人也很快忘在腦後。

「我的心肝寶貝麗迪雅！太叫人高興啦！她就要結婚啦！我又可以見到她啦！她

十六歲就能結婚！我那善良好心腸的弟弟！我早就知道事情會是這樣的，我知道我那兄弟會把一切都辦妥當的。我多麼希望馬上見到麗迪雅！見到韋翰！可是衣服呢，結婚禮服呢！我要立刻寫信跟弟媳談這件事。麗茲，我的女兒，快下樓找你父親，問他將給她多少陪嫁。哦，你等著，還是我自己去吧。凱蒂，按鈴，叫希爾來。我這就穿衣服。我的寶貝女兒麗迪雅！母女見面後，該會多麼高興啊！」

她的大女兒見她高興的得意忘形，便把話引到應如何感激嘉丁納先生，好叫她冷靜一下。

「這圓滿的結局，都歸功於舅舅的鼎力相助。我們都認爲是他拿出錢來替韋翰還債的。」珍說。

「哦，說得對，」她的母親大聲說，「除了舅舅還有誰這樣做呢？如果他沒有自己的家庭的話，他掙的錢不就是給我和我女兒花嗎？這還是我們第一次從他那兒得到好處呢，除了他以前送的幾件衣服之外。啊！我眞是太高興啦！很快我就有一個出嫁的女兒啦！韋翰夫人！這聽起來有多帥。她六月裡剛滿十六歲。珍呀，媽媽太激動了，一定寫不出信來，所以讓我口述，你幫媽媽寫吧。關於錢的事，以後再跟父親商量，可是所需的嫁妝應該馬上準備好。」

她說出了一大堆的名目，什麼細洋紗啦，印花布啦，麻紗啦，如果不是珍及時勸住她，還會說出一大堆的定單來。珍勸她說遲上一兩天也不會有影響的，她母親由於高興也不像平時那樣粗暴，她只是不停的想出許多點子。

「我想到麥里屯一趟，把好消息告訴腓力普太太。等我從那兒回來以後，我將去拜訪盧卡斯夫人和朗格太太。凱蒂，快下樓去吩咐他們給我套好馬車，我敢說，戶外的空氣一定對我大大的有益。女孩們，你們在麥里屯有需要買的東西嗎？噢！希爾來了。親愛的希爾，你聽說好消息了嗎？麗迪雅小姐就要結婚了。她結婚的那天，大家都可以喝到一杯混合調製的甜飲料，歡樂一番。」

希爾夫人聽了十分高興。伊麗莎白和別人一樣接受了希爾夫人的道賀，不過，後來她實在看不下去，便躲回到自己的房裡，一個人想心事。

可憐的麗迪雅即便落得個最好的結果，也實在夠糟糕的了。儘管如此，伊麗莎白還是得感謝上帝，她也確實感到了些許的慶幸。她肯定妹妹既不會得到幸福，也不能享受到富貴榮華；她回想她們姊妹的擔心，又覺得能有這樣的結局已是不幸中的萬幸了。

第50章

在出事以前，貝納先生曾經後悔，不該把錢花得精光。如果每年存上一筆錢，女兒們和妻子將來能生活得充裕一些。現在，他的體會更深了。倘若他從前做的好一點兒，麗迪雅就不必爲了買回名譽或是面子，而讓她的舅舅給予資助，也不必讓舅舅勸全英國最不成器的傢伙做她的丈夫了。

他的心裡非常不安，爲辦成這件對誰都沒有任何好處的事情，竟然讓內弟破費，做出了那麼大的犧牲，他決定要盡可能地打聽出人家到底墊支了多少錢，以便能儘快還上這筆人情債。

在貝納先生剛剛結婚的時候，節儉被認爲是完全沒有必要的，他確信夫婦倆肯定會生個兒子。兒子成年後，外人繼承財產的事便可以取消，寡婦子孺也就可以不愁吃穿。可是五個女兒接連來到這個世界，兒子卻沒有出生；在麗迪雅出生以後的許多年裡，貝納夫人一直認定會有個兒子。最後，兒子夢終於成爲了泡影，可是攢錢已爲時太晚。

他們的結婚條約上規定了貝納太太和她的孩子們一共享有五千英鎊的遺產。至於這份遺產怎樣分給孩子們，將由父母在遺書上規定。現在，麗迪雅的一部分馬上就能解決了，貝納先生毫不猶豫地同意了嘉丁納先生提出的建議。在信中他對內弟的幫助表示了感謝——儘管措辭相當的簡潔。他對所有的安排表示贊成，但他無論如何都不相信，說服韋翰娶他的女兒幾乎沒有花費他什麼錢。雖說他每年要給他們一百英鎊，可是他每年實際損失的還不到十英鎊；因爲麗迪雅平時吃用開銷再加上她母親給她的零用錢，算起來也差不多夠那個數目了。

這件事情圓滿解決，讓他感到又驚又喜。在那激起他去尋找女兒的憤怒和衝動過後，他又回到了從前那種懶散的狀態。他寫的信很快寄出去了；他雖然做事前喜歡一拖再拖，可是一旦做起來倒也利落。他在信上請內弟把一切代勞之處詳細地告訴他；可是對麗迪雅仍氣憤不過，隻字未提。

好消息很快傳到了左鄰右舍，鄰居們對這件事抱著一種體貼的哲人態度。如果麗迪雅做了妓女，他們閒聊的內容可能會豐富得多；如果她遠離塵世，住到了離家很遠的一個地方，聊起來也會饒有興味。即便是她要結婚了，還是有許多的話題可談。那些心懷惡意的婆娘們，曾假惺惺地祝願她不要遭到厄運，現在仍沒有減低她們的興致，找到這樣一個丈夫，她將來肯定要受罪了。

貝納夫人已經有兩個星期沒有下樓吃飯，今天她又坐到飯桌的首席，顯得神采飛揚，得意洋洋的神情裡沒有半點兒羞愧。自從珍長到十六歲，她最大的心願就是把女兒全嫁出去，這一個願望就要實現了，她想的說的全是婚禮的漂亮排場，什麼上好的細洋紗，嶄新的車子，以及眾多的男僕女傭等等。她想在附近給女兒找一所住宅，她根本沒考慮他們有多少收入，不是嫌這棟房子規格太小，就是那棟房子不夠氣派。

「要是戈爾丁一家能搬走，海味花園倒很不錯；若想客廳再大一點兒的話，位於斯托克的那幢大宅院也可以；可是阿西渥斯就有點遠了！我不願意讓她離我太遠。至於帕爾維斯住宅，它的頂樓實在是太糟糕了。」

貝納先生見僕人在場，不好意思打斷妻子的話。僕人一走，他立刻說：「老婆，在你找到房子以前，讓我們說好，他們絕對不能住到鄰近任何一棟房子裡。他們也休想指望我在龍柏園招待他們。」

話一出口，馬上就引起了爭執。貝納夫人見丈夫不願意拿出一分錢來給女兒添置衣服，不禁大為驚駭。貝納先生聲明：麗迪雅甭想得到一絲一毫的父愛。貝納夫人對此無法理解，他對女兒的憤怒和怨恨竟然會到了這種不近情理的地步；連女兒出嫁也不管，沒有新衣服，婚禮還成何體統，太出乎她的意料之外了。女兒結婚沒有新衣服的羞辱，與女兒和韋翰私奔同居的恥辱相比，前者更叫她無法忍受。

麗茲懊悔不迭，她不該因一時的痛苦，把妹妹的事告訴了達西先生。既然他們馬上就要舉行婚禮，私奔的事就算了結，那一段不光彩的歷史儘量少被局外人知曉得好。

她並不擔心達西先生傳播出去。說到保守秘密，達西先生是最值得信賴的人。不過這時，在這個世界上，任何人知道了她妹妹的這件醜事，也不像讓達西知道了那樣更讓她傷心。這倒不是因爲害怕對她本人有任何的不利，反正她和達西之間有一條不可逾越的鴻溝。即便麗迪雅的婚姻能夠體體面面地進行，達西先生也不可能跟這樣的家庭攀親，這家人的缺陷已經夠多的了，現在又添上了最爲他所不齒的人爲姻親，難怪他會更不願意。

她不怪他望而卻步。在德比郡時，他想要博得她的好感，她心中十分清楚，可是經過這樣一個打擊，他還可能不改初衷嗎？她自卑、傷心、悔恨交加，儘管她不知道自己悔恨些什麼。她開始忌妒他的顯要家庭，她也想聽到有關他的消息，在他們結合的可能性幾乎已經不復存在的時候，她確信自己和他在一起一定會幸福。

她常常想，他要是知道，四個月前她那麼高傲地拒絕了他的求婚，她現在會高興、感激地接受，他一定會得意洋洋。雖然他是最寬大、最豁達的男人，可是只要他尚有人的感情，免不了要得意的。

她發現，無論在性情還是才能上，他都是最適合她的男人。他的理解力和性格，儘管和她不同，可是卻能叫她感到稱心如意。這樣的婚姻肯定會使雙方都受益匪淺。她平易活潑，可以把他的心境陶冶得柔和，舉止變得平易近人；他的眞知卓見，閱世頗深，也一定會使她得到莫大的助益。

但是，這樣的一個令人羨慕的美滿婚姻，已經不可能實現，而另一樁無法幸福的婚姻，卻很快就會舉行。

她簡直無法想像，韋翰和麗迪雅會自食其力，也不能夠想像這一對僅憑著衝動而不是真心相愛的男女，會得到什麼長久的幸福。

嘉丁納先生很快寫來了回信。他先對貝納先生那些感人的話客氣了一番，並說促成他們家裡的任何一個成員的幸福是他的一貫心願，最後他懇請貝納先生再也不要提起這件事了。他告訴他們，韋翰先生決定離開民兵團。

他寫道：

我非常希望，在他的婚事定下來後立刻離開民兵團，無論是為他還是為外甥女，這樣做都是明智的，我想你一定會同意我的看法。韋翰先生想參加正規軍，他的朋友中有人能夠為他幫忙。駐紮在北方的某將軍麾下的一個團，他已經答應讓他當旗手。離開此地對大家都有好處。他的前途還有指望，到了人地生疏的地方以後，他們也許會自重起來。

我已經給弗斯特上校寫了信，告訴他我們的安排，請求他在布拉東通知所有債主，就說我一定信守諾言，會儘快地還清所有的債務。請你將同樣的諾言通知給他在麥里屯的債主，我信後附的債主名單是他自己提供的。他承認欠了多少債，但願他沒有騙我們。哈格斯頓已經接受了我們的意見，所有手續一個星期內就能辦好。

如果你們不願讓他回龍柏園的話，那時他們兩個可以直接到他的部隊。我從太太那裡得知，麗迪雅非常想在離開南方之前，見見家裡所有的人。她一切都好，請我代她向你和她的母親問安。

愛德華．嘉丁納

貝納先生和幾個女兒與嘉丁納先生一樣清楚知道，韋翰離開民兵團是最好不過的，但是貝納夫人心裡卻極不高興。正當她興沖沖地在哈福德郡為他們物色房子，期望有女兒女婿陪著能風光炫耀時，他們卻要到北方去了，這讓她大失所望；而且，民兵團裡的人那麼喜歡她，她這一走豈不是太可惜了嗎？

「麗迪雅和弗斯特太太關係密切，」她說，「她走了她會很難過的！麗迪雅很喜歡民兵團裡的好幾個年輕軍官，將軍那個團裡的軍官未必能合她心意。」

對麗迪雅在動身到北方之前希望回家看看的請求，她父親開始時斷然拒絕。珍和伊麗莎白考慮到妹妹的情緒和臉面，她們懇切、並且婉轉入理地請父親同意，讓他們回龍柏園一趟，父親終於被說動，同意照她們的想法去辦。她們的母親得知女兒在北上之前，能有機會領著她，在街坊四鄰中誇耀誇耀時，便心滿意足。貝納先生給他的內弟寫信說，等婚禮的儀式一完，他們就可以回到龍柏園來。韋翰竟然同意這一個安排，眞叫伊麗莎白吃驚，如果不考慮其他因素，她今生今世希望不要再與他見面。

第51章

妹妹的歸期到了，珍和伊麗莎白比麗迪雅還要緊張。家裡派了一輛馬車去迎接新婚夫婦，到吃午飯時分，他們乘馬車回來了。兩位姊姊都十分不安，尤其是珍，她設身處地爲妹妹想，如果是她做了這樣不光彩的事情，她得忍受多少羞辱啊，一想到這兒心裡就難過。

新婚夫婦來了，家裡人都聚集到餐廳裡迎接他們。當馬車來到門口的時候，貝納夫人的臉上綻開了笑容；她的丈夫則板著面孔，異常嚴肅，也有些惶惑不知所措。

麗迪雅的聲音從遠處傳了進來，接著房門被撞開了，麗迪雅衝了進來；她的母親走上前去，狂喜地擁抱她，然後把手伸給了稍後走進來的韋翰，祝願兩人新婚快樂。喜氣洋洋的話語表明了她毫不懷疑他們會幸福的。

當他們走到貝納先生這兒的時候，他可沒有那麼熱烈地歡迎他們，他臉上似乎更嚴峻了，幾乎沒有開口。年輕夫婦心安理得的神情激怒了他。伊麗莎白感到噁心，連珍也感到吃驚。麗迪雅仍然是不知羞恥，撒野撒嬌，無所顧忌。她走過每一個姊姊的跟前，要她們向她道賀，在大家都坐定以後，她急切地打量屋子，數說著細小的變化，最後大笑著說，她離開家眞是很久了。

韋翰也像麗迪雅一樣，沒有一點兒難爲情。他的舉止一向討人喜歡，如果他人品端正，明媒正娶麗迪雅的話，他臉上掛著的笑容和輕快的談吐，應該會叫全家人喜歡的。伊麗莎白沒想到他竟會這樣的厚顏無恥，她心裡下著決心，以後對這樣不要臉的人不能存任何幻想。她臉紅了，珍也臉紅了，可是叫她們倆臉紅的那小兩口卻毫無羞愧之色。

儘管如此，他們還是有許多話要說。新娘子和她的母親都搶著要說滿肚子的話；韋翰正巧坐在伊麗莎白的旁邊，便向她問起這一帶的熟人的情況，其神態之安詳，叫伊麗莎白覺得很難爲情。夫妻倆的記憶裡似乎都是世界上最美好的事，提起過去的任何事情都不會使他們難爲情；麗迪雅主動地談到了許多事情，這些話兒她的姊姊們是怎樣也說不出口的。

「眞沒想到，」她嚷著說，「我離家已經有三個月啦，在我看來好像才只有兩個星期，這段日子裡發生了多少事啊！天啊，我走的時候，可沒料到我會結了婚再回來！」

她的父親瞪大了眼睛，珍感到難過，伊麗莎白不停使眼色，麗迪雅卻毫不在意地繼續說：「噢！媽媽，這兒的人們知道我結婚了嗎？我剛才還擔心他們不知道呢。我們在路上追上了威廉·戈爾丁的馬車，爲了讓他知道，我把車子側邊上的玻璃放了下來，脫下了手套，把手放在窗框上，露出結婚戒指，還向他點頭微笑。」

伊麗莎白實在聽不下去，站起來跑出房間，一直等他們走向餐廳的時候才回來。她正巧看到麗迪雅走在母親的右邊，對姊姊說：「嗨，珍，我現在要代替你的位置了，你往邊上靠，因爲我是出了嫁的女兒。」

麗迪雅毫無羞澀，幾個月的經歷沒有改變她任性不羈的性情，而且比以前更爲放肆。她渴望見到腓力普夫人、盧卡斯一家人和所有的鄰居們，聽到他們稱呼她「韋翰夫人」。剛吃過飯，她就把戒指炫耀給希爾夫人和兩個女僕看，顯示她已經結了婚。

回到房間以後她說：「喂，媽媽，你看我的丈夫好不好呢？他是不是挺可愛呢？姊姊們一定都很嫉妒我。但願她們有我一半的運氣就好啦。她們都應該到布拉東去，那是個找丈夫的好地方。媽媽，我們全家沒能都去，眞是可惜。」

「是的，依我早就去了。不過，麗迪雅，我的寶貝女兒，媽媽不想讓你去那麼遠的地方。能不能不去啊？」

「怎麼可以呢？我自己非常願意去。你和父親，還有姊姊們一定要來看我們。我們整個冬天都將待在紐卡斯爾，那兒一定會有很多的舞會，我一定爲每一個姊姊找到合適的舞伴。」

「那太好啦！」她的母親說。

「等你們住夠要回去時，可以把一兩個姊姊留在我這兒，我敢說沒過完冬天，她們就會找到丈夫。」

「謝謝你了，」伊麗莎白說，「你那種找丈夫的方式我可不敢苟同。」

新婚夫婦在家裡只能待上十天。韋翰在離開倫敦時便受到了委任，必須在兩個星期內向團部報到。

貝納夫人爲此感到遺憾，她充分利用這段時間，帶著小女兒走訪親友，或在家裡宴請。這種宴會肯定人人歡迎，沒有心思的人固然願意出來湊熱鬧，有心思的人更願意出來解解悶。

韋翰對麗迪雅的感情，正像伊麗莎白所想的那樣，比不上麗迪雅對他。從事理上推斷，他們的私奔多是出於麗迪雅對韋翰的熱愛，而不是出自韋翰，這一點是顯而易見的。如果她不是已經斷定他的逃走是爲債務所逼，她倒眞弄不懂，對麗迪雅沒有什麼愛意的他，爲什麼願意與她一塊兒私奔。如果是出於情勢所逼，他當然不會反對在逃跑中有個伴兒了。

麗迪雅把韋翰當成了寶，張口閉口地說個沒完。誰也不能和他相媲美，他做的每一件事情都是舉世無雙。

一個早晨，她與兩個姊姊坐在一起時，她對伊麗莎白說：

「麗茲，我還沒和你提過我的婚禮。我告訴媽媽和其他人的時候，你當時不在場。」

「我不願意聽，」伊麗莎白說，「這件事還是越少提越好。」

「啊！你這個人眞是太奇怪了！不過就算你不想聽，我也得說。你知道，我們是在聖克利門牧教堂結婚的，因為韋翰的住所屬於那一個教區。我們十一點以前到達那裡。我們的舅舅、舅媽和我一塊兒去，其他人都在教堂裡等候。哦，到了星期一早晨，我突然變得慌亂起來！我害怕會發生什麼意外的事情，使得婚期延後，那時我該多麼沮喪啊！在我梳妝打扮的時候，舅媽不住地嘮叨著，好像她是在佈道似的。我幾乎一句也沒聽進去，因為我正想著心上人韋翰。我想知道他是不是穿那件漂亮的藍色外衣去教堂。

我們照常在十點鐘吃早飯，我當時覺得這頓早飯怕是永遠吃不完了。你們知道，我住在舅父母家的這些天裡，他們對我看管得很嚴。雖然我在那兒住了兩個星期，卻沒走出過家門一步，沒有參加過一個晚會，沒有一點兒消遣。老實說，倫敦雖然並不太熱鬧，可是那個雷特劇院還是有演出的。

哦，話說回來，當接我們的車子到了門口的時候，舅舅被喚去和那個叫做斯登先生的討厭傢伙談事情。你知道，只要這兩個人湊在一塊兒，總是有說不完的話兒。唉，我當時真是嚇得六神無主，如果耽誤了時間，那天就不可能結婚了。萬幸的是，舅舅在十分鐘之後回來啦，於是我們馬上就出發了。不過，我後來記起，就算舅舅去不了，婚禮也不必延期，達西先生照樣可以主持啊。」

「達西先生！」伊麗莎白非常驚訝。

「噢！是的！他和韋翰一塊兒去教堂。真是該死！我竟然忘記了！這話我是不應該透露的。我曾向他們保證過！韋翰會怎麼說我呢？這本是應該嚴格保守的秘密！」

「既然是秘密，」珍說，「就別再提一個字啦。你放心，我絕不會追問的。」

「哦，那當然，」伊麗莎白儘管非常想問下去，嘴上也只能這麼說，「我們不會追問你的。」

「那眞得謝謝你們，」麗迪雅說，「如果你們要問，我一定會把一切說出來的，到那時，韋翰就會生氣了。」

伊麗莎白聽了，只好走開。

然而她對這件事不可能不聞不問，或者說，不可能不去探聽清楚。達西先生竟然參加了她妹妹的婚禮，這可眞是一件奇怪的事情。與此相關的種種猜測急速紛亂地湧入她的腦海，卻沒一種猜測能使她滿意。那些把達西先生往好處想，往崇高處想，也最合她心意的想法，都覺得不太可能。她受不了這無端揣測的熬煎，匆匆地拿過一張紙來，給舅媽寫了一封短簡，請求她將麗迪雅說漏了嘴的事情解釋一下，如果這並不有悖於保守這個秘密的行爲的話。

「你應當理解我的心情，」她接著寫道，「一個與我們家任何人都不相關的陌生人，一個非親非故的人，竟然在這種時刻進入你們中間，這太奇怪啦。請告訴我實情。如果此事非保密不可，那我也只好悶在鼓裡了。」

「不過我是不會罷手的，」她把信寫完又想，「我親愛的舅媽，如果你不如實告訴我，我只能不擇手段地去打探了。」

珍的自尊和正義感，使她不可能在私下裡跟伊麗莎白再談起麗迪雅露出的口風，伊麗莎白也求之不得。在她沒得到滿意結果之前，她寧願一個人待著而不對人傾吐心聲。

第52章

伊麗莎白如願以償，舅媽的回信很快就來了。她拿到信，急忙來到小樹林裡，坐在長凳上，安安靜靜地讀個痛快。

親愛的外甥女：

收到你的來信，我便用整個上午給你回信，因為說得簡單將說不清楚。我不得不承認，你提的問題叫我吃驚，我沒有想到提問題的人會是你。不過，你不要以為我生氣，我只是奇怪你居然還要來問我。如果你不願意聽，請原諒我冒昧。你的舅舅也跟我一樣，我們都認為，達西先生是為了你才這麼做的。如果你真與這件事沒有牽連，而且一點兒也不知情，那就容我細細道來吧。我剛從龍柏園回來那天，你的舅舅接待了一位意想不到的客人，達西先生來訪，並與他密談了好幾個小時。等我回來時，他已經走了，我當時的好奇心並不像你現在這麼強烈。他來是告訴嘉丁納先生，他已經知道你妹妹和韋翰先生在什麼地方，他已經跟他們倆見過面談過話了。他與麗迪雅談了一次，與韋翰談了多次。

據我看，他在我們走後的第二天便離開德比郡來到倫敦，決心找到他們兩個。他說這樣做的動機，是因為他認為這件事之所以發生，是由於他的緣故，他沒有及時將韋翰的不端品行揭露出來，結果使正派的女孩把他當做知己而愛上他。他把責任都歸咎於自己不該有的驕傲上，他承認他以前不恥於將韋翰的私生活公諸於世，認為他的惡行自有公論。他站出來是想對這一疏忽所造成的後果給予補救，這是他義不容辭的責任。如果他還有另一個動機的話，我想那也一點兒不減少他的誠意。他在城裡待了好幾天才找到他們；不過他並不像我們那樣茫然，他有線索可尋。這一點是他決心緊跟我們之後來到倫敦的另一原因。好像是有一位叫做楊吉太太的女人住在城裡，她以前曾當過達西小姐的家庭教師，由於犯了某種過失被解雇，至於什麼過失他並沒有說。這位楊吉太太後來在愛德華街找了間大房子，靠租賃房間為生。他知道楊吉太太和韋翰混得很熟，因此他一到城裡後就去她那裡打聽韋翰的消息。他費了兩三天才得到他想知道的東西。我想，她是不願意在沒有得到什麼賄賂和好處之前，就輕易背叛她的朋友。當然她知道他們的住處，韋翰他們剛到倫敦就找過楊吉太太。這位好心的朋友最終總算打聽清楚，他們住在某街。

他先見到韋翰，然後堅持要見麗迪雅。他承認說，他最初的打算是想說服她擺脫現在這種不體面的處境，再說服她的親友們，儘快地讓她回去，為此他答應盡一切所能給予幫助。可是他發現麗迪雅堅持要留在她現在待著的地方。她並不在乎她的家人，也不想得到他的幫助，更不願離開韋翰。她相信他們總歸是會結婚的，至於什麼時候結婚那並不重要。她的感情既然是如此固執，惟一的辦法就只有讓他們儘快結婚。從他跟韋翰的談話當中，他很容易聽出，韋翰從來不曾有過結婚的念頭。韋翰承認，由於債務所逼，他不得不離開民兵團；而麗迪雅硬要跟著他，只能怪她自己愚蠢。他想馬上辭掉民兵團的職務，對於他的將來，他毫無打算。他必須去某個地方謀生，但是要去哪裡他卻不知道。達西先生問他為什麼不馬上和你的妹妹結婚，儘管貝納先生不太富有，但他總能為他做點什麼，而且結婚會使他擺脫目前的窘況，不過他發現韋翰實際上是希望攀門富親得筆財產。他們碰了好幾次面，商討了許多事情。韋翰當然想要討個高價，不過最後總算減到了一個較為合理的數目。

一切都談妥了以後，達西先生將情況通知你舅舅，他第一次來天恩寺街是在我回來的前一天晚上。不過他沒能見著嘉丁納先生，經過進一步的探問，他得知你父親還住在這兒，明天早晨就要動身回去。達西先生覺得找你父親商量這件事，不如找你舅舅商量穩當，便決定等你父親走了以後再來，他走時沒留下姓名，家裡人只知道有位先生有事來過。直到星期六他又造訪時才知道是他。你父親那時已經走了，你的舅舅正巧在家，他們便進行了一次長談，星期天他們又會晤了一次，這次我也見到了他。事情直到星期一才算完全談妥，而後即刻派專人送信到龍柏園。

不過，我們的這位客人可真有點太固執了。我想，麗茲，這份執著才是他性格上的真正缺點吧。人們不時地指出他的許多缺陷，但是惟有這一點才是他真正的缺陷。他堅持一切事情都非要由他自己親自來辦不可，儘管我相信，你舅舅也會把事情辦好。他們為此相互爭執了好長一段時間，其實這一對男女根本就不配受到他們這樣的對待。最後，你的舅舅不得不讓步，使他非但不能替外甥女出點力，相反地還要無功而受美名，這並不合他的心願。你今天早晨的這封信讓他非常高興，我的這一番解釋將會說明真相，而不貪別人之功。不過，麗茲，這件事只能讓你知道、珍知道。達西先生為韋翰還了一千多英鎊的債務，又給了一千鎊，還給他買了個官職。達西先生的動機，我已經提到過了。這都是由於他考慮不周和沒有及時地揭露，人們才沒有認清楚韋翰的真實品性，把他當做好人。

也許達西先生的話有幾分道理，但我懷疑他的這種保留態度，儘管達西先生說了這些好聽的理由，我親愛的麗茲，你也可以完全相信，如果不是考慮到他另有一番用意的話，你舅舅是絕對不會依從他的。婚禮舉行的那天，他來到倫敦，辦理有關金錢方面的最後手續。

我把所有的事統統講給你聽了，希望不會使你感到不悅。麗迪雅還是從前那個樣子，一點兒也沒有變，她在這兒的表現很難令人滿意。從珍的來信中得知她在家的表現也是如此，你知道後也不會帶來新的苦惱，否則我就不會對你說了。我非常嚴肅地跟她談了好多次話，反覆對她說明她所作所為的危害性，以及給全家人帶來的不幸。她根本就聽不進去。有幾次我真的生氣了，可是為了你和珍的名譽，我只好耐住性子。達西先生準時回到倫敦，正如麗迪雅告訴你的，參加了他們的結婚典禮。第二天他跟我們一塊兒吃了飯，計劃在星期三或四離開倫敦。親愛的麗茲，說句真心話（以前我不敢提起），我非常喜歡他，你會生我的氣嗎？他還像在德比郡那樣處處討人喜愛，他的見解和聰穎也讓我欽佩。他惟一美中不足的地方，是缺少年輕人的活潑，如果能娶個適合的妻子，也許可以帶給他活力。他非常的害羞，幾乎沒有提到過你的名字，但那並不表示他心裡沒有你。如果我說得太冒昧還請你原諒，或者至少不要用將來不讓我去彭伯里的辦法來懲罰我。我在沒有遊遍整個莊園之前，是不會覺得盡興的。一輛輕便的雙輪小馬車，駕上兩匹漂亮的小馬便足夠了。現在我必須擱筆了，孩子們已經嚷著要我有半個鐘頭了。

你的舅媽九月六日寫於天恩寺街

看過信，伊麗莎白百感交集，心緒煩亂，她理不清楚是喜悅，還是痛苦。對於達西先生在促成妹妹的這樁婚事中所起的作用，她曾經猜想過，但她不敢認定，也不希望是眞的，害怕她報答不了人家的恩情，如今這些懷疑卻證明是千眞萬確的事實了！他追隨舅父母來到城裡，把尋找這一對男女的麻煩和羞辱承擔下來；他向一個討厭和鄙視的女人求情，他必須一而再、再而三地與他最不願意見面的人（連他的名字也恥於聽到）會晤，竭力說服他，甚至賄賂他。他做這一切只是爲了一個對他既無好感又不敬重的姑娘。伊麗莎白的心裡在說，他做這一切都是爲了她。

可是這一個想法很快就被打消了，她覺得她把自己估計得太高了，她豈能指望他對她（一個曾經拒絕過他的女人）的感情，能夠戰勝他那憎厭與韋翰連襟的本能。做韋翰的姊夫，他的全部自尊都會反對的。他出了許多的力——她羞於去想他究竟出了多大的力。不過他有他自己的理由，這個理由是合情合理的。他責怪他自己當初做事欠妥當，這當然講得通；他慷慨地拿出不少錢，因爲他有條件這樣做；儘管她不願意承認自己是其中的主要原因，她卻相信，他對她還有情意，促使他在這樣一件大事上盡他的努力。

一想到全家人對一個永遠不可能給予回報的人欠下的人情，伊麗莎白便感到異常的痛苦。麗迪雅能夠回家，她的人格以及全家名譽的保全都歸功於他。啊！可是她曾經對他那樣的厭惡，對他說話是那般的出言不遜，她大大地錯怪了他，眞是後悔莫及。他非常偉大，非常了不起。她一遍又一遍地讀著舅媽讚揚他的話，她對舅父母兩人都認爲她和達西先生之間的情意感到得意，儘管其中夾雜著懊惱。

身後傳來腳步聲，她從長凳上站起來，還沒來得及走到另一條小徑，就被韋翰追了上來。

「我打攪了你散步的清靜，親愛的姊姊？」他來到她身邊說。

「的確打攪了，」她笑著回答說，「不過打攪了未必就不高興。」

「要是這樣，我眞感到對不起了。我們原來便是好朋友，現在更親上加親。」

「是的。別人也出來了嗎？」

「我不知道。貝納夫人和麗迪雅乘馬車去布拉東了。喂，親愛的姊姊，我從舅父母那兒聽說你們到過彭伯里。」

她回答去過。

「我幾乎要嫉妒你了，我沒有這個福分，否則的話，我去紐卡斯爾的時候就可以順路去看看。我想你見到那位管家奶奶了吧？雷諾爾德太太是個好人，她一直喜歡我。不過她不會向你提到我的。」

「不，她提到了。」

「她怎麼說我呢？」

「她說你從軍了，她擔心你不成器。不過，你知道，相隔遠了，事情難免會走樣。」

「那當然。」他咬著嘴唇回答。伊麗莎白以爲他會住口，可是不多一會兒他又開口說話了：

「上個月我在城裡意外地碰到達西，見了幾次面。我不知道他在那裡幹什麼。」

「或許是在準備與德．包爾小姐的婚事吧，」伊麗莎白說，「他一年中的這個季節到那兒去，一定是有特別的事情要辦。」

「說得一點兒也不錯。你在蘭布屯的時候見過達西先生嗎？我從嘉丁納夫人的話中聽出，你似乎見過他。」

「是的，他向我們介紹了他妹妹。」

「你喜歡她嗎？」

「非常喜歡。」

「我聽說，她在這一兩年裡進步很快。我上次見到她的時候，她還是個小女孩呢。你喜歡她很好，我希望她能快點長大。」

「我相信她會的，因爲容易感到迷惑的年齡已經過去了。」

「你們路過基姆普屯了嗎？」

「我不記得啦。」

「我之所以提起它，是因爲我本該得到那裡的牧師職位。那是個好地方！牧師住宅很漂亮，對我眞是再合適不過了。」

「你喜歡佈道嗎？」

「非常喜歡。我會把它作爲我的職責，即使開始時費點勁，不久也就習以爲常了。一個人不應該自尋煩惱，不過，這對我來說的確遺憾！牧師安靜的生活，很適合我對幸福的憧憬！但是這一切已不可能了。你在肯特郡時聽達西提起過這件事嗎？」

「聽到過的，而且很具體。那個位置留給你是有條件的，而且可以由你的庇護人來決定。」

「你已經聽說了。是的，這話不錯。你還記得吧，我一開始就是這樣說的。」

「我還聽說，曾有一段時間，你不喜歡傳教這份職業，聽說你曾宣佈你永遠不當牧師，這件事也獲得折衷的解決了。」

「這你也聽說了！這話並非是完全沒有根據。你或許記得，我們倆第一次談到這件事的時候，我也提到過的。」

他們已經幾乎走到家門口了，爲了擺脫他，她走得很快。但爲了妹妹的緣故，伊麗莎白不願意得罪他，於是她笑著回答說：

「韋翰，我們已是至親，不要再爲過去的事爭吵吧。」

第53章

韋翰對這次的談話很滿意，他放下心來不再提這個話題，免得讓伊麗莎白生氣；伊麗莎白也很高興，她方才說的話可以叫他保持沈默。

他和麗迪雅動身的那一天到了，貝納夫人與女兒分別至少要長達一年之久，她想讓全家去紐卡斯爾，但她丈夫堅決反對。

「噢！我親愛的麗迪雅，我們什麼時候才能再見呢？」她喊道。

「天哪！我哪兒知道？也許得兩三年吧。」

「我親愛的，要經常給媽媽寫信。」

「我盡力而為吧。你也知道，結了婚的女人是沒有時間寫信的。但是我的姊姊們可以給我寫信啊，她們反正也沒有別的事情要做。」

韋翰的道別要比他妻子親熱得多，他笑容滿面，熱情大方，說了許多動聽的話。

「他是我平生見過最圓滑虛僞的年輕人，」他們走後貝納先生說，「他只會假笑、痴笑，一味奉迎所有的人。我為他感到莫大的『驕傲』。我找到了一個更為耍寶的女婿，勝過威廉·盧卡斯爵士的女婿。」

女兒走了，貝納太太一連幾天無精打采。

「我常常想，」她說，「世上再沒有和親友離別更叫人感傷的事了。沒有親友，一個人多孤單。」

「媽媽，這就是女兒出嫁的後果，不過你另外的四個姑娘還沒出嫁呢。」伊麗莎白勸慰說。

「話不能這麼說。麗迪雅離開我，不是因為她已經出嫁，而是因為她丈夫的部隊太遠，如果近一點兒，她不會這麼快離開的。」

不過，貝納夫人的苦惱很快便消除了，因為另一件喜訊使她的心裡又燃起了希望。尼日斐莊園的女管家接到通知，說主人一兩天內就要回來，在這兒打幾個星期的獵，讓她收拾準備。貝納夫人聽後變得坐立不安。她打量著珍，一會兒笑，一會兒搖頭。

「噢，這麼說，賓利先生回來了，妹妹，」貝納夫人跟她的妹妹腓力普夫人說，「哦，這自然是好極了。不過，我對此也不太在乎了。你知道，他和我們家已經斷了往來，我敢說我再也不想見到他了。不過，話說回來，如果他願意到尼日斐莊園來，我還是非常歡迎的。誰知道以後的事情如何發展呢？不過這和我們沒關係了。你知道，妹妹，我們老早以前就商定再也不提這件事了。他一定會來嗎？」

對方回答說：「肯定會來的。昨天晚上尼科爾斯太太來到麥里屯，我看到她從街上走過，特意向她打聽。她告訴我說是真的。賓利先生打算星期四來，也很可能是在星期三。她正打算到肉店去訂購點肉，她已經買好六隻鴨子，準備宰了吃。」

珍聽說賓利先生要來，臉都紅了，她已經有好幾個月沒有和伊麗莎白提到過他。當只剩下她和伊麗莎白時，她說：

「麗茲，姨媽告訴我們這個消息時，你在注視我，使我有些侷促不安。不要以為我還有任何愚蠢的想法。我只是一時心慌，因爲我感覺到大家都在盯著我。我向你保證，這個消息既不會叫我痛苦也不會叫我欣喜。我只爲一件事感到高興，那就是他這次是一個人來。我不是害怕和他見面，而是擔心閒言閒語。」

伊麗莎白不知怎麼回答。要是她在德比郡沒有見過賓利，也許會認爲他這次來沒有什麼別的意圖，只是打獵。她認爲他對珍還懷有情意，現在不能斷定的只是他這次來是得到了朋友的許可，還是他大膽做主自己要來。

她暗想：「這可憐的先生到自己租賃的住宅，還要讓人們議論紛紛，眞是不公平！我還是不要去管他吧。」

儘管她的姊姊對賓利的到來，努力裝出鎭定的模樣，伊麗莎白還是看出姊姊的情緒受到很大的影響。

一年以前，貝納夫婦之間談到的話題，現在又重新提起。

「只要賓利先生一到，親愛的，」貝納夫人說，「你當然會去訪問他嘍。」

他的妻子向他說明，在賓利重返尼日斐的時候，作爲他的鄰居去拜訪是絕對必要的。

「我厭惡這種獻殷勤，」貝納先生說，「如果他想和我們交往，他來就是了，他知道我們住的地方。鄰居走的時候去送行，回來又去歡迎。我可不願意把時間浪費在這些虛僞的行爲上面。」

「我可不管你那一套，我們可以邀他來家裡吃飯，我的主意已定。我們可以請朗格太太和戈爾丁一家，加上我們家的人，總共十三個人，正好留給他一個位置。」

她覺得十分開心，便對她丈夫的無禮不再計較，儘管當她想到鄰居們要在他們之前見到賓利先生，還是有點兒不甘心。

邀賓利先生吃飯的日子越來越近，珍對伊麗莎白說：「他來，使我心裡七上八下，這與我本不相干，見了他我也能夠毫不在乎的，只是我忍受不了人們沒完沒了的談到他。母親是好意，可是她哪兒知道，她說的那些話叫我蒙受多大的痛苦。」

「我很想安慰你，可是又無能爲力。你一定也感覺到了，我說過一個人遇到難處要有耐心，但是現在也起不了作用，因爲你總是很有耐性的。」伊麗莎白說。

賓利先生終於來了。貝納夫人最早得到消息，可是這樣一來，她焦心等待的時間變得更長。她計算著在她的請柬送出去之前，還得耽擱幾天，爲沒法立即見到他而失望。然而第三天早晨，她從梳妝室的窗口，忽然看見他騎著馬走進圍欄，向她家走過來。

她叫來女兒們，讓她們分享這一個喜悅。珍坐在桌子那兒沒有動，伊麗莎白走到窗前張望，當她看到達西先生也來了，便也坐到姊姊那兒去了。

「還有一個人，媽媽，」凱蒂說，「他會是誰呢？」

「我想是他的朋友吧。」

「啊！」凱蒂喊起來，「很像是以前總跟他在一塊兒的那個人。他叫什麼來著，就是那個非常傲慢的傢伙。」

「天呀！是達西先生！我敢肯定。沒關係，賓利先生的任何朋友在這兒都會受到歡迎，不然的話，我得承認討厭見到這個人。」

珍用驚奇和關切的目光注視著伊麗莎白，她不知道她們在德比郡碰面的情形，還以爲妹妹是在收到他解釋的信以後第一次見他，不免爲妹妹面臨的尷尬擔心。總之，姊妹兩人都很緊張。她們都考慮到了對方，當然也想到了自己。她們的母親仍在嘮叨個沒完，說她討厭達西先生，她之所以決定有禮貌地待他，完全是由於他是賓利先生的朋友，當然她這話只是在私底下說，不會讓他們兩個人聽到。伊麗莎白爲珍不知曉的隱情而感到惴惴不安，她沒有勇氣把嘉丁納夫人的信給珍看，也沒有吐露對達西先生感情的變化。在珍看來，達西先生只是一位被她所拒絕過的男人；可是對伊麗莎白來說，他是全家的大恩人，她深深愛慕他，雖然不如珍那麼熱烈，至少也像珍一樣合理。他會來到尼日斐、到龍柏園看她，使她驚訝，幾乎不亞於她在德比郡最初看到他舉止的改變。

當她想到，他對她的感情和心意依然如故時，她蒼白的臉上綻放出光彩，綻開的笑顏給她的眼睛裡注入了一種愉快的光芒。不過她還是有些放心不下。

「讓我先看看他如何表現，然後再心懷希望也不遲。」

她專心地做著活兒，努力使自己平靜下來，連眼皮也不敢抬起。當僕人走進來時，她好奇地把目光落在姊姊的臉上。珍的臉色有些蒼白，不過神情倒比伊麗莎白要鎮靜。貴客走進來，珍的臉紅了，但舉止自然得體，沒有任何的怨恨或不必要的慇懃。

幾句應酬話說完，伊麗莎白便不吭聲，坐下來繼續做她的活兒，比平常更專心。她只有一次抬眼看了看達西，只見他還是那副嚴肅神情，比在德比郡和在彭伯里時還要嚴肅。不過，這也許是由於他在她母親面前的緣故，使他不像跟舅父母在一起那樣隨便。這種猜想叫她痛苦，可又不是不可能的。

她望了賓利先生一眼，看出他又高興又有點不好意思。貝納夫人對待他禮貌周到，但對他的朋友卻冷淡多了，兩個大女兒看了很是過意不去。

伊麗莎白知道內情，母親的寶貝能保全名譽，全靠達西先生幫忙，母親的厚此薄彼叫她非常難過和痛苦。

達西向她問起嘉丁納夫婦，她慌亂地回答了幾句，達西便沒有再說什麼。他沒有坐在她的旁邊，或許這就是他沈默的原因。幾分鐘過去了，他一直沒說話，她忍不住好奇地抬起眼睛，望著他的臉，看到他不是瞧著珍就是瞧著自己，要不就是盯著地面發呆。比起上一次見面，心事顯得更沈重了。她有些失望，同時又為自己而生氣。

「我還能抱什麼希望呢?可是,他爲什麼到我家來呢?」她想。除了達西先生,她沒有心情和人談話,可又沒有足夠的勇氣主動與他交談。她問了他妹妹的近況,就沒話可說。

「賓利先生,你離開這裡很久了呢。」貝納夫人說。

賓利先生連忙表示贊同。

「我以爲你再也不會回來了。人們都說,你打算一過米迦勒節就把房子退掉,不過,我不相信是眞的。你走後,我們這裡發生了許多事情。盧卡斯小姐嫁走了,我的一個女兒也出嫁了,你一定知道了。這消息在《泰晤士報》和《快報》上都登載了,不過登得太簡單,只說:『喬治·韋翰先生與麗迪雅·貝納小姐新近結婚』,她的父親是誰,住什麼地方隻字未提。這是我兄弟嘉丁納寫的稿,我很奇怪他怎麼寫得這麼糟。你看報了嗎?」

賓利回答說看到了,同時向她表示祝賀。伊麗莎白連眼皮也沒敢抬,達西先生的表情如何,不得而知。

「女兒嫁出去了,眞是件叫人高興的事,」她母親繼續說,「可是,賓利先生,女兒離開我到那麼遠的地方,又使我難過。他們倆去了紐卡斯爾,在北方,也不知他們在那兒會住多久。韋翰的部隊在那兒駐紮,他離開民兵團進入正規軍。感謝上帝!多虧他的朋友幫忙,本來他該有更多的朋友的。」

伊麗莎白聽出弦外之音,母親是指達西先生,她眞是難爲情,幾乎快坐不住了。不過這番話倒逼使她開口說話，她問賓利打算在鄉下住多久。他說，可能要住上幾個星期。

母親接著說：「賓利先生，那邊的鳥兒打光以後，請到貝納先生的莊園來，在這兒你可以盡情地打鳥。我的丈夫會非常歡迎你來，而且把最好的鷓鴣留給你。」

伊麗莎白面對母親的討好奉承，感到羞愧難當！她覺得，即便眼下會有一年前的那種好事，轉眼之間也會再度落空。在那一瞬間，她覺得珍或是她的幸福，也補償不了這幾分鐘的痛苦難堪。

她暗地對自己說：「但願永遠不要再見到他們兩個。這份愉悅無法抵償現在所受的羞辱！讓我再也不要見到他們中間的任何一個！」

但是沒過多久，那深深的痛苦便被大大地減輕了，她看到姊姊的美貌很快使賓利舊情復燃。賓利剛進來時幾乎沒有跟她說話，可是後來他對她越來越關注。他發現她依然那樣漂亮，那樣溫柔，那樣純眞，只是不如從前健談了。珍努力保持著常態，希望人家看不出她跟從前有什麼兩樣，可是她心事重重，連偶爾的沈默也沒有覺察出來。

當客人們起身告辭時，貝納夫人向他們發出邀請，幾天以後兩位貴客將來龍柏園吃飯。

「你還欠我們一次的拜訪呢，賓利先生，」她補充說，「去年冬天你曾答應到我家吃頓便飯。你瞧，我還記著呢。老實說，上次你沒來赴約我很失望。」

賓利聽後，臉上浮起羞色，抱歉地說上次是有生意給耽擱了。說完，他們便走了。

貝納夫人本來想當天就讓他們留下吃飯，雖然她家的飯菜不錯，可是要請兩個富有的年輕人，不添兩道主菜怎麼行呢，更何況她還想讓他娶她的女兒呢。

第54章

等客人走後，伊麗莎白便走出屋子，想讓頭腦清醒一下，認眞想想那些令她心煩意亂的事情。達西先生的行爲叫她驚奇和煩惱。

「他一本正經、冷若冰霜，既然如此，那他何必要來呢？」

她想來想去，越想越鬱悶。

「在城裡時，他對舅舅、舅媽很客氣很熱情，但爲什麼對我卻不會呢？如果他害怕我，那又爲什麼來？如果他還愛我，那他爲什麼不說出來呢？眞叫人琢磨不透！」

這時姊姊走過來，她一臉喜氣洋洋，兩位客人雖然使自己失意，倒讓姊姊非常高興。

珍說：「此次重逢，我鬆了口氣。我知道我能應付得很好，他的到來我也不會尷尬。他星期二要來這兒吃飯，到時候人們就會看出，我和他之間只是普通朋友罷了。」

伊麗莎白笑著說：「哦，珍，關係的確很普通，還是當心點兒吧。」

「親愛的麗茲，你別認爲我很軟弱，還會舊情復燃。」

「他會一往情深地再次愛上你的。」

星期二，龍柏園歡聲笑語、高朋滿座，她們再次見到兩位客人。貝納夫人見賓利興致極高，禮貌又周到，又打起了如意算盤。

那兩位讓主人家殷切盼望的客人準時到來。他們走進餐廳的時候，伊麗莎白注視著賓利，看他會不會坐到珍身邊去，因爲從前每逢宴請，他都坐在那個位子上。她的母親沒把賓利讓到自己這邊來，他顯得有些猶豫，正巧珍轉過頭朝他笑了一下，他便坐到珍身旁。

伊麗莎白心中歡喜，轉頭去瞧他的朋友，看他作如何反應。達西倒也雍容大度，對此毫不在意，要不是她看見賓利又驚又喜地望了達西一眼，她還以爲他這樣做是事先得到了達西先生的恩准呢。

吃飯的時候，賓利先生對姊姊的態度儘管有些拘謹，仍然流露出了不少的愛慕之意，使伊麗莎白覺得，如果讓他自己作主，珍的幸福和他自己的幸福很快便會到來。雖然她對事情的結局還不敢完全斷定，但她看到他的態度，使得她有了一些生氣和活力。達西先生和她之間的距離很遠，他和母親坐在一起。她清楚這種情況對於他們哪一方都毫無愉悅和趣味可言。由於離得遠，她聽不清兩人的談話，不過看得出他們很少說話，而且一旦說起什麼，雙方都顯得拘束和冷淡。每當母親對他怠慢，叫她想起所欠的情時，心裡就更覺難過。她有幾次眞想不顧一切地告訴他，她家裡知道他所做的一切，都很感激他。

伊麗莎白盼望傍晚能有機會和他待在一起，希望整個晚上不至於只打個招呼，連話也沒有談上就收場。她等在客廳的這段時間，感覺煩躁不安又索然無味，幾乎讓她耐不住性子。她期待著他們的到來，她知道這個晚上能否過得快樂全靠此刻。

「如果他進來後不走到我身邊來，我將永遠放棄他。」她在心裡暗想。

他們來了，她覺得他似乎要走過來。可是，當她給客人們倒咖啡時，女客們都圍聚到桌子旁邊，使她的身旁連擺一張椅子的空位都沒有。他們進來以後，有一個姑娘向她挨近了一些，低聲說道：「別讓這兩個男人擠到我們中間，好嗎？」

達西走到客廳另一頭，她的眼睛一直跟著他，看到他和誰說話便嫉妒誰，連給別人倒咖啡的心思都沒有了。稍後她又責怪自己不該這樣愚蠢。

「他曾遭我拒絕，我怎麼能妄想他再愛我呢？哪一個男人會這樣低三下四地重複求婚呢？這般羞辱誰也受不了！」

不過看到他拿著咖啡杯朝這邊走過來的時候，她的心情興奮起來，她抓住機會對他說：

「你妹妹還在彭伯里嗎？」

「是的，她要在那兒住到聖誕節。」

「就她一個人嗎？她的朋友們都走了嗎？」

「安涅斯雷太太跟她在一起，其他的人都上斯卡巴勒去了。他們要在那兒待三個星期。」

伊麗莎白再想不出別的話兒，不過如果他願意和她談話，不是沒有話說。可是他在她旁邊站了幾分鐘依然沈默不語，後來那個姑娘又跟伊麗莎白談起了什麼，他只好走開。

等到茶具撤走、牌桌擺好以後，女客們都站起來，伊麗莎白又盼望他能到自己身邊來。但見她母親在四處拉人打「惠斯特」橋牌，他不好推卻，幾分鐘後便與其他客人一同坐上牌桌。她的希望落空，或者說化為泡影。他們坐在牌桌上，她完全沒有指望，達西的眼睛不時偷看她，結果牌也沒打好。

貝納夫人想讓尼日斐的兩位朋友吃了晚飯再走，不幸的是，他們的馬車比任何客人的車來得都早，她沒有機會留住他們。

等客人們走後，貝納夫人便說：「孩子們，你們今天快活嗎？我敢說，一切非常美好。飯菜的烹調味道從來沒有這麼好，鹿肉燒得恰到火候，大家都說沒有吃過這麼美味的肉。湯比起我們在盧卡斯家吃的要好上一百倍，連達西先生也說鷓鴣肉燒得好吃。我想他至少有兩三個法國廚子吧。我的好女兒珍，你今天眞漂亮。朗格太太也這麼說。她還說，『啊！貝納夫人，珍一定會嫁到尼日斐莊園的。』她眞是這麼說來著。朗格太太眞是個大好人，她的姪女們都是些懂禮識體的姑娘，只是長得稍差一點兒。」

貝納夫人的心情好極了，她把賓利對珍的一舉一動都看在眼裡，相信珍一定會贏得他的心。一時興起，又對這樁婚事想入非非，第二天沒見到賓利來求婚，便覺得頗為沮喪。

「這是叫人愉快的一天，」珍事後對伊麗莎白說，「客人們不錯，彼此之間非常融洽。我希望我們能經常聚會。」

伊麗莎白會心地笑了笑。

「麗茲，你不應該這樣，你竟然不相信我，這很傷我的自尊心。老實說，我已經學會與這位明理可愛的年輕人聊天，而不存非份之想。我很滿意他現在的行爲舉止，他從不想博得我的感情。只不過他的談吐比別人美妙，他希望博得人們的好感。」

「你眞狠心！」她妹妹說，「你不讓我笑，卻又隨時引我發笑。」

「有些事情，確實很難叫人相信！」

「因爲有些事情根本不可能叫人相信！」

「你是想叫我承認，我沒說心裡話？」

「這個問題我無法回答。我們每個人都喜歡勸導別人，其實那些話根本不值得一聽。請原諒我說話率直，你若眞要擺出一副若無其事的樣子，我可不想陪你演戲。」

第55章

幾天以後，賓利先生一個人前來作客。他的朋友上午動身去了倫敦，十天以後回來。他與貝納先生的家人坐了一個多鐘頭，樣子很開心。貝納夫人留他一起吃飯，他一再道歉說在別處還有約會。

「下次一定要留下來吃飯。」貝納太太說。

他說隨時都樂意來，只要她同意，他將儘早再來看她們。

「明天能來嗎？」

正好他明天沒有約會，於是很爽快地接受下來。

第二天，他一大早就到了，太太小姐們都還沒打扮好呢。貝納夫人穿著睡衣，頭髮剛梳了一半，便跑進大女兒房間裡喊：

「珍，快點下樓去。他來了，賓利先生來了。快點兒！喂，莎雷，快到貝納小姐身邊來，幫她穿好衣服。麗茲的頭髮你就甭管了。」

「我們馬上就下去，」珍說，「不過凱蒂比我們兩個都快，因爲她在半個鐘頭前就下了樓。」

「哎呀！你提凱蒂幹嗎？關她什麼事？快！快！你的腰帶放在哪兒啦，親愛的？」

母親走了以後，珍沒有妹妹們陪著，怎麼也不願意下樓去。

傍晚時分，貝納夫人又著急起來，千方百計想叫他們能獨處一會兒。喝過茶以後，貝納先生像往常一樣到了書房，瑪麗上樓去彈琴，五個障礙去掉了兩個。貝納太太向伊麗莎白和凱蒂使了個眼色，可是沒有得到她們的回應。伊麗莎白裝著沒看見，凱蒂有所覺察時，天眞地問道：「媽媽，你怎麼啦？幹嘛老對我眨眼睛，你想讓我做什麼？」

「沒事，沒事，孩子。我幹嘛朝你眨眼睛呢。」就這樣她又坐了五分鐘的時間。貝納太太實在不願意錯過機會，她站起來對凱蒂說：

「跟媽媽來一下，我想跟你說件事。」凱蒂跟了出去。珍立刻向伊麗莎白望了一眼，示意她不要離開，因爲母親的做法令她發窘。沒過幾分鐘，貝納太太拉開半扇門喊：「麗茲，親愛的，媽媽有話跟你說。」

伊麗莎白不得不走了出去。

「我們還是別妨礙他們兩個吧，」她一進走廊，母親就說，「凱蒂和我要到梳妝間裡坐一會兒。」

伊麗莎白沒有和母親爭辯，她在走廊裡靜靜地待著，看到母親和凱蒂上了樓，又回到了客廳。

貝納太太的計劃落空了。賓利十分可愛，卻沒有向她的女兒表示愛意。他的隨和與風趣為他們家的晚上增添了歡樂情趣，他能適當地忍耐這位母親不合時宜的過分殷勤，聽著她許多蠢話而耐住性子不表示厭煩，這使珍尤為感激。

幾乎不用主人家邀請，他便留下來一起吃晚飯。他臨走時，在貝納太太撮和下，約定翌日與貝納先生一同去打獵。

一天過去，珍不再提要對賓利態度冷漠的話語。不過伊麗莎白在晚上睡覺的時候，很高興地想到只要達西先生十天之內不回來，這件事很快就能成功。然而她轉念一想，事情之所以會發展迅速，達西先生肯定有參與。

賓利準時前來赴約，他和貝納先生一起消磨了一個上午。貝納先生友好熱情，大大出乎賓利的預料。賓利身上沒有絲毫的傲慢跋扈或是愚蠢的地方讓貝納先生嘲笑，也不會叫他厭惡得不願意開口，所以貝納先生變得和藹健談起來，這使得賓利大吃一驚。不用說，賓利和他一起回來吃了午飯。下午，貝納太太想辦法把別人支開，留下他和女兒兩個人單獨在一塊。伊麗莎白因為有封信要寫，喝過茶以後就到起居室，其他人也都躲開去打牌了。

當伊麗莎白寫完了信，她拉開會客室的門，驚訝地看到姊姊和賓利並肩站在壁爐前，談得很熱烈。這還不算，他倆急急地轉過頭來臉上的神色，已說明了一切。

他們兩個都很尷尬，但她自己也好不到哪兒去。雙方誰也沒有吭聲，伊麗莎白正要走開時，賓利突然向她姊姊悄悄地說了幾句，便跑出屋子去了。

只要碰到高興的事，珍從來不會對伊麗莎白隱瞞，她猛地上前抱住了妹妹，歡天喜地的說她是世界上最幸福的人。

「我得到的幸福太多啦！」她說，「實在是太多了。我不配享有這麼多的幸福。噢！如果所有的人都像我這樣幸福就好了！」

伊麗莎白連聲向姊姊道賀，那種眞摯、熱烈和喜悅的心情非語言所能表達。她每說一句祝賀的話，珍就多一分快樂。可是此時此刻的珍要把還沒說完的話，留著向別人傾吐。

「我必須馬上去看媽媽，她那麼疼我愛我，不能讓她的心懸在半空中。我要親自去告訴她，不能讓她從別人那兒聽到，噢！麗茲，賓利去見爸爸了。聽了我的消息，大家會快樂的！我如何能承受住這樣的幸福！」

說著她便跑去找母親，母親早已散了牌局，在樓上和凱蒂坐著說話。

伊麗莎白獨自一人，微笑著想：「一年來始終困擾和焦慮著的大事，竟然如此順利地解決了。」

她自言自語地說：「他的朋友處心積慮，他妹妹百般阻撓從中作梗，最後仍然有了最幸福、最圓滿、最合理的結局。」

幾分鐘以後，賓利回到伊麗莎白這兒，他與父親談的很順利。

「你姊姊在哪兒？」他打開門急切地問。

「上樓找我母親了，她馬上就會下來的。」

賓利關上門走到她跟前，做妹妹的向他表示熱切的祝福。伊麗莎白眞心誠意地說，她爲他和姊姊喜結良緣而欣喜萬分。兩人親切地握了握手，賓利開心傾訴自己的幸福，聽著他讚美珍，直到姊姊下樓來。儘管這些話是出於一個熱戀的情人之口，伊麗莎白卻眞誠地相信，他對幸福的企盼是有把握的，因爲珍聰明絕頂，性情又溫柔善良，他們倆可說是情投意合。

這是一個非比尋常的夜晚，一家人興高采烈，珍更加嬌艷美麗。凱蒂傻笑著，希望自己也會找到好歸宿。貝納夫人喜形於色，她和賓利談了半個鐘頭，一個勁兒地贊成這門婚事。貝納先生在吃晚飯時的談吐和舉止，都表明他心裡非常高興。不過，客人沒走之前，他隻字不提這件事。等客人一走，他便朝女兒轉過身來說：

「珍，爸爸祝福你。你將會非常幸福。」

珍走上前去，親吻父親，感謝他的好意。

「你是一個好女孩，我爲你有幸福的歸宿而感到高興。我相信你們倆會過得十分美滿。你們的性情相似，都那麼溫順，反而時常拿不定主意；你們又都那麼隨和，使得每個僕人都會欺騙你們；你們又都那麼大方，一定會搞得入不敷出。」爸爸用戲謔的口吻說。

「恐怕不會吧。要是在管理錢財上沒有算計，那就太沒出息了！」

「入不敷出！親愛的老頭子，」他的妻子喊道，「你說到哪裡去了？他一年有四五千英鎊的收入，可能比這個還要多呢。」接著她對珍說，「噢！我親愛的女兒啊，我眞是太高興啦！今天晚上肯定無法入睡。我早就知道事情會是這樣的。我說過最後會是這樣的。我相信你的美貌是不會沒有用處的！我記得，去年他來這裡時，我一眼就看出你們會配成一對。啊！這麼漂亮的男人上哪裡去找！」

韋翰、麗迪雅早都被她忘到九霄雲外了，現在珍是她最心愛的女兒，別人都不放在心上。妹妹們很快圍上珍，央求她給她們特殊的待遇。

瑪麗請求到尼日斐莊園的書房看看，凱蒂懇求姊姊每年冬天都舉辦幾個舞會。

此後，賓利成了龍柏園的常客，經常是早飯前來，吃過晚飯才走。除非遇上不知趣的鄰居邀他去吃飯，出於禮貌他不得不去應酬。

伊麗莎白很少有時間和姊姊交談。賓利先生在的時候，珍沒心思理會別人。不過她發現在這對情人不得不分開的時候，自己倒是很有用處。珍不在時，賓利總是會來找伊麗莎白，很有興味地和她談她姊姊；賓利走了以後，珍便跟她談起他來。

「他告訴我說，」有一天晚上她對伊麗莎白說，「他根本不知道我去年到倫敦的事，聽了這話我眞高興！我可從來不曾想到這一點。」

「我也不曾想到，」伊麗莎白回答說，「那麼他對此是如何解釋的呢？」

「他說一定是他妹妹做的。他的姊妹們不滿意我們交往，就這一點而言，我毫不感到奇怪，因爲他本可以找到一個各方面都更爲理想的意中人。不過我相信，當她們看到我們很幸福時，慢慢地會轉變態度的，我們會好好相處，儘管無法再像從前那樣親密。」

「我第一次聽到你說出比較理智的話。好姊姊，想到你得再次和賓利小姐較量，我眞爲你感到耽心。」

「你知道嗎？伊麗莎白，去年十一月份他回倫敦時是眞心愛我的，有人說，我對他並無情意，這才使他沒有再回到鄉下！」

「這實在是他的不對，不過這倒證明他太死心眼了。」

這些話引起珍的讚美，說他謙虛，說他有好的人品，卻不自以爲是。

伊麗莎白很慶幸，賓利沒把達西的事說出來，珍雖有一副最善良最寬厚的心腸，但這種事情很難使她不對達西產生反感。

「我是世界上最幸運的人！」珍大聲地說，「噢！麗茲，爲什麼我有這種福份成了全家最幸福的人呢？希望你也有同樣幸福！要是有一個好男人也愛上了你，那該多好啊！」

「即便你給我找幾十個，我也絕不會像你那麼幸福的。除非我有你那樣的性情、那樣的善良，否則的話，我永遠不會有你那樣的幸福。不，不，別為我操心了，運氣好的話，我會碰上另一個柯林斯先生的。」

龍柏園的喜事想瞞也瞞不住。貝納夫人悄悄告訴了腓力普太太，這就等於把它傳遍了哈德福郡的街坊四鄰。

貝納家很快就被左鄰右舍稱為天下最有福氣的人家，雖然幾個星期以前，人們都說他們是倒楣鬼。

第56章

賓利和珍訂婚一個星期後的一個上午，他和貝納家的太太小姐們正在樓上的客廳裡，突然傳來一陣馬車聲，大家走到窗口，只見一輛四馬大車駛進了莊園。鄉下一般是不會有人這麼早來拜訪的，況且，看那輛車的配備也不像是附近鄰居的。馬是驛站上的，馬車和趕車人的制服他們從未見過，不過肯定有客人來訪。賓利立刻勸說珍躲開侵擾，跟他到矮樹林裡。兩人走後，留下三個姑娘在那兒瞎猜。直到門被推開，客人進來，她們才發現是嘉德琳．德．包爾夫人。

她們儘管驚奇，卻沒有料到她會登門拜訪。貝納夫人和凱蒂根本不認識她，她們比伊麗莎白更吃驚。

她旁若無人地走進屋子裡，伊麗莎白向她行禮，她只是稍稍地點了點頭，然後一聲不吭地坐下來。她不願讓人介紹，不過伊麗莎白還是把她的名字告訴了母親。貝納夫人爲顯耀的客人來訪不勝榮幸，可是也感到奇怪。她極其禮貌地接待她，然而嘉德琳夫人卻視而不見。過了一會兒後，她對伊麗莎白冷冷地說：「貝納小姐一向還好吧？我想那位太太是你的母親吧。」

伊麗莎白簡短地回答說是。

「這一位一定是你妹妹了。」

「是的，夫人。」貝納太太接過來說，她爲能跟一位貴夫人搭話而頗感得意。「她是我的四女兒。我最小的姑娘老五已經出嫁了，我的大女兒正在和她的未婚夫散步，這位年輕人很快會成爲我們家的女婿啦。」

「你們的園子不太大。」在片刻的沈默後，嘉德琳夫人說。

「跟夫人的羅新斯莊園比，自然不值得一提，但它比威廉·盧卡斯爵士的園子大多了。」

「夏天住在這裡並不合適，窗子都是朝西。」

貝納太太說：「我們吃過午飯後從來不在房間裡坐的。」然後又補充說：「請問夫人，您離開時柯林斯夫婦都好吧？」

「是的，很好。我前天晚上還見到他們。」

伊麗莎白以爲嘉德琳夫人會從口袋裡掏出夏綠蒂的信，否則她來造訪是什麼動機呢？她完全糊塗了。

貝納夫人客氣地請夫人用點心，可是嘉德琳夫人毫不客氣地一口拒絕了。她站起來，對伊麗莎白說：

「貝納小姐，你們家的草地有一股清新的氣息。如果你能陪我的話，我倒很樂意去看一看。」

「去吧，親愛的女兒，帶夫人到各條小路上走一走。我想她會喜歡我們這兒的幽靜的。」

伊麗莎白答應著跑進自己的房間裡拿了一把陽傘，然後陪著這位貴客走下樓。兩人走過穿堂，嘉德琳夫人邊走邊打開飯廳和客廳的門瀏覽一下，稱讚房間佈置得很舒適。

她的馬車停在門口，伊麗莎白瞧見她的女僕還在車裡。她們倆沿著鵝卵石小道默默地向小樹林走去。伊麗莎白見這個女人的態度比平時更傲慢無禮，便打定主意不開口。

「以前我竟會以爲她和她的姨姪有相像之處！」望著她的臉，伊麗莎白這樣想。

走進樹林後，嘉德琳夫人終於開口說話：

「貝納小姐，你不會不知道我來這兒的原因。你的頭腦、你的良心會告訴你，我來這裡的目的。」

伊麗莎白感到驚異。

「你錯了，夫人。我一點兒也不知道你爲什麼會大駕光臨。」

「貝納小姐，」貴夫人生氣地回答，「你應該知道，我不是好惹的人。我一向以眞誠和率直待人聞名，在這件舉足輕重的大事上，我當然更會是如此了。兩天以前，我聽到消息，說不只你姊姊要攀上一門富親，你，伊麗莎白・貝納小姐很快也會跟我的姨姪達西先生結親了。我想這一定是謠傳，我相信他不可能做出這種事情，我到這兒來，就是想把我的想法告訴你。」

「如果你認爲傳聞不可能是眞的，」伊麗莎白又是驚訝又是厭惡，臉不由得漲成通紅，「我眞弄不懂你爲什麼要大老遠的不辭勞苦跑來呢？請問夫人你究竟想做什麼？」

「你立即站出來向大家說明這是謠傳。」

「你來到龍柏園，來看我和我的家人，」伊麗莎白冷冷地說，「這本身便是對這項傳聞的一種肯定。」

「你是想裝聾作啞嗎？這消息不是你自己散佈出去的嗎？你難道不知道已經弄得滿城風雨了嗎？」

「我從來沒有聽說過。」

「你是說這消息沒有一點兒根據嗎？」

「我也像夫人一樣坦率。你問什麼都可以，至於是否願意回答就在我了。」

「豈有此理。貝納小姐，我非要得到一個滿意的回答。我的姨姪到底向你求過婚沒有？」

「夫人，你已經說過這根本不可能。」

「照理應該是這樣，只要他沒有喪失理智，就不會這樣做。但假如你用各種手腕百般引誘，使他一時痴迷，忘掉了自己的身分也不無可能。你或許已經把他給迷住了。」

「如果眞是這樣，我也不會向你承認。」

「貝納小姐，你知道我是誰嗎？沒有人敢對我這樣說話。我是他最親近的人，我有權利瞭解他的終身大事。」

「但你沒有權利過問我的事，你對我這樣無理，更休想叫我說出實情。」

「請你聽清楚。你膽敢攀這門親事，我絕不答應。不，絕對不。達西先生已經與我的女兒訂婚了，你還有什麼可說的呢？」

「如果他已經訂婚，你就更沒有理由懷疑他會向我求婚啊。」

嘉德琳夫人猶豫了一下，然後回答說：

「他們的訂婚比較特別。從孩提時起，他們就互相傾心。這是他母親的心願，也是他父親的心願。他們還在搖籃裡的時候，我們便計劃好了這門親事，當老姊妹的心願即將實現的時候，竟然有一個出身低微、微不足道、與達西家毫無干係的丫頭從中作梗！難道你絲毫也不顧及他的親友們的願望？不顧及他跟德·包爾小姐默許的婚姻？難道你竟然毫無羞恥之心？難道你沒有聽我說過，他一生下來就是表妹的人了？」

「我從前聽你說過。但這跟我又有什麼相干？如果沒有別的理由反對我嫁給你的姨姪，僅憑他母親和姨媽有讓他娶德·包爾小姐的心願，我肯定不會放棄這門親事的。你們盡可以把他們配成一對，到底如何進行，則要看他們自己了。如果達西先生既沒有義務，也不願意和他的表妹結婚，爲什麼不可以另行選擇呢？如果他選中了我，我爲什麼不可以接受呢？」

「因爲名譽、禮節、愼行謹言以及利益關係都不允許你這麼做。是的，貝納小姐，別忘了利益關係。如果你一意孤行蠻幹到底的話，他的家人和朋友肯定會讓你好看的。凡是和他有關係的人都會譴責你、小看你、鄙視你。你的婚姻將是自討苦吃，你也將永遠不會受到他的親朋好友們所歡迎。」

「這眞是非常的不幸，」伊麗莎白回答說，「不過做了達西先生的妻子，必然會得到莫大的幸福，如此相比，也沒什麼損失可言。」

「不開竅的蠢貨！我眞替你害臊！這就是你對我招待你的回報嗎？你爲此不應該對我所有感激嗎？讓我們坐下來談吧。貝納小姐，你應該明白，我到這兒來是下定決心了，不達到目的，我是絕不肯罷手的。我從來沒有對任何人屈服過，我也從來沒有叫自己失望過。」

「這只會使夫人你的處境更加難堪，對我可沒有絲毫影響。」

「不要打斷我的話，安靜地聽我說。我女兒和我的姨姪是天生的一對。他們的母親都是高貴的出身，他們的父系雖然沒有爵位，可也都極受尊重，極爲榮耀。他們兩家的財產都極爲可觀。兩家的親戚都一致認爲，他們是前世注定的姻緣，又怎能拆散呢？沒有門第、沒有地位、沒有財產的痴心妄想的丫頭就能破壞嗎？這還成什麼體統！這萬萬辦不到。如果你爲自己著想，就該放明白一點。」

「我並不認爲跟你的姨姪成親，就是痴心妄想的高攀。他是一位紳士，我是一位紳士的女兒，在這一點上我們是平等的。」

「說的不錯。你是一位紳士的女兒，但是你母親算什麼人呢？你的姨父母和舅父母又算什麼人呢？不要以為我不知道他們的底細。」

「不管我的親戚們怎麼樣，」伊麗莎白說，「只要你的姨姪不計較，你大可不必操心。」

「痛快告訴我，你到底與他訂婚了沒有？」

儘管伊麗莎白不願意順從嘉德琳夫人，不過她斟酌片刻之後，還是說了實話：「沒有。」

嘉德琳夫人大大地鬆了一口氣。

「你能答應我永遠不跟他訂婚嗎？」

「我不願做任何承諾。」

「貝納小姐，你眞讓我感到萬分驚奇。我原以為你是一個有理智的姑娘。不過你也不要打錯算盤，以為我退讓了。你不做出保證，我是不會離開這裡的。」

「你休想讓我保證什麼。你想叫達西先生娶你女兒，難道我答應了你的要求，他們的婚姻就會有可能了嗎？如果他眞的愛上了我，就算我拒絕了他，他就會去找他的表妹嗎？請恕我直言，嘉德琳夫人，你向我提出的請求，既無聊、淺薄又沒道理。如果你認為幾句話就可以讓我屈服的話，那就大大錯了。你干涉他的婚姻大事，他答不答應我不知道，不過你顯然沒有權利來過問我的事情。所以我勸你不要再繼續糾纏了。」

「請不要心急，我的話還沒有講完呢。除了我剛才說過的那些反對的理由外，我還要加上一條。你妹妹跟別人私奔的事，我並不是不知道，我知道所有的一切細節。那個年輕人跟她結婚，完全是你爸爸和舅舅花錢買來的，是一樁撮合成的婚姻。這種爛貨難道也配做我姨姪的小姨妹嗎？那個不要臉的男人配做達西的連襟嗎？他的父親原是我姨姪父親的管家，眞是天地不容！你究竟打的是什麼主意？彭伯里的門第難道能這樣地糟蹋嗎？」

「我想，你謾罵譴責得夠多了，」伊麗莎白生氣地回答，「你已經使盡了一切來侮辱我。我必須回去了。」

說著伊麗莎白站起身來，嘉德琳夫人也站了起來，兩人往回走。貴夫人顯得有點兒氣急敗壞。

「看來，你根本不顧及我姨姪的名譽和體面啦！眞是個不通人情、自私自利的東西！你難道不知道，跟你結婚，他會名譽掃地嗎？」

「嘉德琳夫人，我不想再說什麼了。我的意思你已經明白了。」

「好哇，你是非要嫁他不可了？」

「我並沒有這麼說。我只是要按自己的意願和方式爭取我的幸福，而不去考慮你或是任何一個與我毫無關係的人的意見。」

「好啊。如此看來你是堅決不肯讓步啦。你執意不顧責任、名譽，你是要讓他身敗名裂，被世人恥笑啦。」

伊麗莎白回答說：「這與責任、名譽沒有關係，我和達西先生的婚姻不會違反任何一條。至於他的家人的不滿或是世人的憤慨，如果是由於我嫁他而引起的，我根本就不在乎。至於世人，明理識義的人佔多數，他們不會不顧事實而去恥笑他的。」

「原來這就是你眞實的想法！看來你是鐵了心啦！很好。我知道該如何行動了。伊麗莎白小姐，你的妄想和野心不會得逞的。我剛才只是在試探你，我原以爲你會通情達理。等著瞧吧，我說得出做得到。」

嘉德琳夫人和伊麗莎白走到了她的車子前，她猛地掉轉頭來說道：

「我不向你道別，貝納小姐，也不問候你的母親。講禮節你們都不配。眞是氣死我啦。」

伊麗莎白沒有搭話，更沒有請這位貴夫人坐一坐。她獨自默默地走回屋裡，上樓時聽到了馬車走遠的聲音。她的母親在化妝室的門前焦急地攔住她，詢問嘉德琳夫人爲什麼不進來坐。

「她不願意，她想走嘛。」

「她長得很漂亮！她親自登門眞給我們面子呢！她來只是告訴我們柯林斯夫婦一切都好嗎？也許是到什麼地方去，路過哈德福郡，順便來看看你。她不會有特別的事情想跟你說吧，伊麗莎白？」

伊麗莎白不得不撒了個謊，她實在不能把夫人談話的內容告訴母親。

第57章

不速之客的造訪把伊麗莎白弄得心神不安，翻來覆去地想了好幾個鐘頭。嘉德琳夫人以爲她與達西先生訂了婚，不辭辛苦地從羅新斯趕來，似乎只是爲了拆散他們。毫無疑問，嘉德琳夫人的此舉情有可原，可是他們訂婚的謠言是從什麼地方傳出去的，卻叫伊麗莎白猜不透。她想起達西是賓利的好朋友，而她是珍的妹妹，既然一樁婚姻可望成功，人們當然也就企望著另一樁接踵而來。她自己也早就想到，姊姊結婚以後，她和達西見面的機會將會增加，她的鄰居盧卡斯一家把這件事看得十拿九穩，她們與柯林斯夫婦有書信往來，這些議論自然傳到嘉德琳那裡。

然而想著嘉德琳夫人說過的話，伊麗莎白對她一味進行干涉的後果感到些許不安，如果她堅決想阻止這門親事的話，她一定會竭盡全力勸說她的姨姪。達西會不會像他姨媽那樣看待，她無從知曉。伊麗莎白不知道他會多麼遵從嘉德琳夫人的意見，不過有一點是肯定的，那就是他一定比自己更看重嘉德琳夫人的意見。在列舉與一個門第遠遠低於他本人的女人結婚的種種不幸項目時，他姨媽無疑會擊中他的要害。他有強烈的名譽感和尊嚴，還有一些在伊麗莎白看來不值一提的可笑理由，在他也許被當做充分理由也說不定。

如果他在這個問題上還是跟以前一樣猶豫不決，經過至親的勸導和懇求也許會把疑惑打消，使他下定決心，高高興興地保護他的尊嚴不受到玷污。這樣一來，他就再也不會回到這兒，也不可能會同意賓利回到尼日斐。

「如果這幾天之內他找個理由不回來，我就知道是怎麼回事了。那樣我就該放棄一切企盼，放棄一切希望。他可以得到我的心時卻不去做，那麼我很快連想也不會去想他。」

家裡的人聽說那位客人來訪後，都不勝驚訝，不過他們也和貝納夫人一樣胡亂猜測一番，因此伊麗莎白並沒有受到過多的詢問。

第二天早晨，她下樓的時候，碰上了父親，他正拿著一封信從書房裡出來。

「麗茲，我正要去找你，你到我房間來一下。」父親說。

她跟著他走進書房，不知父親要說什麼，不過肯定與他手中的那封信有關。她突然想到這信也許是嘉德琳夫人寫的，她想到要做出種種解釋，竟心慌意亂起來。

她跟父親來到壁爐前，兩人一起坐下。父親說道：

「我今天早晨收到了一封信，令我大大地吃了一驚。因為這封信主要談的是你的事，所以你應該知道它的內容。在這以前，我真的不知道我將有兩個女兒快要成親了。讓我祝賀你，你竟然得到了一個如意郎君。」

伊麗莎白臉上不由泛起一片紅暈，斷定這封信是達西而不是他的姨媽寫來的，達西終於吐露衷腸，她應該感到高興；可是信為何不直接寄給她？她又感到有些氣惱。她的父親繼續說：

「你似乎胸有成竹，年輕姑娘在這類事情上總是很精明的。不過我想，你即便聰明，也猜不出愛慕你的人是誰，這封信是柯林斯先生寫的。」

「柯林斯先生！他說些什麼？」

「當然是出嫁非常重要一類的話嘍。信的開頭，他對我大女兒快要出嫁表示祝賀，這消息似乎是盧卡斯家的某個愛管閒事的好心人告訴他的，這些話就不說了，免得讓你心焦。跟你有關的內容是這樣寫的：『在向你誠摯的祝賀以後，我現在想告訴你們另一件喜事，這也是聽盧卡斯家的人說的。伊麗莎白在她的姊姊出嫁以後，也會很快嫁出去的，你女兒的如意郎君將是世上最享有盛名的富豪之一。』

麗茲，你能猜出他說的是誰嗎？

『這位年輕人福星高照，擁有世人所羨慕的一切：巨大的財富，世襲的高貴門第。雖然這一切的誘惑力是如此之強大，不過我還是要告誡伊麗莎白表妹和你，當這位先生向府上求婚時，萬萬不可見利眼紅，否則會招來種種的禍患。』

伊麗莎白，現在你知道這位先生是誰了吧？別急，下面就要提到了。

『我之所以要告誡你們，自然有其原因，他的姨媽嘉德琳·德·包爾夫人對這門親事深感不快。』

你明白了吧，這個人是達西先生！麗茲，你一定感到意外吧，柯林斯先生或者說盧卡斯一家人，難道還能說出比這更荒唐的無稽之談嗎？達西先生對女人十分挑剔，他一輩子也沒正眼看過你一次！虧他們想出這樣的事來！」

伊麗莎白本想跟父親一起調笑打趣，卻只勉強擠出一個不自然的笑來。她今天竟然對父親的機智幽默感覺反感。

「你不覺得很滑稽可笑嗎？」

「噢！那當然。請再往下讀吧。」

「『當昨天晚上我們向她提起這樁婚姻時，嘉德琳夫人立即表示強烈反對。很顯然，由於表妹家庭方面的種種缺陷，她不同意這樁不光彩的婚姻。所以我有責任盡快將這一情況告訴表妹，以便能引起她和傾慕她的人警覺，不致沒有經得至親的同意便草率結婚。』柯林斯先生還說：『得知麗迪雅的不幸之事得到圓滿解決，我很高興，我只是擔心他們婚前同居的事，日後會遭眾人恥笑。不過，聽到他們成親後，你們立即邀他們回家去住的消息，我非常的困惑，我的身分和我的職責都要求我必須就此說上幾句。你這是對邪惡穢行的一種慫恿。如果我是龍柏園的牧師，我一定會竭力反對這種作法的。作為一個基督教徒，你當然應該寬恕他們的行為，但卻應該拒絕見到他們，也不應該讓別人在你面前提到他們的名字。』

基督教徒竟然是這樣寬恕別人的！信的後面是關於夏綠蒂的情形，他們快要有兒子了。喂，麗茲，你好像並不高興。別太認眞了，這種閒話不值得當眞，也不值得生氣。」

伊麗莎白說：「我聽得莫名其妙。不過，這事太奇怪啦！」

「沒錯，正因爲奇怪才可笑。如果他們議論的是你和另一個人還情有可原，把一個完全沒把你放在心上；說不定你還十分討厭的人連在一起，眞有點荒唐。不過與韋翰相比，柯林斯還好一些。麗茲，告訴我，嘉德琳夫人眞的是爲這事來找你的吧？」

伊麗莎白聽了沒有回答，只是一笑了之，父親也沒再追問。父親的話讓她心裡難過，達西眞的沒有把她放在心上，只怪她自己想入非非。

第58章

然而伊麗莎白完全估計錯誤，賓利不但沒有收到朋友不能履約的道歉信，反而在嘉德琳夫人來後沒幾天，便把達西也帶到了龍柏園。兩位客人來得很早，貝納夫人便把他姨媽造訪的事告訴達西，好在賓利急於和珍單獨在一塊兒，便提議大家去散步，大家都贊同。貝納太太沒有散步的習慣，瑪麗又從來不肯浪費時間，於是一同出去的只有五個人。出去不久，賓利和珍便落在別人的後面，他們慢慢地走著，而伊麗莎白、凱蒂和達西三人走在前面。三個人誰也不說話。凱蒂因害怕達西，不敢吭氣，伊麗莎白卻在心裡暗暗下著最後的決心，達西或許也是一樣。

他們朝盧卡斯家的方向走著，因為凱蒂想去看瑪麗亞。伊麗莎白覺得沒有必要大家都去，凱蒂只好一個人進了盧府。這時伊麗莎白壯著膽子跟著達西往前走，現在是她行動的時候了，趁她還有足夠的勇氣，她說：

「達西先生，我是一個非常自私的人，為了使自己的情緒得到解脫，不惜傷害你的感情。你對我不幸的妹妹情義深重，我萬分感激。自從我知道了這件事以後，一直盼望著有一天能向你致謝。如果我的家人也知道這件事，現在對你表示感激的就不只是我一個人啦。」

「對不起，非常抱歉，我擔心你知道了這件事情會想到別的方面去，會叫你內心不安。我沒想到，嘉丁納太太這樣不能保守秘密。」達西用一種吃驚又充滿感情的語調說。

「請別責怪我舅媽，是麗迪雅不小心透露出你與這件事有牽連，我當然要把事情的原委弄清楚。讓我代表我的家人再一次謝謝你，爲了找到麗迪雅他們，你不怕麻煩，忍受了那麼多的委曲。」

「如果你要感謝，就以你自己的名義吧。我不想否認，使你高興是主要的動機。你家裡的人不用感謝我，我雖然也尊敬他們，但我朝思暮想的只有你。」

伊麗莎白羞得一句話也說不出。在短暫的沈默以後，達西又說：「你是個有度量、有涵養的人，是不會與我計較的。如果你對我的感情還和四月一樣，請馬上告訴我。雖然我的感情依舊，但是只要你說一個『不』字，我就永遠不再提這件事。」

伊麗莎白十分理解達西尷尬焦急的心情，於是她面帶羞澀地告訴他說，自從他求婚以來，她的感情已經發生了很大的變化，現在她非常高興接受他的這番美意。這一個回答讓達西十分欣喜，甚至超過原有的期望，他頓時變成一個熱戀中的情人，熱烈而溫柔地傾吐心中的愛。如果伊麗莎白抬頭瞧上一眼，就會看到他臉上洋溢著從心底裡湧出的喜悅；儘管她不敢抬眼看，可是她能聽；聽他將蘊藏著的感情傾訴出來，表白她在他的心目中是多麼重要，使她越聽越覺得他的感情的珍貴。

他們倆繼續走著，顧不得走向哪裡。他們有多少思念，多少感情需要表達，根本無心注意別的事情。伊麗莎白很快就知道他們能心心相印，嘉德琳夫人也盡了一份功勞。這位姨媽返家途中到過倫敦，告訴達西她的龍柏園之行。她將自己和伊麗莎白談話的內容，特別是把伊麗莎白的一言一語詳細地說了出來。在嘉德琳夫人看來，這些話是伊麗莎白乖張自負的表現，滿心以爲達西聽後會有所表示。然而，不幸的很，結果和嘉德琳夫人所想的恰恰相反。

「姨媽的這番話給了我希望，在這以前我沒敢抱奢望。我瞭解你的性格，如果你討厭我，一定會向嘉德琳夫人坦率地講出來的。」

伊麗莎白紅著臉笑著回答說：「是的，你對我瞭解得很透徹，知道我會那樣做。既然我敢當著你的面罵你，那麼我當然也能在你的親戚面前罵你。」

「你罵我的話都是應該的，雖然你對我的指責沒有根據，是聽了別人的謠傳，可是我對待你的態度確實應該受到最嚴厲地責備。我的過錯不可原諒，每次想起來總是痛恨自己。」

「我們倆不要爭論誰該受到更多的指責，」伊麗莎白說，「嚴格說來，我們兩個人的態度都有過錯。不過從那以後，我認爲我們兩個人都在禮貌和待人方面有了進步。」

「我卻不能寬恕自己。我當時的行爲舉止，我的態度和我所說的話都深深地印在我的腦海裡，幾個月來一直在刺痛著我的心。你對我的中肯批評，我永遠也不會忘記，『如果你表現得禮貌一些就好了』，這是你當時說的話。你不知道，這句話一直在折磨著我。過了一陣子，等我冷靜下來才眞正認識到這些話的正確性。」

「我萬萬沒有料到，我的話會給你留下深刻的印象，更沒想到會給你帶來這樣大的影響。」

「這點我很容易相信。你以為我沒有正常人應有的感情，我敢肯定你是這樣想的。我忘不了，你曾沈下臉來說，我用任何一種求愛方式都打動不了你的心。」

「噢！別提我說的話啦，這些回憶沒有好處。老實說，我為那些話感到羞愧。」

達西提起了他的那封信。「那封信是不是很快讓你改變了對我的看法？在讀它時，你是否相信那些事實。」

她說那封信對她的影響很大，說她對他的偏見從此逐漸地消除。

「我知道，」他說，「我的信一定使你感到痛苦，但這也是不得已的。我希望你把那封信燒了，尤其是開始的那一部分，我擔心你沒有勇氣再去重讀。我至今還記著其中的一些句子，你會因此而恨我的。」

「如果你認為這樣做是必要的，那我一定會把它燒掉，雖然我的觀點和想法不會輕易改變，更不會因為那封信而說變就變。」

「我寫那封信的時候，」達西回答說，「以為自己的心情非常平和、冷靜，後來才意識到是在一種極度激憤的心情下寫的。」

「信的開頭也許有怨憤，不過到結尾時就不是這樣啦，結尾的話十分寬容。我們不要再談那封信了。寫信人和收信人的感情已經變了，那封信帶來的不愉快，都應該忘掉。你應該學學我的人生哲學，回憶過去時，只去想那些美好的事情。」

「我不認爲你有這種人生哲學。你在回顧中得到的滿足不是哲理，更恰當一點兒說是一種純眞。可是對於我來說，情形就不是這樣了。痛苦的回憶總是侵擾著我，它們不可能被拒之門外。我長這麼大，是很自私的，雖然在信條和原則上不是如此。從孩提時候起，大人們就教我什麼是對的，可從來沒有人教導我去培養好的性情。他們教給了我好的信條，卻任我以驕傲和自負的方式去實行它們。由於家中只有我一個兒子，我被父母寵壞了，他們雖然自身都很好，尤其是我父親，待人非常仁厚、和藹，卻允許和縱容我，甚至教育我自私自利、高傲自大，不去關心家庭以外的任何人，認爲天下人都不好，認爲別人的見解、悟性、品格都不如我。我就這樣從八歲活到了二十八歲。伊麗莎白，如果不是你，我也許還會這樣繼續地活下去，我最親愛的伊麗莎白！幸虧有你！你給我上了一課，雖然開始時我很痛苦，卻叫我受益匪淺。你羞辱得好。我向你求婚時，根本沒有想到會被拒絕。是你叫我懂得向心愛的姑娘表達感情時，那種自命不凡是多麼可怕。」

「當時你眞的以爲我會答應嗎？」

「的確如此，你會笑我太自負吧？我那時眞的以爲你企盼我的求婚。」

「我當時的態度也很不好，可是我向你保證，我絕不是有意的。我從來沒有想過要傷害你的感情，我往往憑著一時的興致做錯事。那天晚上以後，你肯定非常恨我吧？」

「恨你?剛開始我非常生氣，可是我的氣憤很快便導入到正確的方向去了。」

「我一直想問你，我們在彭伯里見面時，你怎麼看我呢?你是不是怪我不該來呢?」

「一點兒也沒有，我只是覺得驚訝。」

「在你看到我時，我的驚訝並不比你小。我的良知告訴我，我不配受到你慇懃的款待，眞的，我沒有料到你會那樣待我。」

達西回答說：「我當時的用意，就是以我的禮貌來告訴你，我並不像你以爲的那樣小心眼，對過去耿耿於懷。我希望得到你的諒解，改變你對我的壞印象，叫你發現我在努力改正那些毛病。」

達西告訴伊麗莎白，喬治安娜非常高興認識她，也希望她們的友誼能繼續下去。接著他談到如何尋找到韋翰和麗迪雅，伊麗莎白這才明白，達西還沒出旅館就已打定主意去尋找她妹妹。他當時心事重重，便是想如何才能找到她的妹妹。

她再一次表示感謝，雙方都覺得這個話題太叫人痛苦，所以沒有再談下去。

他們慢慢地走了好幾里路，只顧傾心交談，根本沒有意識走到了哪裡，等最後想起看錶時，才發覺該回去了。

「賓利和珍上哪兒去啦?」這一問又引發出他們對那一對情人的議論。達西對他們的婚姻表示由衷地高興，賓利最先告訴了他。

「你老實說，會感到意外嗎?」伊麗莎白說。

「一點兒也不。我走的時候，已經感到這事就要成功了。」

「也就是說，你先給了他許可。我猜就是這樣的。」雖然達西對她的用詞表示反對，可她發現事實跟她猜想的差不多。

「我動身去倫敦的前一天晚上，對賓利說了實情，告訴他我不該荒唐冒失地干涉他的事。他是那麼的驚訝，卻一點兒也沒有懷疑。另外，我還告訴他，你姊姊對他沒有情意的看法錯了，你姊姊始終是一片深情，所以我相信他們的結合一定會幸福的。」

伊麗莎白對他如此駕馭朋友，禁不住笑了。

「你說我姊姊愛他，」她說，「是根據你的觀察呢，還是根據我春天對你講的呢？」

「憑我的觀察。前幾天兩次到你家去，我仔細地觀察她，我確信她是有眞情的。」

「你的看法給他帶來了信心。」

「沒錯。賓利爲人極其謙卑，他的缺乏自信，妨礙他在重大事情上運用自己的判斷力。於是他習慣於依賴我，這使他在下判斷時變得比較容易。最後我不得不向他承認一件事，他對那件事可眞生氣了。我告訴他，你姊姊去年冬天有三個月曾住在倫敦，我故意向他隱瞞了。他很生氣。不過，我相信在他明白了你姊姊的眞實感情後，他的氣也就消了。現在他已經原諒了我。」

伊麗莎白本想說，賓利先生眞是個眞誠的朋友，事事順從他，可是她忍住了。她想現在就開他的玩笑可能會太早，他需要慢慢的適應。就這樣，他們談著賓利未來的幸福，慢慢走到家門口。進門後，他們在走廊裡分了手。

第59章

「哎呀，麗茲，你們散步到什麼地方去啦？」伊麗莎白一走進屋子，珍便向她問道，她在桌子旁邊坐下來時別人也這樣問她。她只得回答，他們只是信步向前走，不知道走到什麼地方了。她說話時臉紅了，可是不管她神色如何，誰也沒有懷疑。

整個下午平平靜靜地過去，已經公開的那一對戀人又是說又是笑，那一對尚未公開的戀人則是默默不語。達西性格沈穩，內心的喜悅不流露到表面；伊麗莎白心慌意亂，明明知道自己獲得了幸福，卻無法沈浸在其中的滋味。因爲除了眼下的尷尬以外，還有其他的麻煩事等著她。她想不出大家知道她的事情以後，會如何反應；她知道除了珍之外，沒有人喜歡達西先生；她甚至擔心他的財產地位也抵消不掉家裡人對他的厭惡。

晚上，她向珍敞開了心扉。雖然珍沒有多疑的天性，卻無論如何也不能相信。

「你是在開玩笑吧？麗茲。這簡直是不可能的！你跟達西先生訂婚！不，你騙不了我。這是不可能的。」

「眞糟糕，我是第一個告訴你的，我把所有的希望都寄託在你身上，如果連你都不相信，就更沒人會相信我了。我不是在開玩笑的，我說的是眞的。他仍然愛著我，所以我們就情同意合訂婚了。」

珍疑惑地打量著她。「噢，麗茲！據我所知，你一向都很討厭他的啊。」

「那是以前的事了。我以前確實討厭他，可是現在卻不同。我不喜歡對過去念念不忘，這是我最後一次提起從前的事。」

珍仍然顯得困惑不解，於是伊麗莎白只好再一次向她保證說，這是眞的。

「天啊！我相信你。」珍大聲地說，「我親愛的麗茲，我恭喜你，可是你眞的想好了嗎？請原諒我這樣問，你肯定你們在一起會幸福嗎？」

「這點毫無疑問。我們倆都認爲我們會幸福無比。你高興嗎？珍。你喜歡這個妹夫嗎？」

「非常非常地喜歡。有什麼能比這件事更叫賓利和我高興呢？以前我們也談論過這件事，都覺得不太可能。你眞的那麼愛他嗎？噢，麗茲！最大的悲哀莫過於沒有愛情的婚姻，你對自己有把握嗎？」

「噢，肯定有！等我告訴你事情的經過後，你就會認爲我做得還不夠哪。」

「你這是什麼意思？」

「哦，我愛他更勝於你愛賓利。你可別生氣喲。」

「親愛的妹妹，趕快告訴我所有的事情，告訴我你們相愛有多久了？」

「我是漸漸愛上他的，我也說不清楚是什麼時候開始的。可能是在彭伯里見面時開始的吧。」

伊麗莎白仔細地把自己愛上他的心歷過程告訴珍，珍覺得相當感動。

「我現在放心啦，」她說，「因為你會像我一樣幸福。我一向很看重他，不為別的，就因為他愛你，我便應該永遠敬重他。現在除了賓利和你以外，我最喜歡的就是他了，他要作為賓利的朋友和你的丈夫呢。可是，麗茲，你竟然對我隱瞞了你的心事。關於彭伯里和蘭布屯的事，你從沒有對我說過！我知道的事都是聽別人說，而不是你告訴我的。」

伊麗莎白對她講了保密的原因。其一是她不願意提起賓利；其二是她自己的感情還處在一種理不清的狀態，不過現在她已經沒必要隱瞞，她連達西幫忙麗迪雅的事都說了，她們一直談到午夜。

第二天早晨，當貝納夫人站在窗前時，她喊道：「天啊，討厭的達西先生又跟著可愛的賓利一塊兒來啦！他三番五次的來，是怎麼回事？但願他去打獵或者去幹點別的，不要再來打攪我們。怎麼辦呢？麗茲，你再陪他出去走走，免得他防礙賓利。」

聽了這個建議，伊麗莎白禁不住笑出聲。聽到母親稱他「討厭」，她又覺得有些氣惱。

兩位貴賓一進門，賓利便意味深長地瞧著伊麗莎白，並熱烈地同她握手，說明他已經知道了一切。隨後他大聲說：「貝納夫人，這附近還有什麼幽靜小道，最好讓麗茲再迷一次路。」

貝納夫人說：「麗茲和凱蒂可以到奧克漢山散散步。這一段路風景挺有趣，達西先生還沒有去過吧。」

「散步對別人也許很有好處，」賓利先生接過話說，「不過凱蒂恐怕會吃不消。對嗎？凱蒂？」

凱蒂表示願意待在家裡。達西則說他很想去看看山上的景致，伊麗莎白表示同意。在她上樓去準備的時候，貝納太太說：

「麗茲，眞對不起，又讓你一個人去陪他。你別見怪，這都是爲了珍。你只需敷衍敷衍他就行了，不必費神去交談。」

散步時，兩人決定晚上就去徵得貝納先生的同意。母親那裡則由伊麗莎白自己去說。她不知道母親會怎麼看這件事，她有時候懷疑他高貴的地位和萬貫家產也無法改變母親對他厭惡。然而，不管母親反對也好，欣喜若狂也好，她的談吐和舉止肯定很不得體。總之，伊麗莎白不願意讓達西先生見到母親高興若狂的樣子，也不願意讓達西看到她激烈反對的樣子。

晚上，貝納先生回書房後，達西先生站起來跟在他後面走了，伊麗莎白看在眼裡，心一下子提到喉嚨。她並不擔心父親會反對，只怕父親會不高興。她是父親最寵愛的女兒，如果她的選擇使父親苦惱操心和惋惜，她會非常難過，她惶惶不安地坐在那兒，直到達西先生面帶笑容地出來，她才稍稍鬆了口氣。他走到她和凱蒂坐著的桌子旁邊，裝著看她做針線活，悄悄地說：「你父親請你過去，他正在等著你呢。」

她馬上起身去了，父親正來回踱著步，神情嚴肅而不安。「麗茲，你這是怎麼回事？你是不是糊塗了，竟然接受了這個人的求婚？你不是一直都很討厭他嗎？」父親不解地問。

此時她眞盼望自己過去對達西的看法不那麼極端，她的言語不那麼嚴苛就好了，那樣就可以免去現在尷尬地解釋和表白。無論如何她必須頗費唇舌、心慌意亂地向父親說，她愛上了達西先生。

「這麼說，你非要嫁他不可了。他非常富有，你錦衣玉食和排場的馬車肯定比珍多。可是，它們能使你幸福嗎？」

伊麗莎白說：「你認爲我和他之間沒有感情，才反對的吧？」

「是的。我們都知道他是個驕傲、不易接近的人，不過只要你眞正喜歡他，這些都算不了什麼。」

「我眞的、眞的十分喜歡他，」她眼裡泛著淚水回答說，「我愛他。說實話他一點兒也不驕傲，他待人非常可親。你不瞭解他的眞正爲人，所以不要這樣談論他，這使我痛苦。」

她的父親又說：

「麗茲，我已經答應了他。噢，像他這種人，只要他肯屈尊做出請求，我豈有拒絕他的道理。我把這個意見告訴你。不過，我勸你還是好好想一想。我深知你的性格，麗茲。除非你眞正從心底尊重你的丈夫；除非你認爲他在許多方面都比你強，否則你既不會幸福也不會覺得體面。如果婚姻不如意，你活潑的天性會把你推向危險的境地，你會落得悲苦的下場。我的孩子，看到你不尊重自己的丈夫，我會傷心的。你不知道這樣做的後果。」

伊麗莎白非常感動，她誠摯嚴肅地向父親講述了全部的經過，她解釋她感情所經歷的變化，說明了和達西的感情不是來自一朝一夕，而是經過了許多個月的挫折和考驗，並列舉出了他的種種優點，證明達西先生是她眞正愛慕、可以託付終身的對象。最後，父親的疑慮消除了，他完全贊同這門婚事。

「唔，我親愛的女兒，」當她停止講述時，他說，「我沒有什麼可說的了。如果眞是這樣，那他是値得你愛的。我的麗茲，爸爸可不願意你嫁一個不如你的人。」

爲了使父親對達西先生更有好感，她把達西先生爲麗迪雅所做的一切，全部都說了出來。貝納先生聽了大吃一驚。

「今天晚上眞是奇事迭出！那麼，是達西安排了所有的事情：他撮合了麗迪雅的婚姻，出錢爲韋翰還清債務，給他弄到職位！這太好啦！不僅爲我省下了許多錢，又免去我許多麻煩。如果這件事是你舅舅辦的，我必須而且馬上還他這筆錢。可是熱戀中的年輕人，喜歡自作主張。我明天就對他說還錢給他，他一定會大談特談如何地愛你，於是還錢的事就永遠了結了。」

接著，貝納先生想起柯林斯先生的信，以及伊麗莎白當時所表現出的難堪，他取笑了女兒幾句，才讓她離開。

在她走出房門時，他說道：「如果有找瑪麗和凱蒂的小伙子，把他們帶到這兒來，我有的是閒工夫。」

伊麗莎白的心裡如同落下了一個重擔，她回到房裡靜靜地想了半個鐘頭，一切都發生得太快，還來不及叫她高興，這個晚上總算是平平靜靜地過去了，沒有需要擔心的事了，安逸和舒適感很快就會回來。

深夜當母親到化妝間的時候，伊麗莎白跟著過去，把這件重大的事情告訴母親。母親的反應非常特別：先是坐在那兒一動不動，說不出一個字來，好長時間才明白了她聽到的話——儘管平時她對這類事兒反應相當迅速。接著貝納太太在椅子上不安地扭動著，一會兒站起來，一會兒又坐下去，一會兒表示出詫異，一會兒又爲自己祝福。

「天啊！上帝在賜福給我！哎喲，眞沒想到啊！達西先生！這是眞的嗎？噢！我最最可——愛的麗茲！你將變得多麼富有啊！你可以有很多錢花，有很多珠寶和馬車！珍無法和你相比。我眞是太高興，太幸福啦。多麼可愛的小伙子！多麼英俊！多麼高大！噢，我親愛的女兒！請原諒媽媽以前對他的厭惡，我希望他會不計前嫌。最最親愛的麗茲。倫敦城裡的豪華住宅、漂亮的東西全是你的了！我有三個女兒出嫁啦！一年一萬英鎊的收入！噢，天啊！我不知如何是好，我要發瘋啦。」

看來貝納太太非常贊同這樁婚事，伊麗莎白起身走出房間，她暗自慶幸，這一幕只有她一個人看到。不過，她回到房間還不到三分鐘，母親就跟過來了。

她繼續說：

「我親愛的女兒啊，我在想一件事！一年一萬英鎊的收入，很可能會更多，簡直像個皇親國戚啦！喂，媽媽的心肝寶貝，告訴我達西先生最喜歡吃什麼，明天我就做給他吃。」

這不是個好徵兆，母親會在達西面前出醜的。伊麗莎白心想，雖然她已經贏得了達西的感情，徵得了父母雙親的同意，仍然有一些事情需要操心。不過，第二天，情形比她想像的要好。貝納太太對這位未來的女婿很是敬畏，不敢輕易跟他搭話，除非遇到能向他表示關心、敬重的場合。

伊麗莎白看到父親努力地跟達西先生親近，很是寬慰。貝納先生不久便對她說，他對達西先生的欽佩正在與時俱增。

「三個女婿我都非常滿意，」他說，「我把韋翰當成傻瓜，我會像喜歡珍的丈夫一樣喜歡你的丈夫。」

第60章

伊麗莎白恢復她調皮的天性，她要達西說出是怎麼愛上她的。「你什麼時候開始愛上我？」她問，「一旦你有了愛意，我知道你會好好珍惜。不過，倒底是什麼使你最初動了這種心思呢？」

「我也說不準是在什麼時間、什麼地點，大概是你的一顰一笑，你的一言一語，叫我愛上你的。這是好久以前的事了。當我意識到的時候，我已經在愛河中跋涉了一半的路程了。」

「我的容貌並沒有打動你的心，而我的舉止態度對你一直是不禮貌的，我跟你說話時，總是想刺傷你。現在你老實說，你是不是喜歡我對你的無禮呢？」

「我確實看上了你的靈活聰穎。」

「你不如直接把它稱作唐突無禮，這樣說一點兒也不過分。事實上可能你對一般女人多禮、畢恭畢敬、過分慇懃的態度已經厭煩。你已經膩煩了那些女人們，她們的談吐、笑顏和思想都是爲了討你的歡心。我之所以能撩動你的心，叫你感興趣，是因爲我和她們完全不同。如果你的心不夠寬大的話，你可能早就會爲此而恨我了，儘管你努力裝出一副冷峻高傲的樣子，你的感情卻是溫厚、公正的。我已經代你做了解釋。經過認眞考慮以後，我開始覺得你的愛十分合情合理。可以肯定，你當時並不眞正瞭解我的優點，不過，有誰是想到了這一點才去愛的呢。」

「當珍在尼日斐莊園生病時，你悉心照料，姊妹情深，這正是你的優點啊。」

「可愛的珍，有誰不願意爲她多做一點兒事呢？不過，我們姑且就把這看做我的一種美德吧。我的優點都在你的羽翼之下，你把它們誇張光耀；與此相反，我卻不斷地尋找機會與你爭執、糾纏。你爲什麼會願意再向我求婚呢？第一次你到我家，還有第二次在我家吃晚飯，你爲什麼要裝出一副完全不把我放在心上的神情呢？」

「因爲你板著面孔一聲不吭，我不敢上前與你說話。」

「當時我是在害羞啊。」

「我也是呀。」

「吃飯的時候，你本可以跟我多說幾句的。」

「感情少了也許話就多了。」

「算啦，這理由倒也合理，我若不認可倒成了不講理。可是我眞不知道，要是我不去理你，你會拖到什麼時候？我要感謝你爲麗迪雅做的好事，它產生了極大的效果。我擔心這影響太大，然而你的親戚並不贊成呢。」

「正因嘉德琳夫人不顧一切，企圖拆散我們，才驅散了我的疑團。我們的幸福並非來自你表達感激的願望。我姨媽給了我希望，我才決定把事情弄清楚。」

「嘉德琳夫人眞是功德無量，她應該高興才對，因爲她一向喜歡左右別人。不過，請告訴我，你這次來尼日斐有什麼事？難道只是爲了來找難爲情嗎？恐怕是有更重要的事吧？」

「我眞正的目的是來看你能否愛上我；想看看你姊姊是否對賓利有意。如果有，我就向賓利坦白。」

「你敢向嘉德琳夫人宣佈這件事嗎？」

「這需要時間而不是勇氣，伊麗莎白。不過這件事總得要做，我會馬上寫信給她。」

「假如不是我也有封信要寫，我會坐在你旁邊，像那位年輕小姐做過的那樣，來讚賞你工整的字體。可惜我有個舅媽，再不回信給她是不行的。」

由於無法解釋和達西先生之間的關係，伊麗莎白一直沒有答覆嘉丁納夫人的長信。現在她有好消息要分享的時候，卻不好意思地發現，她已經讓舅父母等了三天，於是她馬上寫信，好讓他們分享這個幸福：

親愛的舅媽：

對你在信中所講的那些親切而又令人滿意的詳情細節，我本當儘早向你表示感謝。說實話，我當時的心情不好，無法寫回信，因為你的想像超過了現實。可是現在，關於這件事，任憑你怎樣想也不怕了。放開你的想像力，讓它們插上翅膀任意地翱翔吧，只是不要認為我已經結婚了。你要馬上給我回信，再把他大大地讚揚一番，要超過上一封信。我們沒到湖區去旅遊，真是萬幸。我怎麼會那麼傻，非要到湖區去呢！你說要騎著小馬遊園，這個主意很好，以後我們每天都可以在彭伯里莊園盡情地遊玩了。我現在是全世界最幸福的人，這話以前或許有人說過，可是他們誰也沒有我幸福，我甚至比珍還要幸福；因為她只是微微地抿嘴笑，而我則是放聲大笑。達西用他多餘的愛問候你。希望你們來彭伯里過聖誕節。

你的外甥女

達西先生給嘉德琳的信，則是用另一種風格。而貝納先生也寫了一封信給柯林斯先生：

親愛的先生：

勞駕你再恭賀我一次，麗茲很快就要做達西先生的妻子了。請多多安慰嘉德琳夫人吧。不過，如果我是你，我會站在表妹夫這邊，因為他能給你的幫助更多。

舅父

賓利小姐在哥哥結婚前夕送來祝賀，雖說娓娓動人，但卻毫無誠意。她甚至還給珍寫了一封信，表示恭喜，又把以前對她有好感的話重複了一遍。珍不會再受騙了，不過她還是很受感動。

達西小姐接獲喜訊之後，來信表達祝賀，滿滿的四頁信紙，也盛不下她的欣喜和對嫂子的喜愛。

沒等柯林斯先生那兒傳來任何音訊，或是從他妻子那兒傳來對伊麗莎白的任何祝賀，龍柏園一家就聽說柯林斯夫婦要回盧卡斯家了。回來的原因很快就清楚了。嘉德琳夫人怒氣沖天，而欣喜萬分的夏綠蒂則想趕快回娘家，避開這場風暴。好朋友到來，對伊麗莎白來說眞是一件樂事，儘管見面的時候，看到達西先生受她丈夫的阿諛奉承的折磨，不免覺得得不償失。不過，達西先生倒是能非常平靜地忍耐，他甚至能夠和顏悅色地聽威廉．盧卡斯爵士的誇讚，說他摘走了他們這兒最明亮的一顆珠寶，並希望他們以後常常在宮中碰面。達西先生在威廉爵士走開的時候，無奈地聳著肩膀。

腓力普夫人的粗俗是對達西先生的忍耐力一大考驗，雖然腓力普夫人跟她姊姊一樣，也敬畏他，不敢像和賓利那樣隨便談話，可是只要她一張口，便俗不可耐。伊麗莎白千方百計儘量使他避開母親和姨媽的糾纏，儘量讓他和其他家人待在一起。雖說減少了熱戀的歡樂，卻也增加了對未來的憧憬和企盼。她興奮地企盼著那一天早點到來，那時他們便會擺脫這些無聊的應酬，在彭伯里自己的家裡，過著舒適而富有情趣的生活。

第61章

貝納夫人最高興的一天，是兩個最爲得意的女兒出嫁的那一天。以後她去賓利家做客，或談論達西夫人時的心情，讀者可想而知。由於她的女兒們得到了完美的歸宿，她平生的願望得到了實現，因此在她的身上也發生了可喜的變化，她成了一個通情達理、和藹可親、頗有見識的女人。儘管有時她難免有些神經質和大驚小怪，不過這倒合了她丈夫的心願，對目前這種家庭和睦的情況，他還頗不適應呢。

貝納先生非常想念他的二女兒，對她的疼愛使他常常離開家一段時間，這種現象在以前很少有過。他喜歡到彭伯里去，尤其是在女兒最最料想不到的時候。

賓利先生和珍在尼日斐莊園只住了一年。離母親和麥里屯的親戚這麼近，使脾氣隨和的賓利和孝順父母的珍，也有些生厭。賓利在德比郡的鎮上買了一幢住宅。珍和伊麗莎白彼此相隔不到三十英里，姊妹的情誼仍然可以常敘。

凱蒂大部分時間都和兩個姊姊在一起，充分地享受生活。她所交往的人物比以前高尙，她本人得到了長足的進步。擺脫了麗迪雅的影響，又有人給她適當的關心和教導，她已不像從前那樣輕狂、那樣無知、那樣庸俗了。當然家裡人也小心翼翼的不讓她受到麗迪雅的壞影響。雖然韋翰夫人常常寫信來邀她到家裡去住，或答應帶她參加舞會，交結男朋友，她的父親從來沒有同意過。

現在只有瑪麗一個女兒留在家裡，她不得不放下書本陪母親度過寂寞時光。瑪麗和外界的接觸多了起來，不過每次和母親串門子回來，她都用道德的教條評價一番。她不再爲自己的相貌苦惱，她的父親甚至覺得她巴不得姊妹們都趕快結婚。

至於韋翰和麗迪雅，姊姊們結婚並沒有帶給他們什麼影響。儘管伊麗莎白知道韋翰所有忘恩負義和虛偽欺詐的行爲，韋翰還想讓達西給他找個差事。伊麗莎白結婚時，麗迪雅寄來一封祝賀信，足以說明這一點。信是這樣寫的：

親愛的麗茲：

我祝你幸福。你愛達西先生如果能有我愛韋翰的一半，你就會非常幸福了。你變得如此富有，叫人覺得高興，沒事的時候，希望你能想起我們。韋翰想在宮中弄個工作，我知道如果沒有別人接濟，我們的錢是很難維持生計的。一年有三、四百英鎊進帳的差使就夠了。如果你不願意，就不必跟達西先生提起。

忠實於你的麗迪雅

伊麗莎白不願意管閒事，她在回信中儘可能地打消麗迪雅的一切嚮往和請求。不過，伊麗莎白還是在自己能力所及的範圍內，經常用省下的錢接濟他們。她心裡十分明白，像他們那點收入，加上兩個人大手大腳不會算計，肯定不夠維持生活。每當他們要搬家時，珍或是伊麗莎白總會接到麗迪雅的請求，讓他們幫助償還帳款。他們的生活即使是在韋翰轉業以後，也是極不安定的。他們總是搬來搬去，想找便宜的房子住，結果花掉了更多的錢。韋翰對麗迪雅的愛不久便淡漠了，麗迪雅對他的感情則持久一些，儘管她年輕莽撞，還是顧全了婚後的名聲。

達西從來不讓韋翰來彭伯里，但爲了伊麗莎白的緣故，幫他另找了一份職業。麗迪雅在丈夫到倫敦和里巴恩遊玩的時候，也間或到彭伯里作客，至於在賓利夫婦那兒，他們倆則常常是一住下來就不想走了，弄得性格和順的賓利也忍耐不住流露出厭惡的神色。

達西的結婚，對賓利小姐是沈重打擊，自尊心受到了深深傷害，爲了能保留在彭伯里作客的權利，她忘卻一切怨氣，對喬治安娜更加親熱，對達西還像從前那樣關心，對伊麗莎白失禮的地方，她也一心一意加以彌補。

彭伯里成了喬治安娜眞正的家，姑嫂之間情意深厚，正像達西先生所希望的那樣。她們互敬互愛，關係融洽無間，喬治安娜非常崇拜伊麗莎白。她起初看見嫂嫂和哥哥的談話，很是驚訝，她對哥哥非常敬重，現在見他成了嫂子公開打趣的對象，她簡直無法理解。但經過伊麗莎白的開導，她逐漸明白了，妻子可以跟丈夫撒嬌，而妹妹對年長十歲的哥哥，卻很難這樣。

嘉德琳夫人被姨姪的親事氣壞了。她在給姨姪的回信中，直言不諱地把達西和伊麗莎白大罵了一頓，以致雙方斷絕了往來。後來經伊麗莎白多方規勸，達西才不計前嫌，寫了一封和解的信。姨媽堅持了一陣子後，怒氣才消退。一則是疼愛她的姨姪，二則是她想看看這位夫人會出什麼洋相，她甚至放下架子來彭伯里。不過由於伊麗莎白以及她的舅父母來訪，使她覺得彭伯里顯得烏煙瘴氣。

新婚夫婦一直跟嘉丁納夫婦保持著最親密的關係。達西和伊麗莎白都眞心地愛他們，心裡充滿了感激，因爲是他們把伊麗莎白帶到了彭伯里，兩人才有機會締結這美好的姻緣。

國家圖書館出版品預行編目資料

傲慢與偏見／珍奧斯汀著；倩玲譯. -- 初版.
-- 臺北市：遊目族文化出版：家庭傳媒城
邦分公司發行，2006〔民95〕印刷
面；　公分
譯自：Pride and prejudice
ISBN 957-745-867-X（25K平裝）

873. 57　　94023991

傲慢與偏見

文／珍．奧斯汀
譯／倩玲

責任編輯／劉曉菁
美術編輯／鄧淑方
排版／華漢電腦排版有限公司

出版發行／遊目族文化事業有限公司
地址／台北市新生南路二段20號6樓
電話／(02)2351-7251　傳真／(02)2351-7244
網址／www.grimmpress.com.tw

讀者服務中心／書虫俱樂部
讀者服務專線／(02)2500-7718～9　24小時傳真服務／(02)2500-1990～1
郵撥帳號／19863813 書虫股份有限公司
網址／www.readingclub.com.tw
讀者服務信箱E-mail／service@readingclub.com.tw

香港發行所／城邦（香港）出版集團
地址／香港灣仔軒尼詩道 235 號 3 樓
電話／852-25086231　傳真／852-25789337
E-Mail／hkcite@biznetvigator.com
馬新發行所／城邦（馬新）出版集團 Cite (M) Sdn. Bhd. (458372 U)
地址／11, Jalan 30D/146, Desa Tasik, Sungai Besi, 57000 Kuala Lumpur,Malaysia
電話／603-90563833　傳真／603-90562833　E-Mail／citecite@streamyx.com

ISBN／957-745-867-X
2006年 1 月再版 1 刷
定價／250元